拼图游戏

林小染 ———— 著

北京联合出版公司
Beijing United Publishing Co.,Ltd.

一未文化　　非同凡响

北京一未文化传媒有限公司
www.bjyiwei.com
出品

解救之道，就在其中

目录

序 章		001
第一章	拼图战队	007
第二章	碎片迷踪	035
第三章	庐山真面	063
第四章	美丽的罂粟花	101
第五章	身临绝境	137
第六章	末路歧途	169
第七章	大难临头	207
第八章	撒旦的真心	235
尾 声		277

序章

废柴！

废柴！！

废柴！！！

黑暗，无边无际的黑暗，什么都看不见，巴浩只能听到黑暗深处传来越来越喧嚣的责骂声，他艰难地抬起手摸索，带动一片水声，天哪，他全身都浸在水里！巴浩慌乱地吸了一口气，进入口鼻的却只有冰冷的水。

"救命啊！救命啊！"巴浩听见自己在呼救，却只能发出咕咕的咽水声。他剧烈地挣扎起来。随着他的挣扎，治疗室里叮叮咣咣，连接心率仪的管线被扯断了，推车被踢翻，器械散落、碘酒瓶跌碎，浓烈的气味炸裂开来。坐在一旁的心理医生猝不及防，被巴浩一脚踹中心窝，连人带椅仰翻在地，护士闻声冲入，惊呼起来。

刺耳的尖叫划破了巴浩的梦境，他瞬间苏醒了，坐起来茫然看着周围，看着护士扶着捂着胸口龇牙咧嘴的苏医生起来。

"苏医生，这是怎么了？"巴浩赶紧下来扶她。

"你自我防御意识太强，我真的帮不了你了，你还是换个医生看看吧。"苏医生连连摆手拒绝巴浩靠近。

巴浩一脸抱歉却又有些困惑不解："苏医生，其实我只是有焦虑和失眠而已，开些安眠药就行，为什么一定要催眠治疗呢？"

"表面上你的症状确实不严重……我打个比方，你在大雾里行走，却不知道自己已经站到了悬崖边，如果这时候你把手递给我，让我往回拉一拉你，你就不会掉进深渊，只可惜你怎么也不肯接受我们的帮助。"苏医生同情地看着巴浩，"你的生活需要重大改变，拍个拖吧，出去走走吧，别再困在孤岛。"

"我没住在岛上啊……"

苏医生叹了口气："你心里有个牢笼，只有你知道它在哪儿，去找到它，打破它吧，只有你才能救自己……"

苏医生的话巴浩听不懂，不过这已经是巴浩第三次尝试催眠疗法失败，也是他半年内换的第二个心理医生了。

其实巴浩最早看的是睡眠科。他只不过是有些焦虑失眠，在动漫行业，加班熬夜是常态……但不管熬多晚，他还是睡不着。本该睡觉的时候，他不是在床上翻来覆去烙大饼，就靠打游戏消磨时间。到了白天，他的脑子却成了糨糊，干啥都提不起劲，他这才不得不去看中医。

泡脚、艾灸、香熏、中药，他统统试过。

他依旧每天都很困，但一上床就瞪眼等天明。睡眠科没辙，把他给转到精神科，填了几个莫名其妙的表格一测，说他有轻度抑郁症。

巴浩抑郁了？没人会信的，他的言行举止再正常不过。他有什么可抑郁的呢？24岁，单身，颜值高，目前在父亲公司上班，他的起跑线是很多深漂的天花板。但是……如果没有但是该多好。说穿了，父亲的公司招人都是清一水的行业资深人士，他们都有响亮的学历或作品，作为一个大学踩线三本的巴浩是才不配位的。作为一个原画师，他甚至没有几张能得到客户肯定的画稿。有个客户如此评价他的作品——美则美矣，没有灵魂。可是，怎样才能让虚幻的角色拥有灵魂呢？

再论点别的，他虽是个帅哥，但身高只有169.5厘米，在牛高马大的深二代当中约等于残障人士。他不过是一个有颜的霍比特人，一个啃老的失败者。当然，如果这些要成为抑郁的理由，恐怕90%的深圳人都活不成了。巴浩走出康宁医院大门，顿时被热浪包围，他伸手进右裤兜掏出刚开的一瓶抗抑郁药——丙咪嗪，他木然地低头看着。这时手机在左裤兜振动起来。有封邮件进来，巴浩茫然地点开。

发信人：彗星

主题：拼图游戏

巴浩你好，我知道你在顾虑什么，奉上几份公文，请好好验证。如果你决定参赛，请微信联系我。

一共有三个附件。

第一份是拉萨市公证处出具的拼图游戏公证书，奖品是已委托拍卖的一个古董烛台，组织方是拉萨彗星文化传媒有限公司，冠军可凭最后一块拼图去某银行保险柜换取领奖凭证。

第二份是北京秦关鉴定中心出具的一份唐代贞观年间鎏金飞凤烛台真品鉴定书。

第三份是拉萨彗星文化传媒有限公司给北京通达拍卖行的委托拍卖书。

委托拍卖底价是：￥10,000,000.00。

巴浩揉了揉眼睛，再数了一次零。没有错，一千万。公证书里清楚明白地写着，那个古董烛台的拍卖所得即为游戏冠军奖金。公证书和鉴定证书的证号在官网通过了验证，拍卖行有据可查。至于组织方——彗星公司，也在工商网上找到了注册信息，法人是周楚墨，注册时间是三个月前，证照齐全，没有任何违法记录。现在的骗局都做得这么严谨了？

巴浩在已删除邮件里找出三天前他删除的另一封邮件，发件人同样是彗星。

巴浩：

你好！

你是否觉得现在的生活太无聊呢？想不想来点调味剂刺激下乏味的人生？6月1号到12号，我司将发起一场趣味十足的拼图游戏活动，在此诚挚地邀请您加入。

本活动将在西藏举办，全程摄像，8位幸运嘉宾同台竞技，挑战任务。每完成一次任务可得一块拼图，掌握拼图越多，获取信息越多，获得最后一块拼图的人将取得胜利，获得大奖——唐代贞观年间的鎏金飞凤烛台（已鉴定并委托拍卖，价值一千万以上）。

拼图游戏结束后，剪辑视频将在海外发布。

这将是一场智商和情商的较量，祝你能够从中胜出！成为真人秀明星，获得大奖，开启开挂人生！

后面附了一大串详细的活动概述，包括游戏规则、摄像问题、人身保险、活动花费等等。当时巴浩第一反应是：新骗局！随手便删了邮件。

可是，万一是真的呢？苏医生说他得打破自己的牢笼，他的牢笼是在高原吗？毕竟他的睡眠问题是从去年那次该死的西藏旅行后出现的……巴浩曾发誓不再去那个地方，尽管那里无与伦比的蓝天白云曾洗涤过他的心。

十分钟后，巴浩加了彗星的微信。

"你好，我是巴浩。"

"你好，欢迎参赛。"

"我还没同意去呢……拼图游戏到底是怎么回事？"

"这个你得在游戏里找答案。来参赛吧,我给你订机票。"

"你想骗我的身份证号办贷款?"

"我的格局没这么小,想要身份证信息还不容易吗?一毛钱一条。其实我已经有你的信息了。"对方说了他的身份证号。

"你认识我?"巴浩惊讶了。

"你想多了,随便挑的。大数据时代,要的就是随机和偶然。"

"你是周楚墨吗?"

"不是,法人不负责具体事务,整个拼图游戏都是我在操办,换句话说,我是这个游戏的大BOSS。"

巴浩想了想,按下了视频通话键,他想看看彗星到底是何许人。但通话被快速拒绝了。他不死心,又按下了语音通话键。再一次被拒绝。

"你到底是谁?都不敢以真面目见我还说不是骗子?"

"这是游戏规则,你不能主动找我,也不能追问游戏细节,等游戏结束自然会揭晓一切。现在你决定参赛了吗?"

巴浩沉默了。

"你一个大男人有什么可怕的?冠军大奖可是一千万!我知道一千万对你家不算多少钱,可你家的钱是你赚的吗?你想当个废柴,让别人来定义你的人生吗?就算赢不了比赛,你也可以得到一次免费的西藏旅游!你要错过一次浪漫又刺激的邂逅吗?"

巴浩听到了胸口越来越重的撞击声……他很久没有感觉过自己的心跳了,理智告诉他必须马上删掉这个人,手却不受控制地发出一条信息:"可是,我不想再去西藏。"

"为什么?发生过什么样的故事吗?"

巴浩犹豫了一下,才说:"不,我只是害怕高原反应。"

"放心吧,之前你能平安回家,这次也可以。"

到目前为止,巴浩对价值一千万的大奖仍然心存疑虑,只是对这个游戏燃起了兴趣。高原对他而言,是朵美丽却有毒的罂粟花。他曾经迷恋过,触碰过,却也恐惧过,落败过。两个心理医生都不能找到的问题根源,他能在高原找到吗?

重返高原吧!去做些什么!就当是拯救自己正堕向黑暗的灵魂。

刚才巴浩的内心还是一潭死水,此刻却开始澎湃。他掏出右裤兜那瓶丙咪嗪,扔进了一旁的垃圾桶,颤抖着双手发出一条信息。

"好,我来。"

第一章

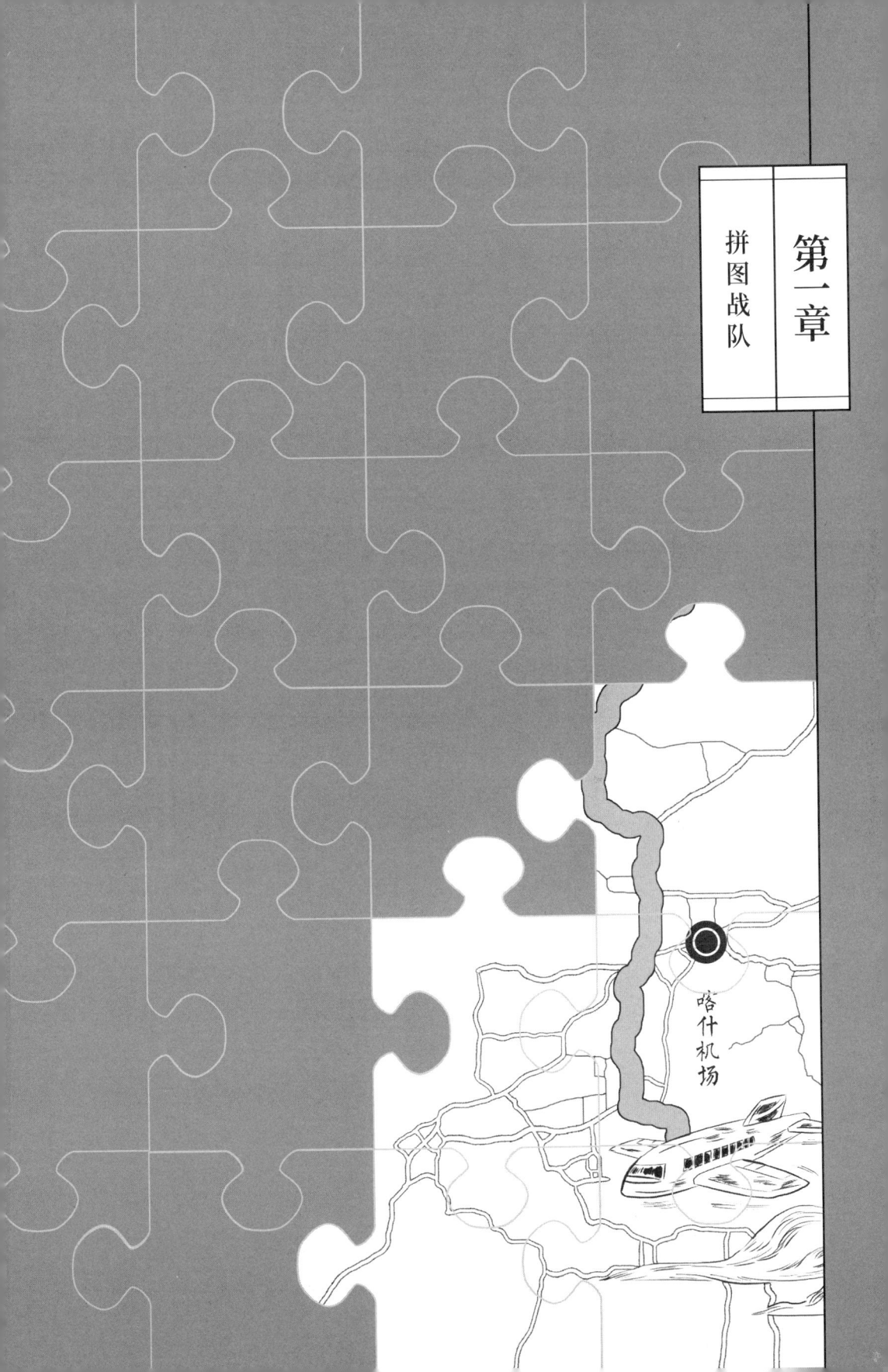

拼图战队

哈什机场

1

蓝。如同强光穿透蓝宝石后稀释过的深邃的蓝。在这个国度其他海拔不可能见到的迷人的天空蓝。

西藏迈进六月，雨季未至，开始进入一年当中最舒适的季节。透过机窗看到下方的三角屋顶，巴浩仿佛已经呼吸到了那稀薄却清冽的空气，他的心跳开始不受控制地加速。理论上不可能现在就高反，那这反应只能是兴奋或恐惧。

落地。开机。

一条信息跳了出来：出口有人举着"拼图"牌子，找他们报到。祝你在西藏旅途愉快，赢得游戏胜利。

是彗星。

"老铁们，日喀则机场好小哦！现在海拔是 3782，我完全没有高原反应！刚才我又收到了神秘人彗星的信息，说有人会举牌子来接我，我马上就跟其他队员会合了，你们是不是跟我一样好兴奋呢？希望我能得冠军哦！啊！我的行李来了，一会儿接着直播，我爱你们，么么哒……"

一个姑娘在行李区旁对着自拍杆举起的手机镜头大声说话，旁若无人。

巴浩看了她一眼，锥子脸、蛇精眼、皮肤雪白、一头脏辫、一身五颜六色的刺绣民族风拖地长裙，在人群之中格外醒目。看来这位漂亮的网络主播是队友了。好家伙，两个 26 寸行李箱都是她的。

行李传送带旁，那些面无表情的人中，应该还有其他队友吧。其中不少人在注意那位聒噪的女主播，但巴浩一时无法确定哪些人是队友。

远远看到出口有人高举"拼图"牌子，旁边已经站了好几个人。巴浩的目光迅速地从举牌的高个胖子和他身边的俊男靓女身上掠过，锁定到一个瘦小黝黑的男人身上。那瘦子一头褐色卷发，下巴上有一绺小胡子，脖子上戴着一条大金链子，右手举着手持式摄像机朝向出口，看来他也是拼图的人。

巴浩和瘦子四目相对，两个人都一愣。

这个叫王超的瘦子大概是巴浩重返高原最不想见到的人了。

王超是他去年进藏的全程司导，那次旅行并不愉快，巴浩在回深的飞机上就把王超的微信给删了。当时的念头是：再见，永不再见。

世界真的如此之小吗？有点奇怪。巴浩脚步慢了下来。那一瞬间，他又想到，毕竟日喀则的司导圈子很小，再遇上同一个人的概率还是挺大的，看来是他的毛病又犯了，苏医生说过要治抑郁症就得少想多做……

"嗨！你是来参加拼图游戏的吗？你是……你俩认识？"举牌的大高个好奇地看看巴浩又看看王超。这家伙体重得有200斤吧，头发上半部束了个小把子，两边刮出青头皮，笑容可掬，还有俩大酒窝，长得挺喜庆。

不想见是一回事，教养还是有的。巴浩仰视着那胖子："你好，我是巴浩。上次来西藏，王超是我们的司导。"

"这回我还是。"瘦子王超用摄像机对准巴浩拍了会儿，他一口藏式普通话，牛皮纸包着骨架一样的脸上撕裂开来，露出一口白森森的牙，笑起来比哭还难看。

全程摄影是来之前签好的协议，但巴浩还是条件反射地躲了躲镜头。

"哈哈哈！8号！你肯定是个大球星！"胖子眉开眼笑地从肩挎的大保温杯里倒出一杯藏式甜茶，"来喝杯甜茶解解乏，我和王超都是这次的司导，王超是你老熟人，我就不介绍了。我嘛，大名刀无咎，大家都叫我刀刀……"

"哈哈哈，刀无救！无可救药！取这么个鬼名字是脑袋被驴踢了吧？"聒噪的女主播不知何时站到了巴浩身旁，举着手机对准刀刀拍。

"这话就不对了，我想刀刀的名字应该出自《易经》吧，乾卦里有'九四：或跃在渊，无咎'，讲的是一条龙在深水里，跳或不跳出来都没毛病，总之它要出头了。刀刀，你父母取了个好名字啊！"一旁有个男人突然抬头说道，他一直弯腰照顾一个坐在行李箱上，唇色灰紫捂着脑门的女伴。这是一个老师模样的男人，三十出头，清俊儒雅，他的女伴一身职业装，不像出门玩，倒像是刚下班的白领。

"奶茶哥你好有学问！我爸妈哪有那个水平，是村里的老先生给取的。"刀刀满脸堆笑，朝老师模样的男人竖起了大拇指。

女主播立刻把手机镜头对准了被唤作奶茶哥的男人："这位大哥也是游戏成员吧？哟，这是你的女朋友吗？她怎么了？是不是高反了？高反是什么感觉能跟网友们说说吗？我正向全世界直播呢……"

一脸错愕的奶茶被镜头捕个正着，大概被这突如其来的连环炮给问晕了，他立刻转脸背对镜头，压低声音："请不要拍我们，我太太不舒服……"

巴浩皱起眉头，克制住了脑子里一闪而过的抢女主播手机砸地上的念头。苏医生说内心狂躁和低落一样都是病，得治。

刀刀端着甜茶像门板一样张臂挡在奶茶夫妇和女主播中间，一脸夸张的表情。

"哎哟喂！你就是那个做网络主播的囧囧美女吧？你到咱这地方就跟仙女下凡一样，这是要亮瞎我的猪眼呢！"

囧囧愉快地咯咯笑起来，立马把镜头再次转向了刀刀："来打个招呼吧！老铁们，这是我们的司导刀刀，是个可爱的胖哥哥……"

刀刀配合地对着镜头挤眼鼓嘴，做出各种夸张表情，囧囧完全忘了对奶茶夫妇的围剿。

好个明拍马屁暗解围，巴浩对这个胖子有了一丝好感。

这时，一个男人走过来问："这里是拼图游戏报到吗？我刚才走错地方了。"

这个人个头身材跟奶茶差不多，但他俩肤色差异很大，一个黑炭一个白面，他还留了一脸大络腮胡子，尽管压着一顶棒球帽，遮了半张脸，还是能看出脑袋够大，就像一条青瓜上杵了个大槟榔芋。

"你是兰陵王，身份证名莫宏伟对不对？欢迎欢迎！"热情的刀刀在名单最后一个名字后画上钩。

名单上的队员已经到齐了，三男五女，大部分在飞机和行李区照过面，来自成都转机和上海直航的两个航班。他们大都以微信名自称，男的有奶茶、兰陵王，女的呢，则是白天不懂夜的黑、囧囧有神、Summer、红芙、沁子。在萍聚的户外圈，不唤真名是常态。姑娘们颜值都很在线，扎堆站一起，很受路人注目。

从这一刻起，他们就要同赛道竞技了，个人比赛没有协同，毕竟游戏大奖只有一个，大概因此众人之间只是微笑甚少交谈，虽然都是年轻人，却没有一般游戏战队应有的兴奋感和自来熟。跟着王超的拍摄，巴浩注意到，除了囧囧，其他人都和他一样不适应镜头的压力，每个人都显得紧张拘束，多少有些表情不自然。

刀刀肩挂手提着几件大行李，带领众人往停车场走，在一群气氛尴尬的陌生人中，他倒是一脸兴高采烈。

"走吧大家伙儿！吃饭去！"

走在队伍最后的大脑袋兰陵王嘴里突然冒出一句："喂，这游戏我不参加了。"

众人吃惊地回头。只见兰陵王脸色铁青，瞪着一个人，那人还在举着自拍杆冲着手机叨叨，直到注意到队友们异样的眼光。

"我妆花了吗？"囧囧困惑地摸脸。

刀刀吃惊地说："王超接待得不好吗？有啥意见跟我说呀，我收拾他！"

"有这个八婆在，我不玩了。"兰陵王的手指到了囧囧脸前。

"有病吧？我都不认得你。"囧囧突然被点名，无辜地翻了个白眼。

兰陵王的脸抽搐了一下。

"我就是个炮灰，你当然不会记得我是谁。"

"我到底怎么你了？踩你尾巴了还是骂你爹妈了？"囧囧生气了。

"你……你你……"

兰陵王举起拳头，关节捏得咯咯作响，仅仅是挥起，还没落下，囧囧就尖叫着躲到刀刀身后："救命啊！有疯子打人啦！"

场面骚动起来，他们立刻成为整个接机厅的焦点。

"有话好好说！别动手啊！"刀刀把行李一扔，和王超一边一个拦开了他们。

怒发冲冠的兰陵王掉头往里走，可立刻被警卫给拦住了。这里是到达厅，出来容易进去难。

"同志，真不好意思！我们这位客人不舒服想回家，但今天没航班了。"又是刀刀冲过去解围，他一把搂住因为不熟悉机场状况，一脸尴尬的兰陵王，压低声音道，"大哥，你人生地不熟要去哪儿？这里可是藏区！虽然我不知道你和囧囧美女之间有什么恩怨，但你来参加游戏是为了赢大奖的，何必为点小事跟一千万过不去呢？"

"那不是小事！"兰陵王下不了台，余怒未消。

"到底是什么事你说清楚！"囧囧倒是耳朵尖，因有王超护着，有恃无恐地嚷嚷。

兰陵王的脸憋得通红，话却噎在嗓子里。

"不管什么事都跟这次活动无关是不？反正今天你走不成了，来都来了，不如去喝点青稞酒吧！我要带你们去一家著名的岗巴烤全羊，那羊好吃得能让你连骨头都咽了，我为啥这么胖？吃岗巴羊吃的……"

兰陵王的脚步越来越慢，终于被刀刀带着偏转了方向。

从衣着打扮上看，兰陵王是战队唯一的蓝领，就算他不跟囧囧干架，在队伍里应该也会格格不入。

刚才刀刀拿的行李已经全部转移到王超身上了，瘦小的王超吃力地又拖又背，那些全是姑娘们的行李，可她们正东张西望，没有一个有要接手的意思。巴浩走过去帮拎了两个，王超感激地朝他咧嘴一笑。话痨的胖子和沉默的王超正好是两种常见的司导类型，刀刀浑身透着职业的油滑，王超透着职业的疲惫，处事灵活的刀刀一定比嘴笨的王超会赚钱。

这是怎样的一群人？为什么是他们从天南地北凑到了一起呢？

巴浩看着众人的背影，陷入了思考。

2

从巴浩张望着走过来时，红芙就知道他是战队的人了。看着他和刀刀寒暄，一个高胖黑，一个矮瘦白，外形反差如此之大的两人，站一块儿实在有点滑稽，而且刀刀过度的热情，让巴浩有些不知所措。不过红芙此刻一点都不想笑，她专注地打量着巴浩，试图解读更多信息。

这个 M 码的男人长得比妹子还精致，他的冲锋衣裤是始祖鸟的，徒步鞋是 La Sportiva 的，脖子里那条魔术巾是 Buff，肩挂的相机是徕卡，连无意间抬手看的腕表都是松拓，虽然每一样东西都算不上天价，却全是骨灰级驴友的奢侈品装备。红芙刚补过课，除了为自己能认出这些户外装备品牌感到一丝兴奋，更多的还是对这个叫"八号"的家伙的反感，一个看起来基本不运动的人，却有着顶级的驴友装备，除了证明他很有钱，潜台词无非是要招蜂引蝶。

他一定是个在驴友队伍偷香窃玉的惯犯，"忧郁的文艺青年"是他们的常用标签，"身体和灵魂总有一个在路上"是他们的口头禅。他们往往不主动不拒绝不负责，关键时候还倒打妹子一耙。

是的，红芙已经知道他是个什么样的人了。瞧，他话虽不多，但眼珠子贼兮兮的，一直在战队妹子身上转。不过他都是偷瞄人家，不跟人对视，等他转到自己这边来，早就埋伏好的红芙大大方方招手，给了个甜甜的微笑。

"嗨，我是蒋红芙，红色的红，芙蓉的芙。"

巴浩措手不及，目光慌乱垂向地面："你，你好。"

红芙偏不放过他："8 号哥哥，现在我们是战友了，请你多关照！"

她朝巴浩鞠了一躬,那头蓬松的黑发有几丝都扫到巴浩的鼻尖了。巴浩居然朝后退了一步,涨红着脸窘迫地说:"不,不敢,互相,互相关照。"

如果换一个场合认识,红芙可能会觉得这个男人有点纯有点可爱,但此刻她只在心里冷笑了一声。

除了巴浩,红芙更多的注意力是在奶茶夫妇身上。从出现那一刻,奶茶的老婆,那个叫Summer的女人便面色难看地倚靠在奶茶身上,她说自己高反了,尽管刀刀说高反不会这么快有反应,应该是晕机,还是遭到了Summer烦躁的反驳。

看来Summer脾气不好,身体不舒服也没少对老公呼来喝去。

就算是外人也能给这两口子平日的生活画个模拟图了。白领装扮、短发干练,操着一口上海普通话的Summer是个高级白领,牢牢掌握着家里的经济权和话语权,至于她清秀斯文的丈夫奶茶,虽然谈吐不凡,看起来特别像个大学老师,但是收入状况不明,在家应该是把老婆奉为太后。

从他给自己的微信取名奶茶就能看到他的目的不纯,奶茶不就等于"中央空调"吗?"要把你捧在手心"广告词那种。

正思忖间,冒出来一个毫无眼色的囵囵大摇大摆搞直播,奶茶当时还没注意到在直播,他就刀刀的名字大做文章,被囵囵的镜头逮个正着,一脸慌乱。要知道几分钟前,他对着王超的镜头时,可还是另外一副模样,他甚至像个接受记者采访的首长一样气定神闲,那会儿他也掉了一书袋关于日喀则人文地理的看法,仿佛他不是第一次来日喀则,而是久居此地的客卿一样。当时和红芙一起认真听奶茶说话的还有战队里那个叫徐沁子的姑娘,那可是一个身材曼妙的姑娘,红芙留意到,奶茶每次说话,沁子都多看几眼。

奶茶一定很享受美女们的注视,而且不得不承认,他耍帅的方式比一般男人高级,但红芙总觉得他身上有种说不出的油腻感。这个人,即使他在目不斜视地照顾妻子,红芙也能感觉到他内心的躁动。

虽然今天是红芙和战队这些人生平第一次见面,可她心里就是不爽利。

等到兰陵王出现,囵囵和兰陵王干起架来时,奶茶在旁边脸色苍白头冒冷汗,看热闹的红芙终于提起兴致,凑到前排看看这个又看看那个——那时她可烦拉架的刀刀和王超了,本来热闹还可以更大点的。

不知道这群乌合之众会把拼图游戏玩成什么样呢?红芙有点兴奋了。

八个人两台车，囡囡先爬上了刀刀的车。刚闹过事的兰陵王当然得分开去坐王超的车。奶茶夫妇为上哪台车犹豫不决，最后在王超的催促下才跟他上车。红芙则跟去坐在了 Summer 旁边。这一车人都是闷嘴葫芦，去市区的路上只有 Summer 不时哼哼唧唧，喊着难受，而红芙一直在观察的奶茶则显得心事重重，总是扭头看窗外。

四十分钟后，略显疲惫的众人终于在饭店落座了。

一大盘烤羊肉铺在菜叶上，焦糖色与翠绿色食材带来的视觉冲击，让人食指大动。藏式铜火锅里冒着奶白色的汤泡，牦牛肉混合着鲜菌、药材的异香，飘散在餐厅的每个角落里，青稞混白面的饼子摊得薄韧焦黄，微微甜香，筋道非常。店家自酿的酸奶浓香厚重，一坛插着几根麦秆当吸管的青稞酒口感略酸，但醇厚回甘，大家齐齐凑上去喝出个全桌高潮。

看着窗外大片黄灿灿的油菜花和绿油油的麦田，要不是风中飘舞的经幡、不时踱过的一两头牦牛和动辄加速的心跳，红芙真有种错觉——这个地方真的是她心心念念的高原吗？

只是这顿大餐吃得实在沉闷，尽管之前的不快已平息，人人都尴尬而不失礼貌地低头吃着，但那是因为架在一旁录影的摄像机正在无声刻录，在它的监控下，大家都好像是正在考试的小学生，鬼知道哪个举动会不合时宜曝光于天下，不是每个人都能像囡囡那样在镜头下自嗨的。

各怀心事地沉默，成了共同选择。

红芙用眼角的余光观察众人。这些人表面克制，其实和她一样，全在暗自观察。

只有刀刀忙着洗碗筷递纸巾指引厕所，一张嘴没停过："岗巴羊跟内地羊不一样吧？特鲜嫩是不是？而且没膻味。它可是班禅堪布厅指定的贡品哦！岗巴县那个地方，我的妈呀！水草可丰茂了，所以岗巴羊才这么美味……对了，这火锅汤可不是一般的水，是雪山上流下来的溪水！还有这青稞面饼子也特筋道，吃美了就来一口青稞酒吧，姑娘喝了变女神，小伙喝了变老板，不上头、不口干、醒酒快，特别得劲！这家可是祖传三代的酿酒手艺，大家要是喜欢，我可以请老板让些自己喝的卖给你们……什么？拎着走不方便？我可以帮大家寄快递啊，运费不会贵，我有熟人……"在此时，刀刀的职业套路，真是一剂缓解尴尬的良药。

饭间来了一个快递员。

"请问你们哪位是王超？有你快递。"

"我？"王超惊讶，"谁会寄快递到这里？"

快递收件人写着：巴茂路188号岗巴饭店中午吃饭的客人——王超。

寄件人是日喀则市一个编号为7788的邮箱。

"谁会知道我来这里吃饭？"王超困惑地拆快递。

"彗星。"巴浩肯定地回答。

快递里有一个牛皮纸信封，信封里有一块半个掌心大小的硬塑碎片。王超把信封整个往下倒，里面什么也没有了。碎片是红色的，边缘呈不规整的锯齿状，一面空白，另一面用黑色毛笔写着一个瘦金体的"月"字。

红芙离王超最近，拿过碎片对着光照了照，并没有发现隐藏的印记。这个"月"虽然是个毛笔字，却用了特殊的墨水，字迹无法擦去。红芙看着碎片，脸上渐渐浮现出惊喜的表情："哇！我明白了，这就是拼图！你们看，它是不规则的，应该是从一整块拼图里切割下来的，这是我们得到的第一块拼图！"

"太好了！吃顿饭就有拼图拿！"一直沉默的众人顿时兴奋了起来。奶茶接过碎片，神色凝重地翻来覆去看着。

"如果只是吃吃喝喝就能拿到拼图，那也太容易了，这个游戏不会这么低级。"那个名叫白天不懂夜的黑的女人冷冷地插了一句。

"我还以为拼图是一个地图呢，怎么会是汉字呢？"巴浩困惑地说，"通常，这种游戏，第一块碎片中会隐藏下一块碎片或是整个拼图的信息，可这个'月'字想告诉我们什么呢？"

"游戏太好玩了！我一定会玩到底的，有些人要走就让他走好了。"囧囧是说给兰陵王听的。

兰陵王冷哼一声。

"都留下吧！彗星说要照顾好每一个人。"王超看了一眼刀刀，"他说只要所有人完成游戏，就按人头给我们奖励，两千块一个……"

刀刀笑得一脸谄媚："我们一定会伺候好主子们的，也请大家赏点面子，有什么恩怨回去再算……美女帅哥们，你们肯定都是为拿奖来的吧？听说价值一千多万哦！啧啧，真是发大财了。"

众人暗笑，但谁也不会承认自己是为钱而来。

沁子眼色温软地看着摄像机："我是不太可能得大奖的，不过我准备在深圳开个工作室，如果能通过真人秀宣传一下的话……不知道真人秀给不给夹带私货。"

红芙瞟了一眼沁子。

这个扎着丸子头的姑娘弱骨丰肌，说话非常温柔。"温柔"把握不好程度，很容易变成林志玲式的发嗲，但她的声音略像烟嗓，所以听起来性感且不腻。红芙注意到，只要沁子一开口，在场的男人就会不自主地安静下来倾听她的话，特别是那个奶茶。若论美艳其实沁子不如囧囧，但她就是有种让人说不出的气质。

"反正我肯定会成为真人秀明星的，等我有钱了就给自己买点流量，我要做最红的社会热点主播！"说着囧囧来了兴致，"刀刀快，快拍我啊！"

"好嘞！"刀刀配合地将摄像机转过来，囧囧对着镜头摆拍出各种表情。

红芙敏感地看向奶茶，自从碎片出现后奶茶的心事被转移到游戏本身了，此刻囧囧的自嗨也只是让他稍微瞟了一眼，这一眼已经没有了刚才初见囧囧时的紧张和慌乱。红芙猜他一定是想通了什么。

巴浩一直摇头："拿奖可没这么简单，你们就不好奇吗？到底是个什么实验，彗星又怎么监控我们有没有完成任务？"

"完成不了任务就拿不到拼图，快递都有物流通知，一签收彗星就会知道。"之前那个逻辑清楚，见识渊博的奶茶又回来了，"有吃有喝有奖拿，感觉不对劲了马上可以申请退赛，在自己的国土，咱们又有这么多人，谁还能做什么违法伤人的事吗？"

这话是奶茶对巴浩说的，也似乎是他说服自己的理由。

"要是彗星就卧底在咱们中间呢？"巴浩看着每一个人，十分忧虑。

大家全愣住了。

3

作为拼图游戏大奖的那个老烛台来头可不小。

来之前，巴浩请父亲的朋友，一位文物修复专家看了彗星发来的资料。专家研究之后很激动，说它就是刚被考证不久的文成公主的鎏金烛台。据文献记载，烛台原本是一对盘龙与飞凤，烛台底部均铸有贞观任城的印鉴，来自文成公主的出生地山东任城，公主常抚之以怀故乡。前年苏富比春拍成交的是盘龙烛台，价格1060万。那个收藏家拍下后捐给了国家博物馆。在这之后，飞凤烛台是否存世一直被热议，现在飞凤突然现身，估值会比盘龙更高。虽然彗星公司做这次活动代价高昂，但做一档成功的真人秀利润也相当可观，幕后操手是个精明的商人。这是巴浩权衡风险后决定参加游戏的重要原因，相信其他队友也是如此。

汤锅烧干了，羊肉见底了，青稞饼吃残了。

一桌人没了刚才的兴奋，大家面面相觑，目光全是探究。刀刀举着摄像机扫过每个人的表情，拍到奶茶时，他却站了起来，伸手挡住镜头，示意刀刀先关机。

"我们中间真的有卧底吗？会不会是个杀人狂魔？"坐在巴浩对面的小红芙把大家的疑问捅出来了，不过巴浩觉得她的表情并非害怕，反而是有点小兴奋。

巴浩判断红芙年龄最小，不光是因为那张光洁紧绷的脸，还因为她那裸粉色Hello Kitty旅行箱、烟粉色双肩包上挂着的水粉色小猪佩奇。她是个大学生、"00后"、大长腿，走起路来脚跟都不落地，像安了个小弹簧，活泼敏捷。她穿着蓝牛仔裤、白T恤、姜黄色冲锋衣，一看就是淘宝货，估计是个来自小户人家的妹子。她身上唯一跟服饰形成鲜明反差的，是一个有划痕的78式军用铝水壶，这可是户外发烧友、军迷专用，搞不好还是她爸的。

这种姑娘是巴浩在驴友队伍里经常遇到的类型。她们单纯、有趣，不过缺点也一样明显——没太多内容可被阅读。

沁子面带惊恐："别瞎说！你是恐怖电影看多了吧！"

没人笑，大家都同一个表情——红芙的猜测也许是真的。

巴浩转向刀刀："你能把这事的来龙去脉告诉我们吗？"

刀刀点点头："这事得让王超说，我也是被他拉进来的。"

王超赶紧说明："彗星是上个月加的我，他要两台车，十二天，让我负责安排客人吃住、录影。他很爽快，一听我愿意接单马上转了三万块定金。你们有八个人，我只有一台车，所以我叫了刀刀……他是我战友，兄弟。"

王超看着刀刀，露出一个发自内心的笑容。

"彗星是谁？"

"没见过也没给电话，让我微信联系。我的客人在接待之前都是微信联系的，巴浩应该清楚。"

巴浩点点头。王超这种司导都是接待过的朋友口口相传介绍生意，几乎都是接机时才见第一次面，全程司导工作也不会签合同，方便廉价，一旦出事也很难追责。

王超拿出手机。

彗星发给他的最新一条信息是一个地址定位：巴茂路188号岗巴饭店。之前都是一段一段的语音对话。囧囧手快，点了彗星的上一条语音，一个机器般的男声传了出来："王超，人齐了之后你带他们去这个地方吃饭，饭后会有指示给你们。"

再往上一条："活动行程我会临时发给你，你们要负责每一位客人的安全，吃住行尽量安排舒服。"

"为什么你们全是语音联系？"囧囧翻看着聊天记录。

"我是半个藏族人，汉字学得不好，而且经常在开车，发语音方便。"

"彗星的声音怎么听起来怪怪的呢？"

"他用了变声器，摆明是隐瞒身份，他用这种变声器你甚至猜不到他是男是女。"奶茶皱起眉。

众人均是一脸愕然。

巴浩突然想到一个点："奶茶、Summer，你俩跟兰陵王还有囧囧，你们四个是坐同一趟航班来的，之前认识吗？"

"不认识。"奶茶和Summer异口同声，兰陵王和囧囧也直摇头。

"至少兰陵王和囧囧是认识的吧？刚才一见面你们俩……"巴浩越发觉得事情并不简单。

"我可不认识他。"囧囧扔了个白眼。

"这不稀罕呀，我也认识囧囧，她是网红嘛，不过她就不认识我了。"沁子温柔地解释。

兰陵王一言不发，虎着脸，把帽子往下压了压。

巴浩陷入了更大的困惑中。

"哥哥姐姐们，你们说会不会有个什么宝藏？彗星找我们来，是去挖宝的吧？"虽然红芙嘴上说着哥哥姐姐，眨巴着的大眼睛却是看着巴浩的。

白天不懂夜的黑冷笑："你《藏地密码》看多了吧？如果我是彗星，挖宝藏肯定要请专业战队，为什么要找一群乌合之众？"

黑夜语气太重，让巴浩有点不舒服，但不能不承认，她说到了点子上。

这个女人30岁左右，一袭黑衣，直发低束，很瘦很白，却不是囧囧那种雪肤长发，她的肤色是病态的、有不少干纹的苍白，连唇色都淡得像扑过粉。从大家见面到现在，她始终把一个双肩背包反背在胸前，另一只手也总是怕冷一样，伸进包兜里，偶尔静下来时，离她最近的巴浩会听到她的手在包里摩挲什么东西，吱吱作响。

众人中只有她随身自带便携餐具。每次上菜，她都第一个夹菜，之后再也不夹别人动过的菜。

"你看起来有洁癖……是医生吗？"巴浩问黑夜。

"医生？"黑夜一挑眉，"不，我是魔法师，某种情境下我能跟别人的灵魂对话。"

"真的吗？姐姐试下跟我的灵魂对话吧！"红芙一脸天真地问。

黑夜嘲弄地笑："不，妹子，你绝对不想跟我对话的。"

刀刀忍不住打断他们："巴浩，你看出点什么来了吗？"

"大家来自天南地北，真的找不到一点共性。不过……"

所有人都看着巴浩。

"这个大奖设置得有问题，为什么找拼图是所有人的任务，却只有第一个拿到最后一块拼图的人得大奖？"

"游戏竞技当然只有一个冠军，有什么问题呢？"奶茶不明白他的意思。

"难道这是一个人性实验，彗星要让我们为了一千万自相残杀？到最后王者胜出？"巴浩双眉拧在了一起。

"我的天！我先声明我们不会杀人也不要被谋杀！"Summer大惊失色，坐她身边的奶茶却一脸难以置信。

沁子咬着嘴唇："如果真是这样，我宁愿现在就回家。"

刀刀的小眼珠惊得要掉下来了："不可能吧？太夸张了吧？"

"我们要预防最糟糕的情况发生……我提议咱们来个君子协定，不管谁找到最后一块拼图，大奖都由八个人平分，除非有人自愿提前退赛，这样大家就不会自相残杀了。"这是巴浩的真心话，他心里有很多模糊的想法，虽然不确定自己为何而来，但肯定不是来送命的。

沁子点点头："有道理，我同意。"

红芙附和："我也同意。"

Summer也表示赞成："说实话来之前我一点都没想赢，现在有的玩还有奖拿当然好，老公你说是吧？"

奶茶皱眉："这事看看情况再定好不好？"

"看什么看！难道就凭你还想拿大奖？"Summer不高兴了。

奶茶尴尬地沉默了。

眼见几个女生投了赞成票，黑夜却面无表情地站起来："要是你们拿到最后一块拼图，爱怎么分就怎么分，我要以个人名义单独参赛，拿奖也是我自己拿。"

兰陵王也来劲了："我也不同意，一百多万和一千万差大了，我要有本事拿冠军，谁也别想分我的！"

同意分奖的几个女生尴尬地沉默了，她们的确不像冠军人选，有浑水摸鱼的嫌疑。

刀刀打圆场："别闹意见嘛，走一步看一步，分奖的事慢慢决定好不好？"

众人纷纷说好。

巴浩也只能暗自叹气。这群人没有一点团队合作意识，如果这是真人秀实验的一部分，已经试出了人性。

既然均分奖品的方案没通过，第一块拼图由谁保管成了问题，最后，大家一致同意，暂由非参赛成员王超保管。

这时，所有人的手机同时响起。他们被拉到了一个微信群，这个群一共11人，群主是彗星。

彗星：恭喜你们正式进入游戏第一关，拿到下一块拼图前8位成员必须在日喀则各完成一个任务，任务内容稍后会私信每个人。祝你们好运。

巴浩：一共有几块拼图？为什么要召集我们这些人来？你们到底要实验什么？

隔了一会儿彗星回复：你们的问题请在游戏中找答案，或者等游戏结束自然揭晓，在此之前不要问我任何问题，这是游戏规则。

酒足饭饱，下一站去酒店落脚。众人纷纷起身，只剩下Summer虚弱地靠着椅背。

刀刀拿出一个指夹式血氧仪给Summer测量。她的血氧饱和度89，略低，静息心率104，偏快。有一点高反症状，所以才会感到头痛心慌，但这并不算多严重，她主要是太娇气把自己吓着了。

Summer很紧张地嚷着要去医院。

刀刀摇摇头："吸氧打针会上瘾呢！你不想整个行程都抱着氧气罐吧？"

Summer吓得摇头："我不要。"

奶茶柔声安慰："老婆，坚持一下，熬过头两天就没问题了。其实你是心理压力太大，别害怕，我会看着你的……"

巴浩悄悄告诉刀刀买头痛粉和维C，嘱咐把维C分装到他带来的一个小药盒里。刀刀不解："要维C干吗？"

"知道心理安慰药吗？回头拿给她，就说这是治高反的特效药。"巴浩压低声音，暗自苦笑，为治失眠他都不知道吃过多少安慰药。

刀刀竖起大拇指："你真有一套！"

走出餐馆，蓝天白云迎面扑来，紧绷的神经终于放松了，这么纯净的天空怎么会藏污纳垢呢？也许他又想多了，这只不过是一个跟幸运挂钩的旅程罢了。

这次大家往刀刀的车后厢放背包时，巴浩发现，在塞满大家行李的角落，有一个略占空间的东西——Djembe非洲手鼓。

巴浩拿起手鼓敲了一下，牛皮鼓面振动，发出一声闷响："这是你的？"

"是啊，我半条命呢，我爸送的，所以我当护身符带着。"

"你会敲吗？"

"学过一丁点。"刀刀认真地比出一个指甲尖。

"这么说你也是有音乐梦想的？"巴浩并非调侃，这群人里就算有个大人物他现在也不会意外。

刀刀倒是一本正经地戏谑："必须的！我的梦想就是加入8号导师的战队，现在终于梦想成真了！"

两人一起大笑起来。巴浩已经很久没这么笑过了。

这个刀刀真爱说话，嘴就没停过，没一会儿，他又跟沁子和奶茶夫妇聊上了，巴浩走近一听，他们在聊唐卡。

"那明天我带你们去唐卡博物馆逛逛吧。"

"好呀！唐卡的颜料真的是天然矿物吗？"沁子显然很感兴趣。

"必须啊，金、银、珊瑚、玛瑙、藏红花、茜草、大黄……还有好多种宝石呢，要不然唐卡咋会那么珍贵啊！"

"我想请一幅回去，价格贵吗？"一聊买东西Summer精神就好了。

"有贵有便宜，放心吧，馆长是我兄弟！一定让他给你们打折……"

巴浩刚对刀刀萌生的好感值又下降了。有些事得先说清楚，否则旅途有无尽麻烦。

"刀刀，我们是来参加游戏比赛的，你要赚回扣的话，这个队伍怕是不合适。"

刀刀笑出酒窝，脸上堆着讨好："你放心，拿回扣也得客人自愿才行，我绝不勉强大家购物。"

沁子却替刀刀抱不平："你想多了，是我说没见过唐卡实物才让刀刀带我们去唐卡博物馆的。"

巴浩苦笑："你要知道是什么地方肯定不想去的，看完唐卡老师们会给你上课、洗脑，我还没见过不被老师们说哭的女人……"

"不会的，我泪点挺高的，就算被说哭也没什么呀！"沁子不以为然。

"哭完老师就要给你一对一单独辅导，游说你请一幅唐卡回家。"

"请就请呗，反正唐卡也是艺术品呀！也算是保护非遗嘛。"

"那也得看花多少钱吧！几万甚至几十万一幅，不是你捐几块钱能了事的。"

"妈呀！我请不起……"旁听的Summer吐了吐舌头，转身就走。

"哎！几千几百的也有，看画工，看大小……"刀刀倒是一点也不尴尬，追着Summer的背影喊。

饭后还有个小插曲。巴浩在男厕听到刀刀和王超在争论。刀刀要定日喀则一家四星酒店，说刚好够彗星给的住宿标准；王超却要定一个格桑花客栈，说彗星既然没有指定住处，不如挑个性价比高的，到时多凑点发票冲抵费用。

巴浩苦笑，在蹲坑上清了清嗓子。外面交谈声骤停，脚步声响起，很快就消失了。

他俩肯定听出自己的声音了。这些见缝插针的社会混子，还真是防不胜防啊！

4

最后还是住了格桑花客栈。

一路上，刀刀都在夸格桑花客栈，说它有藏式风情，有美丽的玻璃天井屋顶，比星级酒店强多了。其实这只是一座普通的木制藏式四合院。

车上虽然装了监控全程录制，司导们并没去房间装摄像头，让人感觉略为舒服。

办入住登记时，巴浩借着帮刀刀收身份证，顺便看了每个人的。

奶茶本名何淼，Summer叫楚家骊，黑夜叫王小兰，囡囡叫张炯，徐沁子是本名。当巴浩看到红芙的身份证时，红芙的心跳略微停顿了一下，不过巴浩像看其他人的一样只是轻轻瞄一眼便带过了，红芙能感觉到他看完后明显松了一口气，一定是因为看到大家身份证照片全和本人对上了，心安了很多吧。

两个司导同住，奶茶和Summer两口子不可能分开，巴浩和兰陵王住一间房，红芙正想着四个女生该如何组合，沁子走到红芙身边，很自然地去挽她的胳膊："我和小妹妹住吧！"

"我也想和红芙住！"囧囧的手伸向红芙双肩背包上挂着的小猪佩奇，"佩奇猪猪好可爱啊！"

红芙倏地一个转身，把囧囧刚摸到小猪的手甩开，也令沁子挽了个空。她反手按住小猪，笑眯眯地看着囧囧："这个可不能碰，我姐送的。"

囧囧不高兴了："不就是个玩偶吗？我家里有比它大一百倍的。"

"红芙你到底跟谁住？"刀刀打断了她们。

红芙想了想："我还是和沁子姐姐住吧，她先说的嘛。"

囧囧嘟起嘴看着黑夜："那我俩一屋了，你可别嫌我脏。"

黑夜冷冰冰的脸上没有一丝笑容："你注意点，别在屋里练摊。"

"请大家伙儿千万不要洗澡洗头，特别是有高反的队友，那会加速你的耗氧量！等你们完全适应之后再洗白白吧！"刀刀不厌其烦地叮嘱。

战队参赛者，连同司导，一共十人，住了五个房间，全在客栈二楼。

这层楼呈四合院回形连接结构，房间门窗都开向中间楼道，因为房间通风不好，大家不约而同都打开了朝楼道的窗户，只垂下窗帘遮私，站在走廊上，能听到各个房间传出的声音。

一进房间，沁子就疲惫地趴在了床上，看着忙于收拾行李的红芙："小妹妹，你是第一次来高原吗？"

"是啊。"红芙头也不抬，跟她那个拉链坏掉的行李箱搏斗。

"你是怎么知道拼图游戏的呢？"

"哦，我是玩《王者荣耀》的时候看到的广告界面，所以报名了，姐姐你呢？"红芙虽然反问了，但那只是敷衍式的闲聊。

沁子若有所思地说："那你跟我一样，联系彗星之后我犹豫了好久……你相信这个游戏是真的吗？"

红芙心里有点烦，脸上却换出了一个天真的笑容："我同学都说是骗局呢，所以我跟彗星说不参加了，没想到彗星居然把机票钱转给了我……不过他指定了航班。我想这事不可能还是个坑吧？实在不行，我就当是来西藏玩玩嘛！"

沁子比了个赞："妹子你警惕性真高，我怎么没想到可以要钱自己订机票呢？我是个瑜伽教练，每天都在跑来跑去上课，生活其实挺单调的，一千万，不敢想，能度个假就很好了……对了，你在哪个学校读书？"

"北京一个好小的学校，我都不好意思说……"红芙笑得眉眼弯弯，心里却着急地想转移话题，"姐姐你脸色不好，是不是不舒服啊？"

沁子捂着头："不知道，有点头疼……"

"可别高反了，我给你倒杯水吧！我想去逛街，你就在房间好好休息吧。"

"那妹妹你可要注意安全。"

姐姐妹妹地客套一阵，直到关上门，红芙才长嘘了一口气。她的脸上依然保持着那个合适她年龄的天真笑容，脚步轻盈地走向楼梯。

第一个路过的是房门大开的巴浩和兰陵王的房间，她快速一瞥，巴浩靠在床头，兰陵王背向门口，两个人都在专心看手机没有交谈。第二个路过的是奶茶两口子房间，虽然房间紧闭但能听到Summer的呵斥声："哎哟！按错了！疼！"第三个是开着门的囧囧和黑夜房间，囧囧摊了一床衣服、化妆品在床上边拣边哼歌，洗手间里传来哗哗的水响，估计是黑夜在洗漱。

没人注意到她，也就免了她再找什么借口了。

走过最后一个房间，红芙脸上的笑容像把伞一样收了。她在楼梯口观察了下地形，然后轻步上了三楼。三楼是一个搭着玻璃屋顶的平台，西藏日照好，很多客栈有这种楼顶晾晒区，在这里可以居高临下，观察每个房间的动静，甚至能听到走廊里的交谈声。红芙倚靠在一个角落，静静等待着。

日喀则的太阳要到八点多落。现在天色渐暗了，战队没人出来，反而陆续关上了房门。奶茶和Summer房间甚至熄了灯，看来大家初到藏地，并不打算贸然外出。

红芙站得脚有点麻了，正欲活动下关节，黑夜和囧囧的房门突然开了，一身黑衣的黑夜出来了。她左右四顾，观察了会儿队友的房门，径自下楼，出了客栈，一出门她便加快步伐，似乎有什么急事要去办。红芙正想跟着黑夜出去看个究竟，突然间，巴浩的房门也开了，巴浩一边看着手机一边挠头走出来，在走廊里站了好一会儿，茫然的眼神在战队参赛者的各个房门上转来转去。

他要干什么？黑暗中红芙怕被发现，赶紧猫下身子，眼睛却一直盯着巴浩。

巴浩的目光最后锁定在沁子和红芙房门上。

隔着老远，红芙看到巴浩犹犹豫豫地敲了几下门，沁子衣着齐整地开了门，走廊里一抹昏暗的灯光刚好打在沁子吃惊的脸上，越发显得她面目清秀，她扶着门，没有让巴浩进去的意思，身上挂着一件白天嫌热脱下的、上遮颈下盖臀的超大卫衣，美好的体态被遮得严严实实，沁子作为全队身材最好的姑娘，红芙觉得她穿得太保守了。

借着夜色刚临，红芙移动位置到了能听清楚他们交谈的地方，但在这个角度就无法同时看清两个人的表情了。

巴浩看了看她的屋里，问："你一个人吗？那个小妹妹呢？"

"红芙说要去逛街，到底是'00后'，小姑娘精神真好。"

巴浩把手机点开给沁子看："我收到任务指令了，你呢？"

沁子平静的声音传来："怎么要你半夜出去做任务？"

"我也奇怪，所以来问问你们，我能知道你的任务吗？如果也是这种半夜执行的任务，我可以帮你。"

沁子没吭声。巴浩有点尴尬："咳，两个人总比你自己力量大，如果红芙也愿意，咱们三个人可以结盟，一起做任务，一起拿大奖。"

沁子似乎犹豫了一下："我的任务是晚上待在房间好好睡觉。"

红芙看到了巴浩目瞪口呆的表情。

"这个彗星还真是外星人一样的脑洞啊！他到底想干吗呢？"

沁子的声音里透着歉意："我不能陪你去取包裹了，你要注意安全。"

巴浩突然又磕巴起来："谢谢，谢谢关心……嗯，很高兴能认识你。"

这是个在社交场合表示好感、希望进一步了解的得体辞令，也通常是艳遇搭讪的开始。红芙轻蔑地冷笑起来。沁子没有回答，红芙正猜她会用什么样的态度应对时，又听到了巴浩的声音："我是接到彗星的邮件来参赛的，彗星说是随机抽到我的。我，我，我来自深圳，我是个原画师，24岁，你呢？"

红芙差点笑出声来。这是要相亲吗？这种搭讪也忒低级了吧！

沁子迟疑了一下才回应他，声音依然温柔平静："我也在深圳，大你一岁，是个瑜伽教练，生活圈子挺小的，从没接触过真人秀，有点好奇……"

"哦……有人夸过你声音好听吗？"巴浩一脸终于找到话题的如释重负。

女的抱怨生活圈子太小，是在暗示她单身吗？男的开始夸女的当然也是表达好感，接下来不会光速滚床单吧？红芙突然发现，她猫了半天，窃听到的都是些无聊又毫无意义的信息。她可不是来偷看一场风月情事的。她不耐烦地站起来想撤了，却听到沁子突然变得僵硬起来的声音："对不起，我想休息了……"

巴浩神情紧张起来："我，我是不是说错话了……咱们还结盟吗？"

"红芙结我们就结。"

房门扣锁，发出了一声脆响。

巴浩低下头，神情有些落寞。

碰了钉子不好受吧？红芙嘴角浮起一丝笑意。

巴浩低头发了会儿呆，很快回过神，又朝囡囡和黑夜的房间走去。

这次巴浩的运气显然比刚才好，囡囡一见巴浩就喜笑颜开地让他进去坐，巴浩却只是讪讪地站在门口，低声问囡囡的任务是什么。

"我收到的指令是不能直播与游戏相关的任何人与事，否则我会立刻被取消参赛资格！"囡囡气呼呼地嚷嚷，"王超和刀刀不也一直在拍摄吗？凭什么我不能直播？"

"他们录的是真人秀内容，这个来之前大家都签了协议的，但你直播在计划外，所以才不让你播。"

囡囡还是不高兴："我就是吃这碗饭的，一天不露脸就会掉粉啊！既然说了不是什么违法活动，为啥就不能在线直播呢？"

巴浩叹口气："彗星说了这活动是录播，肯定不会让人在真人秀节目播出前公开拼图游戏，人家要靠卖版权赚钱的，而且你现在就把游戏内容提前公开了，要是有聪明人，比我们捷足先登，那就是给自己挖坑了。"

囡囡还嘟着嘴，语气却和缓了："那我直播藏民总可以吧？总不能让我失业啊……"

巴浩苦笑不答。

囡囡打量了下巴浩突然笑了："帅哥，要不咱们结盟吧？咱俩一起组队玩游戏，有难同当有福同享，怎么样？"

隐藏在黑暗中的红芙在巴浩脸上看到了犹豫，比起刚才他想跟沁子结盟的急迫，他对跟囡囡结盟显然有所顾虑，不过也只是犹豫了一下，他便和囡囡击掌为盟，但他拒绝了囡囡要陪他做任务的提议，理由是太晚了带着女生不方便。

看来巴浩的目标盟友,或者说是心仪对象,并不是这个聒噪的囡囡,但他到底还是接受了囡囡当备胎啊!

居高临下的红芙冷冷地看着二楼走廊里闲聊的两人。

5

巴浩收到的任务是:凌晨一点去德西路3巷8号取包裹。

当时兰陵王的手机也嘀嘀响了。巴浩忍不住问:"我收到指令了,要去取个包裹,你的任务是什么?"明明还在打鼾的兰陵王立刻坐起来翻看手机,但巴浩连问了他两遍,他都没回答。

没能争取到兰陵王是巴浩找其他人结盟的原因。其实巴浩并非需要帮助,只想尽可能减少周围的敌意罢了。回房后,巴浩合眼眯了一阵儿。他心潮澎湃,一直在半梦半醒的状态,再出门时,已是十二点一刻。

刚才巴浩一直没关门,但似乎没听到黑夜和红芙回房的动静,难道她们也有和自己类似的任务?所有房间都熄灯了,楼梯口是两个司导住,路过时隐隐传出鼾声。

取包裹的地方离客栈不到两公里,走路过去即可。只是这是在深夜里,还是在一个没有宵禁的异地,为了安全起见,临走之前,巴浩还是带上了一把多功能瑞士军刀。

一楼只有前台有灯光,服务员正裹着军大衣在唯一的长沙发上鼾睡。巴浩看了下挂客房钥匙的牌子,整个客栈的客人只有他们,牌子上自然只缺少他们那五间房的钥匙。服务员睡得太香了,大门钥匙挂在门上都不知道。巴浩推门出去,一阵冰冷的空气将他包围了。这里昼夜温差真大。

翻出手机导航"跟我走"。巴浩故意目不斜视地走着,走出一段突然间猛然回头,然后撒腿就往后面的路口跑。

道路上依旧空无一人,事实证明是他想多了,后面并没人跟踪。导航里的机械女声提醒他已经偏离方向。巴浩狐疑地回到正确路线,边走边四处张望,但自始至终,他的视线范围都没出现过一个人。

一进巷子,路灯便消失了,巴浩点开手机手电筒,四处找了找,才找到8号。这是一栋木制藏式民宅,手机微光下,那褪色的朱漆大门很是沧桑,清脆的敲门声在深夜小巷里格外刺耳，但一直没人来开门，巴浩轻轻一推，门立刻就开了，原来之前都是虚掩着。他走进去，里面一个空荡荡的小佛堂，左右侧都挂着门帘，佛龛上两盏长明灯的灯光，映照着墙上挂着的一幅大唐卡，一股似檀香似沉香又似麝香的奇怪味道弥漫在空气里。

"请问有人吗？我是拼图游戏参赛队员，来拿包裹。"巴浩提高声音询问。

没人回答，里面一片死寂。巴浩试探着往前走了两步，他的心跳加速了，右手忍不住揣进衣兜，悄悄地把瑞士军刀展开，握紧。

地上有两个蒲团，佛龛上堆放着满满当当的灯烛、香炉和大捆大捆的线香。灯烛中间摆着一个相框，似乎是张彩照，此时灯光太暗，他看不清楚照片里的人是谁，正想凑过去想看清楚，却发现眼前的影像变得模糊起来。

不好！巴浩赶紧屏住呼吸，然而已经晚了。天旋地转中，有人一掌劈中他的脖颈，巴浩整个人软绵绵倒地，再也没有力气动弹。

不知道过了多久，一个人在巴浩身边蹲了下来，然后一双冰凉的手触到了他的脸，"啪啪啪"地拍打起来，大概想看他是否还清醒，确定他完全昏迷后，那人用手钳住了他的腮帮子，用力一捏，巴浩不能自控地张开了嘴。

一股火辣辣的液体灌进了喉咙，似酒也似药。

这个人力气好大，但这人的手与他的脸的接触面并不大。这是一双女人的手。此时，她的另一只手伸到巴浩颈下一抬，巴浩不由自主咽下了灌下的药酒，接着她的手开始往下移，挪到巴浩咽喉的位置，停住了。

现在只要她像刚才一样用力，巴浩马上就不能呼吸了。

巴浩大骇，眼皮和嘴巴却像被强力胶粘住，他完全不能支配，最要命的是他的意识已经涣散。就是这时，他听到门被踹开了，有个人气喘吁吁地闯了进来。

"你把他怎么了？改了计划——为什么——不跟——我——商——量——"周围的声音开始扭曲，一个男人激动的声音越来越遥远。这是巴浩彻底昏死前听到的最后一句话。

快醒来！快醒来！巴浩大口大口地喘着气，像是一条突然被放回水里的濒死的鱼，从梦魇中惊醒。

周围没有佛堂，他喉咙上没有冰冷的手，身边也没有神秘的女人和愤怒的男人。他正好好地躺在客栈房间的床上，大汗淋漓地喘着粗气。唯一不对劲的是，他和衣而眠，身上还好好穿着昨晚出门时的外套，那把瑞士军刀也在兜里。他浑身上下都是酒气，证明昨晚的经历不是梦境。

除此之外，他的头很痛，像是被人用铁锤击打过天灵盖一样剧烈的痛，比以往任何一次高反都严重，以至于他怎么也想不起自己是怎么回来的。

已经是上午九点，阳光透过客栈天井，把整个回廊都点亮起来，在天井一楼的围桌位置，战队其他成员都言笑晏晏，吃着早餐。看到巴浩出现，众人异口同声地说："酒醒了？"

"酒？我没喝酒啊！"

"我就说肯定喝断片了，要不然也不会倒在门口进不来，我们四个大男人才把你从前台扛上楼。"刀刀一脸邀功。

"是啊！你们动静太大，把我们都吵醒了。"红芙啃着一个糌粑眨巴着眼睛。

七嘴八舌中，巴浩终于知道了昨晚的下文。

原来，凌晨四点，服务员发现巴浩倒在客栈门口，烂醉如泥。他赶紧叫上兰陵王、王超和刀刀，合力把巴浩扛回房间。

巴浩扫视一圈，所有成员都在。

"昨晚发现我时你们所有人都在客栈吗？"

众人纷纷点头。

"他们抬你上楼时我出来看了下，我太太不舒服没起来……"奶茶略有歉意地说。

"昨晚我知道你去做任务，一直挺担心的，打了好几次电话你也没接，天这么黑，我不敢出去，结果就等睡着了，直到被你们吵醒才出来……"囡囡赶紧补充。

巴浩看一眼面无表情的黑夜："囡囡，你知道黑夜是几点钟回来的吗？"

"一点一刻，当时我看了下床头柜上的钟，太困了我又接着睡了……"

那一点出现在小佛堂的女人就不是黑夜，不过也不能排除是黑夜为了制造不在场证明而回拨了钟表。巴浩心里虽然对黑夜犯疑，眼睛却看向红芙："红芙你呢？"

"可能十点多吧，附近没啥好逛的，应该在你出门前就回来了，对了，沁子还跟我说你想结盟……"

沁子打断了红芙："不好意思，我太累了，不知道发生这么多事，不过红芙确实是在我睡之前回来的。"

"我也累坏了，沁子姐我没打呼吧？"红芙不好意思地笑。

沁子微笑摇头。

"你盘问我们干吗？各有各的任务，我们的行踪用不着跟你交代吧？"黑夜冷冷地说。

"这个游戏非常危险！如果你们知道昨晚发生了什么一定会害怕的！"巴浩很少这么情绪激动，他点开彗星的私信给众人看，"昨晚我是去彗星发来的地址做任务，结果一到那里就被人迷晕了……"

巴浩痛苦地回捋了一遍昨晚零乱的记忆，众人皆听得一脸狐疑，巴浩只得站了起来："现在请大家和我一起去德西路3巷8号，咱们去把事情搞个水落石出吧。"

白天的德西路3巷跟夜晚完全不同，人来人往，熙熙攘攘。这里离美食街不远，也是老民居所在地，阳光下的8号民居是一栋土石木结构的碉楼，屋檐雕刻精美、色彩斑斓，朝街的窗框漆成一圈梯形，悬挂着风马旗，绘着日月祥云图的朱漆大门虽然有些褪色，仍然能看出居住者昔日的富庶。来开门的是一个黝黑干瘦、笑容可掬的大叔，见到众人一怔，很快目光锁定了巴浩："这么快又来了？昨晚喝那么多没事吧？"

大叔一口夹带着浓重湖南或湖北口音的普通话。

巴浩困惑地说："您认识我吗？"

"怎么会不认识呢？昨晚我们一起喝了三壶青稞酒啊，帅哥你可真能喝，昨晚留你住说什么都不肯，你说完成任务就得归队……他们是……"

"大叔，我们是和巴浩一个团队的，昨晚到底是怎么回事啊？"红芙问道。

"大家进来坐吧，喝杯酥油茶慢慢说……"

这里完全不是巴浩昨晚到过的空荡荡的小佛堂了，虽然昨晚看到的佛龛和大唐卡都在原来的位置，但在他记忆中，佛龛上摆着的照片不见了，墙上挂满了大大小小的唐卡、活佛照片甚至领袖像，华丽的藏式地毯、条椅、木几也证明这是个接待客人的地方。通往左右两侧的房间挂着藏式门帘，顾不上礼不礼貌，巴浩掀开看了一眼，一侧是没有摆家具的空屋，另一侧是往上的木制楼梯。屋里光线不太好，佛堂里燃着的藏香也掩盖不住一股霉味，但没有昨晚他记忆中的迷香味道。

牛叔说他是个藏漂，刚租下这栋民宅，打算经营民宿。几天前，有人打电话让牛叔等候一个叫巴浩的人，而且给牛叔寄了个快递，里面有一些作为费用的现金和一个需要交给巴浩的包裹。牛叔说，昨晚他和巴浩一见如故，邀他对饮，俩人一直喝到三点多，巴浩才出门。

随着牛叔讲述，众人看巴浩的眼神越发怪异，巴浩知道他们都在怀疑他，忍着越来越炸裂的头痛，他找准昨晚倒下的位置躺在了地上。

"巴浩你干吗！"众人齐呼。

"我们这里有四位女士，麻烦你们每个人过来打我一耳光。"

"为什么要我打你？你脑子进水啦？"Summer失笑。

"拜托了，我想还原昨晚的场景，找出那个暗算我的女人。"

"你不是怀疑我们当中有内奸吧？昨晚真的是你喝醉了做梦……"沁子感到难以置信。

巴浩用头巾蒙上了眼睛："我会证明给你们看是真的，请过来打我吧！"

一个带着馥郁玫瑰香水味道的女人凑了过来，毫不犹豫，"啪——"地赏了巴浩一巴掌。虽然打得巴浩龇牙咧嘴，但可以肯定，这只温暖潮湿的手绝不是昨晚的女人。昨天吃饭时，她就坐在巴浩身边，这个香水味很熟悉。这个女人气场强大，御夫有术，十步之内寸草不生。

"谢谢Summer，下一位。"巴浩脸上火辣辣的，心里却很清醒。

另一个女人凑了过来，在巴浩脸上比画了几次后才轻轻拍了一下，她的手掌温暖干燥，接触面十分粗糙，身上没有香水味，但掌风挥过衣袖里有花果洗衣液的气味传来。

巴浩愣了一下："请再打一巴掌，用力打。"

第二次下手重了一点，但还是怕他疼的那种打法。巴浩捕捉到一个特征——这个人掌心有很多茧。

"谢谢沁子，下一位。"昨晚的女人掌心没茧，所以肯定不是这个人。打他的手法如此轻柔，只能是个性温柔的沁子。只是，为何颜值如此在线的沁子却有着老农民一般的厚重掌茧呢？沁子说她是瑜伽教练，巴浩认识的瑜伽教练都不玩健身器械，难道沁子是个例外的器械狂，所以才有掌茧？

第三个女人过来了，下手不轻也不重，手掌不冷也不热，身上没有任何味道。

巴浩又愣了，脑子快速检索。

刚才她移动时衣服发出了哗哗的声响，这是冲锋衣面料相互摩擦的声音，女孩中，只有红芙穿了冲锋衣，他确定昨晚没有听到过这种声响："谢谢红芙，下一位。"

剩下的只有黑夜了，巴浩几乎已经肯定昨晚的女人是黑夜，他的心跳加速了。

这是一个冰冷的耳光，手掌干硬，掌风决绝，和昨晚如出一辙，不同的是，黑夜带过来一股松木香的滴露消毒水的味道。进屋之后，她用湿纸巾擦过两次手，赏巴浩这耳光也是一触即开，而昨晚的女人可是摆弄了巴浩的脸好一阵，如此厌恶和别人身体接触的黑夜真的会那样做吗？想到这里巴浩动摇了。

巴浩拉下蒙眼的头巾，一脸困惑地坐了起来。

"找出是谁了吗？"大家或蹲或站围着巴浩问。

巴浩摇摇头。他不能下不确认的结论，哪怕会因此失去大家的信任。

"我还有个办法，请这里的男人每人说一句话：你把他怎么了？改了计划为什么不跟我商量……昨晚在我失去意识前听到了这句话，只要再让我听一次就能把他找出来。"

在场的，除了战队的三个男人，还有刀刀、王超和屋主牛叔。带着怀疑和不耐烦，男人们把那句话复述了一遍，连牛叔都乐呵呵地跟说了，巴浩还是一头雾水："都不像……会不会是语气不对？也可能我当时快昏迷了没记住声音特点，你们能不能用激动的情绪再讲一次？"

"没空玩了！我要去做任务！"兰陵王第一个大步流星地离开。

黑夜也站了起来，冷冷瞥了一眼巴浩："我原本以为你是个酒鬼，没想到还是个胆小鬼，大话精！"

既然有人先撕开口子，大家就不用给巴浩面子了。众人分别向牛叔告辞。沁子甚至都没多看巴浩一眼，巴浩拉了这个扯那个："我说的都是真的，相信我……"

奶茶拍拍巴浩的肩，一脸同情："下次别喝这么多了，我让王超送我们去做任务。"

红芙走之前给了点面子："回去好好睡一觉吧，睡熟了就不会做噩梦了。"

囧囧倒是很维护巴浩："巴浩不会骗人的，肯定有人做了手脚让他产生幻觉……"

刀刀满脸堆笑："我相信的……"

这胖子嘴上说着相信，脸上确是"尽快了事吧"的敷衍。

巴浩沮丧地拒绝了刀刀和囧囧约他去逛步行街的提议，把自己关回客栈的房间，这时才发现，床角鼓鼓囊囊的，有个包裹。这是一个黑色快递袋封好的包裹，包裹上没有贴任何快递标签，他撕开一看，里面是一包经幡，一共三条，是常见的，象征福运升腾的五色经幡，每条上都绘着鸟兽图案或陌生的藏文符号。

这就是牛叔说的包裹？见鬼了，昨晚他压根没见过。经幡一共三条，是为他们一行人准备的吗？可是战队有八个人啊！

巴浩终于把纷乱的思绪理清了。现在可以肯定三点：第一，游戏组织方是多人团队且意见不合，最后却达成一致，虽然想不通前因后果，但女人将他迷倒，男人及时阻拦，最后变出一个牛叔出面挡剑，这是铁证；第二，牛叔肯定是组织方成员，他是目前唯一一个可以打开的缺口；第三，这个游戏有危险，下一次很可能会轮到其他人，巴浩不能眼睁睁等着有人受伤，何况不弄清真相他就得背黑锅了。

巴浩跳了起来，抱起包裹直奔德西路3巷8号。

这是他24小时内第三次来到这个地方了，夕阳下的老宅被镀上一层柔和的金辉，小巷里来往的人们面目祥和，一派国泰民安的景象，巴浩怀疑起自己来，昨晚他真的在这里遇险了吗？

这次大门紧锁，无论怎么敲也没人应门。牛叔出去了吗？

"别敲啦，这家已经没人了！"老宅对门的屋檐下，一个拿着牛角壶倒烟粉，准备抽鼻烟的老爷爷说道。

原来这家人去年已经搬去拉萨了，屋主想整租出去，但要价很高，一直没找到合适租客，所以房子也一直空着，中介倒是有钥匙，经常带人来看房，但邻居表示从未见过那个牛叔，听到巴浩说的小佛堂上午的摆设，更是使劲摇头，说这家的老家具都集中放在后院，这一年多佛堂都是空的。

昨晚发生的一切不是幻觉。那个牛叔就是演戏给大家看的。巴浩失去意识的时间是大概一点零几分，被人发现倒在客栈前是四点，带人重返佛堂已是十点，时间上足够彗星平息内部矛盾、布局演戏了。

巴浩的心踏实了，但随之涌起更多不安。

彗星究竟想干什么呢？

第二章 碎片迷踪

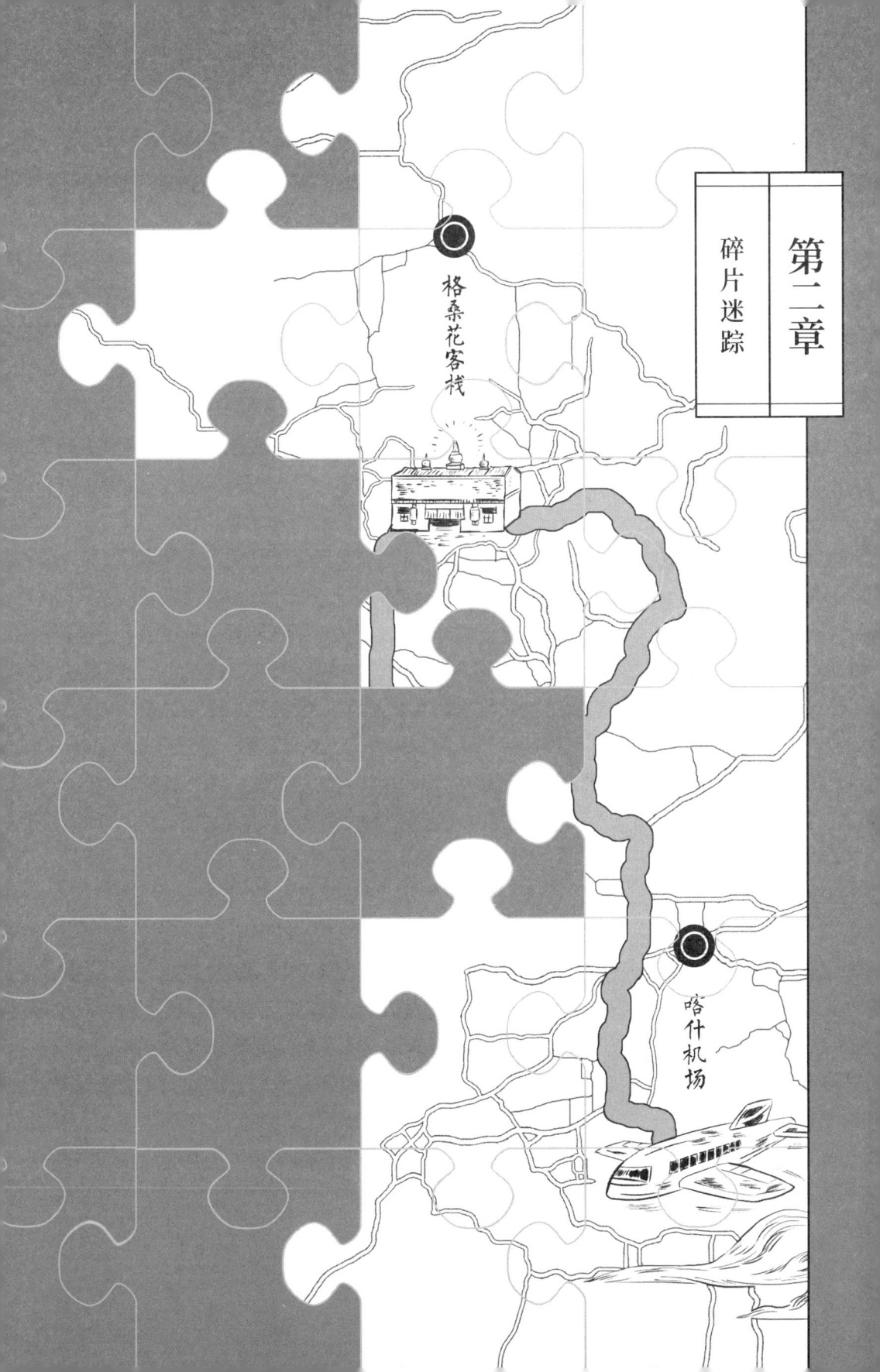

格桑花客栈

喀什机场

1

巴浩第三次重返德西路时，奶茶和 Summer 已经到了扎什伦布寺，昨晚临睡前，奶茶收到了彗星的任务指令，让他们去扎什伦布寺找一位叫平措次仁的僧人。奶茶一直纠结还要不要继续参加这个游戏。他甚至用三枚硬币卜了一卦，出来的是萃卦，这是个代表聚集、会聚的卦，与此时战队集合不谋而合。

看来这些人被召集在一起真的是命运的指引。

每逢人生重大决定时奶茶都会卜卦决定去留。他是在打游戏时被弹出的广告吸引报名的，为了解活动细节，他和彗星沟通了三周，不能不承认，一千万的大奖对刚经历第三次电商创业失败的奶茶来说，非常有吸引力，但 Summer 一听说他要扔下她去参加活动就炸锅了。当奶茶沮丧地回绝彗星时，竟然得到了可以带家属的允许。

奶茶没想到，战队里只有他一个人带了家属，更没想到自己会和一起从上海航班下来的囧囧、兰陵王组成战队，从那一刻起，对他来说势在必得的大奖有点变质了。他要时时注意，尽量不跟囧囧、兰陵王在一个空间里，最好不要被真人秀录制拍到正脸，好在 Summer 同样不愿意和大部队一起行动，她讨厌入镜的原因是自己有点高反，形象不够完美。

这个卦象让奶茶忐忑不安的心落了下来，既来之则安之，既然众人聚集已是无法改变的事实，也许他可以借助这些人的力量成事，如今的他太需要那一千万来改变命运了。

隔着老远就能看到寺庙依山而建，红白黄色调的建筑群层层叠叠地向半山攀升，扎什伦布寺的金顶在阳光下闪闪发光，Summer 见此美景很是兴奋，可惜还没上几阶台阶，她就喘得快吐了，一路都在哀号"我不行了我快死了"。

就这样，奶茶对她又扶又劝，两人走走歇歇，以龟速上挪。奶茶一见到穿红袍的僧人便打听平措次仁，可扎什伦布寺光经殿就有 57 间，人人都说没见过或不知道，到最后，Summer 已经喊着要回去了，终于有个清洁工说看到平措次仁喇嘛在错钦大殿做功课。

错钦大殿巍峨雄伟，平措次仁却没有在正殿释迦牟尼佛像前做功课，而是在右侧的佛堂，一尊供着的绿色泥塑佛像前打坐诵经，他看上去非常年老了，瘦小的身子淹没在宽大的红色僧袍里，一动不动地钉在蒲团上。

"师父你好，我叫何淼，她叫楚家骊，我们是拼图游戏战队的，接到任务指令说是要来找您，请问我们应该怎么完成任务？"

老喇嘛没有任何反应，重复问了两次依然如此。Summer 再也支撑不住，瘫在了一个蒲团上："不行了我不走了，我哪儿都不去了……"

奶茶仔细倾听老喇嘛在念些什么，他念的却是藏语，一个字也听不懂。正好一旁有个工作人员在清扫佛堂，奶茶赶紧过去打听情况。

"上师已经在这里诵经快三天三夜啦！没做完法事他是不会停下来的。"

"他在做什么法事？"

工作人员摇摇头："不知道，上师的事情我哪敢问。"

"这里供着的是什么佛？"奶茶看着那尊绿色佛像，她盘坐于莲花月轮上，右手持蓝莲花，左手亦拈着一支盛开着的蓝莲花并置于胸前作三宝印，神态慈祥庄严。

"这是绿度母，是观音菩萨的化身，传说也是文成公主的化身。"

"那老法师念的是什么呢？"

工作人员听了一会儿："是《阿育王太子法益坏目因缘经》里的经文。"

奶茶得到了解释，却又更困惑了。看看 Summer 此刻却已平静下来，甚至学着老喇嘛的样子盘起了腿，一副挺自在的模样。

"老婆你还好吗？师父在做法事不能打扰，要不我们去外边……"

"嘘——"Summer 压低声音，"就在这里听师父念经吧，刚才我跟死过一回一样，一听他念经，所有不舒服都消失了，心好静啊，特别静，好像这辈子都没这么静过……"

Summer 甘之若饴地闭上了眼睛。奶茶只得也在一旁坐下，可他心里静不下来，百度搜了扎什伦布寺、绿度母的资料，并没发现有什么特别之处，他甚至查了《阿育王太子法益坏目因缘经》，原来这个经是超度亡灵的，看来老喇嘛应该在做超度法事。

坐不住的奶茶也在大殿里里外外转了一圈，看到了几个藏民在正殿磕长头，听说已经磕了一整天了，他们是那么虔诚，虽然奶茶不信教却也被感动了。再兜回来老喇嘛和 Summer 还在禅定，这么等下去肯定不行，已经觉得腰酸背痛的奶茶也不管老喇嘛听不听，凑过去说道："师父，我们是拼图战队的，接到任务指令来到这里，如果你不给答案那我们就走了。"

老喇嘛的诵经终于停止了，他睁开眼，转过来看着奶茶，用不太流利的普通话说道："年轻人，你要跟自己的心要答案。"说罢老喇嘛又接着诵经，再也没理过他们。

奶茶郁闷坏了，Summer 倒是不以为意，她认为找到老喇嘛就算完成了任务。虽说找人费了点工夫，可这并不是多有难度的任务，彗星的用意究竟是什么呢？

奶茶和 Summer 一边讨论着这个奇怪的任务，一边往外走，都快走出寺院大门了，偏殿那个工作人员突然气喘吁吁地追了过来："这是上师让我交给你们的。"

这是一个眼熟的牛皮纸信封，跟昨天他们在餐厅拿到的快递一样。信封里有一小块硬塑碎片，里面没有其他物件。碎片是蓝色的，边缘呈不规整锯齿状，一面空白，另一面用黑色毛笔顶着边写了一个瘦金体的"日"字，不过这个日字并不完整，看来还需要另外小半块碎片组合才成。

Summer 惊喜地说："拼图碎片！我们这样就算完成任务了？不难呀！"

奶茶却皱起眉："就是太轻松了让人害怕……昨天一个'月'，今天一个'日'，两块碎片又不像是相邻关系，不知道代表什么意思……"

"难道是我们遇上了日月神教？"Summer 乐了。

"哪有什么日月神教。"奶茶的眉头锁得更紧了，"不知道他们完成任务后都拿到了什么碎片，我们要不要拿出来商量呢，那样可以早一点拼出整个游戏真相……"

"当然要跟大家商量啊！就凭我们自己能拿冠军吗？"

"可那些人要么来者不善，要么爱出风头，我是真不放心……"

"别想那么多啦！碎片都到手了！我们先去步行街买东西吧！"

刚才还喊着高反的 Summer 兴奋地扎进了喜格孜步行街的人流。

2

日喀则的第二个夜晚来临了。

直到入夜，其他成员才陆陆续续回来，打着酒足饭饱的嗝。他们依旧相互提防，绝不深谈。

躺了大半天的巴浩依旧没睡着。半夜，外面淅淅沥沥下起了雨，雨点噼里啪啦敲打着天井的玻璃屋顶，搭配兰陵王忽高忽低的鼾声，搅得巴浩心里开了锅一样。不止鼾声和雨声，外面楼道开始有人走动，好像还不止不一个人，因为整个四合院都是木制的，尽管外面的人脚步很轻，失眠的巴浩还是听到了楼板隔一会儿便吱吱呀呀地响动。

巴浩干脆坐了起来。

整个战队的人都住在二楼，一共住了五个房间，因为通风不够好，大家都打开了朝楼道的窗户，只垂下窗帘遮私。巴浩睡在靠窗的位置，顺手撩起窗帘一角，想看看到底是什么人比失眠的他还精神，却猛地吓了一跳——一个黑影就杵在他窗前！

巴浩骇得差点叫起来，那人却赶紧伸出手指到唇中比画噤声。

这时巴浩才看清，是黑夜。

巴浩压低声音："你干吗？吓死我了。"

黑夜用更低的声音回答："刚才我听到有人出房间了，好像还不止一个，我不知道哪个房间少了人，不过他们半夜三更出来活动肯定没干好事，搞不好是内奸，所以我来查查……"

巴浩诧异了："你……你是相信我昨晚的经历了吗？"

"不知道，不过现在你至少没打算害人。这样吧，你跟我一起去看看怎么回事吧。"

见面以来，黑夜没给过任何人好脸色，但也因为这个好斗的女人战斗值高，在战队说话有分量，她的邀约对已被孤立的巴浩无异于恩赐。巴浩探出半个身子向楼道张望了下，外面只有地脚线处有几盏昏暗的小夜灯，但靠着这个光，基本可以看清楚，二楼的每间客房都房门紧闭。

"确定刚才是我们的人吗？"巴浩问。

"我刚去过前台，服务员睡得像猪。今晚还是只有五间房入住，整个客栈全是我们的人。"

"那到底是谁出去了？"

"不知道，我刚准备撩窗帘你就醒了……"

巴浩蹑手蹑脚地下床出门，他比画了一下，让黑夜把鞋脱掉走路。光脚在木楼板上走果然声音小多了，两人一前一后走到了奶茶和 Summer 的房间，这是战队唯一一间大床房，也和巴浩那间一样，窗户没关，只垂着窗帘。巴浩屏住呼吸，按捺住狂跳的心，轻轻撩起窗帘一角。

如果让人发现他半夜偷窥小夫妻的房间，一定会被当成变态。

虽然心里这么想，他撩窗帘的手仍然伸出了。

房间很暗，黑漆漆一片，好一会儿，巴浩才适应里面的光线。虽然看不清里面是谁，但可以肯定，那张大床上有两个背向而眠的人，奶茶和 Summer 在房间。

巴浩轻轻放回窗帘，向黑夜做了个 OK 的手势。

下一个房间是囧囧和黑夜的，黑夜打手势表示不用看，囧囧也在房间。

再下一个房间是沁子和红芙的，有了刚才的偷窥经历，巴浩已经不紧张了，甚至有点兴奋起来。

屋里也是一片漆黑，散发着清新的洗发水香气，然而房间里静谧异常，可以肯定屋里两个床铺都没人睡，因为两床被子都是掀开的，她们人呢？

黑夜见巴浩半天没动，凑过来一看，然后打手势让巴浩走。巴浩脑子嗡嗡的，跟着黑夜走到楼梯间，半天都说不出话来。

"看到没？所谓的女神都是画皮鬼。"黑夜撇着嘴低声道。

巴浩尴尬地沉默着。

"彗星的卧底居然是两个妹子，装得可像啊，一个来自深圳另一个来自北京，一个是瑜伽教练另一个是大学生，一个是绵里针另一个一个笑面虎，啧啧啧……"

"还有一个房间没看，也许她们只是出去散步了，或者做任务去了……"巴浩无力地反驳着。

黑夜冷笑，向最后一个房间走去，那是刀刀和王超的房间，撩窗帘时，黑夜愣住了。因为这间房的窗户没有打开。客栈的房间温度不高，空气却很闷，又没有空调可换气，住着俩大老爷们的房间居然不开窗？这不正常。

巴浩和黑夜对视一眼，同时把耳朵贴在窗户上。关上窗户后，房间的隔音不错，但还是可以听到里面有鼾声，房间里有人。

巴浩不死心，打手势让黑夜跟他下楼。服务员仍裹着军大衣在前台的沙发上鼾睡，钥匙牌果然还是只有五把空缺，而大门钥匙也像昨晚一样明晃晃地挂在门上。巴浩和黑夜推门出去，一阵冰冷的空气把他们包围了。

1:46，一片漆黑。

战队的两台车静静泊在客栈前，淅淅沥沥的小雨提醒他们，这是个不同寻常的夜晚。

黑夜和巴浩都没有带伞，巴浩不甘心，跑出两条街去也没看到什么异常，没穿外套的他被雨淋湿了，打了个大大的喷嚏。

一无所获的巴浩失望地回了客栈。

"我们去楼梯口守株待兔，一会儿直接问沁子和红芙吧？"巴浩心里有点难受，沁子和红芙是他在战队印象最好的人，这个结果他接受不了。

"不，千万不要打草惊蛇，只要防止有人破坏我们拿奖就行，用不着翻脸，这样她们就变暗为明，我们反客为主了。"黑夜倒是思路清晰。

小声争论了几句，巴浩被黑夜说服了，他们反锁了大门，把钥匙放回了服务员口袋。那家伙居然一点没察觉。巴浩顶着一头雨水回到床上，裹着被子，靠在窗边等待。

十分钟后，寂静的楼道终于响起了细碎的脚步声，巴浩打起精神，撩起窗帘的一角偷看。

沁子的身影出现在窗前，她穿着带帽的卫衣，快步滑进了自己房间。

又过了一会儿，身着姜黄色冲锋衣的红芙也返回房间。

白天的耳光实验里，这俩姑娘明明都没问题……难道他的记忆出现了偏差？还是因为他被她们的外形蒙蔽失去了判断力？这时巴浩再次听到了楼道的脚步响。两个姑娘不是已经回到房间了吗？怎么还有人？还有，大门明明已经反锁，她们从哪儿冒出来的？

巴浩赶紧去撩窗帘，只看到一个黑影闪进了房间，门被合上。

那是司导们住的房间，但没看清是谁。

巴浩的血液凝固了，因为淋了雨冻得有点僵硬的身体竟然冒了汗。

——竟然连司导也有问题？是刀刀还是王超？

巴浩一脑袋问号，迷迷糊糊睡着了，一直没睡安稳，一个噩梦接着一个噩梦。不知道过了多久，巴浩翻了个身，摸到了一个冰凉的东西，一下子惊醒了。他赶紧爬起来开灯，发现自己的被子已经被蹬在地上，而他刚才摸到的冰冷的东西，竟然是一把菜刀！

"谁！"巴浩大骇，喊了起来。

就在此时，外面也传来了一声尖叫，是那种看到了蛇般的尖叫，Summer 的声音。

"怎么了？"另一张床的兰陵王惊醒开灯，一骨碌爬了起来，"啊！怎么会有菜刀在你床上！"

楼道里空无一人，战队几个房间陆续亮起灯都开了门，大家披着衣服一个接一个走出来，一脸困惑："出什么事了？"

巴浩三步并两步跑到Summer房间。Summer披着被子赤脚站在房间角落，奶茶搂着瑟瑟发抖的她，看着那张只剩下两个枕头的大床，眉头紧锁。

床的右侧赫然摆着一把菜刀！

"怎么回事？"

奶茶一脸后怕："我们睡得好好的，我太太突然叫了起来，开灯一看她身边居然出现一把菜刀，太可怕了……"

巴浩拿起床上那把切片刀，和自己手里那把砍骨刀一样，都烙着"张小泉"三字，凑到鼻尖一闻隐约还有血腥味。这个房间开着窗，但大床没有靠窗，所以放菜刀没那么方便，但从窗户可以伸手进来把门锁拧开，然后从容走进来把菜刀放在熟睡的Summer身边。

"巴浩！是你放的菜刀？"看着巴浩手里的菜刀，奶茶脸色一变。

巴浩瞠目结舌："怎么可能！我床上也被放菜刀了，和你们一样。"

奶茶一脸困惑，Summer却崩溃的哭喊："谁知道你是不是在贼喊捉贼！"

巴浩叹口气："怎么你们就不明白呢？昨晚我那些经历是真的。这个游戏有危险，我们当中有内奸，但绝对不是我。"

这时所有人都已挤到奶茶房间。黑夜一身黑底滚白边的长袖睡衣裤，浑身透着只属于她的寒意，她和一身卡通睡衣的囡囡如同北极和赤道，分外不同。沁子穿着一袭白色棉质长睡袍。红芙是一身收口运动衫式睡衣裤，姑娘中只有Summer穿着一身华贵的真丝睡衣，不过此刻她六神无主，最为狼狈。兰陵王依然戴着他的棒球帽，两个司导都是T恤配短裤，几个男人都是一脸没睡够的样子。

众人一起查看了二楼的所有房间，只有两张床被放了菜刀。巴浩探了探每床被子，基本都有余温，当然，有几床被子是掀开状态，余温便低很多，也有人把被子窝得好好的，比如有洁癖和整理癖的黑夜。

被叫醒的前台服务员一脸惶恐："对不起，厨房两把菜刀确实都没了，但我真不知道是谁放的，我们店里从来没出过这种事。"

"你们客栈装监控了吗？"

"没有。"服务员茫然摇头。

客栈被仔细搜查了一遍，没有外人潜入。整个客栈只有服务员和他们一行人，大门是巴浩和黑夜亲自锁上的，放菜刀的人肯定在他们当中。

刀刀点头哈腰地道歉："对不起对不起，我光想着这个客栈方便洗晒衣服，没想到会出这码事，天一亮我就带大家换个安全的客栈……"

其实坚持要选这里的人是王超，此刻他却一声不吭，任由刀刀出来顶包。

此时巴浩已经冷静下来了："这里的房间通风不好，必须开窗，有让人放菜刀的安全漏洞，不过客栈换不换都一样，想做手脚，怎么都有办法。"

"我要退赛回家！我不要再待在这个破地方了！"从恐惧中平静下来的Summer一脸怒容，出事后她一直在骂奶茶不该带她来西藏。

"如果你退赛，正中那个人下怀。"巴浩皱眉道。

奶茶惊讶地看着巴浩。

"不管是谁放的菜刀，目的都是要让我们害怕，如果有人因此而退赛，那谁得益？自然是想拿奖品的人，也就是战队成员。但这个人并不想谋杀，他还怕割伤你和我，所以才把菜刀的刀刃朝外放，避免误伤。"这话已经把目标范围从11人缩小到8人，排除了非参赛人员的司导和服务员。

"那为什么是你和我？黑夜和红芙都开了窗，也是靠窗睡，为什么那个人没在她们床上放菜刀？"Summer质问。

"你？显而易见，刚出事就要退赛，已经达到效果了，你是这个战队里，参赛意志最不坚定的人，不吓你吓谁呢？至于我，应该是觉得我太碍事，警告一下，或者让大家怀疑我，Summer不是说我贼喊捉贼了吗？"

奶茶沉思："你有什么办法证明自己清白呢？"

"每个人的嫌疑难道不是一样的吗？你们又怎么证明自己是清白的？"巴浩把奶茶问得愣住了。巴浩又看向黑夜，"一个半小时前，我听到有人出了房间，于是跟黑夜一起检查了整个客栈，大门是我亲手反锁的。"

黑夜冷冷地说："我是和你一起检查过，但我不能证明你后面是清白的。"

巴浩被呛了个猝不及防，只得狼狈地转移话题："红芙、沁子，还有两位司导中的一位，能解释下为什么1:30到2:15之间你们不在房间吗？"

被点到名字的人面面相觑。

红芙一脸惊讶:"我只是睡不着上三楼天台看夜景啊！沁子姐你不是一直在房间吗？你也出来了？"

天台是他们唯一没有搜到的地方，巴浩暗暗懊恼。

沁子尴尬地说:"我饿了，下厨房去找吃的，谁知道厨房的食物全是荤的，我不能吃，就回来了。哦，我回来前在一楼用了下公共洗手间，可能刚好跟他们错过了。"

巴浩心里一沉——沁子在说假话！

一楼厨房和公用洗手间他亲自看过，没有人。

假设一：沁子和红芙都在三楼天台，两人半夜一起去看夜景是说得过去的，完全能绕开这个问题。她们如此自然地说在两个地方，要么两人真的不是一起行动，要么另有隐情。假设二：整个客栈的空房钥匙都在前台，并没有少，那沁子很可能进了战队其他成员的房间。

不管是哪种假设，沁子都有问题。

3

沁子也离开房间了？

出门前，红芙明明确认过沁子已经睡熟了。客栈是密闭空间，如果沁子说谎，并没有去一楼厨房，那她肯定起来跟踪了自己。想到这里红芙不禁心中一凛。但此刻沁子表情平静看不出任何异样，就如同她自己的神情一样无辜。

巴浩似乎也不想对沁子半夜出来这事深究，而把矛头转向司导:"你们谁半夜出来了？"

刀刀满脸堆笑:"是我是我，昨天我把鞋晾到天台了，半夜听到雨越下越大才想起上去收，结果碰到红芙在那儿跟她聊了几句……"

"三更半夜，孤男寡女在天台偶遇聊天？"黑夜狐疑地说。

刀刀的黑脸唰的一下红了，磕巴巴地说:"别、别把我这种人跟，跟蒋小姐扯一起，坏了妹子名声……"

红芙满不在乎地说:"你这种人咋了？我觉得你蛮好！就喜欢听你讲八卦！三更半夜咋了，又不犯法。"

"在一起！在一起！"囧囧不合时宜地起哄。

左右逢源的刀刀变得害羞起来，还真让众人意外，气氛一下从刚才的紧张中缓和了下来。

只有巴浩忧心忡忡："安全起见，我提议每个人都把各自的任务和行踪交代一下。"

"凭什么要跟别人交代？任务各做各的，拿奖也是各凭本事！"黑夜拉长了脸。

红芙深深看了一眼黑夜。

"巴浩说得对，安全第一，而且，不排除内奸，谁也别想拿奖。我们举手表决一下吧。"奶茶突然投了巴浩一票，一下子带动了其他人，最后七比一通过。

服务员把一楼的灯都打开，客栈瞬间灯火通明，姑娘们裹着衣服或被子，男人们抽着烟，在淅淅沥沥的雨声中开始了内奸排查。

第一个讲述的是奶茶，他大方地把微信打开，给大家传看："我们的任务是去扎什伦布寺找一位叫平措次仁的喇嘛，结果顺利找到了正在做法事的老法师，只是他什么也没交代我们。"

巴浩一脸迷惑地说："后来呢？你们这就算完成任务了？"

黑夜冷冷地说："连个信物都没有，你怎么跟彗星证明完成任务了呢？"

Summer 正要开口，却收到了奶茶一个眼神，她赶紧把拿到碎片的事咽了回去。

"我能证明。"兰陵王突然插话，"我的任务是去扎什伦布寺磕头，昨天下午我看到了他们。这里拜菩萨比我们那边麻烦多了，彗星没说磕几个头，反正我磕了九个。我怕彗星不认账，还请人帮我录了视频。"

囧囧的任务是不能再直播游戏。沁子的任务是晚上老实待在房间。

为了撇清嫌疑，大家都展示了和彗星的聊天记录，轮到沁子时，巴浩卡了一下，竟然跳过她来问红芙。

但沁子面色平静地把手机递给了巴浩。她收到的任务确实是晚上待在房间不要外出。巴浩一脸困惑地看看手机，又看看沁子。她却避开了他的目光。

终于轮到众人盘问红芙了，红芙早已想好答案，一脸郁闷："我的手机昨天掉了，不知道是不是步行街人太多被偷了。"

"不会这么巧吧？"黑夜狐疑地说。

"真的，我的任务是去找一家叫'不二'的民族饰品店，所以从前天晚上开始，我就一直在附近找，地图上根本没有这个店，问人也问不着，昨天下午在喜格孜步行街，我才找到了那家店，你们看，我拿到了这个……"红芙从兜里掏出了一条手链和一张纸条，递给大家。

纸条上是一行王羲之体的手写行书：把手链拆散，串珠串到所有经幡上。手链则是一条杂珠水晶手链，有那么一阵流行把不同品种但同珠径的水晶珠串在一起，美名曰福禄寿，这串手链是 10mm 的珠径，常见的女孩尺寸。

红芙的眼神跟着手链，在大家手里传递，当传到奶茶手中时，他突然一愣，拿着那条手链看了很久。看到他的反应，有那么一刻红芙的呼吸都停顿了。

"发现什么不对劲了吗？"巴浩问奶茶。

"不，不可能，搞错了……"奶茶如梦初醒，慌忙抬起头，"对了巴浩，前晚你倒在大门口时身边有个包裹，里面是什么？"

包裹里的三条经幡被拿来了，众人传看着。囡囡用那条手链串住一条经幡，拉来拉去地扯着玩，战队当中，只有她一直在状况之外，似乎还觉得挺好玩的。红芙想不明白她的心态，只觉得她无聊扯经幡的动作很刺眼。

巴浩问："王超，你们这边挂经幡有什么讲究吗？"

"有时我们会把亲人的用品串在经幡上，为他祈福，像这种手链，一般是拆散系到经幡上的。"

奶茶若有所思："那你看看这些经幡上印的是什么？"

"这些是鸟兽，是我们藏族人的吉祥物，这些经文是佛陀教言。"

奶茶松了一口气："那跟其他经幡都是一样的吧。"

仍在仔细看经幡的王超却摇了摇头："不，跟我们平时买的不一样。我们平时买得最多的，大都印着祈福经文，这上头的佛陀教言全是忏悔灭罪的经文，像是自己印的……这里头有一些字，我不认识，这里，这里，还有这里……"

王超指着几处鬼画符一样的经文。众人都凑过来看，不过都没能看出个所以然来。巴浩拍下了经幡细节，奶茶也在网上检索，但没能找到类似的。

"好了，黑夜还没说你的任务和行踪，请回到主题吧。"巴浩回过神来。

黑夜把头一扭："我是不会跟你们交底的。"

"这不公平，你都听过我们说的了，你也得说。"囡囡嚷嚷。

"公平？这世道要是有公平，为什么巴浩名牌加身，兰陵王一身地摊货？别跟我谈公平，我是天底下最恨这个词的人，我是不会说的。"黑夜冷笑起身往楼上走。

Summer 向奶茶使了个眼色，但奶茶为难地没有动，Summer 把裹着的被子一扔，大步流星地冲了过去，从后面把黑夜的双手一收一钳，大喊："快过来帮忙拿她的手机！"

奶茶还是犹豫着没有动，倒是囧囧屁颠屁颠地跑过去帮忙了。别看 Summer 一直喊高反了，她的力气可不小，一下就把比她矮半头的黑夜给控制了。三个女人扭成一团，黑夜的手机从兜里掉了出来。

巴浩捡了起来。手机有开屏手势，他想也没想，划了一个"6"，屏保果然解开了——同车时他注意过黑夜的解锁手势。

黑夜愤怒地咒骂起来："你们太不要脸了！抢我手机还偷看我密码！"

"对不起，得罪了，为了大家的安全。"

巴浩点开了微信。第一条就是彗星发来的私信：冠军只有一个，你想拿吗？动动脑子，行动起来。

凑过来看的人都惊了："这是什么意思？"

彗星虽然没给黑夜下具体的任务指令，暗示却很明显。在黑夜的微信通知栏里，彗星的信息下面，只有几条别人的信息，难道她没什么家人朋友联系的吗？巴浩忍住没再往下翻："黑夜，承认吧，菜刀就是你放的。"

"什么！"所有人都震惊了。

黑夜挣脱了 Summer 和囧囧的控制，一脸愤愤地揉着她被抓疼的手腕。依她的性格，遇到这种情况，早该开始骂人了，她却反常地沉默着。

巴浩的思路豁然开朗："我明白了！你站到我窗边就是来放菜刀的，只是我没睡，打乱了你的计划，你只好换了一套说辞，要跟我一起查谁没在房间。"

黑夜冷哼了一声，没有反驳。

"刚才我分析过，你并不想真的伤害我们，所以放菜刀的刀刃是朝外摆的，可是你不会真的以为把我们吓退赛就能拿冠军了吧？你这么容易就被彗星挑拨，有没有想过，你自己也可能会被彗星当作枪手和炮灰牺牲？"

黑夜脸上阴晴不定。

巴浩下了个决心："队友们，我们跟彗星谈判吧！不能这么被动地被他操纵了，没有人身安全就没得玩！你们都同意吗？"

"同意！"

"同意！"

每个人都同意谈判并推举巴浩当代表，只有黑夜怼了一句："懦夫！"

巴浩拨通了与彗星的视频通话，但久久没人接听，就在他准备挂断的时候，对方突然接通了，只是屏幕那边一片黑暗，没有人影出现。

"彗星，现在所有人都在这里，我们要和你谈判。"巴浩鼓起勇气大声说道。

对方无人应答。

"现在所有人都摊牌了，昨晚我被迷昏，今晚你又唆使黑夜恐吓队友，我们受到了威胁，这跟来之前你的承诺是不一样的！我们非常反感这些挑拨离间的下三烂招数，如果你继续这么玩下去，我们，我们就退赛！"

"对，退赛！"

"退赛！"

众人应和，七嘴八舌，群情激愤。

"哈哈哈……"一个明显用过变声器的男声突然从那边传来。他明明在笑，那种毫无情绪的笑声却让人听得毛骨悚然。

兰陵王恼怒地骂："笑什么！你把我们当猴耍吗！"

对方的笑声戛然而止："你们有人受伤了吗？我让你们损失什么了吗？你们是被迫参赛的吗？这三个问题中的任何一个你们有疑问都可以退赛，只要给我发个信息就行，我马上订回程机票。"

彗星机械的声音如同往沸腾的锅里扔了一大块冰，让愤怒的众人安静了下来。

他们不能不承认，彗星说的是事实。

"别忘了这是一场比赛！谁要看'你好我好大家好'的比赛？我只会保障你们的人身安全，请你们也学会保护自己，一千万不是为胆小鬼和弱智准备的！"

"可一千万也不值得我们受伤送命。"巴浩强调。

"现在是法治社会，杀人是要偿命的，谁会这么傻？恕我直言，你们的命不值得我拿一千万交换，但你们的智商和情商值。大家还是多动动脑子，想想怎么赢得胜利吧。"

不能不承认，彗星说的话合情合理。

奶茶接话："所以从现在开始，我们不仅要提防游戏陷阱，还要提防队友了？"

"没有一点难度还叫比赛吗？好了，如果没人退赛，那我要恭喜你们，你们全体通过游戏第一关，第三块拼图会和新任务一起奉上。祝你们好运，再见。"

通话中断了。

巴浩敏感地捕捉到一个信息:"刚才彗星说我们很快会拿到第三块拼图……不对啊,我们只有前天快递来的一块,谁拿到了第二块?"

众人面面相觑,但无人应答。

巴浩犹豫地说:"不管是谁拿了第二块拼图,我还是那个提议,咱们结盟吧,以防有人被彗星挑拨再做过激的事。大家能不能放下隔阂,十个人一条心呢?"

"十个人?包括我和刀刀吗?"很少说话的王超吃惊地说。

巴浩点点头:"是的,我提议在座的十个人一起均分大奖。"

刀刀一脸惊喜,嘴上却虚伪地客气:"这样不太好吧,人家会说我们贪心的。"

"不行。"奶茶突然明确表态,"司导不是游戏成员,他们已经赚了司导钱,不应该参与比赛。"

"游戏规则没说司导不能参赛啊,这里可是王超和刀刀的地盘,他们能帮我们顺利完成任务,所以我提议他俩参与分奖。这样我们每个人都会尽力完成任务,不会有一点困难就放弃。"

巴浩话音刚落,喜出望外的囧囧和一脸平静的沁子都点了头。看着巴浩期待的眼神,红芙也投了赞同票。

"游戏没有规定一定要团队参赛,我们不愿意跟不知道底细的队友结盟。"奶茶看着Summer,希望得到支持。Summer却面露犹豫。

"反正我是要自己去拿奖的,谁爱结盟谁结去。"兰陵王赶紧补充。

"那你也是反对结盟的了?"巴浩看一眼站在黑暗角落的黑夜。她冷哼了一声。

现在情势明了。所有人分成两派,希望结盟的有巴浩、囧囧、沁子和红芙,反对结盟的是奶茶夫妇、兰陵王和黑夜,八个人分成两队正好,可以分坐两台车行动,可两位司机怎么办呢?毕竟跟巴浩一队的司导是有可能参与分奖的,跟奶茶他们一队,可什么也分不到。

王超一声不吭地站到了巴浩身边。

这个结果却不是红芙想要的:"刀刀你还是跟我们一队吧,我们不能没有你,我还想听你念叨西藏的风土人情呢!"

红芙笑眯眯地看到刀刀的耳朵根又红了。

Summer举棋不定地说:"老公,那一队可是五个人,你确定咱们单打独斗能赢过他们吗?"

奶茶苦笑："总比让你被人放菜刀强吧。"

Summer 叹了口气："那刀刀得归我们队，我们需要他。"

刀刀挠了一阵头："我咋成香饽饽了？王超其实比我更熟悉本地情况……我还是跟巴浩一队吧，王超，不管我能在这边分到什么奖，咱俩都一人一半吧。"

这样王超不管在哪队都不会吃亏了，王超大喜过望。

"那不行！"黑夜拉长了脸，"这是明着贿赂我们司导，要是王超为了分钱故意阻挠我们队的人拿奖怎么办？"

奶茶迟疑地说："那不管我们队谁得奖都给王超分 10% 吧……"

王超是赛程头号执行者，没有他是不行的。一脸冷漠的黑夜嗯了一声，算是答应。兰陵王被奶茶追问了三次才不甚情愿地点了头。现在王超成了大赢家，不管最后谁得奖，他最少能白捡一百万进账，自然笑得合不拢嘴。

刀刀也投桃报李："我有个提议，咱们队只有巴浩户外经验丰富，今晚也证明了他有领袖能力，不如请他当头驴吧！"

"同意！"

欢呼雀跃的囡囡和随波逐流的沁子都没能让红芙解读出更多信息，但三个姑娘已然决定站在巴浩阵营了。

巴浩如释重负地笑了。这个结果至少能让他减少一半敌人。

"如果大家真想要我当头驴，希望能遵守我的原则好吗？先保证人身安全，再谈比赛，这是底线，大家都同意吗？"

"同意！"

"同意！"

"那再定个规矩，如果有意见、分歧，我们就投票表决，少数服从多数，行吗？"

"当然！"

"我们就齐心协力去拿奖，别让彗星看笑话，行吗？"

"行！"

结盟队签了一个简单的协议：同意司导参赛，若结盟队最终取胜，将与司导均分奖金。

巴浩把协议书拍照发给了彗星，依然没有得到回复。这也意味着，这样的协议并不算违反游戏规则。比起结盟队的热闹，个人队早早就散场了，显得很没气势。

大家的问题似乎都解决了，回房补觉的路上，都带着几分轻松。

红芙在进门前回看了一眼逐渐发白的天色，轻轻叹了口气。

4

日喀则下了一整晚寒雨，第二天却晴空万里。

阳光从天井倾泻下来，照进四合院，一扫夜里的低温。巴浩出来伸懒腰时，回字楼道太阳照到的地方都挂着大家的衣服，其中不乏姑娘们花花绿绿的内衣。以前，他在西藏自驾游，他是个打一枪换一个地方的流浪狗。这次在日喀则这个文明世界，他却经历了这样惊心又烧脑的事情，后面还会发生什么呢？

昨晚的不愉快已经被丢到脑后了——至少表面上是。

沁子和红芙在楼道收叠衣服，两人神清气爽，浑身看不出有一点熬夜的痕迹。红芙在打趣沁子，说她是人见人爱，花见花开，不然大帅哥巴浩怎么就对她处处照顾。巴浩觉得沁子听到这话脸色有点难看。Summer坐在床边往脸上涂涂抹抹，奶茶则在一边收拾她摆了一床的旅游纪念品，这些纪念品看起来都是从喜格孜步行街带回的。囡囡把三角架架在客栈门口直播街景。一身短打的黑夜正上楼，说刚才出去跑步了。兰陵王在洗澡。王超收拾床褥。刀刀在一楼天井里忙碌，他边捏糌粑边和服务员说笑，桌上的一个搅拌机正轰轰作响。

巴浩正观察众人，刀刀仰头冲二楼喊："帅哥美女们，下来喝酥油茶，一会儿去吃超正宗的重庆火锅！吃完我们还要去采购物资，准备明天出发啦！"

"去哪儿？"

"你没看微信？彗星通知咱们出发去下一站，珠峰大本营。"楼上楼下众人七嘴八舌地说。

原来彗星群已经有新通知了：请前往珠峰大本营星星之家客栈，下一关的任务——请在5号0时，到达5200米的海拔碑，每人挂一条战队专用经幡（包括司导）。

巴浩赶紧在群里@彗星：一共才拿到了三条经幡，不够我们每人挂一条，怎么办？

彗星爽快地回复了：找到其他经幡是通关任务，任务密钥到时会奉上。

囡囡心直口快："现在只有巴浩拿到三条经幡，肯定是我们结盟队的了，有人后悔没结盟了吧？"

兰陵王瞪了囧囧一眼。

"嘀嘀"又响起。

彗星：请大家在出发前，把所有通信设备上交，寄存在客栈。如果有人提前退赛或淘汰，我会通知客栈快递给他（她）。祝你们好运。

众人炸锅了。

这是一个大麻烦。且不说囧囧这种时刻要直播的。在目前这种环境下，正常人一旦失去手机，就意味着跟文明世界隔绝，还会失去求助外界的渠道。

巴浩给彗星连发了好几条信息，问他没有手机如何接收任务指令。

彗星回复：那不是你们考虑的问题。必要时我会出现。另外，这是我最后一次回你们信息。由于你们先违反游戏规则，主动联系我。从现在起，我将修改退赛规则，决定退赛的队员请在每一关开启前提出申请，开始行动后，除非淘汰，任何人不得退赛，否则就算全队弃赛。

发完这段信息之后，不管巴浩怎么追问，他果然都不再回复了。想要继续参赛，就必须答应彗星的条件，不接受条件，就意味着要马上退赛，怎么办？

谁也不想这样认输，除了主播囧囧。巴浩看她急得要哭，赶紧给她支招：先跟粉丝们交代下，就说停播十天会带来绝杀话题，这样会发酵出更高的热度。囧囧这才破涕为笑。

大家打算出发前再交出手机。巴浩的徕卡不算通信工具，他准备留下来拍照。

此时快递员也送来了收件人是王超的快递。黑夜抢先撕开了，里头依旧是一个牛皮纸信封。她打过信封往下倒，一块黄色硬塑碎片掉到了她手上。

红芙喊了起来："是拼图碎片！彗星说的第三块拼图！"

第三块拼图和第一块的红色碎片一样，它上面也有瘦金体的书法字，不过只是一个字的一部分，看起来像是"日"字没有封边，第一块拼图上的"月"和这块拼图上残缺的"日"的边缘是完全接不上的，可以肯定这两个字不是相邻关系。

巴浩在群里@彗星：第二块拼图在谁手里？

问也是白问。没人回复。

兰陵王倒是不以为意："有没有第二块拼图无所谓啊，反正只有拿到最后一块拼图的人才能拿奖。"

巴浩摇头："彗星不会给出一个没用的道具。"

大家你看看我，我看看你，似乎都想在别人脸上找答案。

去往珠峰大本营需要一整天路程，他们要在4号早上出发。由于战队人员已经明确分为两组行动，中午全体聚餐后队伍便要解散，饭间，刀刀给大家拍照合影，但奶茶都没参加，他总是抢着当摄影师或借口上厕所离开。几次过后巴浩才看出点蹊跷。平时驴友队伍里也总有些不喜欢合影的人，一般都是些自认为有些名气、不愿意私照外流的敏感职业人士，或者信不过陌生人摄影水平的完美主义者。奶茶会是哪种呢？

刀刀和王超要分头去为两个车采购物资。他们一再强调珠峰大本营条件非常艰苦，至少得备好两天干粮。红芙主动提出陪刀刀采办。

沁子也要去买东西，巴浩把她拉到一边悄悄说要给她当向导。他原本打算私下问问沁子昨晚为什么撒谎——毕竟他们刚结盟，他不想当众质问沁子，让她难堪。

谁知沁子淡淡地回了句："我要买的是女性用品，你去不方便。"

她的声音依然那么温柔，说的却是拒人千里的话。

"其实我有话跟你说……"

"如果是结盟的事，没必要私下聊。"

沁子为什么对他越来越冷？第一晚他们私聊的时候，她最起码还保持了社交礼貌啊。巴浩疑窦顿起："你是不是怀疑我是彗星的卧底？"

沁子一怔："没有啊。"

"你与人为善，跟他们都能打成一片。现在我们几个已经结盟了，你却不肯跟我多说半句话，到底为什么？"

沁子目露憎恶："因为和他们在一起我安全。"

巴浩心一紧："我怎么就不安全了？"

沁子把嘴唇咬得发白："别以为我不知道你心里在想什么，你这种人我见多了……"

锅从天上来。巴浩郁闷地说："我哪种人？如果你怀疑我是彗星的人还可以理解，但这话是什么意思？"

沁子皱眉把脸偏向一边。

巴浩越来越糊涂了："既然你这么讨厌我，为什么还跟我结盟？"

大概沁子也觉得自己没理了，口气软了下来："联盟需要商量，大家可以一起聊，但以后请不要私下找我了。"

他们不愉快的交谈已经引起不远处的队友们的注意。见巴浩下不了台，刀刀赶紧大声喊道："队长！和我一起去采购吧，我们几个拎不动！"

巴浩真感激这个替他解围的胖子。

巴浩和沁子的短暂争执都被奶茶看在了眼里。沁子孤身一人离开饭店后，他注意到黑夜悄悄跟着她出去了。一想到昨晚黑夜偷放的两把菜刀奶茶心里就发毛，此时见她跟踪沁子，更有些不好的预感。他以要回客栈补觉为由，劝兴致勃勃的 Summer 跟王超去采购，好不容易说动了她，追出去时，两个姑娘却都不见人影了。

聚餐的店在美食街，有着熙熙攘攘的人群和错综复杂的巷道。

奶茶钻了几条巷子都寻不见人，正想着自己只怕帮不上沁子了，却看到黑夜从一家网咖钻出来。奶茶赶紧闪躲在一个卖馍的摊档前。好在黑夜正在向另一头张望，没留意到他。

黑夜快步走出了美食街，进了那条回客栈必经的人流稀少的街道。她在街道上走走停停，突然躲到了屋檐下，吓得在后面跟踪她的奶茶也立刻闪进屋檐下。幸好黑夜的注意力仍在前方。两人就这样一前一后潜伏着，直到沁子突然从一家药店冲出来。当时奶茶和黑夜都吓了一跳，以为自己暴露了，没想到沁子只是冲向路边一个垃圾桶干呕了一阵，然后步履沉重地走向客栈方向。

黑夜没有再跟踪沁子，而是去了那家药店。过了一会儿，她出来了，带着一脸思考的表情，也向客栈走去。

这倒把奶茶给难住了。难道黑夜并不想要对沁子下黑手？他迟疑了会儿，也走进了药店，店里只有一个姑娘坐在收银机旁刷手机。

"请问刚才有没有两个姑娘来过？一个穿着大红卫衣，另一个一身黑，个子这么高……"奶茶向收银员比画着。

收银员一脸迷惑："你跟她们什么关系？"

"我们是一个旅行团的，在美食街走散了，我没带手机，有人跟我说她们进了你们药店。"

"哦，红衣服先来买了点东西，黑衣服也是来打听她，刚走。"

"谢谢……"奶茶忍不住又追问一句，"我那红衣服的朋友高反了，我能问下该给她买什么药吗？"

"高反？不是吧，她买了验孕棒呢。"

奶茶目瞪口呆，愣在原地。

奶茶一头雾水地踱回客栈。他先经过黑夜的房间。黑夜的房门大开，里面不见人，不过洗手间里传出哗哗的水声，奶茶推断她应该是在洗漱，心下稍安。而沁子的房门紧闭，他举手欲敲却又收手，正要转身离开时，沁子刚好手执茶杯开门，两人迎面碰上。

"有事吗？"

"咳……有件事……"虽是有话要说，奶茶却避嫌地后退一步，没有要进屋的意思，四顾无人之后，他才朝沁子伸出一只手，摊开。

"啊！这是拼——"沁子惊呼，但立刻意识到不对，赶紧收了声。

奶茶摊开的手上放着三块碎片，其中两块是他拓了王超保管的两块碎片，用同等大小的硬纸板剪的。另一块却是一块蓝色碎片，上面用瘦金体写着一个字，看起来像是"日"字的一半。

沁子看着那块蓝色碎片，压低声音："这块是……"

"拼图。"奶茶同样压低了声音，"昨天我们离开扎什伦布寺时，一个工作人员送来的，说是老法师转交的，当时我以为大家都会有，没想到只有我拿到了。"

沁子皱起眉："原来这就是大家在找的第二块拼图，为什么彗星给了你呢？"

"不知道，巴浩拿到了经幡，红芙拿到了手链，说起来都是通关必备的工具，可他俩拿到的东西远却没有我这块拼图碎片的分量重。"

"难道你是咱们队伍里最重要的人？"沁子一脸探究地看着奶茶。

奶茶叹了口气："我这么平凡一人，也没干过惊天动地的事，除了家庭，我还真想不出会对谁重要。第二块拼图的事我还没想通，客栈就发生了菜刀事件，你们又结了盟，这事我就没敢说出来……"

"那为什么要告诉我？"沁子不解地问。

奶茶叹了口气："刚才我看黑夜跟踪你，怕你有危险就跟在她后面，在这个战队我也需要结盟，但我得赌对人……"

沁子眼睛里有光点在闪烁："谢谢你信任我……"

沁子把蓝色碎片和那两块碎片拼了一下，其中两块刚好边缘吻合，拼出了一个"目"。这个"目"拼成的部分和另外那个"月"字的拼图边缘是完全接不上的，"目"和"月"之间不是相邻关系。

"现在我可以肯定，这个拼图游戏跟颜色、文字有关，我们已经有了红、蓝、黄三原色，但还不能把文字拼全，所以可能还会有两块或三块碎片，如果是两块，颜色肯定是白绿，因为蓝白红绿黄是经幡的五色；如果是三块，颜色可能是三间色或者是无色世界里的三原色。"

"三间色是什么？无色世界怎么还有三原色？"沁子一脸迷茫。

"三原色是红蓝黄，这是一切颜色的母色，红与黄能调出橙色，黄与蓝调出绿，红与蓝调出紫，所以橙、绿、紫叫三间色，而黑白灰是被称为无色世界的三原色……如果一共有五块或六块碎片，那么拼图的谜底应该不会超过四个字。"

"那会是什么字？"

"这四个字应该是有连贯意义的成语或词组，现在我们只有'月'和'目'两个信息，它们很可能是其中某两个字，或者只是一个字的部分……彗星真是个杂家，不知道下次会用什么来出题，幸好我平时也喜欢乱七八糟地瞎学。"

"你真是博学多才。"沁子推送了一句真诚的夸奖。

这时楼下前台响起了Summer的声音，奶茶着急又关切地说："沁子，你要提防他们每个人，需要帮忙，随时可以找我，咱们虽然不在一个队，但可以相互通气。"来不及等沁子回复，奶茶疾步回房，关门。此时，楼下已经传来了Summer的叫喊："老公！老公！"

奶茶踢掉皮鞋，把被子抖落开，把床弄凌乱，然后他把领口扣子解开，揉乱头发，穿上拖鞋，定了定神，这才慢慢打开房门。

隔着走廊，奶茶朝还站在门口的沁子微笑着点了点头，从俩人隔空交流的眼神中，奶茶知道自己赌对了，他成功地在结盟队争取到了一个眼线。

5

三个人一台车，巴浩按正常情况坐了后排，没想到红芙竟然去坐了副驾。这代表红芙不把刀刀当司机吗？还是她也像沁子那样，对巴浩心怀戒备？

巴浩回想了下这两天红芙对自己的态度，发觉她既不像囡囡那样，明确表示出对自己有好感，也不像沁子那样，对她戒备森严。她作为这个战队唯一的"00后"，最萌的小姑娘，却和每个人都保持着恰到好处的分寸感。

车停在了一个播着网络神曲的超市，刀刀推车领头，红芙跟着去拿推车，巴浩赶紧接过:"我来。"

虽然和巴浩并肩走着,但红芙一直在东张西望,没有要交谈的意思。第一天大家就互加了微信,不过她进藏后一张照片也没上传,相册又设定了只展示最近三天的朋友圈,所以是一片空白。相对于其他姑娘都在朋友圈各种晒晒晒的行为,她表现得十分不同。

"红芙,能说说你家里的情况吗?"巴浩说了句干巴巴的开场白,自己都觉得尴尬。

"我?为什么?"红芙有点惊讶。

"我想多了解你。"这是巴浩的真心话。

"我的家嘛……很普通,十八线小城市,父母都是工人,日子过得平平淡淡。"

"我记得你说过有个姐姐?"巴浩看着红芙背包上挂着的小猪佩奇。

"是的,她大我五岁。"红芙点点头反问,"你呢?"

"我有个弟弟,才两岁半,等于是两代人……真羡慕有兄弟姐妹一起长大的人啊!"

"有什么可羡慕的,即使是同一个妈生的,你也未必了解她。"红芙笑容收敛,眼神落寞。

"怎么你和你姐关系不好吗?"

红芙一怔,表情沮丧地说:"我不知道好不好,人家的姐妹平时都是又打闹又亲近的,我们俩打不起来,但也不亲近……我姐好静,我好动,她温柔内向,我叛逆外向,我俩就像是水星和火星,从小到大都不知道对方在想什么。"

"叛逆?很少有妹子用这种词形容自己,而且我也没看出你哪儿叛逆啊!"巴浩打量红芙,这是几天来他感到最放松的一刻。囧囧聒噪,黑夜阴险,Summer是大小姐脾气,沁子总是莫名其妙,战队里的姑娘就红芙一个是正常人。

红芙瞥了他一眼:"低级的叛逆才写在外表。"

"我能了解下你叛逆的一面吗……你平时有什么兴趣爱好?"

红芙微微一笑:"我没见过什么世面,父母也没钱支持我的爱好,除了读书,我就想着将来怎么找工作,和你们这些可以随心所欲的上流阶级还差很远呢。"

巴浩暗暗叹了口气。她把天聊死了。看来他之前对红芙颜值高、人可爱的感觉也有偏差。一个无趣的灵魂,就算有全世界最美的容颜,对他而言也只是过客。大概也正因为他遇到的灵魂都太苍白,所以才没灵感画出有灵魂的角色吧。

一个念头的工夫，红芙已经追上刀刀，和他一起挑方便面了。超市里人很多，只隔了几米，巴浩听不见他们在聊什么，不过从他们泛着笑意的脸就知道聊得既投机又开心。红芙和刀刀在一起时，比和他在一起放松多了。

巴浩简直有些嫉妒刀刀了。

没安全感——这是前女友离开时甩下的借口，也是沁子戒备巴浩的理由，大概也是红芙更愿意跟刀刀亲近的原因。但这个标签巴浩不想认领，有时巴浩真想大喊一声："你以为你看到的我就是我吗？"

就在巴浩硬着头皮想走过去加入聊天时，一个戴着帽子，帽檐压得很低的家伙挤过红芙身边，她那个后兜里的黑色钱夹消失了。

一直看着红芙的巴浩喊了起来："红芙，有……"

巴浩的话还没喊出来，红芙猛地抬腿一个转身后旋踢正中小偷的脸上，小偷直接被踹翻在地，刚到手的钱夹也从他手里掉落，滑出好远。这一记后旋踢是巴浩在生活中见过的最漂亮的跆拳道招数，完全是出自一个跆拳道高手的本能反应。

巴浩愣在原地，"小偷"二字这时才机械地从他嘴里飘出来。红芙已经利索地把小偷反剪双手，拉了起来。刀刀站在她身边，看着这一幕，也目瞪口呆。

"还愣着干吗？还不来帮我？"双手不得空的红芙向男人们努努下巴。

听到她召唤，两个大老爷们如梦初醒，一个捡钱包，一个上去绑人。商场防损部很快就闻讯而来，带走了小偷。

巴浩结结巴巴地问："红芙你，你怎么，怎么会这么厉害的招数？"

红芙想了想："你不是问我有没有爱好吗？防身术勉强算是一个吧。"

"不，这不只是爱好，你的跆拳道水平至少是黑带了，你是专业级的。"

"其实我也就最近一年练得勤点，你信吗？"

巴浩摇摇头："不信。"

红芙耸耸肩："不信拉倒。"

"我以为你是个萌妹子，没想到……"

红芙微微一笑："没想到我是个女汉子吧？我同学都叫我芙哥。"

巴浩心一沉。难道他又看走眼了吗？

刀刀买了两大车食物，说是叫巴浩来帮忙却自己抢着担起了劳力工作："接下来送你们去哪儿？一会儿我就不陪你们了，我得开车去检修。"

"我陪你修车。"巴浩正想提议找个地方坐坐，红芙却抢先说要陪刀刀。

"那些脏兮兮的地方哪是美女去的，我看还是让队长陪你逛街吧！"

巴浩尴尬了："让红芙自己安排吧，日喀则我来第二次了，没什么好逛的。"

红芙还想说什么，刀刀却说："不如这样，我想给我的鼓配一条彩带，王超也想给他的木吉他配一根背带，红芙你和巴浩去步行街帮我们挑挑，行吗？"

红芙犹豫了会儿，终于点头。

那一刻巴浩对刀刀的善解人意充满了感激。

喜格孜步行街在城西的扎什伦布寺附近，不长的步行街布满各色摊档、商店和客栈。两人并肩走着，红芙的注意力一直在两旁的建筑上。巴浩只好又没话找话说："在参加这个游戏之前，你想过要来西藏吗？"

"当然，每个文艺青年都梦想着能进藏朝拜啊！"

"是啊，很多人把西藏奉为圣地，说这里可以净化灵魂，这是多大的误解啊！他们来之前期待太高，来之后又太任性，导致网上对我们游客的风评并不好。"

"为什么？"红芙终于转过头来，一脸好奇。

"你没听过文艺青年三俗梦想吗？开个咖啡馆、开个花店、穷游西藏洗涤心灵。事实上哪来那么多不付出代价的穷游？网民喷的那些人就是来搞艳遇、给藏民添麻烦的。"

红芙饶有兴趣地说："你是怎么想的？"

"有些网络喷子，不管你做什么都会被喷的，但这些年我在户外圈也确实看过很多奇葩的事……哎，多美的蓝天白云啊！为什么不能单纯好好地看风景呢。"巴浩眯着眼看天，发自内心地感叹道。

"你装备这么好，是想撇清穷游的那帮人，还是想吸引那些穷游的姑娘来场邂逅呢？比如沁子这样的？"红芙眼角微睨，似笑非笑。

巴浩尴尬了，没想到他乱找话题却给自己刨了个坑："没这回事，我只是个喜欢装备的菜驴……至于沁子，我只当她是盟友，我也不知道她刚才为什么针对我。"

"哼，反正你们男人一辈子都不会关闭搜索雷达。"

巴浩意识到他犯了交浅言深的错误："我带你去扎什伦布寺转转吧。"

"不，那上头住着那么多神灵，我这么困惑的人不应该去打扰。"

"哦？你有什么困惑？"

"很多，难道你不困惑吗？"

巴浩想了想："当然有，比如那个老烛台的来历，为什么是我们这八个人被邀请来了这里。"

红芙嘲笑他:"你的困惑无非是怎么才能得奖。"

"那样绝世的艺术品,我们这几个人真的有资格占为己有吗?"巴浩叹了口气,他不想争辩下去。他凝视着红芙那双黑白分明、清澈见底的眼睛,小心翼翼地说,"你是不是藏着什么秘密?比如参与了某个事件的策划。"

红芙眨眨眼睛:"你想说什么?"

"昨晚沁子明明是在你回房前回房的,她根本没有在一楼洗手间,为什么她要撒谎呢?"

红芙一愣:"这你应该问她。"

"大门是我反锁的,空房的钥匙全在前台,大家都已经睡了,所以她肯定不在其他房间,只可能是和你一起上天台了,你们三个是约好见面的吧?希望是我误会了,你能给我一个解释吗?"

"如果我没什么可解释的呢?"此刻红芙一扫天真稚气,显得格外平静,不过巴浩觉得她像一座随时可能喷发的火山。

"那我只能瞎猜你是彗星。"

"我是彗星?哈哈哈!"红芙大笑起来,"我要是有那么贵重的宝贝,一定不会便宜你们这些人,凭啥啊?真没搞懂那个大 BOSS 的脑回路,到底想干什么呢?"

红芙此刻的表情不像说谎,巴浩安心多了:"那你就更有必要跟我解释了,告诉我,你和沁子没问题。"

"你为什么不去问沁子?"

巴浩尴尬了:"我想先听你解释,你说了我就信,也用不着问她了。"

"你还真以为我们推你当头驴你就是我亲爸?我要是不说你能拿我怎么着?"

红芙脸上浮起一丝狡黠的笑,嘴角略向右上倾斜,眼神略带戏谑。这是个调情的信号。巴浩一愣,他知道一个不反感她的单身男人此时的正常反应应该是"我不要当亲爸,我想当你亲爱的"。也许可以就此开始一段新的旅程,这也是苏医生希望他有的重大改变。她的妩媚一笑着实让他心里有些荡漾,但话到嘴边又咽了回去。刚批评过文艺青年,他可不想做那种油腻男人,再说,战队这几个姑娘没一个省油的灯,谁知道红芙挑逗自己有什么目的。

两人在琳琅满目的工艺品店铺踱来逛去。女人终究是喜欢购物的,即使是有大学生、跆拳道黑带和疑似彗星卧底三重身份的红芙也不例外。不过她买东西有个特点：嘎嘣脆。一会儿工夫就把两条背带挑齐了，而且都是在一大堆工手绣品里一眼相中的。

难得遇到一个没有选择困难症的姑娘，真好。

在一家角梳店，巴浩留意到红芙对一把白牦牛角梳多看了两眼，于是趁她先出门买下来了，跟出去递给红芙："送你的。"

红芙不接："为什么要送我梳子？"

"你每天都要用梳子啊，一用就会想起我们在一个战壕里待过。"

"这个理由不好，我才不要每天都想起你。"

"那就当是为你抓的那个小偷，我代表日喀则人民褒奖你吧。"巴浩这会儿心情愉快。

"才不要，在我们老家，送了梳子就代表要做结发夫妻。"

红芙转身跑进人流里。

巴浩心略一沉，他只是因为红芙喜欢那把梳子才送的，可没想那么多。

"哎！你还没说你老家哪儿的？"第一天入住巴浩便看过红芙的身份证，她的户籍地址是北京某高校，应该是入学时迁入的。

"火星！"红芙边笑边跑。

直到天黑，刀刀才回来。红芙一听见车的动静就举着背带跑下了楼。

"刀刀！给你挑了这个，不知道合你意不？"

"合意合意！"刀刀惊喜地摸着那根精美的中国结编绳，"多少钱？我给你。"

"不值钱，我送你。"

"那怎么行！这是我托你买的，钱一定得给。"刀刀掏出一叠零钱往红芙手里塞。

"哎呀！这点钱就别跟我见外了，你平时赚钱也挺不容易的……"

刀刀满头大汗，脸红得简直快出血了："赚归赚，买归买，这钱得分清楚……"

巴浩站在二楼过道微笑地俯视他俩，心想：精明如刀刀也难过美人关。

第三章 庐山真面

格桑花客栈

珠穆朗玛峰大本营

喀什机场

1

日喀则的第三个夜晚竟然波澜不惊地过去了。

凌晨五点,客栈静得像跌进了黑洞,只有几个房间里偶尔会传出阵阵鼾声。奶茶挨个给个人队队友打电话叫起,嘱咐大家悄悄起床收拾行李,赶在结盟队起床之前出发,这样一来,既避免分道扬镳的尴尬,也可以抢先去找用于完成任务的关键道具——经幡。

个人队除了Summer都是行动力很强的人,半小时后,他们已经踏着星光,迎着晨曦向珠峰大本营开拔。一路向西南直奔,天路百转千回,植被越来越少,景色愈加苍茫,因为限速,车子根本没法跑起来,县界之间不仅司机需要报备通行,每个旅客也要下车刷身份证过安检,可以确定战队里没有通缉犯。

谁敢在这样的安保条件下玩阴谋害人呢?奶茶的心踏实了些。

王超的车是一辆汉兰达七座,黑夜一上车便占据了副驾位置,显然不想跟任何人有身体接触,奶茶两口子只能跟兰陵王坐在第二排。奶茶跟兰陵王没话可讲,兰陵王却老想和他搭讪:"奶茶,你们住在上海哪个区?"

奶茶挺直身体避免跟兰陵王碰到,且目不斜视:"浦东。"

"我以前也在浦东上班,你们住在哪个片区?"

奶茶装没听到。还是Summer替他接话:"我们住陆家嘴。"

"啊!我以前也在那儿上班!那里房价贵得不得了!"

"一般一般,我家的老房子,将就住。"说是将就,Summer的脸上却有掩饰不住的优越感。

"哎,你们上海人都挺有钱的,我们这种打工仔干一辈子也买不起一片瓦……"

奶茶嫌恶地皱起了眉头,Summer却很愿意和兰陵王聊下去——他是几天来战队里唯一一个主动跟她聊天的人。

"其实你们赚了钱回老家生活得更好啊,大城市又挤又吵空气还不好,我还想将来老了和他去乡下盖个别墅呢！"

"去我们乡下盖房子吧，我们那边美得很。"

"好啊，你老家在哪儿？"

兰陵王和 Summer 隔着奶茶，聊得热火朝天。这是他们见面后第一次找到共同语言，大概是因为他们两个都是战队里不受待见的人，容易有共鸣。

他们聊得飞起时，黑夜不时在前排发出一声冷笑。她始终把双肩包当胸包背，而一只手也总是怕冷一般伸进包兜里，偶尔奶茶会听到她在包里摩挲什么东西发出来的"滋滋"声。包里有什么宝贝吗？

车前排的摄像头无法躲避，奶茶始终没取下过墨镜，此刻他往后一靠，塞上耳机，放大音乐，世界终于清静了。不过王超开出了没多久便停下了。奶茶以为是车上有人要上洗手间，不料是路边一个背包客在拦车。

这是一个精壮黝黑、中等个子的男人。他浑身上下全副武装——遮阳帽、遮了下半张脸的魔术头巾、防风镜、背囊等等。他全身上下都是灰尘和泥点，看打扮应该是个单车客，然而他身边并没有单车。王超下去跟他说了几句话，回来问大家："这个人的单车掉进峡谷了，差点没命，他想搭我们的车，可以吗？"

"他要去哪里？"

"他说随便去哪儿都行，他是从成都骑车出来的，想环游西藏，在路上走了快一个月了，没想到突然出了这样的事。"

奶茶下去和骑客聊了几句。

"出什么事了？"

"打盹了，单车冲下了马路，还好我抠住了石头才没和单车一起掉下去。"骑客指向路旁的峡谷，奶茶探头一看，这条两山之间的狭长峡谷大概有 20 多米深，河流不宽，但很湍急，能看到水里有一辆摔得扭曲了的单车，单车上还绑着大小背包数个。骑客脱下破了洞的半指手套，露出手掌上的条状擦刮伤，路边地上也有单车扭拐冲下斜坡擦出来的痕迹。众人心想，能从这样的事故中生还，他还真是幸运。

"怎么称呼你？"

"大家都叫我铁骑。"

"我能看看你的身份证吗？"

铁骑从贴身腰包里掏出一个证件。身份证名叫吴周，1994 年出生，户籍地是湖南常德。

"手机刚才也掉下去了，还好钱包证件放在腰包里了。"铁骑皱眉看着峡谷。他始终没取下墨镜。虽然劫后余生，但奶茶觉得他看上去还挺镇定，到底是户外圈的，身心抗压能力都比一般人强。

"人没掉下去就是万幸了，那些都是身外之物。"

"谢谢你。"

"你想去哪儿？"

"本来想骑车去珠峰大本营的……可以搭你们的车吗？我身上现金不多，不过到了县城就可以取钱，我会付路费的，其他费用我也愿意和大家摊，多出点都行。"

"费用倒无所谓……"奶茶有句话没说出来：反正我们也没出钱。

铁骑露在外面的皮肤有太阳灼伤的痕迹，和衣服里未经暴晒的皮肤是两种颜色，嘴唇像被狂风肆虐过的枯树皮，更别提刚才事故留下的擦伤，可以说全身上下都写着这一路的风餐露宿。

"我们能带上他吗？哪怕把他带到有人烟的地方都行，荒郊野岭的，他走一天也走不出去，到晚上可要冻死了……咳咳，他说所有费用都摊一份。"

奶茶心想王超不知道又在打什么小算盘，他心里已经同意了，嘴上还是民主地说："得问问大家的意见。"

王超的车未满员，但第三排放了不少行李，多带一个人只需要归置下行李放到车顶，不是很麻烦。但黑夜提出了一个大家最关心的问题："我们可是去拿大奖的，跟这个人没有半点关系，带着他太碍事了，我不同意。"

奶茶一脸抱歉地对铁骑说："你不知道，我们有特殊情况，我们不是普通的游客，这次出门是有任务的……"

铁骑失望地说："看来我得拦下一辆了，今天车很少，好不容易过去几辆也不停，我只是想搭个便车而已，不给别人添麻烦……"

一旁的兰陵王看不下去了："不就是搭个车吗？我同意，出门在外谁还没碰到过难事！"

Summer 也义愤填膺地说："对啊！我也同意，少数服从多数！"

又一次被孤立的黑夜沉默了。

于是大家把大件行李从后座搬出来，绑在车顶，用油布盖好。铁骑被安排在第三排。他站在路边，拍打了好一阵衣服，直到把身上的灰泥全拍干净了才上车。

看样子他是真累坏了，一上车就蜷在行李中间歪头大睡。

车子重新上路，在荒原和雪山一路奔驰，翻山越岭，上坡下涧，路过绒布寺时，他们还目睹了一起车祸——前晚有人在大本营高反，情况危险，有人开车带着病人连夜下山，结果车翻了，直接掉到河里，十几小时后才有拖车处理。

这是个不好的征兆，警示路人，夜里走盘山公路风险很大。战队上山后，万不得已，不能马上返回。

升高的海拔，曲折盘旋的盘山公路，让每个人都感到了不同程度的头痛和恶心。在一个垭口休息时，大家都去观景了，Summer 靠在车边一直没说话，突然间她冲向路边呕吐了起来。奶茶赶紧跑过去扶她，Summer 嘴唇已经发紫，站都站不住了："老公我不行了……"

奶茶慌乱地拍着 Summer 的背："早上不是吃了药吗？怎么会这样？"

"老公我们退赛吧，我真的不行了，要是半夜病得厉害连下山都困难，还是现在退赛吧！"

奶茶忙着给 Summer 拿水拿纸巾，却不做回应。

"都到了这份上你不能不去！彗星说了，如果有一个人退赛就算全队放弃！"黑夜瞪着奶茶两口子。

"是啊！她退赛了我们怎么办！"兰陵王也叫道。

Summer 虚弱地说："可我撑不下去了……"

"我们得想办法联系上彗星，出了事他也会很麻烦，也许他会多给 Summer 点时间，让她恢复。"奶茶着急地张望着，想找个手机却无计可施，出发前他们的通信设备全按彗星要求存在客栈了。

站在后面的铁骑突然说话："我以前是急诊科医生，我能看下她吗？"

铁骑并没有工具，简单检查后，他让 Summer 深吸一口气，憋到极限再深呼，如此反复几次，同时他在 Summer 左腕的内关穴掐按了一阵，五分钟后，Summer 手环上显示的心率降到了 95，顿时缓过气来。整个过程铁骑都有条不紊，虽然那副镜面反光的防风护目镜让人看不到他的眼神，他镇定地治疗时却有种让人安心的气场。

"她暂时没事了，去高海拔有可能还会反复，不过不要剧烈活动应该没有生命危险。"

王超补充道："实在不行你们可以在大本营租氧气瓶……"

眼见 Summer 又活了过来，奶茶喜出望外："我们捡到宝了！铁骑你愿意一直跟我们的车吗？有了你，我们等于上了双保险！"

铁骑嘴角扯了一下："你们不是有任务吗？到底是什么任务？"

奶茶犹豫了下："其实我们是被邀请来参加一个游戏比赛的，除了我们这个车还有一车队友，我很希望你能跟我们一起行动，就是奖品可能……"

奶茶的邀请并没有人回应，黑夜和兰陵王脸上都写着不愿意多一个人分奖。倒是铁骑识趣地说："我是编外，不参与比赛，你们有需要随叫随到，算是感谢大家收留我。"

"铁骑这人不错！"这下气氛才热烈起来。

重新出发后，Summer 靠在窗边昏昏睡去。奶茶对铁骑萌发了兴趣，只是每次回头看后排座的铁骑，他都戴着那副防风镜。虽说藏地紫外线强烈，在户外人人都戴墨镜，但一个男人连睡觉和急救都不摘墨镜还是挺奇怪的，难道他和自己一样不想被车上的摄像头拍清楚？奶茶突然后悔起来——为自己贸然邀请一个不知底细的人跟车。

"你还好吗？要不要换到前面来活动下手脚？"奶茶扭头问。

"这个座位挺好的，你们聊，不用管我。"

奶茶忍不住了："现在没啥太阳，你还戴着眼镜难受不？"

铁骑取下了眼镜，露出的眼眶周围的肤色，与被太阳晒黑的肤色形成鲜明的对比，简直是一个完美的墨镜印记："你们看看我这鬼样子，取了眼镜多吓人。"

"哈哈哈！"兰陵王大笑起来。

奶茶瞪了兰陵王一眼，把心里刚对铁骑萌生的一丝戒备放下了："你医术很不错啊，刚才帮我太太特别专业。"

"还凑合吧。"

"当医生很好啊！怎么想到一个人骑车走川藏呢？"

"上班太虐了，我出来找找乐子，结果骑车比上班还虐，看来我还是得回去上班……"铁骑打了个大大的呵欠。

他显然不想深聊。

奶茶没有再追聊，不过这之后他老觉得后脑勺凉凉的，几次猛地回头却又没什么异样。铁骑始终在座位上保持同一个睡姿，小件行李也好好地堆在原位。

2

"出事啦 8 号！"

大清早囡囡就来拍巴浩的房门。当巴浩知道个人队天没亮就悄悄出发了，他倒是一点都不意外。结盟队已经有三条经幡了，作为队长，巴浩自然得让给三个姑娘，虽然还得再找两条经幡，但比目标是要找五条的个人队还是难度小些。

巴浩收拾行李时在床上发现了一张纸条：昨天沁子去药店买了验孕棒。落款是黑夜。字迹的确是黑夜的，办入住登记时巴浩见她写过字，看来这张纸条和前晚的菜刀一样都是从窗外放进来的，同样不怀好意。

沁子怀不怀孕关他什么事！巴浩恼火地把纸条揉成一团扔了。

昨天平白无故被沁子扣了顶色狼帽子后，巴浩发誓不再和她私下打交道。可现在的沁子脸色苍白，和姑娘们也没什么话讲，一副郁郁寡欢的样子，和那个刚见面时健康温柔的沁子已经判若两人了，巴浩心又软了，以照顾身体不适的沁子为由，把本应属于他的副驾让给了沁子。

现在他原谅沁子的无礼了，甚至生出了些莫名的担心。看样子怀孕对她来讲并非喜事，沁子会做什么决定呢？

无论如何……能和三位美女同行的旅程还是愉快的。

每过两三小时停车休息时，刀刀会担任起摄影师，动作自然得让人忘记他不过是在完成真人秀拍摄。摆拍、抓拍……刀刀举着的手就没放下来过，他取景总是别有心思，比如会拿小石头挡在镜头上半部让姑娘们做托举动作，拍出人举起巨石的视觉错层，指挥大家摆各种搞笑的姿势，爬上跑下，甚至躺在地上，就为了找出拍摄每个人的最佳角度，最终的成品当然让姑娘们无比满意。

刀刀对巴浩也很周到，奉甜茶、递烟点火、指引厕所，这个巨球欢快地滚动在众人当中，事无巨细，服务到家。

虽然在巴浩看来，这些都是刀刀用来忽悠游客的职业套路，不过也不得不承认，刀刀是个情商很高的人，其实在巴浩看来，这个胖子的小恩小惠包藏着小私心才更让人放心，让他能像喜欢一个正常的司导一样喜欢他啊！

刀刀的车开得平缓又稳健，只是偶尔他会突然停下来，趴在方向盘上静候什么，而此时并无其他车辆挡路，亦无行人牲畜过路。

巴浩不禁问："怎么了？"

刀刀专注地盯着车的前方不答。巴浩伸长脖子看看，原来在马路上有好几只正欢快攒动的小松鼠，直到它们全部跑到安全地带，刀刀这才继续前行。

　　红芙目光柔软地看着刀刀："原来刀刀这么大一条汉子，心里却住了一个小女孩。"

　　刀刀的耳后根又红了。

　　不知怎的，红芙这个眼神让巴浩心里有点不舒服，他忍不住俯身往前，挡在他们当中，指着刀刀手上一条迷彩色的绳编手链："刀刀，你这条伞绳手链不错啊！一看就是玩户外的。"

　　刀刀乐了："你看我这大猪蹄子就是戴块表也不配啊！这是便宜货，十几块钱，跟你那条一比就秒成渣了。"

　　的确，巴浩右手也有一条藏银龙头豪华版手绳，这还是去年进藏时买的。

　　"对了，我一直想问你为什么会来当藏漂？"

　　刀刀左手扶着方向盘，右手掏出裤兜里的钱包，展开露出夹在里头的一张照片，递给巴浩。照片上是一个穿着迷彩服端着长枪的年轻军人。那个清瘦高个、英姿飒爽的士兵正仰望天空，不知看到了什么，侧脸上开心地露出一个大酒窝，照片背景是茫茫寒漠和皑皑雪峰，看来就是在西藏。

　　"这是谁？你弟吗？"巴浩和囧囧传看着照片，"你看这个酒窝……天哪！这不会是你吧？"

　　刀刀不好意思地摸头笑："你们都不相信是我，可这真的是六年前的我，当时我和王超在可可西里当兵。"

　　"那你怎么会……"红芙用手肘顶了巴浩一下，把他剩下的半句"怎么会胖成这样了"给顶了回去。

　　"退伍后就胖成这样了，我也没办法，试过很多方法都减不了肥，我想我命中注定只能当一头快乐的猪了。"刀刀倒是不介意地笑着。

　　囧囧赶紧拍拍刀刀的肩："刀刀你很可爱，我们都很喜欢你，你是最帅的胖子，你是胖子界的男神，酒窝界的一哥，真的。"

　　"谢谢……"刀刀感激地说。

　　"你老家是哪里的？父母舍得你当藏漂吗？"一直没说话的沁子突然问道。

　　"福建。说起来你们不信，我们家祖孙三代都在这里当过兵，我爸没能回去，后来我把我妈也迁过来了，能远远看到布达拉宫，我想他们在天上一定很开心吧……"刀刀努力伸长脖子仰着头，眯成缝的眼睛里似乎有光点闪烁。

"对不起……"众人沉默了。

巴浩赶紧把话题岔开："刀刀，你了解文成公主的飞凤烛台吗？就是我们游戏大奖的那个烛台。"

刀刀笑了："一切古董，跟文成公主沾上边都会身价翻倍，文成公主我不了解，灯座藏族人倒是用得多，他们喜欢点酥油灯，现在我们汉族人一般不会点蜡烛……除非没电吧？"

"彗星到底什么来头，他怎么会有这种绝世的艺术品呢？这对龙凤烛台消失了一千多年，怎么会突然先后面世呢？"巴浩追问。

囡囡大惊小怪地说："哇！会不会是盗墓来的？"

刀刀乐了："那我可不知道。"

"如果是盗墓来的文物，那我们可不能占为己有……"巴浩喃喃道。

红芙瞪他："别危言耸听！去国家机构做了鉴定就一定要先证明是合法拥有！"

巴浩点点头："无论如何搞清楚来历还是有必要的，这对龙凤烛台太珍贵了，之前那个收藏家花一千多万拍下盘龙烛台捐给了国家博物馆，如果飞凤烛台流失海外就太可惜了。"

"可是如果飞凤烛台不拍卖，我们结盟队赢了，它应该归谁呢？变现了每人至少能分二百万，这对谁都不是小数目。"还是囡囡心直口快。

"二百万对我也是大数目，但我心里又觉得龙凤烛台失散了上千年，如果重新在一起该多美啊，或者我们可以让它们在博物馆团聚。"藏在心底的话匣子一旦打开，巴浩觉得他的勇气止不住从每个毛孔往外冒。

全车人都张口结舌扭头看巴浩，大家简直像在看一个外星人。囡囡尴尬地说："咳咳！巴浩，如果别人说这话我一定觉得太天真了，但我还是了解你的……"

相识不过数日，从何了解？巴浩不相信，不过他还是感激地说："谢谢你。"

"我欣赏你的无私，你的想法我也觉得很浪漫，但让我放弃二百万实在有点为难，除非你能有更好的理由说服我，毕竟这太荒唐了……"

"不，不荒唐，8号的想法非常好，没想到他还是个理想主义者，我支持他。"红芙看巴浩的眼神充满了思考和探索。

"真的吗？"巴浩惊喜道，这是第一个支持他异想天开的人。

但一脸认真的红芙突然扑哧一笑："但是尼采说过，理想主义者是不可救药的，如果他被扔出了他的天堂，他会再制造出一个理想的地狱。"

巴浩脸上的笑容凝结了，他刚膨胀的勇气像落地的降落伞，无力地萎缩变小。

下午六点，结盟队终于抵达一大帐篷区。这里没有砖瓦建筑，在一大片风化严重的碎石杂砾上，五颜六色的帐篷群围成了一个阵营。每年的4月初到5月底间是登顶珠峰的最佳时机，此时虽是6月初，却还有不少登山高手滞留在大本营的帐篷旅馆。

帐篷区四周全是布满风侵雨蚀痕迹的荒山，气温不算低，但从南面山垭刮来的冷风呼啸而过，吹到人身上还是挺冷的。刀刀指着南边的云层："那里就是珠峰！可惜现在有云看不到顶！希望风再大一点，把云吹散！"

落脚点是一个挂着"星星之家"牌子的帐篷客栈，这是彗星指定住宿地点，也是王超和刀刀平时带团常来的落地点。个人队全员都已经在里头了。

这是一个昏暗的大帐篷，温度非常高，跟帐篷外起码有15摄氏度温差。帐篷里只有一盏昏暗的白炽灯，有一个带通顶烟囱的火炉，中间摆着长桌条椅，四周是大通铺，长椅和通铺上都铺着整整齐齐的藏式毡毯，角落堆放着高高的被褥，只是它们都和藏民的肤色一般黯黑。来之前刀刀反复交代过大家要带睡袋，因为这里的铺盖一年也难得洗上一回。别人倒也罢了，黑夜捂着鼻子，一脸窘迫地站在帐篷中间，坐都不敢坐。

囡囡逗她："你要不要找个钩子把自己挂起来？"

黑夜狠狠地剜了囡囡一眼，用纸巾包了手指顶开帐篷门出去了。

这时巴浩才注意到坐在角落里，还戴着防风镜的铁骑："这位是？"

"哦，他叫铁骑，从成都骑行过来的，路上出了车祸，搭我们的车过来了。他是个医生，路上幸好有他在，不然我太太就危险了，所以我们邀请他跟车。"

巴浩对骑客素来有好感，赶紧过去自我介绍，铁骑一脸漠然地与他握手。

此时帐篷主也告诉他们，早上有人打电话来，让他转告今晚入住的客人：酒窝。

酒窝？没头没脑的两个字，是通关密钥吗？巴浩查看了店主的通话记录，来电是一串网络电话数字，看不出来历。众人七嘴八舌地讨论着，巴浩心里还是那个判断：彗星一定潜伏在众人周围，而且战队一定有内应。

会是谁呢？

刀刀拎着两大袋食物进来，眉开眼笑地吆喝："帅哥美女们，吃饭啦！"

所有人看着刀刀呆了。

迎着一堆莫名其妙的目光，刀刀紧张起来："咋了？我脸上有饭？"

"酒窝！"囧囧和Summer同时喊了出来。

刀刀赶紧摸自己的脸。

巴浩摇摇头："错了，不可能是刀刀，答案不会这么显而易见。"

等弄明白了怎么回事，刀刀吃惊又尴尬："通关密钥怎、怎么会跟我有关呢？要是经幡在我这儿就好了，我现在就拿出来献给大家，我也想快点胜利！"

巴浩点头："是的，即使跟刀刀有关也不会现在就有答案……"

众人的目光从刀刀身上移开了。

客栈离海拔5200米的海拔碑有四公里山路，大概是平常游客一个多小时的徒步脚程。此时，离零时挂经幡的任务还有将近六个小时，但两队一共还差七条经幡，而且高反不同程度地向每个人发起攻击。心悸、头痛、呼吸困难，Summer有气无力，沁子吐了两次躺下不起，血氧浓度降低，静息心率上飙。幸亏有铁骑在，不过降心率的方法只对Summer奏效。铁骑从背囊里拿出一盒针灸针，在用火烧消毒后给沁子扎了足三里、脾俞和胃俞等穴位，她的面色慢慢回复正常。

给沁子降心率时要掐按内关穴，巴浩借此看清了沁子那双给过他温柔耳光的手，和他猜的一样，这双手果然布满掌茧，和她娇嫩的脸部皮肤简直不像同一人。一个来自大城市的瑜伽教练怎么会有这样一双手呢？难道她真是健身器械狂？

铁骑扎针时不得不撩起沁子的衣服，她腿上一些陈旧伤痕露了出来，又让巴浩大吃一惊。等到铁骑扎她背上穴位时，他没敢再看，赶紧转身，嘴上关心地问道："这里去海拔碑要徒步，沁子你还能走吗？"

"我没事，睡一会儿就能出发。"沁子虚弱地说。

巴浩拿出了他昂贵的Ferrino羽绒睡袋和充气枕。之前他打算留给红芙，但此刻沁子显然更需要照顾。想到这里，巴浩抱歉地看向红芙，可巧红芙也在看他，巴浩觉得她的眼神里有种压抑的怨念。

红芙是在为他吃醋吗？

巴浩悄悄走到红芙身边，压低声音道："别介意我多照顾下沁子，战队不能出状况。"

"只是美女不能出状况吧？"红芙赐给他一个冷眼。

"谁出状况都影响集体，别忘了我是队长。"巴浩无奈地解释。

3

找经幡的密钥已经有了，但很显然，星星之家没有线索。这让众人犯了愁，七嘴八舌地议论。这里有几百个帐篷，要地毯式搜寻一遍怕是一天都搜不完。只有兰陵王不以为意，他认为找不到彗星的经幡也没什么大不了的，他可以去买几条外面的经幡。

当然，没人搭理这种蠢话。

奶茶出门前扫了一眼铁骑的位置，却发现他不在了，他有心想去找铁骑帮忙，可转念一想，游戏任务的事还是别让铁骑参与太深的好。出了帐篷，外头的天色依旧明亮，此时离出发去海拔碑只有三小时了，如何在三小时内找到经幡？

隔了老远，奶茶看到兰陵王一个帐篷接一个地钻进钻出，心焦的他却没有着急行动，而是观察了下地形，走到帐篷中心区的邮局屋檐下蹲守着。

时间一分一秒流逝，十五分钟后，结盟队除了沁子，其余四人全从星星之家出来了，显然他们是开会布局过，一出门就分开跑向东南西北四个方向，这时结盟队的力量强大便显现出来了，巴浩果然和奶茶的想法一样，四个队员分查四角，使效率最大化。换而言之，只要跟着他们就能坐收渔翁之利。

奶茶脸上浮起一丝微笑，轮流观察起他们来。

红芙直奔东区帐篷点，以每一两分钟一个帐篷的速度挨个往下查，节奏快不而乱。囝囝负责北区，看来是要朝东区方向推进，和红芙会合。两个人马不停蹄穿篷走巷，远远看到还会打手势示意对方，配合很是默契。刀刀负责西区，他钻帐篷的速度比起两个姑娘要慢很多，大概到处都有他的熟人，他要不时停下来寒暄两句，有人甚至指着刀刀笑，奶茶猜他们一定在说："你不就有酒窝吗？"

最后的南区是巴浩负责的，等奶茶想观察他时，却已经不见他的人影了。

巴浩去哪了？难道是他有问题？

奶茶快步走向南区。这时天色已经渐渐变暗了，大风吹散了厚厚的云层，珠峰的真容已然显现，一时间，不知道哪儿钻出来一群乌泱泱看热闹的人，举着手机、相机各种拍拍拍，有人还在大喊："一会儿就能看到日照金山啦！"

对这难得一见的奇景，奶茶却无兴致多看一眼，他费劲地在人群中穿梭，发觉自己已经彻底失去了巴浩的踪迹。怎么办？是坐等结盟队的结果，还是像兰陵王那样漫无目的地寻找？

奶茶没了主张。人们还不断地从各个帐篷里跑出来，眼见着坐享其成的希望就要彻底被人海淹没了，奶茶看到旁边有个立旗杆的大水泥墩子，情急之下，他爬了上去。登高望远，视野果然好得多了，他终于可以在攒动的人头中好好搜寻一番了。不过他这一带头爬高，好些人也跟着爬了上来，挤得他快无立锥之地，奶茶急了："别挤！我不是看落日，我是在找人……"

"不看落日你就别凑热闹了！"

不知谁喊了一句。奶茶感觉到，在混乱中，有人在背后用力拖拽了他一把。他本来就已经被挤到边缘，被这一拽，重心倾斜，一下子往后倒去。

奶茶重重地落在了地上，只觉一阵炸裂般的剧痛。人群惊呼着让开，很快又围拢过来。

"谁！谁拽我？"看着几个好事者凑过来的脸庞，奶茶有气无力地问。

突然间奶茶全身的血液都凝固了，他在人群后排的缝隙中发现一张脸，那张风餐露宿的脸上架着一副熟悉的防风镜，正是铁骑。虽然隔着墨镜，那张脸上透出的寒意仍旧让奶茶打了个冷战。

奶茶一脸茫然地被几个人扶起来，头昏眼花，脚下发软。人群中的铁骑已经不见了，让他不由得怀疑自己是被摔蒙了出现了幻觉。

奶茶摔倒时，巴浩已经快把南区排查完了，想着先去趟厕所，出来就去跟红芙他们会合，没想到在那个简易厕所前碰上了捂着鼻子一脸嫌恶的黑夜。

巴浩叫住了她："早上你干吗给我留纸条？"

黑夜一直到走到干净区域才停下来："我只是把我知道的消息跟你分享。"

"你不就是想挑拨我们结盟队的关系吗？"巴浩没好气。

"那你就当我放屁吧。"黑夜转身欲走。

"等等……你找到经幡了没？我们分配了区域排查线索，我想'酒窝'应该是指有酒窝的人，既然不是刀刀，那肯定在别的帐篷里。"巴浩语气缓和下来了。

这次黑夜倒挺配合："我知道啊，你们查线索，我在查你们。"

这想法和巴浩不谋而合："你查到什么了？"

"那个铁骑在你们开会的时候出来了，他去了营地环保车停车场。"

"他去干什么？"

"搭环保中巴走了，我打听了下，那个车是往海拔碑接送游客的。"

"是的，只有营地环保车才准开去海拔碑，再晚就没车了，我们要徒步完成任务。很少有游客这个时间去海拔碑，铁骑去干吗？"

"哼，怕是去布置现场吧。奶茶那帮蠢货非要把铁骑带上，我看这个人压根不是什么骑客，不然他怎么算得那么准，既知道王超的车还有位，又算到Summer那个娇气包会高反，他可以急救收买人心……"黑夜把他们是怎么捎上铁骑的过程讲述了一遍。巴浩也觉得这事的确有疑点。

"说不定铁骑就是彗星！我们不可能找得到另一半经幡，真正的线索就藏在铁骑身上，他想赖账不让我们拿奖……"黑夜越说越激动。

巴浩皱起眉："铁骑突然出现确实巧了点，但不能断定他是来搞破坏的吧，咱们得有证据。"

"这个人就是彗星！幕后策划的大BOSS！而且战队里肯定还有他的同伙！"

"先找到证据再下结论吧。"说是这么说，但巴浩心里已经有几分信了。

黑夜冷笑："说不定同伙就是你的女神，一个怀了孕的女神。"

这话题实在让巴浩尴尬："你说这些话是要加入结盟队的意思吗？"

"不，我只是提醒你要查查铁骑。我和你们，有限结盟，绝不分奖。"

这倒是黑夜的风格，短暂交流后，黑夜继续独自行动。巴浩把最后几个帐篷排查完，一回到帐篷区就碰到了红芙。

红芙已经提前搜完东区，一无所获。几乎不抱希望地，他们到了最后一家"太阳之家"旅馆，老板指着睡在帐篷一角的大个子："那个人有酒窝！他是从比利时过来爬珠峰的，一直在等身体状况调整好，在我家都住了快二十天了！"

一个老外蜷在睡袋里，巴浩刚走过去那人就醒了，茫然地看着他。

巴浩抱歉地说："不好意思，打扰了。"

"没关系。"老外一口汉语，咧嘴一笑，果然双颊上各有一个大酒窝。

巴浩和红芙对视一眼，面露喜色："你好，我是拼图游戏的人，你是我们要找的人吗？"

老外茫然地重复："拼图游戏？"

巴浩失望地行拱手礼："对不起我找错人了，您接着睡吧……"

他们要出帐篷时，老板却叫住了他："等等！你们真的在找酒窝？"

"是啊！"

"刚才我在门口发现一个包裹，上面写着寻找酒窝的人，是你们吗？"

红芙一脸吃惊，巴浩却很激动："什么？能给我看看吗？"

老板拿出一个已经拆开的包裹:"不好意思我拆了……我也不知道是谁扔在门口的,十分钟前我还出去打过水,那时什么都没有……"

和日喀则拿到的包裹一样,这个包裹也是用灰黑色快递袋装着,上面用透明胶纸贴着一张纸条,上面写着一行字:请转交寻找酒窝的人。贴条看起来很匆忙,不光字迹潦草,纸条也用的是半张烟壳纸,看起来像在地上随手捡的。包裹里是一包崭新的经幡,印着和上一批经幡一模一样的藏文和图案。

红芙来回翻看着那张纸条,巴浩却激动地数经幡:"1,2,3……8!8条经幡,加上我之前拿到的3条,一共11条,这次任务是每个人去挂一条经幡!彗星知道我们战队变成了11个人!"

红芙有些不解地说:"有什么不妥吗?"

"你注意到他们队多了一个人没?"

"听说是路上捡的搭车客。"

"那个人叫铁骑,只怕他有问题。"

"为什么?"

"大家的手机都存在日喀则,没办法跟彗星联系,彗星却知道我们战队变成11个人了,他怎么知道的?肯定有卧底!"

红芙反问:"可是,既然这个人煞费苦心潜伏进来,为什么又要自曝身份?"

"这……"她把巴浩问住了。巴浩想了想才说,"如果经幡不是铁骑放在太阳之家的,那又会是谁在暗中帮助我们呢?"

"你怎么确定是帮我们呢?不过是给了包经幡。"

"哎!就是感觉彗星一直在给我们制造障碍,但老有人跟他唱反调,想帮我们拿奖。这个人到底跟彗星什么关系,目的又是什么?"

好矛盾,想不通。两人心事重重地出了太阳之家。

珠峰的日落一点都不拖泥带水,太阳一落山,夜幕就被拽了下来。此时星星一颗一颗跳出来,与营地的灯光交相辉映。

"我们要让铁骑走吗?他可能是个炸弹。"巴浩茫然看着星空。

"拿奖第一,既然找到经幡了,那我们还是静观其变吧,看看铁骑到底什么来头。"红芙还保持着冷静。

"万一他行凶呢?不得先下手为强吗?"

"他的身份证能够过那么多道安检,至少不是个通缉犯。十比一,就算还有同伙也不过是九比二,我们不可能输。"

此刻巴浩眼中的红芙逻辑清楚,自信笃定,而她的同龄人大多都还没断奶呢。

"红芙,我觉得越来越接近真实的你了,你真不像是二十岁,你甚至不像个……"本来想说一句发自内心的欣赏的话,巴浩却咽了回去——他不确定红芙喜不喜欢这种褒奖。

"不像个妹子是吧?本来我就是芙哥嘛。"红芙替他说了出来。

巴浩尴尬了:"不,我是想夸你头脑清楚,做事果断。"

红芙苦笑:"果断其实就是武断吧,会让你钻牛角尖不听不看不想,逼得你身边的人绝望。"

"你也有心事?好奇怪,户外圈经常会遇到一些带着伤心来的姑娘,像沁子这样的……"巴浩心里突然一阵刺痛。

"你怎么知道沁子伤心?"

"今天早上之前她对我只是个路人,但现在我知道了她很困难,就不能不管。"帮助沁子的决定巴浩是这一刻梳理明白的,他觉得心里的痛顿时减轻了。

"什么困难?"红芙问了一句,见巴浩犹豫不说,也不追问,"人家对你那么冷,何必热脸贴冷屁股呢?如果你想要一场邂逅,我看囡囡对你兴趣还蛮大的。"

"跟邂逅没半毛钱关系。"巴浩叹了口气,"有些困难单靠自己是走不出来的,以前是我不懂……再碰到那种糟糕的事,我一定会阻止它发生。"

"你还真是圣父,别因为英雄救美耽误了赢比赛就行。"红芙略带嘲笑地说。

巴浩苦笑:"什么圣父,一个废柴而已,我只是想做些什么让自己心安。"

红芙深深地看了巴浩一眼。

4

巴浩在不断刷新红芙对他的印象。在其他人都盯着一千万大奖,计划获奖后怎么花的时候,巴浩怎么还会有"让龙凤烛台在博物馆团聚"这样天真的想法呢?是为了吸引美女注意?不,不,巴浩说出这个想法的时候是如此真诚,而且这一点都不吸引女人,在这样一个现实残酷的世界,像囡囡和沁子这样浸淫在红尘俗世中的人,只会觉得巴浩疯了。当然,巴浩敢做个疯子,也跟他从小衣食无忧有关，他有资格傻，起码比这个战队里的任何人都有资格。

他说想做些什么让自己心安，他的内心受到了煎熬吗？

这究竟是怎样一个人啊！是一个养尊处优，除了长相别无长处的废柴？是一个用昂贵装备包装自己的伪驴？是一个被人扣了色狼帽子仍不吝关怀的傻瓜？还是一个手无缚鸡之力内心却有牢固底线的蠢蛋？

红芙不想回那个充满污浊之气的星星之家，在路过一家帐篷茶馆时，她停下了脚步："我想喝杯酥油茶。"

巴浩看了下腕表："咱们是还有点时间，不过经幡已经找到了，是不是先送回去让大家放心呢？"

本来想喝茶只是红芙的一个念头，她一听这话，反而坚定了，一揭帐篷就进去了。巴浩只好也跟着钻了进去。

两人坐在一个有透明窗口，能观察外面的位置。帐篷外北风呼啸，茶馆里温暖如春，两杯茶中间放着一盏蜡烛，烛光映着红芙脸上的两团健康红，也映着她忽明忽暗的眼睛。

"红芙，真的要让大家干着急吗？"

"嘘……"红芙示意巴浩噤声，"给我一刻钟吧，让我忘了外面的战场。"

从坐下来的一刻红芙就泄劲了。她歪头伏在桌上，放松地在桌面摊开双手，这一刻她不想研究任何人任何事，只想放下武装休息一会儿。

红芙的衣袖上有一块不知在哪儿蹭的污渍。巴浩掏出湿纸巾帮她细心地擦拭，而红芙也没有任何反应，任由他动作。两个人都没有说话，彼此间可闻呼吸声却毫无暧昧。两个睡眠都不足的人在这难得的宁静时光一起沉醉。仿佛他们不是盟友，不是对手，也不是萍水相逢的陌生人，而是相知了一个世纪的朋友一样。

"只是一个游戏，你不用这么认真的。"巴浩的眼神透着心疼。

"你不也一样认真吗？别忘了你还有比我们高尚得多的理想，想要完成那个目标，你怕是要付出比我们多一百倍的代价。"红芙这次没有再嘲笑巴浩。

"我知道我赢不了，但我还是想试试。"巴浩咬了咬牙。

红芙抬头看着巴浩发自内心地感叹："不管结果怎么样，你能有那样的想法就比他们强。"

"以前我这个人干什么都不行，但这次我要做些不一样的选择，勇敢不是一个人手握屠龙刀，而是明明知道自己会输还要战斗。"得到鼓励的巴浩有些激动起来，两手握拳放在桌面，小小的板桌因为他激烈的情绪都开始发抖了。

红芙怔怔地看着巴浩，她几乎要被他眼里燃烧的火焰融化了，不，她已经感到自己的血液也沸腾了起来，她都快忘了自己也是有理想的人，她也有过这样充满魔幻感的战斗力，那个瞬间有句话她几乎要脱口而出——"好，我和你一起战斗！"可是脑子里突然闪过一道冰冷的闪电，照亮了她的来路和归程。

红芙脸上的红晕慢慢褪去，终于，她开口了，声音沙哑而疲惫："勇敢这个词，我们大多数人都是配不上的，我希望你的勇敢不是只表现在嘴上和游戏里。"

巴浩一愣，本来鼓胀的内心像被一根针扎进，虽然还勉强维持着强大的形状，某个地方却在不断泄气。良久之后，他苦笑道："是啊，我不配说勇敢，在真实世界里我是个懦夫、废柴，8岁就有人这么说我了，可我也想改变自己、拯救自己。"

"是啊！人都是自私的，说什么帮助别人，遇事得先保全自己不是？"红芙看着他，一丝说不清是戏谑还是失望的微笑在她脸上浮现，她站了起来，感觉力气又回到了身上，"走吧，我们该回修罗地狱跟牛鬼蛇神打架了！"

回到星星之家人已经齐了，连铁骑都坐在角落。看到巴浩和红芙捧着经幡进来，战队成员集体鼓掌，大家沉浸在找到经幡的兴奋中，竟然没人质疑为什么一共有11条经幡。女孩们忙着把红芙上次拿到的水晶手链拆开系在经幡上。奶茶心事重重地研究着经幡，他拿了战队的摄像机把经幡上每一幅图案都拍了下来。

巴浩啃着干粮，注意力却在铁骑身上。铁骑依然戴着防风镜，在角落里双手交抱着打瞌睡，他仅有的那个鼓鼓囊囊的背囊就放在旁边的长椅上。巴浩移了过去，很自然地坐到了背囊旁边，他想趁机摸摸背囊里有啥。

铁骑立刻睁眼把背囊移开，这动作看起来很自然，像是在给巴浩腾座位。巴浩刚才已经探到那个背囊里有硬物，而且铁骑拎走的时候，沉甸甸地往下坠。正常单车客会把背囊分散，把重装备驮包绑在单车的前后架，轻身上路，一些不怕热的也会把少量轻装备背在身上减轻骑行负担，听说铁骑的重装备已经和单车一起掉进峡谷了，那他从不离身的背囊究竟装了些什么呢？以巴浩的经验来看，背着重背囊骑车会很不舒服，铁骑总不会是预见到自己会出事，所以才把重要装备先背上身的吧？

"你吃了啥？"

"方便面。"

"我们采购了很多零食，不要客气，放开吃。"

"没事，我吃得不多，习惯了。"

灯光下，铁骑脸部僵硬地笑了，这是巴浩第一次看到铁骑笑。

"听黑夜说你叫吴周？为什么叫这个名字？"

铁骑一愣："我爸姓吴，我妈姓周，所以叫吴周。"

"这名字取得可真……"

"随意。"铁骑替巴浩把心里话说了出来。

巴浩笑了，又瞟一眼那个背囊："我也想下次进藏骑行，你有经验，能教教我怎么挑装备吗？"

"我可没有成功经验可以分享，别把你害了。"这似乎是实情。

"那至少有失败经验总结吧，要不我来帮你捋捋？一起讨论下这次问题到底出在哪儿？"只要提装备巴浩就会有兴趣，"你的单车是多少寸的？"

铁骑犹豫了一下："15寸。"

"刹车系统是什么？"

"……"

"是V刹还是碟刹？"

"V刹。"

"我也喜欢V刹，容易修理，刹车皮也很容易更换，能节省不少时间。修车工具你带了哪些？衣服、药品、炊具，这些东西出发前应该都有清单吧？"

"这个，这个……其实我不是装备派，所有东西都是我一个玩单车的朋友准备的，所以我也不是很清楚。"

巴浩心一沉，他问的都是一个长途骑客须知的常识，跟是不是装备派毫无关系，如果连这些准备工作都不曾参与，那他是怎么从成都一路风餐露宿骑行进藏的呢？铁骑这个骑客的人设是伪装的吗？

谈话陷入尴尬时，帐篷外传来了囧囧和红芙的惊呼。

铁骑一下子弹起来，快速冲出帐篷。巴浩的第一反应却不是冲出去，而是迅速伸手探向铁骑的背囊。

背囊鼓鼓囊囊，有一截拉链没拉拢，巴浩眼明手快地探进去一摸。里面有一包换洗衣物、一个户外铝餐盒、一个洗漱包，还有一根长长的弯月状的触手冰冷的沉重铁器，它有雕龙刻凤的身子和缠着结绳的坚硬手柄。背囊内袋一侧还插着一个长方形物件，触到它的瞬间，巴浩碰到了home键，它的屏幕亮了，巴浩立刻看到了屏幕上的星空屏保。

藏刀和手机！

什么单车事故！什么手机掉了！戏精！戏精！

巴浩背脊一阵发凉。

铁骑冲到外面看清楚情况后即刻返回喊巴浩："没事！她们看到一只高原鼠兔，以为是老鼠，吓坏了。"

巴浩这时已经缩回了手，按捺住心脏狂跳的胸口，脸上勉强挤出一个笑容："女孩子就怕那玩意儿，5000多米的海拔上，哪来的老鼠啊。"

"是是是，快十点了，你们是不是该出发了？"铁骑还是不放心他的背包，又回到原座。

确实必须出发了。

"铁骑，你跟我们一起去完成任务吧？"巴浩不想把这个来历不明的人留在帐篷。

"我？"铁骑犹豫。

"11条经幡当然得11个人共同完成任务，不然怎么叫'每人挂一条经幡'？只是很奇怪，彗星是怎么知道我们有11个人了呢？"巴浩终于把心里的疑问说出来了，他说完便观察起身边的人，大家也都停下忙活，看着巴浩，大部分人都一脸愕然，只有奶茶、黑夜和红芙的眼神转来转去，最后落在了铁骑身上。

"也许是客栈老板通知的？"刀刀看了一眼忙进忙出的帐篷主。

红芙喊住帐篷主："大哥，你跟那个打电话告诉你酒窝的人联系过吗？"

帐篷主愕然："没有，那个人用一串乱码给我打的电话，我没法联系啊！"

红芙看向巴浩，像是自言自语又像是发问："那会是谁向彗星汇报我们多了一个人呢？"

"管他是谁，只要不影响我们完成任务就行。"黑夜朝巴浩使了个眼色。

巴浩为难了，虽然他明知铁骑有问题，但这个人是个人队捡来的，他没权盘查，要不要当众揭穿铁骑的秘密他也还没想好，怎么办？

正迟疑间，铁骑把背囊背在了身上："你们不用烦恼了，既然要我一起去，那就走吧。"

5

出发前刀刀给每个人量过血氧和心率，沁子的指标依然最差，但她很固执，一定要去完成任务。每个人都穿上了防风服，戴上了魔术巾、帽子甚至手套，巴浩掂了下沁子那件中看不保暖的卫衣，把自己的外套脱下来给她："你穿这个。"

沁子迟疑地说："那你怎么办？"

"我租件军大衣就行了。"

巴浩把帐篷里一件乌黑油腻的军大衣裹在了身上，黑夜看他的表情嫌弃得简直像踩了屎。

出发前刀刀借来了手电，人手一支。队伍由最熟路的王超打头阵，后面跟着相互帮扶的奶茶和Summer，囡囡和黑夜，中间由身体结实的兰陵王和红芙承上启下，再安排铁骑、刀刀和他一起殿后，轮流照顾走路最吃力的沁子。这种安排，明面上是为了让铁骑随时预备英雄救美，实则是巴浩想方便监视众人，而且刀刀能帮得上手。

从海拔5000米到海拔5200米，这段修整过的山路坡度非常平缓。战队的人要对抗的只是让心脏狂跳的高海拔和刮脸的狂风而已，身材单薄的沁子几乎快随风而去了，幸亏被刀刀及时拉住。

铁骑依然背着他的背囊，头巾捂住口鼻挡风，和巴浩沉默地并肩而行。

"呀！"

跨上一个土坎时沁子滑倒了，刀刀及时往前一扑，趴在地上，当了沁子的人肉减震垫。巴浩和铁骑赶紧上去把他们扶起来，沁子顾不上自己，一个劲儿把手电往刀刀手上身上照："怎么样？没摔着吧？"

"没事没事，我这么皮糙肉厚。"

巴浩照到刀刀的手掌已被擦出血痕，皱了眉头："铁骑你来扶沁子吧，让刀刀歇会儿。"

铁骑却没有动："还是你来吧。"

搀扶美女其实是美差，为什么铁骑要回避？巴浩尴尬地说："我这身太脏，怕人家嫌弃。"

刀刀识趣地说："还是我来吧，用不着歇气……"

几个男人的推让让沁子尴尬了，她喘着气低声道："你们不用把我当病人，谁也不要扶我了，我可以自己走。"

男人们面面相觑，沁子重新迈开了步子，走几步歇几秒，刀刀跟上去扶她却一次次被她推开了，刀刀只能捡了一根树枝给她当手杖。

看着沁子倔强的背影，刀刀悄悄道："我们伤了人家的自尊心。"

巴浩有点意外："刀刀挺懂怜香惜玉啊，难怪这么受姑娘们欢迎。"

"千万别这么说，她们顶多把我当男闺蜜而已，我可不敢有什么妄想。"

巴浩心想：虽然真相有点残忍，但刀刀确实有自知之明。

走走停停，所有人抵达 5200 米海拔碑时已经是 23:38。呼啸的大风刮得人睁不开眼，先到的几个人都背向狂风，焦躁地原地跺脚驱寒。巴浩用手电照了照刻着藏汉英三语"珠峰大本营海拔 5200 米"红字的界碑，大声喊道："大家来领经幡找地方挂起来吧！"

"不能在那里挂！要来这边！"王超在不远处一个小山坡上朝这边大喊。

"为什么？"由于是逆风，巴浩的声音没送出去就被吹散了。

一旁的刀刀赶紧解释："纪念碑这里是不能挂经幡的，但上面有个小山坡可以挂，而且那边也是看珠峰的最佳位置。"

此时月亮已经隐去，星星越来越多，照得天地微明。众人随着刀刀的手看过去，果然，苍穹之下的南面云层里，隐隐约约出现了一座雪峰。

"哇！珠穆朗玛峰！"囡囡举着巴浩的徕卡拍个不停。这个相机现在已经是她专用的了。

"上去吧，那边会看得更清楚。"刀刀指引着众人往一座砂砾碎石堆成的平头坡上爬。

铁骑三步并两步冲向了山坡，众人也三两成群帮扶上移，最后只剩下巴浩还站在沁子身旁。巴浩看着沁子，试探性地询问："要我帮你吗？"

"不用。"

答案和预想的一样。但巴浩还是默默走到了沁子身后，并在她滑倒时及时伸手把她护住了。沁子气喘吁吁地倚靠在他身上，发出几乎是要断气一般的喘息，而干冷低氧的空气被她吸入肺中，又引起了她猛烈的咳嗽，咳着咳着更是开始干呕。

巴浩赶紧抓起沁子的手腕，学铁骑那样给她按摩内关穴："平静下来，你可以做到的，你和孩子都会好好的……"

沁子的喘息和干呕顿时噎住，吃惊地抬起头看着巴浩。

巴浩怜悯地看着她："我知道你怀孕了，虽然不知道你会做什么决定，但人生的路很漫长，你可千万别想不开，一定要好好珍惜自己的生命……"

"啪——"沁子扬手甩了巴浩一个耳光。别看沁子外表是那么柔弱的一个姑娘，力气可真大，差点把没有站稳的巴浩打倒在地。这记响亮的耳光穿透了呼啸的风声，聚焦了所有人的目光。已经扶着Summer爬上坡顶的奶茶第一个折返，冲了下来，愤怒地冲着巴浩大吼："你怎么她了？是不是非礼她了？"

巴浩又气又急："我没有！明明是她……"

巴浩感受到了沁子怨恨的目光，当众揭一个姑娘的隐私是可耻的，他艰难地把话咽了回去："好吧！我活该，让奶茶照顾你吧。"

在众人质疑的眼神里，巴浩满腹委屈地爬上了山坡。

Summer狐疑地瞪着奶茶："何淼！你扮什么英雄救美？别人的事轮得着你管吗？给我回来！"

奶茶尴尬地站在原地，但身体动了动，已有回撤的意思了。

刀刀赶紧往坡下小跑，走得太快，他和松动的砂石一起滑了下去，一屁股跌落在地，但他没有试图停下，而是一路滑到沁子身边，再一骨碌爬起："好了好了都是误会，还是我和沁子一路吧，我们老弱病胖，相互帮带！"

沁子再也支撑不住，搭上了刀刀的手臂。

王超开始分发经幡："快到十二点了，大家赶紧准备吧！"

质疑的、看热闹的，甚至有些幸灾乐祸的目光终于离开了巴浩，每个人都拿着经幡寻找合适的位置挂。姑娘们对巴浩的态度变了，巴浩想去帮囡囡拉经幡，她却嘟着嘴红着眼，气冲冲地把他撞开。红芙也目不斜视，和他擦肩而过。巴浩心里难受极了，疾步追上红芙，压低声音道："不是你想象的那样，是她对我有偏见，我什么也没干……"

红芙转过头来冷冷地看了他一眼："挂经幡的时候希望你心里干净点。"

"别人可以误会我，你不能……"巴浩有点急了。

黑夜从他们身边走过，自言自语般说道："痴男怨女，痴男怨女……"

狂风刮得脸生疼，巴浩的心也火烧火燎，无奈之下，他只能走过去帮黑夜挂经幡："你能帮我解释下吗？我怎么可能非礼一个孕……"

"嘘——"黑夜示意噤声，"别说了，多说多错。"

"那我就这样让人冤枉？"

"还能怎么样？你要么退赛要么别管闲事。这个队伍没有一个人需要你照顾或者甘愿被你控制，明白吗？"

巴浩的心凉透了："你透露沁子的秘密就是知道我会多管闲事，你想让我被孤立，以此逼我退赛是吗？"

大风中，黑夜的头巾包得严严实实，只露出一双比寒风更寒的眼睛："你说是那就是吧。"

午夜十二点整。

所有的经幡都挂好了，在山风中飞舞，哗哗作响。从下午便萦绕珠峰的云层，此时已经已全部散去，正南方出现了雪迹斑驳的伟岸山峰。

人在珠峰下是如此渺小，渺小到甘愿化作它脚下一粒尘埃。

红芙的注意力却不在珠峰，她抬头仰望着天空，发出了一声源自肺腑深处的感叹："好美！"

所有人跟着红芙抬头，静默片刻，集体发声："真的好美！"

不知道什么时候，头顶的天空已经撒满星辰。这是一整片流动的星辰，观看的久了，就像是在星空中飞翔一样，美丽的星星层层叠叠，向你飞来，你好像是手可摘星，又好像是已经与天地融为一体。藏蓝绒般的星空深处还有着一处明显的明亮，聚集了无数星星的光芒，仿佛是夜空中的上帝之眼，美得让人窒息。回望大本营，一辆汽车正在驶近，它的大灯将大本营照亮了一片，像前景一般与星空连成了一片。囧囧拿着相机咔咔咔拍个不停，却怎么也捕捉不到一星半点珠峰给他们带来的震撼。

只有见过这个海拔的星空，才知道"浩瀚""璀璨""辽阔""高远"这些词的含义。

巴浩走到红芙身边，惴惴不安地等待她的判决，却看到仰望天空的红芙眼角有大滴大滴的泪珠滑落。

"别生我气了好吗？你真的误会我了。"

红芙不答，又是一大滴眼泪滚落。

巴浩手心攥紧纸巾却揣在脏兮兮的军大衣口袋里不敢拿出来，只能压低声音说："我理解你，去年我第一次看到这么美的星空也是无比震撼，也有想掉眼泪的感觉……谢谢你和我一起见证这么重要的时刻。"

红芙深深地看了巴浩一眼："去年和你一起看星空的人是谁？"

巴浩窘迫起来:"是同一个车队的驴友……别误会,虽然我不敢说自己有多正人君子,但强人所难的事绝对不会干的。"

"这些话你也跟去年的驴友说过吗?你对她干了些什么?"

巴浩一怔:"没有,我发誓,不管是刚才还是去年,我绝对没有干过伤害别人的事。"

红芙皱眉:"那你到底干了些什么……"

"真是个风水宝地啊!"

在一旁的刀刀突然发出了感叹,"你们看我站的位置,左青龙右白虎前朱雀后玄武,中间一个二百五……"

"哈哈哈哈!"红芙忍俊不禁,众人也跟着大笑起来。

6

大部分人都朝珠峰鞠了躬或跪拜行礼,只有黑夜一会儿看看表,一会儿看看人,不耐烦地说:"任务完成了,拼图怎么拿呢?会不会藏在什么地方?"

兰陵王打起手电要去经幡堆里找,被王超和刀刀同时喝止:"不能动!"

奶茶狐疑地看着刀刀:"为什么不能动?"

"挂好的经幡不能动,否则就不灵验了……"

奶茶向兰陵王、巴浩招手,示意他们过来,三个男人一把围住了刀刀和王超,奶茶脸色凝重地说:"既然你们对经幡这么紧张,一定知道彗星为什么要我们完成这种任务吧?"

"挂经幡是藏族民俗,作用是祈福修功德,这些你们全都知道啊!不让你们动挂好的经幡是请大家尊重民俗。"刀刀一脸莫名其妙。

巴浩瞟了铁骑一眼:"这不关两位司导的事啊,奶茶你搞错对象了吧?"

王超紧张地搓手:"真的不关我事啊!我只是个司机。"

奶茶的眼神跳过王超,落到刀刀脸上:"别忘了这次的线索是'酒窝'!所以……刀刀,请把下一块拼图交出来吧!"

刀刀一脸吃惊:"说什么呢!你们不是找到经幡了吗?"

"老实说吧,我早怀疑你了,你肯定跟彗星有勾结,不然他怎么对我们战队的细节这么清楚,明摆着下一块拼图就跟你这个有酒窝的人有关,而且我断定,不光你是彗星的人，战队还有你的同伙。"

奶茶扫视着每一个人，最后不确定的目光落到了铁骑身上，其实他针对刀刀只是个幌子，铁骑才是他真正怀疑的人。

大家面面相觑，一脸困惑。

"哈哈哈哈！"黑夜大笑起来，"如果刀刀是彗星的人，为什么要出这么个谜面让大家怀疑他？"

刀刀找到救星地说："对啊对啊，我为什么要挖个坑给自己跳？"

Summer 也不耐烦地说："老公你别神经过敏了，我早说了刀刀就是一司机，也就赚点小回扣，能干出什么坏事？是吧红芙，是吧沁子，你们还没表态呢！"

沁子看了一眼红芙，红芙抱臂低头，两人都沉默不语。

"囧囧你呢？"

"我就不用问了吧！刀刀是全世界最好的司导，我已经跟我的粉丝推荐了，好多人要他的微信号说下次来西藏找他玩。"

奶茶失笑："你们这也太武断了吧？做司导的人每天迎来送往，哄你们开心那都是职业技巧……"

"不准你这样说我们的朋友！"囧囧怒了。

黑夜也冷冷地接话："你是不是嫉妒刀刀了？"

"我从来不嫉妒任何人。"奶茶心里虽恼了，语气还是温和的。

黑夜拔高了声音："听我把话说完！彗星为了转移视线，很可能是把套下到了刀刀身上，让我们浪费精力去怀疑一个不相关的人，我们现在应该回去等快递！"

巴浩接过话来："是的，大家不要被带跑偏了，有时间还是想想，为什么是 11 条经幡 11 个人来完成任务吧，除了铁骑，我们可都是一千万大奖的竞争者。"

巴浩的话直接暗示了自己的怀疑对象是不参与分蛋糕的铁骑，众人不约而同看向了他。

黑夜冲巴浩挤眼摇头要他住嘴，巴浩却视若无睹地看着铁骑："你似乎应该证明下自己。"

铁骑慢吞吞地踱过来："为什么？"

"请解释下，刚才我们开会的时候，你为什么一个人上了来海拔碑的环保车。"

黑夜生气地瞪着巴浩，巴浩知道她在责怪自己当众揭秘，但这会儿巴浩没时间理会她。

"铁骑，我敬你是条汉子，明人不该做暗事，这才当众问你，请你给大家一个交代吧。"

铁骑想了想："我不是你们的人也帮不上忙，海拔碑是必刷景点，我当然要上来看看。"

巴浩不满意地摇头："游客不会晚上来海拔碑的，你有更好的理由吗？"

铁骑摊摊手表示无奈。

"那你能把背包里的东西拿出来给大家看吗？"

铁骑愣了愣，蹲了下去解开他那个沉甸甸的背囊，把里面的东西一件件摊在了地上。如巴浩刚才所探，里面除了洗漱用品、衣物和餐盒，最显眼的是大藏刀和手机。

囝囝惊呼起来："哇！这把藏刀好漂亮！我也想买一把！"

"你什么注意力，别打岔……"巴浩苦笑地拿起手机点了 Home 键，星空屏保露了出来。

奶茶凑过来一看，失声惊呼："这个屏保图片和彗星微信相册封面的图片差不多！只是角度有点不一样！"

黑夜仰起头："那当然，拍的都是头顶。"

除了铁骑其他人都仰起了头，顿时明白，为什么他们会觉得头顶这片灿烂的星空如此眼熟，因为它正是铁骑的屏保和彗星的相册封面。

巴浩还想给铁骑解释的机会："你不是说手机在事故时掉进悬崖了吗？还有，这把藏刀的长度已经是管制刀具了，根本过不了县界之间的安检，而且单车客不会把重装备背在背上，你怎么解释呢？"

"藏刀我来之前就想要很久了，为了买它，我在贡布地区逗留了四天。至于手机，我就不能有两个吗？这些都是我装备里最重要的东西，为什么不能背着骑车？想不被安检到有的是办法，比如搭你们的车……唉！不说了，反正你们也不信，我去搭别人的车走……"

黑夜狠狠地挖了巴浩一眼，大声喊道："等等！既然彗星给出了11条经幡，就是算好战队已经多了你，现在不是你想走就能走的。"

铁骑一怔："那你们想怎么样？"

他们盘问铁骑时，奶茶一直伸手在铁骑背囊里摸索，当他探到一个暗袋时，铁骑抢身过来阻止，但已经迟了，一个小方盒子被奶茶摸了出来。这时大家还没意识到什么，直到奶茶研究了一阵儿，突然失声喊道："变声器！这是一个变声器！彗星发语音和视频时都用了变声器！你就是彗星！"

"果然是彗星！"众人惊呼。

铁骑也不辩解，沉默把摊开了一地的物件，一样样重新放进背囊。

终于找出了彗星，震惊过后，众人却都沉默下来，还没到最后一关，大 BOSS 就现身了，游戏还如何按设计套路继续呢？只有刀刀试探性地问巴浩："现在怎么办？"

一时间巴浩犹豫了，倒是囧囧嚷了起来："没想好就先回去吧！我都快被吹成化石了！"

兰陵王担心地说："要是一会儿有人来送下一块拼图呢？"

"那你就留下来慢慢等吧！"黑夜没好气地说。

没有人愿意在寒风中独自留守，于是全队返回营地。回去的路是顺风又是下坡，速度比来的时候快了很多。这次巴浩和王超并排走在了第一，他让刀刀和兰陵王负责照顾沁子并殿后。他下了个决心，再也不要去管沁子的闲事了。

一路沉默前行，紧随巴浩身后的红芙突然惊呼起来："咦，这些是什么东西？"

红芙的手电照亮了路边一大片平整的山地，可能是营区规划要在这里建房或铺路，这里的地面被修整的整整齐齐。这里和藏地的别处一样，平地上堆起了大大小小的玛尼堆，这没什么奇怪的，不过在这些玛尼堆中，还有很多用碎石摆出来的造型字，有"LOVE"有"爱"，也有"琴""朵""伟"等不同的人名。

"哦，那是很多游客来珠峰到此一游的仪式，他们这些人，信藏族风俗的跟风堆玛尼堆，不信的就堆心上人的名字。"巴浩很高兴红芙终于肯跟他说话了，看来之前关于沁子的误会已经翻篇了。

"我也想堆一个。"红芙羡慕地看着那些碎石阵。

"好啊，不过现在太冷，明天天亮了我陪你来好吗？"

"我也要堆一个！"囧囧在后面跺着脚嘟着嘴嚷了一句。

巴浩心一宽，她们终于愿意和他和解了。

7

回到星星之家已经快两点了，战队依然没有拿到下一块拼图。

巴浩、红芙、奶茶、黑夜和兰陵王甚至又去了一趟太阳之家，唤醒了帐篷主，确定他没有收到其他包裹，收到第一个包裹时，也没什么异常情况，这才满怀疑惑地回来。

户外温度越来越低，山风更是越刮越猛，几个人商量了一下，决定派巴浩为代表，跟铁骑，不，彗星好好谈判。

先回帐篷的姑娘已经给整个床铺铺好了被褥。靠近帐篷出口的两边通铺各铺了两床被褥，是给几位男士准备的，刀刀和王超已经在被窝里一高一低地打起了呼。在帐篷最里面的五个铺位是女士区。囝囝正用湿纸巾洗脸敷面膜，沁子早早躺下了，但她把巴浩给她的睡袋整整齐齐叠放在男士区。

铁骑的防风镜终于取下了，坐在火炉旁闭目养神。

他那张布满风霜和晒痕的脸上有种巴浩看不懂的平静，巴浩跨踌着开了口："铁骑，我们能好好聊聊吗？你到底为了什么目的组织这个游戏？你怎么会有那个飞凤烛台？好吧，就算你不肯回答这些大问题，起码可以告诉我，挂经幡任务完成了，我们应得的下一块拼图在哪儿？"

无论巴浩如何问，铁骑既不承认也不否认，他的眼神一直落在木桌的一个瘤结上，一动不动。

巴浩为难了："既然你不肯跟我沟通，为大家的人身安全和战斗成果着想，我认为，你不能在我们队伍里了……"

铁骑终于开口了："我明天搭别人的车走。"

黑夜瞪了巴浩一眼："你要真为大家着想，就别赶铁骑走！"

巴浩没有理会黑夜："铁骑，到这份上，咱们挑明了吧，你就是彗星对不对？不要否认了，你的车祸谎言，你的手机屏保，你的变声器，这些都是铁证。"

铁骑没有答话。他双臂交抱，闭上了眼睛。

这是一个防御、戒备的姿态。

黑夜朝巴浩使个眼色，巴浩却置若罔闻，继续说着："大家还记得跟我们签合同的人吗？周楚墨。过去的楚国就在现在的湖南湖北地界，我们这里没有湖北人，只有铁骑是湖南人，我想铁骑和周楚墨之间应该有某种联系吧……"

黑夜的表情从惊讶转为恍然，再到陷入思考。

铁骑依旧毫无表情。

帐篷里除了已经躺下的沁子、刀刀和王超，其他人都停下了手里的活动，吃惊地看着火炉边的几个人。

巴浩决定把心里最后的疙瘩全倒出来:"铁骑,你说过你的名字叫吴周,是因为爸爸姓吴妈妈姓周,难道这个周楚墨是你妈?"

铁骑一动不动。

巴浩再补一刀:"正常人应该都不会在母亲的问题上撒谎吧?"

铁骑脸上抽搐了一下:"是又怎么样?"

巴浩倒吸一口凉气:"把你妈妈也牵扯进来了,这个游戏玩得可真大!你果真是彗星!这么煞费苦心究竟图个啥呢?"

铁骑不答。

一直在旁观察的奶茶倒是和颜悦色唱起白脸:"其实我们和你不是敌人,你组织这个游戏又提供经费和奖品,我们应该感谢你,也相信你不是想害我们……"

铁骑突然睁开眼,昏暗的灯光照着他像面具一样僵硬的脸:"既然如此,你们还追问什么?你们不就是想拿奖吗?照着指示完成任务就行了。"

铁骑声音不大,但意思大家听明白了,他没承认自己是彗星,也没否认。

巴浩只能诚恳地说:"我们希望知道你的真实目的……"

"事已至此,如果你和我们换位思考下,也不想不明不白地被人牵着鼻子走吧。"奶茶的语调依然那么温和。

铁骑面无表情,又闭上了眼。

巴浩想了想:"不如我们坦诚相待吧,把前因后果讲清楚,如果你发起这个游戏是为了什么公益事业,我可以承诺我不拿奖,但我想知道飞凤烛台的来历。"

醒着的人都瞪着巴浩。黑夜在桌子下踹了巴浩一脚,一脸愤怒地做了个大拇指朝下的鄙视手势。

奶茶也皱眉看了巴浩一眼:"这样吧,铁骑,不,该叫你彗星了,你不用提示我们怎么找拼图,但游戏目的请一定要告诉我们,行吗?"

"拍真人秀,你们不是早就知道吗?"铁骑闭着眼说道。

"我们战队里到底还有没有你的人?"

铁骑脸上浮起一丝古怪的笑容,但依然沉默着。

帐篷里的空气凝固了,刀刀和王超没心没肺的呼噜二重奏格外刺耳。

已经钻进被子里的红芙打了个大大的呵欠:"哎呀!既然找到彗星了,有什么事明天再慢慢商量吧!你们不睡觉我还要睡觉呢!关灯吧!"

紧接着,一连串的呵欠声响起,困意在众人间蔓延。铁骑这儿暂时肯定问不出什么来了，事已至此，也只能先睡觉。

黑夜嫌脏，不肯睡帐篷旅馆的被褥，她和铁骑一起面对面坐在了火炉旁，看两人的模样，他们是打算当一夜坐神了。巴浩挑了个最靠出口的位置放好了睡袋，帐篷帘不能完全合拢，外出上厕所的人还是会把冷风和低温带进来，但他是结盟队的头驴，理应挑最艰苦的位置。更何况，守住门口也能掌握人员进出情况。

然而，这个极限温标为-20℃的睡袋牢牢把温度锁在了巴浩身上，一倒下去，他就睡着了，最后还是囧囧把他摇醒，大惊小怪地说："8号8号！铁骑不见了！"

巴浩惊得一骨碌爬了起来。此时已经到了早上，战队所有人都已经起床了，或坐或站，围着黑夜追问。

"昨晚你不是没睡吗？怎么会不知道他什么时候走的？"

"我哪知道啊！他像个泥菩萨一样动都不动一下，最开始我还加点牛粪烧烧，我记得我最后一次看表是四点多，那之后我实在撑不住就打了个盹，一睁眼已经六点了。铁骑，不，彗星和他的行李全消失了……"黑夜懊恼地捶了自己一拳，"哎！昨晚我们逼供会不会把彗星给得罪了，他要是终止游戏那损失就大了。"

奶茶突然下了结论："不，别忘了我们合同里有一条，如果乙方单方面终止游戏，奖品也要兑现的，这个不用担心。更何况他应该不是彗星，顶多是彗星的助手。"

"凭什么说他不是彗星？他都承认周楚墨是他妈，他也没否认他是彗星啊！"众人中黑夜显得最焦虑。

奶茶皱眉："可他也没承认自己是彗星啊……虽然我们来之前没见过彗星，但你应该能感觉得到，他是一个社交礼仪很得体、思虑很周全的人，如果彗星想要卧底在我们中间，他一定会隐藏得非常好，不会这么轻易让我们发现的。"

"不，你说的那个礼貌周全的彗星只是我们进藏前的样子，你们没感觉到吗？自从我们做第一个任务起，他就像变了一个人一样。特别是视频通话那次，如果来之前大家知道他是这么可怕的人，恐怕没人愿意来了吧。"黑夜眉头紧锁。

大家纷纷点头。

奶茶继续分析："虽然铁骑帮了Summer和沁子，也是我同意他搭车的，但他好像很戒备我们，甚至可以说对我们有很大的敌意。"

巴浩困惑地说："他确实可疑，也不喜欢主动说话，但撕破脸之前跟我还是有得聊的。"

"昨晚你们聊天我都听到了，你所谓的聊得来只不过是一厢情愿，你爱户外，你是装备控，你就认准他也是同道中人，就主动聊你感兴趣的话题，他顶多是提前做了点准备工作附和你而已……"

昨晚和铁骑的聊天画面在巴浩脑中闪回。

的确，因为认准铁骑是同道中人，巴浩一直积极主导他们之间的沟通，他像个自作多情的小姑娘，一个劲儿拿热脸去贴铁骑的冷屁股。

巴浩坐不住了，和几个男士出去，在帐篷区打听了一圈。有个帐篷主说天还没亮铁骑就来找人搭车，昨晚住他们帐篷的一个车队收留了他，一小时前他们就已经下山了。

再回到星星之家，大家的脸色就都不好看了。

黑夜第一个对巴浩开炮："你是不是猪脑壳？昨晚为什么要捅破那层窗户纸？"

巴浩尴尬地说："我做人的原则就是这样，宁愿当众摊牌也不要背后使坏。"

"结果怎么样？把他逼走了，以后他在暗处，我们在明处，通关难度更大！而且你居然还说可以不拿奖！"

巴浩憋屈地说："难道我不可以决定我自己的事情吗？"

"别忘了你还有四个盟友！他们同意你不拿奖了吗？"黑夜是真怒了。

结盟队的几个姑娘脸色确实不太好看，却都沉默着。

奶茶也沉默着，倒是 Summer 埋怨起来："巴浩就不应该把话挑明嘛，挑明之后又没有策略从铁骑嘴里套出点东西，唉，我们好不容易发现了彗星的人，可就这样跟真相擦肩而过。真可惜啊！"

Summer 语调平和，可煽风点火的效果特别好。

终于，结盟队有人表态了。

沁子先开口，有气无力地说："巴浩，我退出结盟队，跟个人队的车走吧。"

沁子的退出是注定的，昨晚她给了巴浩一个耳光之后，绝对不可能再和巴浩组队。这不意外。囡囡看了红芙一眼，用眼神向她求助，红芙却看着巴浩："既然决定跟你一队了，我是不会变的。"

囡囡高兴起来："是的巴浩，我和红芙会力挺你到底的！至于奖品怎么处理，先拿到冠军再说吧！"

还是刀刀来圆场："大家都别生气了，巴浩劳心费力也没多拿一分钱，大家不满意可以跟他商量，不要伤了和气……"

"和气？我看已经伤了吧！"Summer瞥了一眼卧床不起的沁子。

巴浩沮丧却又不甘心地说："我可以发誓绝无私心，如果大家觉得我能力不够，我完全可以不当结盟队的头驴，我也接受队员自由进出，但不接受诋毁。"

"好了别吵了，现在最重要的彗星还没给下一块拼图，我们怎么办？"

奶茶一句话击中了问题关键。

为什么他们完成了任务却没人送来下一块拼图？

8

囧囧是战队里唯一一个注意力在拼图之外的人，早餐过后她在帐篷区到处拍拍拍，又兴冲冲地跑来找巴浩："你昨晚不是答应我和红芙去堆玛尼堆吗？"

一直在打呵欠的红芙一听也来劲了："对对，我要去留个到此一游！"

所有人都窝在帐篷等待也不是办法。巴浩把要去堆碎石的囧囧、红芙和Summer带走，其他人留在星星之家等候消息。

外面已经天色大亮，刮了一夜的大风也停了，空气清冽，天空中飘着大朵大朵白云，太阳在云雾中冉冉升起，为右边山峰镀了一整面金黄。今天的珠峰仍然被云层萦绕着，但峰尖清晰可见，帐篷区到处是举着手机对准珠峰"咔咔咔"的人，有不少人人在为一睹珠峰真颜欢呼。

红芙却显得很失望："这就是珠峰的日出吗？还不如昨天的日落好看。"

"看到了最美日落和星空已经很好啦！留下一些遗憾你今后还想来！"

"你上一次来的遗憾是什么？"红芙追问。

这个问题巴浩不想深究，想了想说道："上一次日出日落和星空我全看到了，比这次还要好看，但遗憾不一定因为景色，更可能因为人。"

红芙嘴边又浮起一丝戏谑的笑："难道上一次也有你没拿下的姑娘？"

巴浩叹了口气："我从来没有要拿下谁，一般都是我愿不愿意被别人拿下……"

"呸！"

红芙一脸嫌弃，说不清是嗔怒还是玩笑，如果不是昨晚刚别扭过，巴浩会觉得他们在调情。

此刻巴浩却一点不想造次，收起笑容，真诚地说："谢谢你没有武断地误会我和沁子，不知道为什么我总是好心办坏事，人为什么总喜欢用第一印象去给别人贴标签呢？"

红芙的表情也略微凝固："你说不会再让糟糕的事情发生，那我信你一回。"

"是不是你知道点什么？我怎么感觉被你看透了？"

两人对视，红芙一怔，略显慌乱地移开了眼睛。

"哎呀！你俩快点！"

囧囧折还来拖红芙，红芙却蹲下来系好鞋带，这才和囧囧并肩小跑起来。巴浩突然心里一动，红芙虽然嘴上姐姐哥哥叫得甜，表面上跟战队的女人关系都很好，可她并不像同龄女生那样喜欢跟同性牵手挽臂地走路，她是清新爽利的独行侠，不会跟任何人黏糊亲密，芙哥这个外号还真是名如其人。

前面的大片空地已经有几个人在垒碎石了。原材料易得，但要在密密麻麻的碎石字中找空地并不容易，巴浩一边帮姑娘们往手提袋里装碎石块，一边嘱咐大家注意不要踩坏了别人的玛尼堆。

Summer 摆了一个"淼"字，这是奶茶的名字。囧囧则摆了一个"囧"字，又在一旁堆起一个小玛尼堆。红芙则堆了一个较大的玛尼堆，垒好后她向着珠峰的方向双手合十闭眼祈祷。

巴浩忙着送碎石，最后才回到红芙身边，等待她祷告完毕："你在为谁祈福？"

红芙一怔："为所有我亏欠过的人吧。"

"小小年纪哪来的亏欠呢？"巴浩笑了。

"多了去，欠父母的养育之恩，欠朋友的援手之情，欠我姐的……"红芙停下来目光迷茫地看着珠峰。

"看样子也有情债？"巴浩试探道。

红芙瞪他一眼，不作答。

巴浩举起手中一块大石头当金角大王的收妖葫芦："妖怪，我喊你一声你敢答应吗？"

红芙扑哧笑出声来，同时白了巴浩一眼："幼稚！"

那边囧囧大惊小怪喊了起来："8 号快来！你们都快过来！"

带着一些被打扰的郁闷，巴浩跟着红芙绕过一些玛尼堆和摆字，来到了囧囧身边。囧囧指着地上眉飞色舞地说："我捡到宝了！你们快看这是什么？"

地上是碎石摆成的两个字——"酒窝"。酒字右边的结构有点异样，碎石底下压着一个牛皮纸信封，因为信封和土地颜色接近，要仔细留心才能注意到。巴浩的心狂跳起来，这个牛皮纸信封太熟悉了！

他拂开碎石，拿出信封，它和每一次出现的信一样，没有封口，里面有一块硬塑碎片，这次是一块特别小的白色碎片，一面空白，另一面顶格写着毛笔字的"ヨ"，里面还有一张A4纸，这次是刚劲有力的颜体楷书：恭喜你们找到第四块拼图，下一关你们要去往吉隆沟，请在8号零时前找到下一批经幡，任务密钥是：心有千千结。

跟过来的几个姑娘们都欢呼了起来："耶！"

巴浩兴高采烈地领着几个姑娘回帐篷。昨晚沁子那一耳光给他带来的委屈已经消散了，他又一次证明了自己对整个游戏战队的重要性。然而其他人看到他们拿出碎片一点都不惊奇，巴浩甚至看到奶茶和沁子交换了一个复杂的眼神。

奶茶问囧囧："你们是怎么找到这块碎片的？"

"大家要不要感谢我？如果不是我要去堆玛尼堆，如果不是我眼尖看到'酒窝'那两个碎石字，你们再等三天也找不到这块拼图的！"囧囧得意地说。

帐篷留守的人突然把囧囧团团围住了。

黑夜瞪着囧囧厉声道："你也是彗星的同伙！"

囧囧一脸吃惊："我怎么会是彗星的人？你们脑子进水了啊！"

兰陵王此刻是一脸解恨："刚才你们一出门奶茶就说了，他有预感你们会带着拼图碎片回来，在所有人不知道真相的情况下，谁找到下一块拼图，谁就是彗星的卧底，因为彗星希望我们把游戏接着玩下去，所以一定会让卧底给提示！"

囧囧气炸了："有卧底也不会是我！第一个要去玛尼堆的人不是我，是，是，对了！是红芙，昨晚是她先注意到那个地方有碎石堆的，我只不过是性子急，早上先说了要去而已！"

众人警惕地看向了红芙。

红芙被点名也是一脸吃惊："昨晚路过我用手电照到了，是巴浩答应陪我们堆玛尼堆的呀！"

众人又怀疑地看向了巴浩。

"如果我是卧底，彗星犯得着暴露我吗？送个快递就行了。我倒觉得彗星在给我们提示。"巴浩说到点子上，眼见大家围剿的眼神软了下来，"咱们别内耗了行吗？不管我们得到这块拼图是巧合还是被安排好的，结果都对咱们有利不是吗？"

奶茶却不吃这一套："巴浩，你把拼图碎片交出来吧，王超你也是，接下来碎片由大家分开保管比较好。"

巴浩无奈地掏出还没焐热的第四块拼图："行，如果这样可以避免大家内斗的话……"

奶茶把三块碎片摆在桌面，"目"字一半、"月"字碎片和"彐"都不是相邻关系，奶茶怀里还揣着"目"字另一半，不过他没打算拿出来，因此"彐"碎片看起来最小，而且笔画上下顶格像是某个字当中一部分，它的上下左右都被细心地截去，显然彗星还不想透露更多信息。

沁子面上掩饰不住喜色："奶茶你猜对啦！真的是白色！"

Summer狐疑地说："何淼你跟她说过什么？"

奶茶窘迫地说："我跟沁子分析过，我们之前找到的拼图是三原色，估计整个拼图游戏一共有五块或六块碎片，这些拼图的颜色，要么是经幡的蓝白红绿黄，要么是三原色加黑白灰。"

Summer的注意点却不一样："你什么时候跟她说的？为什么要跟她说这些？"

巴浩也捕捉到了另一个疑点："奶茶，你怎么知道我们拿到的是三原色？第二块拼图难道在你手里？"

奶茶愣住了，后悔不迭。Summer和巴浩的质问都是他为自己挖下的坑，眼下也只能丢卒保帅了，他把拼图碎片拿了出来："第二块拼图我和Summer在扎什伦布寺拿到了，这件事我告诉了结盟队的沁子，因为不确定谁是卧底没敢公开，想着等个合适机会……"

沁子这才意识到自己说错话了。

"如果沁子不提你还打算告诉大家吗？"巴浩不解地问。

"最重要的是最后一块拼图，第二块没关系吧？咳咳，现在第四块是白色，照推理我们只剩下一块、最多两块拼图就可以拿到大奖了。"

奶茶的分析很有煽动性，大家都激动地来找奶茶拥抱和握手，称赞他有大将之度、军师之才，仿佛已然大奖在握，激动得忘了，就在一分钟前，他们还在相互怀疑，发誓一定要把卧底找出来。

Summer显然还想追究奶茶和沁子的问题。奶茶却再次把话题转开："我早说过，他们肯定会带回一块拼图，没什么稀奇的，奇怪的是彗星是什么时候在碎石区摆好的'酒窝'二字，听你们描述，那个地方游客一定很多，他就不怕在我们之前被别人找到吗？"

"当然是昨晚我们在搜查帐篷区,铁骑坐环保车开溜那会儿,那个时间已经没有游客去摆碎石了,而且铁骑摆的位置在碎石区的中心点,如果不是我交代她们不要损坏别人的石堆,囧囧也不会走到中心位置看到这个吧?"

巴浩的解释让囧囧连连点头。

奶茶却还皱着眉:"也可能是铁骑离开前去布置的,昨晚我们一点线索都没有,他可能怕我们找不到碎片,临时改变了策略。"

"好了!不要再追究细节了,现在至少可以确定一点,彗星不想游戏结束,所以我们才能拿到这块碎片。"黑夜拈起了那块"ョ"碎片放进她背囊里那个百宝收纳袋,"它就由我暂时保管吧!"

"那我也要一块。"红芙抄起一块"月"。

在扎什伦布寺拿到的"目"字的一半又被Summer抢回去了。现在只剩下最后一块拼图,"目"字的另一半了。巴浩看了一眼其他人,把那块碎片推到了刀刀面前:"剩下这块由你保管吧,估计只有这样,其他人才不会有意见。"

剩下的人果然都在点头,刀刀诚惶诚恐:"这不合适吧,我就一司导,到现在也没洗清跟'酒窝'的嫌疑呢。"

红芙突然出声:"刀刀你就拿着吧,你越推辞人家越起疑心。"

奶茶敏感地看了红芙一眼。

"是啊!刀刀你拿着吧,我们信任你。"Summer说道。

刀刀弯身笑着:"那就多谢大家信任了……队长,我们现在去吉隆沟吗?"

"当然,而且我猜,去完吉隆沟,下一站我们该去冈仁波齐和玛旁雍错了。"

奶茶奇怪地说:"为什么?"

"吉隆沟是北线前站,进北线地区的车队一般会先到吉隆沟休整一下,然后去冈仁波齐和玛旁雍错,先转山再转湖,这和我去年走的路线也是完全一样的。"

"挂经幡,转山,转湖,如果你猜的是真的,那不就是一系列宗教仪式吗?"奶茶深陷在分析里不能自拔。

"管他什么仪式,拿到大奖就行,伙计们!准备出发了!"

找到拼图后黑夜的心情好多了,带头收拾起了行李。

吉隆沟

第四章

美丽的罂粟花

格桑花客栈

珠穆朗玛峰大本营

喀什机场

1

拼图战队又变回了十个成员。

巴浩指着地图上一个地点:"吉隆沟离尼泊尔只有20公里,人称珠峰后花园,是西藏最美的小镇之一呢,你们可以泡泡温泉解解乏。"

"温泉!"姑娘们一听眼睛都亮了。

刀刀笑眯眯地说:"咱们结盟队只有巴浩、囡囡和红芙三个人了,是可以住好点哦!有家叫迷途的温泉酒店在2800米,他家的床品可是希尔顿酒店同款,温泉也是真温泉,不是平时你们泡的锅炉水!就是有点贵,超出了彗星定的标准,每人得再补200块钱房费……是吧王超,公开价是1880咱拿680,这还是王超表哥同学的关系价呢。"

巴浩暗笑。打着小算盘的刀刀反而让他放心。

王超点头确认:"我们队要不要也住迷途酒店?沁子只能和黑夜住,但兰陵王单出来了,要补400的差价。"

"不就是每晚一人200吗?我们出,只要好好舒服下。"Summer表态。

众人都愿出这200块,只有兰陵王一脸不高兴:"我一个人不住,给我安排个包住的招待所吧。"

"行了我出钱,兰陵王还跟我住吧,你不结盟没事。"巴浩一句话终结讨论。

终于定下温泉酒店,经过一夜行军,没有洗漱吃喝还被高反折磨的众人被"温泉"二字打足了鸡血。

红芙今天一直喜笑颜开,对吉隆沟的奇闻逸事充满好奇,虽然她和囡囡坐后排,却一直趴在主驾靠背上,目不斜视地听刀刀吹牛,但她一定感应到了巴浩在从后视镜看她,就像巴浩此刻能隔空嗅到她的发香一样,他们之间已经建立起某种不需要肉体触碰也能感应的连接。

巴浩非常喜欢这份抵达终点之前的微醺感,就像茉莉在绽放前最香、酒在开瓶前最醇一样，男女之间最美的阶段是真正占领之前。

从现在起红芙就是他的女主角了。

出了珠峰景区一路西行，最后翻上5300多米的马拉山顶再一路直降到2800米，随着海拔下降，所有人都活过来了。

吉隆沟，名如其地，又深又长，山坡像是被一副巨大的犁头由南向北狠狠划过，一分为二，犁头翻开的岩浆土石堆砌着，断口锋利、地貌狰狞，一切定格在山体被犁铧刨开那个瞬间的痛苦表情。造物主神奇地让四季并存在这狭小的山谷里。抬头是若隐若现的雪山，放眼是悠悠绿树，点点繁花。叶松昂首云天，亭亭玉立；长叶云杉干形通直、小枝柔细如同垂柳。油画般的田园梯田、漫山遍野的山花、隐约可见三三两两的石垒房屋，好一派神仙逍遥。

到达小镇中心时这里刚下过一场雨，竟然在天边挂起了一道彩虹，空气温润，两个车差不多同时抵达，一会车刀刀便去问候Summer和沁子身体是否好转。

沁子满脸喜悦地深呼吸："很好，感觉像回家了。"

"这么想家不如赶紧被淘汰吧。"黑夜怼了一句。

这次巴浩没有维护沁子，他提醒自己以后都要绕道走，可看到沁子被怼之后郁郁寡欢的样子，心里仍有一丝不忍。在战队里，除了刀刀和奶茶还照顾她，沁子跟女人们几乎零交流，最奇怪的是她跟和她睡过一个屋的红芙也显得关系疏远，这固然是因为沁子心事重重，也是红芙好奇好动注意力分散的缘故。

巴浩心里又冒起了那个疑问：日喀则那晚红芙和沁子到底出去干什么了？

住的温泉酒店要经过一条步行街，两边全是工艺品摊档，与别处不同这里卖的基本是尼泊尔手工饰品，档主也大都是操着生硬汉语的老外。天色渐暗夜灯初明，照得那些叮叮当当的小玩意一片花团锦簇，最不舍得花钱的兰陵王啃着藏族面包买了一只银镯，说要送老婆。Summer买了一兜子尼泊尔银饰，奶茶停在一个小吃车前在吃Pani Puri，那是一种油炸过的空心小球，用手指戳破后舀上酸汁和土豆泥，味道酸辣。

红芙也一路流连张望，她在一家卖刀具的摊档前驻足下来，拿起一把牛骨柄弯刀把玩着。她两指来回抚摸着刀刃，突然在刀锋弹了一指，那个瞬间光线折射在她脸上掠过一线寒光。巴浩似乎听到了刀锋嗡鸣声，心中一凛。

"这是狗腿刀，尼泊尔的国刀。"

"狗腿刀？"红芙难以置信地说。

"你看，这种刀是反曲的，刀肚较宽，刀身向前弯曲，像不像一条狗腿啊？"

红芙摇头："名字真难听，就不能叫明月弯刀吗？"

"斩杀的是牲畜嘛，叫狗腿还是恰当的。你看这里，刀身与刀柄的连接处有一个V形凹槽，这是用来导流鲜血的，以免玷污刀柄……你为什么会对刀感兴趣？是因为铁骑那把藏刀吗？"巴浩试探着问。

红芙一愣，反问道："女人就只能喜欢胭脂水粉吗？那你为什么这么懂凶器？因为爱杀戮？"

巴浩和红芙对视着，不一会儿便在她锐利的眼神中败下阵来，顺手拿起一把户外刀："好吧，芙哥赢了，狗腿刀是管制刀具带不走，我送你这把户外刀吧……"

红芙失笑："送我一把刀？这是宝刀配壮士的意思吗？"

"不，宝刀赠佳人，现在我懂你一些了，你是芙哥，你有男人的勇毅和笃定，你不爱红妆，英姿飒爽，绝非庸脂俗粉，上次送梳子给你太俗了……只是我还不太明白，你为什么会拎个Hello Kitty的箱子，挂个小猪佩奇，这和你的气质太不搭了。"

"我就不能博爱吗？"红芙似笑非笑地反问。

"不，你不仅不博爱，而且爱憎分明……我乱猜一下你别生气，那些小女生的饰品是你隐藏在人群里的保护色吧？让人家误认为你是个小可爱。"巴浩小心翼翼地问。

"想象力真丰富……其实那些都是我姐送的，她把她认为最美好的东西送给了我，但进藏之前我从没用过，因为不喜欢。我也送过我认为最棒的礼物给她，游戏装备啊、车模啊、手办啊，其实她也没用过……"红芙有些黯然了，"我们都不知道怎么爱对方。"

这让巴浩很意外。

"其实很简单啊，换位思考挑她喜欢的东西就好了，比如我送你刀。"

红芙歪头想了想，笑了："你就不怕有一天这把刀架在你脖子上吗？"

"牡丹花下死，做鬼也风流……哎呀！对不起，这话也太俗了，配不上你。"话一出口，巴浩后悔了。

红芙耸耸肩做了个"无所谓，你高兴就好"的表情。

无论如何，跟红芙在一起的每分钟都很有趣，她像个多阶魔方，你拿不准下一秒她会变成哪一面。巴浩满心欢喜把户外刀买下，一转身，红芙却不见了，倒是黑夜不怀好意地站在他身后:"我帮你送给她吧,给个跑腿费就行。"

想到红芙上次就不肯收他送的梳子,巴浩犹豫起来,也许拐个弯还真能把事办成:"你想要什么跑腿费?"

黑夜一把抢过那把户外刀:"这个嘛……先欠着,等我想到再说。"

他们入住的迷途酒店是自进藏以来住过规格最高的住所,洁净雅致,还有半露天的男女温泉池和户外温泉泳池。巴浩放下行李又去步行街兜了一圈,依然没找到红芙,小吃车不都在这里吗?她会去哪儿呢?巴浩一头雾水,有人拍了下他的肩,巴浩以为是红芙,惊喜地转身。

可惜是叮叮咣咣一身饰物的囵囵,浓郁的脂粉气夹着麻辣烫的味道扑面而来,不知道她在哪儿喝得满脸通红,不容分说便拉起巴浩:"跟我走,我有话跟你说。"

巴浩还在张望搜寻红芙的身影:"我还有事,咱们明天再说吧。"

囵囵转过头来,眼睛红红的:"我很难受,想死。"

巴浩心一惊,手上便泄了劲,任由囵囵拽着他走,一路小跑眼见被拖到了酒店花园僻静处,囵囵这才放开他。巴浩上上下下打量她一番,她没有受伤,虽有些醉眼迷离但没有醉到意识不清,不由皱起眉:"你怎么了?到底哪里难受?"

囵囵拍着胸口:"这里,不信,你摸摸……"

囵囵拉着巴浩的手按在了她胸口。隔着一层棉布衫,巴浩的手陷进了一片令人意乱神迷的柔软当中,他立刻像被烫着了一样,把手抽了回来,只觉得心跳加速,喉咙冒烟,艰难地咽了一口口水:"你喝醉了?"

"没有!我只是想你想得难受……"

囵囵突然凑向前,伸手插进他腋下,滑进他怀里。

如果不是囵囵那一身酒味、火锅味和脂粉气让巴浩出戏,他真不一定把囵囵推开,好歹她是个符合当下审美的过气网红,多数男人的意淫对象。可巴浩再次推开了她,甚至后退了两步:"我不喜欢酒品差的人,别这样。"

囵囵冷静下来了:"我认真地告诉你,我没有借酒装疯,我在跟你告白,我喜欢你,我们交往吧。"

"交往?哪种交往?"

"别装了,当然是当我男票、老公的交往,我要给你生猴子!"囵囵又兴奋了。

巴浩犯愁地说:"为什么是我?"

"你帅，你浪漫，你正直，你会照顾人，你符合我所有择偶标准，我和你也很般配，这还不够吗？"囵囵有些委屈地扁了嘴，"我可不是随便的人，追我的男人可多了，去年我一场直播能收好几万打赏呢，关键我没有出卖色相，我是很认真地在做社会热点主播……"

巴浩失笑："那你为什么不在那些神豪当中选一个？"

囵囵不高兴地嘟起嘴："偶像不能跟粉丝有关系，这是职业道德。我没有开玩笑哦，观察你好几天了，如果不是真心喜欢你犯不着这样。"

"呃……太晚了……回去睡觉吧，咱们还有通关任务没完成呢……"

"8号！我就这么让人讨厌吗？"囵囵哽咽了，"沁子对你那样，你宁愿受她的气也不跟我好！我比她差哪儿了！"

一提沁子巴浩就发窘："沁子的事是个误会，你，你是个好姑娘……"

"不要给我发好人卡！要拒绝就明说，别侮辱人！"囵囵哭了起来。

"我说的是真的，第一眼看到你觉得咋咋呼呼的，其实你是个没啥心眼儿的天然呆，你很善良也很独立，集体任务不拖战队后腿……我对你印象不错，只是有一点恐怕你不清楚……"巴浩斟酌着词句。

得到安慰的囵囵舒服多了，她的假睫毛上挂着泪珠，眼睛一眨一眨地看着巴浩。

"我是个不婚主义者，只约会不结婚，也就是说任何女人和我交往都不会有结果的。"

"你骗我。"囵囵失望。

"我说的是真的，如果你愿意只是跟我艳遇一下，不要求承诺，那我很乐意现在就带你去开房……"巴浩往前走了两步，近到低头可亲吻囵囵的距离。

"呸！我才没那么贱！不以结婚为目的的约会都是耍流氓！"囵囵眼一瞪嘴一撇，转身跑了。

囵囵那一身味道飘散在空气里，巴浩忍俊不禁笑了，正想转身回房，却发现红芙站在不远处默默看着他。

笑容僵在巴浩脸上，他尴尬地说："刚才，你都看到了？"

原以为红芙会生气，谁料她扑哧一笑："你拒绝人的方式还真别致。"

"让她觉得我是个贱人，总比伤了自尊心好……"巴浩心里一宽。红芙倚墙站在阴影里，黑暗中巴浩看不到她的表情，走到离她1米远的地方停下，也学她那样半靠在墙角,"谢谢你没有武断地给我一个人渣结论……"

"你只是为了不伤害她瞎编的吗?"

巴浩迟疑了一下,决定说实话:"不全是,我真的想不婚,我觉得自己在人生的几个关键点上都很失败,现在还承担不起婚姻的责任,恐怕也不会让人幸福……哎,聊这些干吗,你小得很,婚姻远着呢……"

"所以不婚主义就可以是随便艳遇的理由吗?"

巴浩心一紧:"不,虽然我前女友确实是户外圈认识的,但我一点都不随便。在户外的圈子,不会因为你没钱被人看不起,但如果你不真诚,满嘴谎言,很快就会臭大街。"

红芙嘴角一撇:"别拣好听的说,如果刚才囧囧愿意跟你一夜情,你会怎么办?"

这的确是个难题,巴浩想了想:"我要是说我会一直坐怀不乱就太虚伪了,不过我不会跟没感觉的女生交往,我对每一份感情都是认真的。"

"所以你很认真,哪怕这份感情只有一周、一天,甚至一个小时?厌倦了就分手,再认真地开始下一段?"

"非要这么说也可以。芙哥,我觉得你很洒脱一人,在感情问题上你一定不会像她们这么俗……"这是个捧杀模式,巴浩想试探下红芙。

红芙微微一笑,并不接话。

算了,这些沉重的话题不是好的开始,巴浩转了个话题:"对了,等游戏结束你有安排吗?想不想去拉萨转转?布达拉宫、八廓街、大小昭寺,好歹进藏一回,要不要我陪你去打个卡。"这是个暧昧却不唐突的试探,红芙虽然是战队唯一的"00后",但她是多特别一姑娘,立马会明白他在表达什么。

她想了想:"听说转湖能带来好运,我们能去转湖吗?"

巴浩心里又喜又忧:"那我们可以去纳木错住几天,晚上看星星早上看日出,想想都很美。"

这是更进一步的试探,单约的意思也很明显了,以这些天跟红芙接触的感觉,他是有信心的。

果然,红芙有兴趣:"可我还想去羊卓雍错和玛旁雍错转湖,这样就能三大圣湖全齐了……"

"可以啊,只要你喜欢,我都愿意陪你。"尽管转湖并非巴浩首选约会地,但红芙一口答应还是让他心里乐开了花。

"嗯。听说还有个鬼湖？我也想去看看。"

巴浩心一紧。鬼湖他可不想去，但红芙第一个要求他就要拒绝吗？

"你想去的话，上刀山下火海我都陪你……"

"洗洗睡吧，晚安。"

"晚安，和你在一起很开心。"

"呵呵。"

回房后巴浩突然福至心灵，他拿出了好久没动过的素材本，他不仅画了红芙也画了战队所有人。最后，画稿上红芙那个耐人寻味的笑容，陪伴巴浩进入了进藏以来最完整的睡眠。

2

如果巴浩不约她去景点打卡，红芙几乎以为他是个正人君子了。

一个人的外在行动一定跟他的内心世界和人生经历关联，这是红芙这些天思考最多的问题，但巴浩这样一个勇敢和怯懦、正直和自私两面性都很充分的人，实在让红芙困扰。

第二天早上巴浩到酒店餐厅时，两桌人都已经齐了。

红芙用眼角的余光感受到，巴浩第一个眼神投向了自己。今天的她白色卫衣，石磨蓝牛仔裤，衣着简单却青春洋溢，她坐的位置刚好被阳光照到，但她没有像其他女人那样戴墨镜，也没躲太阳，她的肌肤呈现着与众不同的蜜糖色，阳光下更有种透明的脂质感，更加衬得她目如灿星、齿若珠贝。

此刻她正和囡囡一起跟着刀刀学做糌粑，没心没肺地哈哈笑着。但巴浩的一举一动却也被她关注着，正如此刻整个世界从巴浩眼里失去颜色，只剩下一个清朗透亮的芙哥一样。

巴浩眼里的红芙是如此青春健康，相较之下，那桌的黑夜白得像个吸血鬼，沁子柔弱得像一株小草，而囡囡……我的天，她今天穿了一身藏袍，有模有样身材姣好，走到哪里回头率都超高，可惜不是他的菜。囡囡果然是个不记仇的天然呆，昨晚和他的小尴尬似乎一转头全忘了，和大家一样跟巴浩嘻嘻哈哈打招呼，但明显的，她看他的眼睛已经不再发亮。

昨晚的拒绝策略是成功的。

巴浩和红芙心照不宣。大家虽然分了两队，但在吃早餐的时候，还是一起讨论了这一次的通关密钥——心有千千结。

经过几次通关，奶茶俨然成了那一队的智囊："我们已经通了两关，拿到了四块拼图，彗星组织的铁骑，或者是彗星本人已经露脸，现在我们有哪些已知信息呢？第一，拼图碎片与颜色有关，我们拿到了红蓝黄白，或者剩下绿或者还有黑灰，如果是三原色三间色并没有实际意义，所以我们假定只剩下绿色碎片，那么红蓝黄白绿是经幡的颜色，经幡有祈福灭罪的含义，这可能是游戏的形式；第二，碎片内容除了颜色还有文字，已经拼出来的'目''月''ヨ'暂时组合不成词，这个先不管；第三，第二次通关密钥两次点到了'酒窝'，我总觉得彗星在给我们传递什么信息。"

巴浩不解地说："你想说什么呢？奶茶？"

奶茶看着刀刀："咱们当中有酒窝的人就刀刀一个，刀刀你说这事要怎么解锁呢？"

刀刀正跟一大海碗藏面搏斗，被点到名，咬着一大口面条抬起头来，惊愕地说："啥？"

几个坚定不移力挺刀刀的姑娘正要开口，被巴浩制止："你们的意见大家都知道了，现在奶茶只是分析彗星给的密钥线索，也许刀刀能帮我们找到下一批经幡。"

刀刀略显紧张的表情放松下来，边吸面条边含糊不清地说："行，我找找在不在碗里，心有千千结，不对，这是碗有千千面啊！"

姑娘们哄堂大笑。

话题集中到刀刀身上后，一会儿就转开了。奶茶分析得很有道理，但无实锤。他们等了一早上也没见有人送新线索来，只能解散行动，大家将各凭直觉寻找"心有千千结"。

巴浩自然想和红芙在一起，一声"红芙"刚唤出口，红芙却一脸正色地说："报告队长，我闹肚子请假，去镇上卫生院打个针，不要人陪，我不喜欢难看的样子被别人看到。"

话到这份上，巴浩就不能当众觍着脸了。

小镇很小，游客却不少。一转眼，红芙便消失在人群里。巴浩打听了下镇卫生院的位置，踱了过去。这个输液室条件还不错，除了舒服的坐椅，留院观察的几个床位还拉着隔离用的粉色围帘，隔着很远，巴浩就看到其中一个床位下摆着红芙那双踢不烂大黄靴，心里顿时踏实下来。

红芙没骗他，还真是来打针了。不过巴浩也不敢上前打扰，于是找了个角落的座位，心想等她打完针一起回去。周围的病号都低头在刷手机，巴浩在兜里摸了个空，才想起自己的手机还在日喀则，得找个网咖，刷一下存在感才行。想着想着，他迷迷瞪瞪地睡着了，中途惊醒了两次，看到红芙的大黄靴还整整齐齐摆在围帘下，又安心睡去。

"帅哥，你不打针就让位置给别人吧！"

直到护士来推了他，巴浩这才惊醒。呀！都快中午一点了，怎么红芙的鞋还在！巴浩突然有了种不祥的预感，顾不上礼不礼貌，跑过去掀帘一看，叫苦不迭。

里面确实躺着一人，不过是个挂着吊瓶的老太太。

红芙只不过是用她的鞋子当了障眼法，从巴浩眼皮底下开溜了而已。

一小时就能转完的小镇，巴浩来回翻了个底朝天，跟战队其他人都打了好几回照面，就是没能找到红芙。这大半天工夫过去了，那些人手里又拎上了新买的战利品，可说起"心有千千结"仍是毫无头绪。

红芙到底去哪儿了？

眼见着天色又渐渐暗下来，巴浩胡乱填了点肚子，郁闷地回酒店看了会电视。兰陵王要巴浩一起去男士温泉池，巴浩立刻拒绝了。

虽然拒绝了兰陵王的邀约，但巴浩实在闲得无聊还是踱步去了酒店后花园。花园里茂密的树林和灌木包围着男女温泉池及恒温泳池，男士池空无一人，几个男队员居然都没在，一个竹篱笆之隔、下半部通连的女温泉池倒是有姑娘们在笑闹嬉水，全是年轻姑娘的声音。仔细辨认，巴浩捕捉到了黑夜、囝囝、沁子和Summer的声音，她们在聊今天淘了些什么宝贝，不时发出开心的笑声，唯独没有他期待的红芙。单身两年多了，听着那样撩人的声音，真让人血脉偾张。

第一天大家便报过装备，姑娘们都没带泳衣，此时应该是裹着浴巾下水，只要他下水从男士温泉池的篱笆间隙窥看，一定可以一睹那边的香艳，只是瞬间的一个坏念头，却让巴浩胸口一阵烦闷，恶心欲吐。

他赶紧逃离温泉池，踉跄着走到一棵茂密的林檎树下坐下。这里还能看到不远处空荡荡的恒温泳池，但树荫遮挡了大部分视线，只要他不动念下水就不会难受。巴浩有些沮丧，进藏后，他的注意力完全被转移，几乎忘了自己还有抑郁症。静坐了好一会儿，他胸腔里那阵呕吐感才平息下去，绷紧的神经也舒展开来，巴浩疲惫地打起了盹，直到被泳池里轻微的划水声惊醒。

睁开眼来，只见一个身着红白蓝三色泳装的姑娘在自由泳。她是单侧呼吸型，直到她划到巴浩身边掉头转身才看清，是红芙。

这是他第一次看到红芙穿这么少，如他想象的那样，个头不算特别高，却有着黄金比例的大长腿，骨骼清秀、肌肉紧致，每一次划水，细臂长腿上都会出现时而长直时而曲弧的美丽线条。巴浩又有些头晕目眩的感觉了，他的喘息逐渐急促起来，眼睛却无法从红芙身上挪开。

红芙游到这头突然停下，趴在泳池边朝巴浩笑："看够了没有！"

巴浩被抓了个正着，狼狈地站起来，磕磕巴巴地说："我，我，我不是故意的……"

"你怎么不下水？来啊一起玩啊！"红芙举起一条线条优美的胳膊朝巴浩招手。

巴浩的心猛撞了几下，赶紧扭头转身："不，我不会游泳。"

只听得那边一阵哗哗水响，两分钟后红芙披着浴巾站到了他面前，歪着头探究地看着他。她脸上满是水珠，眼睛因为没有戴泳镜有点微红，粉嫩的嘴唇微张，因为刚才的运动还在紧张地喘息着："你怎么可能不会游泳呢？和我一起玩水你也不会吗？"

更强烈的头晕目眩。巴浩受不了这样的注视也受不了这样的挑逗，那个瞬间他脑子一片空白，也不知道哪来的勇气一把抱住了红芙。

突然被巴浩抱住的红芙没有挣扎，只是略显不解地看着他。

这时夜色已经完全暗下来了，周围已经听不到任何声音，不远处的园林小路亮着一盏路灯，远远地把红芙的长睫毛投影在脸的一侧。虽然巴浩刚才坐在树荫下但也在路灯范围，红芙下水前不可能没看到他在那里，所以她是故意的，故意给他看她泳装的美丽身姿，故意一头撞进守株待兔的他怀里。

所有的不舒服都消失了，巴浩热血沸腾起来。

毫无预警地，巴浩吻了红芙。

此时此刻，此情此景，除了吻她巴浩不知道还有什么更适合，然而他也只是轻轻地、试探地吻下去，他不确定若即若离的红芙是否和他一样情难自禁。

红芙的嘴唇凉凉的，她没有躲开，没有回应，巴浩像吻上了一块棉花糖，甜则甜美，却无灵魂。

巴浩困惑地松开她的唇："我以为芙哥会赏我一耳光。"

红芙垂下眼睑笑了："我确实想，不过更想一抬腿……"

巴浩像被火灼了一样立刻丢开红芙，弯腰双手护住裤裆位置，结结巴巴地说："你你你要控制你自己呀！"

红芙的腿功有多厉害他是领教过的，他可不想在这里断子绝孙。

"哈哈哈！"红芙大笑起来。这些天巴浩见过很多红芙的笑脸，但从来没有一次像现在这样开怀，这才是真正属于她这个年龄的笑容。想到这里心里有点迷茫，为什么会有这种感觉呢？

"好啊，羞辱我你就这么开心吗？"巴浩又羞又恼地再次凑过去抱住了她，这次他很用力地钳住了她的双臂，为了阻止她抬腿反击，他甚至以身犯险，贴上去顶住了她的小腹。红芙略微挣扎了一下，但那显然只是一个表态而不是行动，现在她整个人都在他怀里，从上到下地感受他的力度和坚硬了。这次她没再和他对视，而是似笑非笑地侧脸看向别处，对他的霸道亲近半推半就。

巴浩脑子一片空白，再次吻向了她。前额、面颊、嘴唇……这次她的嘴唇是火热的，不等他试探她便热烈地迎了上来，如兽撒野，如火交缠。她比他喘得还厉害，她比他还要想吞噬对方。这个瞬间全世界都已隐去，只剩下过了电的他和她。巴浩脑子里电石火闪晃过很多个红芙，青春可爱的 Hello kitty 少女、困惑迷茫的小可怜、挥腿生风的独行侠……就算红芙平时有一千种一万种面具，此刻她的身体是不会说谎的。

她喜欢他，毋庸置疑。

她的浴巾掉在了地上。他一只手环抱固定住她，一只手在她的背脊上抚摸着，她裸露在泳衣外的肌肤清凉细嫩，顺着脊柱沟那优美的弧度一点点滑下去，他的手停留在了她的腰臀处，那里也刚好是泳衣和皮肤的接缝处，她的泳衣是潜水服面料，本是滑不留手，肌肤却似凝脂般粘住他不放，短暂停留后见她并未反感，他的手轻轻伸进了她的泳衣，握住了一捧令他脑子加速变糨糊的弹柔。

突然间他嘴上一阵剧痛，人被红芙推开，跟着被一记侧踢扫倒，砰一声他跌进了旁边的灌木丛。

巴浩挣扎着坐起来，只觉得浑身上下没有哪处不疼，而红芙还站在原地喘着粗气瞪着他。她刚才的热情消失殆尽，换上的是鹰一般锐利审视的眼神。巴浩满脸绯红，虽然他唐突了点，但这个吻也是她默许和响应了的呀！为什么突然变脸？但再生气也只敢嗫嚅着："对不起，我太喜欢你了……"

红芙一怔，杀气腾腾的神情渐渐被困惑取代，眼神也渐渐软下去，突然间她若无其事地一笑："就你这身手还想亲一个黑带吗？"

紧张的气氛一下被她的调侃泄压了，巴浩顾不上周身疼痛，捡起浴巾给红芙披上："不让亲可以，以后别踢人行吗？"

"哎哟！好冷！"红芙这才反应过来地打了一个冷战，拔腿就跑。

"我还有话要说呢！"巴浩喊。

"好冷好冷！"红芙披着浴巾拎着拖鞋光着脚丫，一路快跑，很快就消失不见了。

巴浩用手一摸嘴唇，出血了。身体经过刚才一番充血又惊吓，充血再惊吓，已现疲态。但想到刚才那个火热的吻，心里又一阵激动。

这姑娘太有意思了。

回到房间，兰陵王已经在床上打呼了，和每一个夜晚一样，他依旧没有取下那顶从不离头的棒球帽。

——真是个怪人。

不过巴浩此刻心情激荡没兴趣研究兰陵王，他换了身衣服，走去了红芙和囝囝的房间。

房门大开着，红芙穿着酒店的大浴袍背门而立，在用毛巾擦她湿漉漉的头发。她没有系浴袍带，从背影无法判断浴袍里穿了什么，随着胳膊的摆动，宽大的浴袍轻轻摇晃，直摇得巴浩心旌神迷，只能慌乱地拔开眼神："红芙，刚才话没说完，有件事我想拜托你。"

红芙没有回头："嗯？"

听不出她的情绪。

"实话说吧，黑夜发现沁子在日喀则买了验孕棒，现在她的身体状况你也看到了，她很可能怀孕了，大本营的误会就是我好心提醒她注意身体，没想到她反应特别激烈。"

"原来如此。"

"为了保护她的名声，我宁愿背黑锅。"

红芙转过身来，浴袍里是一套整整齐齐的卫衣，她举起大拇指表示"赞"。

　　巴浩暴汗。她竟然把浴袍当外套穿！害他刚才想入非非了，不过被她点赞还是挺美滋滋的："我觉得沁子情绪很不稳定，不知道是不是怀孕这件事让她抑郁，你能和她聊聊吗？"

　　其实这是个试探，试试红芙和沁子究竟是不是一伙的。

　　"她从不跟我聊这些，这是人家的隐私。"

　　"不，一个单身有身孕还有情绪问题的人其实很危险的，不知道后面的行程是怎样，我担心她能不能撑过去。"

　　"大不了就是她退赛，咱们少一个竞争对手不是更好吗？"

　　"我不想有人出事，虽然我想赢，但对我而言，这个游戏最大的奖励是你。"

　　红芙沉默了一会："呸。"

　　她虽然说呸，语气却很温和。

　　"接下来的行程请你多照顾下她好吗？主要别让她单独行动，我不希望她在我们的战队出事。"

　　"你为什么这么怕她出事？"

　　"也许是一朝被蛇咬，十年怕井绳吧。"

　　"有什么故事吗？我要听。"

　　巴浩心里荡漾起来："你这里不方便说话，外面又有点冷了，要不我们另外……"

　　"开房？休想！"

　　巴浩脸上发起烧来："想哪去了，我是说去步行街那个玛吉阿米清吧。"

3

　　巴浩被红芙摆了一道时，奶茶和 Summer 找遍了小镇所有工艺品摊档，翻遍了所有跟"心"和"结"有关的小饰品，试探了不下二十位摊主，线索没能找着倒是 Summer 又扫了一大包饰品，最后精疲力竭，要回房补个大觉，奶茶这才从 Summer "你为什么要找沁子分析战况？"的盘问中脱身了。

　　奶茶仍然觉得要从刀刀身上解锁，只是苦于被 Summer 纠缠，早餐后便失去了刀刀的行踪，其他的人在小镇来来回回没少打照面，却一直没再见着刀刀。

彗星为什么两次给出"酒窝"的提示呢？

司导房门开着，王超在洗手间炮声隆隆，刀刀却不在房间，一直跟着战队的摄像机就摆在床头，奶茶看看四下无人，抄起摄像机快速离开。奶茶躲进了酒店公共厕所，翻看起前面的录像，只要发现有他正面照的片段便删除，直到全部过了一遍这才出来，他满怀思虑地拿着摄像机去了几个卖经幡的摊档，把之前拍的战队经幡照片做了下对比，战队的经幡印的内容果然不一样。

战队特制专用经幡这不奇怪，奇怪的是王超很早说过战队经幡上印的全是忏悔灭罪的经文，而刚才一比较，普通散卖的几种经幡印的都是祈福经文。而且王超说战队经幡里有些他不认识的符号，为此奶茶又特地找了几个藏民过目，居然也没人认识那些符号，他们说这不是藏文。

奶茶百思不得其解。再一次遇到沁子时已是下午5点，这次两人在一个僻静巷口相遇，奶茶只是礼貌地欠身微笑擦肩而过，沁子却主动叫住了他："奶茶哥，对不起，昨天我在大本营失言了。"

"我知道你不是有心的，不过是因为证实了之前的分析，你为我高兴嘛。"

虽然两人站在僻静巷口，说的又是不愿外人知道的话，奶茶还是守礼地跟沁子保持1米开外的距离，这让沁子心中歉意更重："你那么信任我，我却给你添了麻烦，本来可以不让别人知道第二块拼图在你身上。"

"其实也没啥，最后一块拼图才是关键，第二块拼图顶多只是整个游戏真相的一角而已，早点拿出来也许可以早点破解。"

"嫂子没少怪你吧？我看她这两天都黑着脸。"

奶茶赶紧摇头："习惯了，跟她解释清楚就好。倒是她对你失礼了，你别介意。"

"你真好，你这样的老公可真少见，嫂子就有点不惜福了，她对你的态度……连我们外人都看不下去了。"

奶茶苦笑："男人应该多承担一点，老婆是自己选的，跪着也要把路走完……对了，你有什么新发现吗？"

沁子摇摇头："大家都在找工艺饰品，我觉得没这么简单。"

"难道你不怀疑刀刀吗？"

"有件事我应该告诉你了……"沁子犹豫着开了口，"我平时睡眠很浅的，但在日喀则第一晚睡得像猪，起床后头还很疼，所以第二晚我长了心眼，没喝红芙给我倒的水，果然她半夜起来叫我，我装睡没动，结果她轻手轻脚出房间了，我觉得很奇怪，于是跟着她偷偷上了楼顶……"

奶茶一脸困惑："是菜刀事件那晚？不是只有红芙和刀刀在楼顶吗？"

"他俩确实在楼顶，我也见到了。"

"你看到了什么？"

"我到的时候他们两个在吵架，刀刀说：'咱们说好的条件不能再改了！否则我现在就公布真相，让他们解散回家！'红芙说，'有些事人算不如天算，也是没办法才随机改计划的，好了都依你，别生气了……'"

"他们还说了什么？"奶茶震惊道。

沁子摇摇头："我不敢离他太近，最清楚就是听到这两句，他们情绪平复后说话声音就低了，断断续续听到一些'任务''经幡''密钥'的词，后来雨越下越大砸在屋顶跟炸豆子一样，我什么都听不见了，于是先回房了……之前没说这事是我害怕，不知道该相信谁，对不起。"

奶茶陷入了思考："看来刀刀好像在跟红芙谈条件，难道刀刀是彗星请的人？红芙是彗星？"

"不可能，一个20岁的小姑娘哪来价值千万的老烛台？哪来这么严谨的计划？顶多她就是个喽啰兵。"

"铁骑、红芙、刀刀……真可怕，咱们战队里还有多少是他们的人？"

沁子倒吸一口凉气，沉默了。

奶茶想到一点，突然又怀疑地看着沁子："你都知道他们有问题了，为什么一开始还要跟他们结盟？"

"最危险的地方最安全啊！跟他们在一个队反而安全，至少我心里有数可以观察他们。"

"那你观察到了什么？"

"除了那晚，还真没什么异常，别看当大家面他俩挺好，其实私下几乎没再说过话，如果他们是雇佣军，那还真是老实办事的狗腿子，估计在彗星那边他们也没有话语权。巴浩跟他俩打交道比较多，可能他看得更清楚些。"

"你觉得巴浩有问题吗？"

沁子叹口气："虽然我很讨厌这个人，但他的坏是很低级的，无非是想撩妹而已，红芙和刀刀的底细我就摸不清了。"

奶茶试探地说:"其实巴浩个人条件很好,又和你一样在深圳,你可以考虑下呀!"

沁子脸上浮起一丝鄙夷的笑:"他这种男人我见多了,跟我前男友是一样的,表面正直善良,其实是个集邮男,朝三暮四,花花肠子。"

奶茶敏感地看了一眼她的肚子:"既然分手了,那就江湖相忘,各自去浪吧。你应该开始新生活,下次找个个性相投的,不要像我,一失足成千古恨,再回头已百年身……"

"你和嫂子合不来也可以分手啊!又不是你对不起她,结了婚也未必要捆到死的,结束了糟糕的关系之后你也可以开始新生活。"

"不,这是我做男人的责任,我答应过要照顾她一辈子的……站了这么久,你累不?我请你去网咖喝杯甜茶吧,顺便查点资料,咱们也商量下对策。"

"我请你吧,算是为昨天失言赔礼道歉。"沁子脸上露出了进藏后最灿烂的笑容。

虽然带着美女进了网咖,又要了个带围挡的双人包间。奶茶还真是奔着查资料来的,他先上了自己那个无人问津的淘宝店铺,又进了被广告邮件塞满的邮箱,他把喝着甜茶看着网页的沁子撂到了一边,然后又一次翻出了摄像机里的经幡照片搜索比对,他能感觉到沁子一直在用余光观察他,也能感觉到见他如此专注,沁子的肢体语言终于从警惕到松弛。

奶茶还是没有找沁子聊天,倒是拿起一支笔在桌面划写,起初只是无聊地乱划乱写,写着写着突然专注起来,沁子虽然就在身边,但注意了很久奶茶划拉的字也没认出是什么。

突然间奶茶停下了,神情慌乱地放大摄像机屏幕。沁子凑过去一看,屏幕上定格放大的正是经幡上那些鬼画符的细节,奶茶一边看一边还在桌面划拉线条,划着划着整个人僵住了。

沁子忍不住了:"怎么了?有新发现?"

奶茶把相机一关,慌乱地说:"没,没有。"

沁子识趣地压低声音:"有啥事就跟我说吧。"

奶茶这才用小到几乎听不到的声音问:"你知道红芙姓什么?"

没等沁子说出口,奶茶示意她写出来。

沁子在桌面写了一个"蒋"字。

一个苍老的声音顿时在奶茶脑子里响起:"年轻人,你要跟你的心要答案。"那是扎什伦布寺那位上师跟他说过的唯一的话,奶茶顿时定住了。

沁子不解地又凑过去看了一眼屏幕上的经幡:"你是有什么新发现吗?"

奶茶怔怔地说:"你知道这些经文都是什么内容吗?"

"王超好像说过都是些忏悔灭罪的经文,彗星为什么要组织这个游戏我们一直没搞明白,难道是所有参加游戏的人都是他眼里的罪人?可是我们这些人天南地北能有什么关联呢?"

这句话对奶茶有如五雷轰顶,心里突然被照得雪亮。

沁子仍不明就里地追问:"我们战队十个人,你读的书多,藏传佛教里有没有什么十宗罪之类的说法?"

奶茶机械地回答:"基督教才有七宗罪,指的是贪婪、色欲、暴食、嫉妒、懒惰、傲慢、暴怒,我们佛家也有十恶的归类,比如杀生、偷盗、邪淫、妄语、两舌、恶口、绮语、贪欲、嗔恚、邪见。"

"可这些罪恶跟我们又有什么关系呢?"

"佛家十恶的前三个是身业,中间四个是口业,最后三个是意业,要是这么算账任何人都不会干净……"奶茶有气无力地说着,他发了会怔,突然从裤兜里摸出三枚硬币,在桌面连掷几次,每掷一次就会用笔记录下那一爻,沁子不解地看着他,实在不明白他在做什么。

䷇。离卦。绝命卦。

奶茶冷汗涔涔而下,在沁子追问了三次之后终于开口说话了:"我累了,想回去。"

沁子探手在奶茶额头上碰了下:"你是不是哪儿不舒服?"

其实现在奶茶浑身发软,别说回酒店,连站起来的力气都没有:"我恐怕要退赛回家了。"

"为什么?"沁子一脸震惊。

"不为什么,就是突然间觉得累了不想玩了,我老婆进藏后身体状况一直不稳定,我也担心她出事……"

"到底出了什么事?你一直挺照顾我,我也想帮你。我真的不想你,你们退赛,不然我在这个战队就更势单力薄了,我们可以结盟的,要是得奖了咱们六四开,不七三开,你七我三,行吗?"

奶茶面色苍白地摇摇头:"那个奖……算了,谁也帮不了我……"

"我……"

"别说了,让我静静……我得先跟彗星发封邮件申请退赛。"

"哎呀,不行啊,游戏规则不是说每一关开始后,除非淘汰任何人不能退赛吗?"

奶茶没理会着急的沁子,失魂落魄地给彗星发了封邮件,发完仅仅过了两分钟回邮便到了。

晚了,这个游戏不是你说退就能退。

回邮里有个附件,是一张照片,奶茶颤抖着手点开,然后像被蝎子蜇了一样立刻关掉,删除,清空垃圾箱。

奶茶伏在桌面,把头埋进双臂,浑身颤抖起来。

一直留意着他的沁子虽然不好意思凑上去看他收发私人邮件,却也能从奶茶的神态感觉到有大事发生了,想来想去还是磕磕巴巴地开了口:"奶茶,你还退赛吗?"

过了半天奶茶终于抬起头,脸色苍白得像一张纸,但人已经从战栗中平静下来了,面对沁子的追问,他只缓缓摇了摇头:"不知道,我没事,该回去了。"

傻子也知道奶茶绝不会没事。究竟彗星给奶茶回了一封怎样的邮件呢?

4

和红芙约好一刻钟后在酒吧碰面,巴浩满心喜悦地踏着月色出了门。此时步行街夜市已经人去档空,只有玛吉阿米的大招牌还在闪烁,老远便隐隐约约有音乐声传来。

巴浩一揭门帘,嚯!人还真不少。大概小镇的夜猫子全集中到酒吧了,不算大的酒吧竟然还有一个小小的两人乐队,一壶甜茶一盘瓜子三十来块钱,消磨一晚悠闲慢时光,真好。红芙坐在靠墙角落,目不转睛看着酒吧另一角的乐队。巴浩高兴地顺着条椅滑到她身边:"你真准时。"

"嘘。"红芙比了个噤声的手势。

顺着她的眼神看过去,原来两个乐队成员居然都是自己人,刀刀和王超。王超弹吉他,刀刀打鼓,他们在表演一曲《越过山丘》,巴浩注意到时正好是刀刀在唱：爱是一个人的等候，等到房顶开出了花，这里就是天下。总有人幸福白头，总有人哭着分手，无论相遇还是不相遇，都是献给岁月的序曲……

刀刀唱歌的声音和平时说话不同，嗓音里有种凄苦的温柔，和原唱杨宗纬的声线很相近。令巴浩更惊讶的是，刀刀打着鼓点对着话筒，动情地唱着，两个男人合唱时偶尔会互望一眼，那是一种"我懂你"的默契。

就让我随你去，让我随你去，回到二十岁狂奔的路口，做个形单影只的歌手

就让我随你去，让我随你去，逆着背影婆娑的人流，向着那座荒芜的山丘，挥挥衣袖……

两个男人的合唱很动情，但也仅仅是动情。一首终了，掌声寥寥。

"刚才……"巴浩正要如约切入正题，红芙却示意先不急。

王超拨动琴弦调了调音，悦耳的琴音从他指下流出，屋子里静了下来。王超这次唱的是一首中文老歌《我曾用心爱着你》。普遍话说得磕磕巴巴的王超唱起歌来却字正腔圆，他的嗓音磁性中带着沙哑，把一首几乎被人遗忘的老情歌唱得缠绵悱恻、让人心碎。

"你总是如此如此如此的冷漠，我却是多么多么多么的寂寞……"

红芙眼神迷离，不知在想些什么。陌生的异乡，怀旧的情歌，姑娘们最容易在这种情境下被触动心事。

在王超唱歌期间，刀刀只是轻轻地用手鼓给他打点节奏，虽然配合得天衣无缝，但听过一些明星现场的巴浩觉得也就一般般，甚至低于酒吧乐队的平均水平。

副歌过后，王超停下唱歌轻轻拨琴并朝刀刀点点头，刀刀的鼓点开始加重，两人对视着，开始了一段 RAP，而且还是节奏感超强的饶舌：

爱情它从来就不是错，即使你我未必有结果，追星逐月我像着了魔，为你我不怕岁月蹉跎！

你总是如此如此如此的冷漠！我却是多么多么多么的寂寞！

你总是如此如此如此的冷漠！我却是多么多么多么的寂寞！

你总是如此如此如此的冷漠！我却是多么多么多么的寂寞！

围观的人都情不自禁跟着嗨了起来，一起跟着节奏拍掌念词。

饶舌停。刀刀开始双手上下飞舞击鼓。鼓声时而呢喃细语，轻柔如雨滴，时而铿锵有力，密集如鞭炮，而且动作越来越快，越来越快，快到最后众人已经无法看清刀刀那双像戴了个防烫手套一样的肥肥大手究竟是如何翻上翻下的，变幻

出那样的鼓点。

刀刀已经满头大汗了，却依旧稳若泰山地坐在那里击鼓，完全无视周围或震惊或佩服的目光，他的表情严肃，目光坚定，没了照顾众人时一脸的谄媚，也没了忽悠大家花钱时的精明，这样一个相貌平庸甚至因为胖算得上丑陋的人却突然变得光芒四射。

在鼓的世界里刀刀，熠熠生辉，他就是王者。

茶馆里的人都站了起来，一脸惊艳地看着刀刀，好些姑娘高举手机在给刀刀录视频。

在一阵密集的鼓点后，音乐戛然而止。

屋子里静了一静，然后热烈的掌声炸开了。

"太棒了！太棒了！"

"这是我看过最棒的现场表演！完全是专业级的！"红芙激动地拼命鼓掌，现在她看刀刀的眼神变了，那是一种被征服的眼神，女人看爱慕对象的眼神。

巴浩为自己的心理活动感到了羞耻，他不至于要去嫉妒一个司机吧？即使刀刀技惊四座，他也只是个会打鼓的司机。

两人乐队鞠躬谢幕，退进后堂，茶馆里有背景音乐流淌出来，是一个藏语女声的呢喃。

红芙终于从音乐里抽身出来："说吧。"

"没想到刀刀的鼓打得这么好，我还以为那个手鼓只是他父亲的信物，他们怎么会在这里表演呢？"巴浩仍然余震未平。

"应该是玩票的……说吧，说刚才你要讲的故事。"

巴浩叹了口气："去年那件事情本来我想翻篇，一辈子都不要再提起的，但我的确没法忘记，它一直在折磨我……这样吧，如果我把那件事告诉你，你也讲一个你的秘密给我听好吗？"

红芙伸手和他击了一掌："行。"

"那是我去年来西藏的事了，也差不多是这个时间，我们公司在西宁有个项目收尾，我心血来潮想去北线，就在驴友论坛里找了个队伍拼车，当时我的司导就是王超，四个乘客都是在论坛临时组合的……"

"队伍里一定有个漂亮姑娘吧？"红芙歪着头懒洋洋地瞥他。

巴浩却一脸凝重："是的，两男两女，其中一个妹子和沁子一样大，也和她一样忧郁，这是一个奇怪的人，她连手机都没有，说不用手机，这年头还有哪个年轻人不用手机啊……"

"我猜猜，你一定对她很感兴趣吧？美景美人，多好的邂逅。"

巴浩叹了口气："如果我否认你一定觉得在说谎，所以就算是吧，我一个单身狗，就算有点非分之想也是发乎情止乎礼的，何况我只是尽了一个男士照顾女士的本分，我没有伤害她。"

"真的没有骚扰吗？"红芙右手托腮，目不转睛地看着巴浩。

巴浩伸手握住红芙另一只手："如果到我们这个程度算骚扰的话，那我肯定没有骚扰她……"

红芙反手在他身上啪地一掌，嗔怒地说："不要脸！"

她下手真重，但巴浩心里还是甜甜的："那次我们也是在日喀则集合的，然后去了大本营来吉隆沟再继续走北线，一路都很顺利，除了那个妹子有时高反比较严重，对了，她的身份证名字叫刘姿君，说是从东北来的，姑且就叫她刘姿君吧。我们几个一路还算是玩得挺嗨的，但她总是心事重重，当时我们也没太在意。独自进藏的人，如果不是像我这样真正爱户外的，就是因为失恋出来疗伤的，所以也没啥稀奇，都是走着走着伤就好了。刘姿君一路高反，好几次我们都劝她回家算了，可她说一定要去冈仁波齐和玛旁雍错。"

"第9天，我们在冈仁波齐完成了转山，原计划我们要在第10天开始转湖，那晚我们住进了一个帐篷旅馆，位置在玛旁雍错和拉昂错的中间，拉昂错是传说中的淡咸水湖，也就是你知道的鬼湖，而玛旁雍错是著名的圣湖。那些天连轴转我很疲惫，一倒下去就睡着了，快天亮了王超把我摇醒，问我有没有看到刘姿君，那晚我们所有人都睡在大通铺，刘姿君说她不怕冷硬要睡在门口，可早上起来她的行李好好的，在帐篷里，人却不见了……"

红芙眉头紧锁："到底怎么回事？"

"这也是我们想问的，好好的怎么会弄丢一个人呢？我们出门去找，结果，结果远远地看到她站在拉昂错湖边一个土坎上，那天早上真冷啊，风吹得刺骨的疼，我跟王超是同时看到她的，两个人一起喊了起来，没想到第一个'刘'字还没喊完她就跳下去了……"

巴浩打了个寒战，那噩梦般的一幕又历历在目。

红芙把嘴唇咬得发白，声音也在颤抖："那你们为什么不救人？"

"王超说他不会游泳，我……"巴浩沮丧地低下头，"我衣服都脱了，可站在岸边好久没敢下水，我太害怕了……"

"你为什么不敢下水！那是一条人命啊！你就眼睁睁看着她去死？"红芙握紧拳头，眼里噙着泪水。

巴浩低头不敢看她，喃喃道："对不起，我以前确实会游泳，但你不知道我现在有多怕水，我已经十几年没有下过水了，连浴缸我都不敢进……"

红芙在桌面捶了一拳，震得杯子跳了起来瓜子散了一桌，巴浩也吓了一跳，这一拳似乎把红芙的愤怒宣泄出去了，她的面色渐渐平静下来，平静到有点悲哀："遇事先自保是你的处世原则，别人也没资格怪你……"

"不是这样的，我，我……"话到嘴边又咽了下去，巴浩叹了口气继续讲述，"我们报了警，打捞船一直没找到她，后来警察打开了刘姿君的行李，里面只有一些衣物和女人饰品，行李里没有任何关于她来历和去向的线索，这很难想象，她没有手机没有银行卡，只有身份证和边防证，钱包里干干净净只有一些现金。对了，她有一个便签本，记录了她进藏以来的行程，不过都是些零散的记录，梦话一样。她的本子里还夹着一张我随手给她画的线描肖像，那是我给所有队友都画了的。三天后她的遗体终于被找到了……"

红芙不想听，紧闭双眼。

"拉昂错和玛旁雍错隔得那么近，传说它们下面还是相通的，可一个是寸草不生的鬼湖，一个是受万人朝拜的圣湖，她没跳圣湖却跳进了鬼湖，你说这事奇怪不奇怪。"

"她……没跟你们说过什么吗？"红芙声音沙哑道。

"有啊，关于圣湖和鬼湖的传说，她问得很详细，那晚有个队友错把我们的饮用水给污染了，我还开玩笑来着，说要把他扔进拉昂错去找阎王认罪，不知道是不是她听进了耳，临睡前我们还一起讨论了在玛旁雍错的转湖路线，她也是有参与的，完全没有要中断行程的先兆。"

"警方就没调查那个晚上到底发生了什么吗？"

"怎么没查！那天晚上旅馆通共住了不到20人，个个都能证明自己没有出去过，周围也不大可能有人夜里活动，倒是隔壁帐篷有人半夜上厕所看到她一个人出门了……后来你猜怎么着？那个妹子的身份证是套牌的，刘姿君本人在东北好好地上班呢，而且那个假刘姿君的尸检结果出来，她，她居然还怀着孩子……我太无知了，竟然把她一路的妊娠反应都当成了高反……"巴浩懊恼道。

"她为什么要投鬼湖？"

"不清楚，为这件事我耽搁了好多天，她自己想不开，可把司导和队友坑苦了，特别是王超，带的团出了这么大的事，简直要了他一家老小的命啊……"

红芙冷冷地说："王超没有照顾好自己的客人，这个责任他推不了。"

"理是这个理，可如果一个人自己想死，司导就是有三头六臂也拦不住啊！还是我看王超可怜，跟警方交代了那个妹子进藏以来的种种奇怪表现，我推断她应该患有抑郁症，一个人用别人的身份证进藏，是知道西藏到处要刷身份证安检、但还没有人脸识别的漏洞，这证明她一开始就计划好了，她就是想无声无息在外面自杀，根本没打算让家里人找到……"

红芙深吸一口气："难道没有别的原因吗？比如在旅途中被人欺负了？"

"不可能，我们没人伤害她，她可能觉得自己单身怀孕很羞耻，所以想不开……"

红芙不高兴地说："都什么时代了，凭什么女人怀孕就羞耻了？那些始乱终弃的男人不羞耻吗？"

"对不起我说错了，只是猜测一下……你不知道抑郁症有多可怕，它就像一个黑洞，一旦开启无法关闭，除非有阳光照进来……可谁有本事一直当别人的阳光呢？抑郁症的人都是在最黑暗的角落独自挣扎，过不去就会永远堕入深渊。"巴浩喃喃道。

红芙摇头："我不信。"

"我信……很奇怪，两个心理医生都没能让我说出这件事，我却跟你说了，现在我有种如释重负的感觉……"巴浩长长嘘出一口气。

红芙却不关注他的感受："后来呢？"

"警方没找到证据证明他杀，但应该还会继续追查她的真实身份。我在户外圈好几年了，这种事也是第一次遇到，后来我把那几个驴友都删了，没想到隔了一年居然又碰到王超。现在王超能带团了，说明那件事已经摆平，反正这不是什么吉利事，我也没问。"

红芙一只手在桌面上刮挠着，眼神落在某处陷入了沉思。

"现在你明白为什么我对沁子这么紧张了吧？我真不想再遇到第二个刘姿君了，所以你一定要看住沁子别让她想不开……"

"放心吧沁子不会的，就她那点事不至于走到那份上。"红芙不耐烦了。

"我的故事讲完了，你也该说说你的秘密了，日喀则那晚你和沁子到底去哪了？"

红芙淡淡一笑："我哪都没去，就在楼顶看夜景，碰到刀刀聊了一会。"

"你们真的没和沁子在一起吗？"

红芙摇头："没有。"

"她说在一楼洗手间是撒谎，难道她真的进了战队哪个房间？"这个问题困惑巴浩很久了。

红芙淡淡地说："还有一种可能，沁子是跟踪我出来的，看到我和刀刀在楼顶她就躲在天台门边偷听，这样你们也没发现她。"

巴浩心一沉："你们到底聊了些什么？沁子为什么要偷听？"

红芙轻蔑地一笑："这你应该去问她。"

巴浩不死心，非要得到最后的判决，硬着头皮继续问："是不是她偷听到了你们在密谋什么，你和刀刀是彗星的内线？"

"哈哈哈！对对对！彗星给了我十万块请我当助手卧底在你们中间，怎么样，你们是不是打算花二十万策反我？现金拿来，我保证马上背叛他。"红芙摊手伸向巴浩要钱，一脸戏谑。

你可以当她在开玩笑，但事实摆在眼前，红芙和铁骑一样都与彗星脱不了干系，再没有任何侥幸了："那刀刀呢？你们俩真和彗星是一伙的吗？"

红芙还是一脸玩笑的表情："我不知道刀刀是不是，反正我是。"

她承认得如此爽快，倒让巴浩尴尬了。

这时抱着手鼓的刀刀经过，一脸惊喜："哟，你们怎么来了？"

刀刀那根手鼓背绳正是红芙在喜格孜步行街挑的，中国结工艺的背绳和古朴的手鼓相得益彰，刀刀甚至不舍得背在身上，每次搬上搬下都像现在这样捧在胸前，巴浩不知道刀刀珍爱的究竟是手鼓还是因为背绳是红芙的礼物。

"来看你表演呀，我们都是你粉丝。"红芙站了起来，顺手把桌上的插花捧到刀刀胸前，用粉丝的口吻小声喊着，"刀刀你太棒了！刀刀我爱你！"

刀刀那张黑脸唰的一下全红了："别闹了，这个清吧是王超表哥开的，我们每次路过都会来玩玩，凑个热闹。"

"一起喝杯甜茶吧。"

红芙的热情邀请让刀刀占据了对面长椅。

后来的时间巴浩再没和红芙单聊，三个人喝完了两壶茶，红芙和刀刀一直热闹地讨论藏地风土人情，刀刀说了不少有趣的故事，无论他说什么红芙都大惊小怪，尤其对刀刀曾在可可西里的兵役经历感兴趣。

提到可可西里刀刀很是动容："刚转业时我们还没做旅游业，每年六七月份我和王超都会去 G109 当志愿者，那是藏羚羊迁徙的时间，它们会集体迁去卓乃湖生宝宝……"

"那关你们什么事？"

"藏羚羊胆子很小的，它们迁徙路上要经过铁路和国道，虽然铁路专门架设了动物通道，但国道车流量很大，如果没有人截流疏导让藏羚羊们通过，那它们很可能会错过生产时间……"

"藏羚羊为什么一定要去那个卓乃湖生宝宝呢？"

"卓乃湖是藏羚羊的大产房，西藏最后的秘境啊！藏羚羊们每年七月份会迁徙到那里生产，待上一个月再回家，其实那个地方海拔 5000，苦寒得很，到现在科学家们也解释不了原因……"

"好神奇啊！"

巴浩不堪冷落忍不住插嘴："怎么会有这种事，刀刀和王超要赚钱养家的，哪有那闲工夫，人家是编故事呢，连这你都信！"

"信啊，刀刀说什么我都信，让我开心了就行，至于他说的是真还是假，根本不重要啊！"红芙歪着头看看刀刀又看看巴浩，一脸天真无邪。

虽然灯光昏暗，但刀刀那突然羞涩起来不敢再看红芙的表情，还是被巴浩捕捉到了。

巴浩心里一阵难受。

5

一行四人踏着清冷的月色回到酒店，发现战队其他人全坐在大堂。

一见他们进来，奶茶的眼神便落在手鼓和吉他上再没挪开，这两件乐器的背带正是中国结手编，是在日喀则时刀刀托红芙买来，最后却变成了红芙送他的礼物。

巴浩立刻明白奶茶在想这是否跟"心有千千结"的线索有关。

红芙却视而不见:"我们去看他俩表演了,原来刀刀很会打鼓呢,王超的吉他也弹得很棒!"

"我能看看你们的乐器吗?"

说是看乐器,奶茶却来来回回在摸那两根编成中国结的背带。

自从手鼓递给了奶茶,刀刀就显得有些心绪不宁,有一搭没一搭跟众人聊着,眼神却不时往奶茶这边瞟,直到奶茶拿出剪刀对背带开剪,刀刀几乎是扑了过去:"哎你干吗?"

晚了,背带已经一刀两断,断口露出了毛边。

"你过分了吧!"总是好脾气的刀刀脸色变得很难看。

奶茶又飞快地动手剪了王超那根背带,但王超只是身子略动了动,并不像刀刀那样反应强烈。奶茶那钢琴家一般的纤长手指麻利地拆着中国结,语气依然温和,充满歉意:"心有千千结有可能落到这个点上了,如果我错了,我回头会赔你们更好的背带。"

囡囡打抱不平:"刀刀多宝贝它呀,你怎么能弄坏别人的东西呢!"

"我没弄坏他的手鼓啊,只不过是一根背带……"奶茶停下愣住了,一张叠成小方块的纸条从拆开的中国结里飘落在地,那根正是刀刀的背带。

刀刀一脸惊愕弯身去捡,却被眼明手快的黑夜先行抢到。

凭此条到迷途酒店前台领取经幡。

依然是漂亮的手写字,这次换了敦煌遗书字体。很快,一包经幡被纸条置换出来,同时也在经幡里拿到了另一张纸条。

淘汰一名队员战队方可得到下一关任务指示。

这次经幡的数量是9条,战队是10人。

众人炸锅了!

个人队的成员顿时把刀刀团团围住,黑夜厉声质问:"说!你到底是什么身份!迷途酒店是你要带大家来的,纸条藏在你的东西里,而且几次任务密钥都跟你有关!"

刀刀脸色难看地跌坐在沙发里,倒是王超用他瘦小的身子挡在前面,磕磕巴巴地解释着:"不关他的事啊,背、背带是我们刚换的,肯定是被人下了手脚,刀刀你快说话啊,背带是怎么来的?"

刀刀低着头一言不发。

"原来你都是在骗我们！刀刀必须淘汰！"兰陵王愤愤道。

"不不，刀刀不能淘汰……"王超吓坏了。

黑夜冷笑："哟王超你还真是兄弟情深，要不就淘汰你吧？"

王超紧张得说话更结巴了："我我，我不能，我得养家，我都一年没出来跑车了……刀刀，刀刀也不能，他他又没犯错……求求你们了，这个工作对我们很重要……"

刀刀拉住了王超的衣角，摇头示意他别再说了。

巴浩看一眼人群后面的红芙，正好与她眼神对撞，她面色虽然平静眼神却很复杂，那是种与她年龄和表情不相符的复杂。巴浩能看到她内心在挣扎，其实他心里也五味杂陈，在场只有他、红芙和刀刀最清楚背带的来历，那天从步行街购买到交给刀刀也就几小时，如果那时红芙就把纸条塞进了背带，真是预谋很久的一个局。

刀刀是彗星扔出来的牺牲品！

话到嘴边又被巴浩咽下了去。把真相说出来，红芙就会变成众矢之的，非他所愿，可如果不说，刀刀就会成靶子，亦非他所愿。尽管他有时会对刀刀有那么一星半点嫉妒，但是非面前，巴浩仍会主持公正。怎么办？刀刀明明被冤枉了，为什么不解释呢？

"大家冷静想一想！这还是彗星挑拨离间的计策！"巴浩提高声音，嘈杂的讨论被压制了下去，"从大本营密钥开始彗星就在把焦点往刀刀身上移，目的是让他成为大家的靶子，为什么我们不用逆向思维思考呢？彗星越想破坏战队团结，我们越不能让他得逞，否则下一个被淘汰的人很可能是我们自己，到时谁来救你？"

众人渐渐目露犹豫，只有黑夜一脸坚决："游戏比赛不就是淘汰赛吗？BOSS选中谁淘汰谁就该认输！那是他的命！"

"你能保证你赢到最后吗？"

黑夜愣了一下，仍嘴硬地说："八仙过海各显神通，要我没本事拿奖那就认了！"

"还有一条大家别忘了，刀刀是我们的司导，淘汰他我们怎么完成后面的任务？王超一辆车怎么坐两车人？"

王超点头如捣米。

沁子迟疑地说:"那倒不是问题,可以另外租个车。"

"这里是吉隆沟不是日喀则,中途租不到车!"巴浩肯定地说。

"彗星肯定会有解决办法。"黑夜没好气。

巴浩一字一顿地说:"刀刀不能被淘汰,任何人都不能被淘汰!我们战队就是十个人,一个都不能少!"

一直沉默的刀刀感激地看着巴浩。

到这份上只有投票表决淘汰谁了。囧囧、Summer、王超和巴浩投了留下票,黑夜、兰陵王投了淘汰票,一直跟刀刀互动甚好的红芙和沁子竟然都投了淘汰票,让众人不禁咋舌。现在四比四平,最后的决定权掌握在奶茶手里了。

奶茶松一口气:"刀刀不用走了,我这票投给自己,明天一早就带我老婆走。"

此言一出所有人都震惊了,沁子甚至惊呼出来:"奶茶!"

Summer一脸莫名其妙:"老公你怎么了?为什么要自愿淘汰?"

奶茶一直没开口,此时他终于说话了:"巴浩说得没错,刀刀是彗星扔出来转移视线的,反正必须淘汰成员才能继续比赛,我愿意牺牲自己,这样我们夫妻让两个淘汰名额出来,你们拿奖胜算更大。"

刚才奶茶还当众剪背带质疑刀刀,怎么突然间肯为了刀刀自愿淘汰?有问题。巴浩快把头皮挠破了:"先别急,让我去跟彗星谈判不淘汰成员,给我一晚时间吧。"

战队在明彗星在暗,既不确定彗星是谁又没有联系方式,如何才能跟他对上话?当着众人的面,巴浩唰唰唰写下一张纸条:我们不会淘汰任何队员,否则集体退赛。

刚看他写完,黑夜和兰陵王就嚷嚷了起来:"谁说要退赛!你不能代表我们!"

沁子温柔的声音响起:"让巴浩试试吧,说不定这个策略能成功,万一谈崩那只是巴浩的个人意见,与大家无关对吧?"

沁子的话漂亮地撇清了关系。那几个安静了,巴浩被迫点头。

纸条是巴浩硬留在前台的。一场闹腾终于以各自回屋睡觉散场。Summer因为奶茶没跟她商量就私自做了决定,非常生气,气冲冲地先回房了。奶茶疾步追赶出去时,在走廊与红芙相遇,奶茶低了头正想错身而过,就在他们擦肩的瞬间,红芙压低的声音传来:"看来你是想让全世界知道那件事,那就尽管试试吧。"

奶茶顿时浑身冰冷如同掉进了冰窖。

巴浩故意在前台磨蹭了会儿，才往花园方向走，如他所料，红芙在等他。

"淘汰刀刀有什么不好？结盟队少一个人分奖。奶茶可不能走，他要走了游戏就不好玩了。"她的目光如同月色一般寒凉。

"可以拜托你一件事吗？"

"甭想，我不会帮你找彗星的……"

"不，请你捏住我下巴，不，喉咙。"巴浩闭上了眼睛。

现在的时间、温度和暗度都跟日喀则遇袭那晚接近，巴浩想最后确定一次那是不是幻觉。红芙一直没有动静，就在巴浩担心她走掉忍不住要睁眼时，一只冰凉的手伸过来掐住了他的喉咙。当然，她只是轻轻掐住而已。这一次巴浩没有被迷香迷醉，就在她的手触到他脖子的那一刹那，他无比清醒地明白了，睁开眼来："是你。"

红芙平日里表情丰富的脸此刻平静得像冰："嗯。"

"为什么？为什么？为——什——么？"

沉默。

"刀刀一开始就知道你和彗星是同伙对吗？你们收买了他但他跟你们意见不合吧？所以第一晚你袭击了我，他却救了我，一个司导肯定不能让他带的团出事，后来他怎么说服你们的？还请了牛叔来圆谎，戏演得真好。你们一定觉得刀刀很碍事吧，为了踢走刀刀，你们一次又一次把线索指向刀刀，对不对？"

每一次发问红芙不回答，令巴浩心碎地沉默着。

"如果你再不说实话，我就向大家公布我知道的一切！"巴浩越来越激动。

"你和刀刀一起离开吧，明天会有其他司导来接替刀刀。"红芙终于开口了，"游戏会继续的，不信的话，你现在就公布真相，劝他们退赛，看看会不会有人和你一起走。"

巴浩一怔。

她说的是实情，在一千万和他的真话面前，根本没人选择信他。

"既然你想明白了就到此为止吧，现在就收拾行李离开，卫生院有医疗救护车回日喀则。当你没参加过这个游戏，别再惦记那个大奖了，现在离开你就已经赢了。"

"要怎么说你才明白！我不在乎输赢，我想要真相！我要每个人都好好的别出事！"

红芙像看怪物一样看着巴浩，看了半天终于露出一个苦笑，什么不说转身就走。

巴浩急了，脱口而出："刘姿君跟你什么关系？"

红芙整个人僵在了原地。

"她的事我真的很抱歉，你是因为她才来西藏加入彗星团队的吗？不知道另外几个人和她有什么关系……"巴浩最后的希望崩塌了，脑子却空前地清晰起来：小佛堂里供的照片，经幡上的灭罪忏悔经文，串在经幡上的饰物，没能救助刘姿君的司导和驴友，红芙几次提到姐姐时的黯然神情……原来这些都是可以串联起来的线索，那个努力想忘记的影像跳了出来，和在日喀则遇袭那晚小佛堂里摆着的照片重合，清晰起来："天哪，我想起那晚小佛堂供的照片了，是刘姿君！是刘姿君！她是你姐姐吗？"

红芙猛地转身过来，在巴浩根本来不及反应时，她已经闪到了跟前，那只冰冷的手也再一次准确地掐住了他的咽喉部位，只是这次她手上使了劲，巴浩立马干呕起来。

"别再自作聪明！你什么都不懂！"此刻的红芙咬牙切齿，眼里闪烁着恶狠狠的光芒，好像一头狼。

虽然红芙一招制喉，但男女有别，力量差距大，巴浩如果反击，不见得会输，但他决定放弃反抗。全身的血都飞涌而上，就在巴浩快要窒息的一瞬，红芙手指上的力气突然松了，巴浩弯下腰剧烈地咳嗽起来："别赶……我走……我不会……说的……你要干……什么都……依你……只要……所有人安全……"

"我要你退出。"

"现在我更不能走了，如果他们知道真相会吃了你！"

红芙冷笑："你还真是世界警察，连坏人的安危你都操心。"

"你不是坏人，你只是被痛苦折磨得迷失本性了，红芙，跟我好好聊聊，也许我能打开你的心结……"

巴浩试着去拉红芙的手，却被她反手弹开，此刻的红芙像一桶正在燃烧的油："你一个得抑郁症的人有什么能力帮别人打开心结？"

巴浩愕然："你怎么知道我有抑郁症？我有说过吗？"

"你有什么病我都不在乎！你明天必须走！别让我再看到你！"红芙咬牙切齿甩下这些话，快步离去。

6

第二天早上,巴浩和红芙几乎是同时走进餐厅的,四目相对,红芙杀气凛凛,而巴浩却坦然平静,两人全无交流地擦肩而过,默契地分坐在餐桌两角。

如大家所愿,第二天早餐时,前台送来一个牛皮纸信封,是有人用棒棒糖请镇上一个小孩送来的,用这种手法,自然是不想让大家找到他。

熟悉的牛皮纸信封,娟秀的簪花小楷。

恭喜,所有密钥你们都已解码,下一站,请前往冈仁波齐转山、玛旁雍错转湖,5日内完成任务,最后每人在鬼湖边挂一条经幡,届时我们会将拼图奉上,游戏结束。另外,我改变主意了,战队必须淘汰两名成员才能拿到最后一块拼图。祝你们好运。

众人又炸锅了。

这消息一则喜一则忧。

喜的是果然只剩下最后一块拼图,而且不需要解谜密钥,只要完成转山转湖任务就能结束游戏。忧的是淘汰人数增加到两人了,真的是巴浩的谈判惹怒彗星了吗?哪两位队员应该被淘汰?

愣头愣脑的兰陵王发飙了:"都怪巴浩!是他得罪了彗星,他应该和刀刀一起走!"

"我反对!"囧囧旗帜鲜明,"巴浩的纸条好好地一直在前台,如果没有内奸彗星怎么知道谈判内容?根本不关巴浩的事,刀刀也没错,错的是彗星挑拨离间,他就是想看我们自相残杀!"

Summer 点赞:"小姑娘说得对!"

囧囧捅了红芙一肘:"你平时不是很喜欢刀刀吗?昨晚你投淘汰票真的太让我吃惊!今天你不会又黑巴浩吧?"

红芙看着沁子:"沁子姐什么意见?我随你。"

沁子和奶茶对视了一眼,大家的目光也跟着转到奶茶身上,奶茶昨天不是自愿淘汰吗?他们俩口子正好顶上淘汰名额。

然而奶茶今天一脸尴尬:"咳咳,我们不能自愿淘汰了,我老婆不同意。"

沁子松一口气,垂下眼睛,小声却坚定地说:"我觉得应该淘汰刀刀和红芙……"

"什么！"众人又是大吃一惊。

沁子终于下定决心："事到如今我实话说了，他们都是彗星的人，没必要参加比赛拿奖。"

吃惊和意料之中两种表情在不同的人脸上绽开。

王超第一个问刀刀："怎么回事？我怎么不知道？"

刀刀一脸尴尬："我，我……"

"我平时睡眠很浅，但在日喀则第一晚睡得像猪，起床后头还很疼，就像前晚吃过安眠药一样，所以第二晚我倒掉了水杯……"沁子温柔的声音有种让众人平静下来的力量，"果然半夜红芙叫我，我装睡没动，然后她出了房间，我也跟着她偷偷上了楼顶……"

红芙和巴浩交换了一个果然如此的眼神。除了奶茶，其他人均现惊诧之色，包括刀刀。

"你见到了什么？"囧囧将信将疑。

"他们在吵架，刀刀说：'咱们说好的条件不能再改了！否则我现在就公布真相，让他们解散回家！'红芙说：'有些事人算不如天算，我们是没办法才随机改计划的，好了都依你，别生气了……'"

"他们还说了什么！"Summer 震惊地问。

沁子摇摇头："我不敢离他们太近，断断续续听到一些'任务''经幡''密钥'的词，后来雨越下越大，掩盖了他们的谈话，我怕被他们发现就先回房了……之前没跟大家说这事是我害怕，对不起。"

"刀刀！红芙！这下你们没话说了吧？给个说法吧！"黑夜拉长脸瞪着他们。

巴浩抢先解释："不就是彗星请他们潜伏在队伍里负责战队安全嘛，刀刀这个人你们也了解，挣点辛苦钱不容易，他们吵架无非是因为钱，对吧！刀刀？"

所有目光都落在了表情复杂的刀刀身上，刀刀迟疑地正要说什么，却被红芙抢先打断："没错，刀刀太精明了，钱迟给了一点他就要撂挑子了。"

"那你在彗星那边是什么角色？"沁子困惑地看着红芙。

"既然你早识破了我就不隐瞒了，彗星雇了我和刀刀当内应，随时汇报进展，但活动指令也都是临时拿到的，我们知道的不比你们多。"红芙一脸坦然。

"彗星到底是不是铁骑？"沁子问。

红芙叹口气："别的我真的不清楚，我和彗星联系的途径跟你们是一样的。"

"这么大个活动，彗星安排内应进来情有可原，事到如今也没给我们造成伤害，我看就算了吧。"巴浩一心想替红芙开脱。

"不能算了！"兰陵王愤愤地说，"这两个骗子必须淘汰！"

一直没为自己辩解的刀刀突然开口了："我是不会离开的。"

红芙皱起眉。

沁子倒是好脾气地说："游戏玩到这个程度不可能终止，大家各有各的苦衷，也不评判谁对谁错了。刀刀、红芙，要不你们把跟彗星的情况交个底，咱们再决定谁比你们更适合离开，行吗？"

刀刀坚决地摇头，红芙则是苦笑不语。

黑夜冷笑："别费力气了，拿人钱财替人消灾，我要是他们也不会说的。"

沁子叹息："那现在就只能请你们离开了。"

"我有个办法！"巴浩灵光一现，"谁也不用离开，我表个态，我投票淘汰我自己，但我要跟完大家所有行程，我比你们有户外经验，能帮得上忙，而且我不参与比赛拿奖，可以吗？"

众人又大吃一惊。

刀刀立刻接话："我也可以淘汰自己，不参与分奖，但我也要跟完所有行程，这样就够淘汰的两个名额了。我得对你们负责到底，请大家让我参加吧。"

王超着急地踹了刀刀一下："不要啊！你还等着钱……"

"别说了我已经决定了！"刀刀粗暴地打断了王超。

除了红芙脸色难看，这个决定实在太合其他人心意，该揪的内应已经现身，该淘汰的两人也已经定妥，事情圆满解决。至于自愿当跟屁虫和护卫的人，根本没人在意。

"自愿淘汰出局的人自觉点写个承诺书吧……"黑夜不耐烦地起身，"我去收拾行李了，你们也别再磨蹭，赶紧出发去完成最后的任务。"

巴浩这个结盟队的头驴和成员刀刀淘汰出局，只剩下内应红芙和成员囧囧，结盟队便名存实亡，也就自动解散变回个人身份参赛。巴浩拿出那天结盟签下的协议书当大家的面撕碎了，囧囧居然难过得哭了。

出发前巴浩特地去找了刀刀。当时刀刀已经在先行热车，他人坐在驾驶位上，魂却像丢了一样，正看着方向盘，不知道发什么愣。

巴浩略带歉意地拍了拍刀刀："对不起兄弟，我没处理好，让你丢了可能到手的奖金，还让你曝光了。"

刀刀有些意外："我替彗星做事你不怪我吗？"

"有什么可怪的，你尽了做司导的本分，第一晚就保护了我，我还没来得及感谢你……"

刀刀垂下头："别再问那晚的事了，我答应过不说的。"

"我只是想问你为什么要留下来，是不是和我一样想保护大家？"

刀刀吃惊地看着巴浩。

"这个游戏的内幕不管你知道多少？我想说的是，真相并不是大家想的那样美好，现在真的很危险，所有人都有危险，我希望你能和我一起为战队保驾护航，不要让任何一个人出事，特别是红芙。"

最后几个字巴浩加重了语气，他向刀刀友好地伸出了右手，他想要确认刀刀是否存着和他一样的心思。

刀刀略显惊诧地正要说点什么，大部队已经拎着行李杀到了。

无人区

吉隆沟

第五章 身临绝境

格桑花客栈

珠穆朗玛峰大本营

喀什机场

1

半小时后，车队前往北线山区腹地。

一整天的车程，土路、柏油路、烂路全要跑到，从最低海拔 2800 到最高 5215 米，是进藏以来行程最艰苦的一天。

刀刀和红芙身份揭露后明显被孤立了，座位也重新分配了下，黑夜主动要求跟刀刀的车，目的是盯住这辆车的人。她一上车就抢占了按常理应给巴浩的副驾。一路上大家都各怀心事，都沉默着。为了打破僵局，在爬上一个山头后刀刀停了车："大家要不要去吉普吊桥走一走？我们在这里停十分钟吧。"

姑娘们兴致不高地下了车。

"吉普在藏语里是告别的意思，当年尼泊尔的赤尊公主就是在这里和送亲的队伍分开的……"刀刀和往常一样讲着景点传说，战队的人都没怎么理他，他自说自话倒是一点不尴尬。

一开车门，轰隆隆水声入耳，空气中飘散着细密的水分子，这是一座凌空飞架的吊桥，飘然飞跨于峡谷之上，长约 60 米，仅够两人搀扶前行的宽度，桥面至谷底垂直落差超过一栋 80 层大厦，桥上挂满了洁白的哈达和五色斑斓的经幡，湍急的吉隆藏布江从脚下的悬崖绝壁之间奔腾呼啸而过，让人胆战心惊。大家或两人相搀或单独过桥，沁子说恐高不肯下车，巴浩不想近水也是男士中唯一一个没上吊桥的。

姑娘们当中属红芙最勇敢，不光一个人大步流星走吊桥，走到中间时甚至故意脚踩手摇，吊桥在她的使坏下剧烈晃动起来，被王超扶着的囧囧和被奶茶扶着的 Summer 同时尖叫起来。

Summer 怒不可遏地大吼："红芙你有病啊！你想让我们死吗？"

囧囧吓得瘫坐在钢板桥面，发出惊恐的一长串"啊——快停手——啊——"。

"哈哈哈哈！胆小鬼！"红芙停下摇晃，回以一阵大笑。

巴浩站在马路边远远观察，却无比接近地看到了红芙眼中隐藏的愤怒的火焰，她一定希望这座桥现在断掉，可她为什么这么恨这些人呢？猛然间，巴浩想起去年和刘姿君也曾经到过这个桥，当时刘姿君在桥上伫立了很久，虽然时隔一年，她那悲伤的神情还历历在目。巴浩的身体不受控制地颤抖起来，知道红芙和刘姿君的关系之后，他对红芙产生了强烈的歉疚，不管有什么样的理由，他没能救回她姐是铁一般的事实，他对不起红芙。虽然红芙和刘姿君个性不同，可一样正在失控，走向深渊，这个深渊还很有可能会拖所有人下水。

这次他无论如何要阻止悲剧发生，他必须跟红芙谈谈。

在吊桥上拍照逗留片刻后，全员返程，红芙是最后一个折还的，她站在桥中央，朝吉隆藏布江上游默默祈祷了一阵儿，见巴浩一副我有话跟你说的表情，她加快脚步，和他擦肩而过，半分钟都不肯给他。

囝囝一直试图盘问两个卧底，但刀刀总是顾左右言其他，红芙干脆装睡。一辆车的五个人，分了两个阵营，全程无交流，这算什么事儿啊！

沿着吉隆藏布江逆流而上，慢慢离开群山环抱，绿色植被越来越少，雪山越来越近，车队一路在戈壁滩上飞驰。和前些天沿途不时能看到村庄民舍不同，他们开始感受到无人区的苍茫，有时跑很久连个洗手间都没有，只能下车就地解决，以公路为界，男左女右。

从河谷、草场、戈壁再到沙漠，越向西环境越恶劣。坑坑洼洼的土路变成了柏油路。进入帕羊草原地界，国道在草场腹地上笔直伸向天际。一望无垠的草场线上散布着巨大的黄灰色沙丘，而且越往西沙丘越来越多，车驶之处，偶尔看到远处有横风裹挟着沙尘在飞舞翻滚，囝囝一见就大叫起来。巴浩告诉他们，这些沙丘是在春冬旱季时节，马泉河裸露的河沙被西风吹送堆积形成的。

"我们的绿地就是这样被一点点沙化的吧？"黑夜凝望着那股沙尘暴不寒而栗。

"所以才要治理啊！"刀刀接话。

黑夜终于和刀刀聊开了，和很多第一次进藏的人一样，黑夜对藏族葬礼非常感兴趣，形式、费用、过程，事无巨细都打听不休，听完便若有所思："我们汉人，地方越小、文化越低的人就越喜欢在葬礼上搞形式主义，跟藏族人比较起来真是太想不开了。"

"是的，藏族人讲究以身还身，把肉体还给供养他们的大自然，所以他们没有坟墓，只有供灵魂停靠的驿站——玛尼堆，藏族人一生都在修行，修到最后修的其实都是生死观……"

"这种生死观真是让人着迷……刀刀，你有想过将来你的肉身怎么告别这个世界吗？"

这种问题很唐突，但刀刀毫不介意地笑着："那就要看我在哪儿倒下了，倒水里就随水漂了，倒火里就放火烧掉，原则是不给别人添麻烦。要是有人还会想我，就转转山、转转湖好了。"

黑夜点点头："嗯！你真豁达。"

这是黑夜第一次跟人说话如此平和。巴浩心想：女人真好奇，关心这些不搭界的生活方式做什么呢？忍不住插话道："刀刀，我怎么觉得你越来越不像个司导呢？"

"那你觉得我像做什么的？"

"你啊！应该是个高僧！黑夜呢，应该是个巫师！本质上其实你俩跟传销组织一样，有给人洗脑的能力！"

"看来装高深真是个技术活啊，不大适合我，要不我还是带大家去唐卡博物馆吧？"刀刀又没正经了。

"哈哈哈！"一场大笑化解了大家之间的隔阂。

大家聊得热火朝天的时候，红芙始终目不转睛看着窗外，仿佛那苍茫的景色也卷走了她平时的笑容。哪怕控制自己不去看她，巴浩满脑子也全是红芙，这个磨人的家伙，什么时候让一次游戏变成走心了呢？

翻过5211米的马攸拉垭口，走过马攸拉大桥，正式进入了北线地界。

温度不算太低，但天色由灰转黑竟然下起了冰粒子，打得车窗啪啪直响，伴着冰粒子的敲击摸黑前行，到后来几乎无法看清前路，速度也只能放慢，晚上10点才到达一个小镇。入夜的小镇已经没亮几处灯，好不容易才找到一家拉面店，匆匆扒了几口赶紧找住宿，仅有的几家旅馆居然没有一家有那么多客房，只能把所有人安排进一间上下铺大通间。

招待所没有自来水，只有走廊里一个装满水的大塑料桶，用水只能用瓢舀，热水只能有热水瓶，洗澡是别想了，电也是12点就停了。厕所在住所之外的露天简易棚，一想到摸黑去冰冷的室外，姑娘们连水都不敢喝，招待所的卫生条件更是一塌糊涂，黑夜恨不得像小龙女那样挂根绳子睡觉。

仅仅一天工夫，他们从天堂般舒适的温泉酒店沦落到了条件恶劣的招待所，刀刀一脸抱歉地告诉大家，北线地区就是这般艰苦，后面几天的吃住行条件更差。

直到这时，巴浩背来那些土豪装备终于派上了大用场，防潮垫、木乃伊睡袋和充气枕，可以把他完全隔离在寒冷和肮脏之外，姑娘们都羡慕地围观巴浩给枕头和床垫充气。

囡囡叽叽喳喳："哎哟！这个枕头太方便了，我回去第一件事就是要买一个！8号你回头把链接发给我！"

黑夜也酸溜溜地说："你这是把整个家都搬来了吧？怎么不带个厨房来啊？"

Summer 捏捏睡袋按按防潮垫，虽不说话却暗暗认可。

巴浩没有理会她们，整理好铺盖立刻抱到了红芙的床位。

红芙正用湿纸巾擦脸，不解地说："干吗？"

"给你用的。"

巴浩在路上就想好了，不管红芙是什么目的，也不管和他会走到什么程度，他都要在这个旅程里尽可能照顾她。他是真的喜欢上她了。这些念头出现时，她就和他相距只有几十厘米，但却咫尺天涯。从来没有一个姑娘能让他这样的束手无策。

"哎哟！哎哟哟！你这也太偏心了吧！就算你要当绅士，五个女生为什么只给红芙用啊！"囡囡在他们身后大惊小怪地喊着。

"这你还看不明白吗？谁在巴浩心里最重要，铺盖就给谁用。"黑夜接话。

男人们都会意地窃笑，囡囡拉长了脸，其他女人也多少有些不快。

然而红芙平静地看了巴浩一眼："谁要用谁用，反正我不用。我这种人平时糙惯了，招待所的被子就挺好。"

红芙的意思很明显，别以为一个吻就可以对我宣示主权，别以为掌握了我的秘密就可以要挟我，我不是你的人也不需要受你恩惠。

这打了巴浩一个措手不及，他尴尬地走近，压低嗓子说："我没别的意思，就想你睡得舒服点……咱们出去聊聊吧？"

"不去，外面太冷。"

"你知道我有重要事情跟你商量。"

红芙提高声音："谢谢头驴照顾女同胞哈！沁子身子最弱，还是让她用吧。"

结盟队已经解散，巴浩现在甚至是不拿奖的编外人员，听着头驴这名称，巴浩心里一阵刺痛。

沁子这时已经和衣坐在被窝里发呆，突然被点名赶紧摇头："不要不要，我已经睡了，我就盖这个。"

巴浩有点恼了，把铺盖抱起来往囧囧的铺位放："那就给囧囧用吧！"

"她们都不用了才塞给我吗？我偏不要！"囧囧受伤地瞪了巴浩一眼。

巴浩更尴尬地愣在原地，那一刻真想钻地缝。

Summer 倒是很想要那套铺盖，可她和巴浩并不亲近实在张不了嘴。她朝奶茶使了个眼色，奶茶却装没看到。

幸好黑夜过来解了围，一把将铺盖拖抱在手里："那就给我用吧，谢谢头驴，今天你好绅士啊，对女同胞真是关怀备至。"

黑夜分明是明夸暗踩，把铺盖让给她，巴浩一百个不情愿，不由沉了脸："你不是嫌我脏吗？"

"脏也是相对的嘛！你的铺盖比招待所的可干净多了。"黑夜一脸捉弄。

兰陵王再也控制不住笑出了声。奶茶瞪了他一眼，兰陵王赶紧解释："我刚看到一个笑话，咳咳是在报纸上看到的，巴浩我不是说你！"

没有什么比这句拙劣的解释更伤巴浩了。巴浩一个跨步到了自己床边，拉开被子把自己从头到脚一把蒙住，被子里有股陈年的异味，也比待在外面受气强。

2

风、黄沙和冰粒子呼啸了一夜，第二天居然又晴空万里，早起洗漱时，巴浩看到王超张目结舌地仰望天空，顺口问："怎么了？"

"太阳神！"王超声音沙哑地大喊着拜倒了下去。

巴浩抬眼一看，惊呆了。

招待所的东面是一片低矮的民房，远方是积雪的冰峰，晨起的太阳刚刚从雪峰上方露出脸，发散着耀眼的光芒，奇怪的是今天并非独阳，在太阳的上左右三方各有一个光芒四射的光源发射点，一大三小四个太阳被一个神秘的光晕接连起来，形成一个巨大的半圆弧，又好像一只巨大的眼睛从天堂凝视着人间。

"太阳神！太阳神！"几个路人也注意到了，欢呼起来。

战队的人听见动静，全跑了出来，目瞪口呆。

"海市蜃楼？"红芙手举刷牙杯，肩搭毛巾路过。今天她心情不错，似乎把她和巴浩之间的剑拔弩张和情意绵绵完全抛诸脑后了。

巴浩余怒未消，对红芙却狠心不起来："他们说是太阳神，其实这是幻日。"

"什么是幻日？"在离他们几米远的地方，囝囝举着相机拍个不停。

奶茶在那边回答："那是一种大气光学现象，现在我们肉眼看不到，在雪山那边肯定有一些半透明薄云，那里头会有许多飘在空中的六角形柱状冰晶体，偶尔它们会整整齐齐地垂直排列在空中。当太阳光射在这一根根六角形冰柱上时，就会发生非常规律的折射现象。"

"哇！奶茶你好厉害！"沁子竖起大拇指点赞。

几个陌生游客也聚集过来听奶茶讲解，只有王超反感地瞪着奶茶："这是太阳神的眼睛，吉祥的征兆！"

"对对！太阳神的眼睛，这是个特别好的兆头，预示我们会顺利完成任务……"补救工作终于让王超的不满转移，奶茶这才压低声音对囝囝说，"不能说幻日啦！"

大概因为老婆没出来，奶茶和那堆人扎堆闲聊着，颇有智者风范。

巴浩看着那堆人皱眉，红芙却在看他，狡黠地笑："本来那应该是你的风头，不好受吧？"

巴浩被戳中心事，又恼又羞："我是那么肤浅的人吗？"

红芙凝视他一会："你是。"

红芙发出一串哈哈大笑，巴浩也被她气乐了，凑近她故作凶狠状："再笑，再笑我就把你就地正法！"

他靠红芙靠得有点太近了，近得差点就要亲到她脸上去，虽然这会儿大家的注意力都不在他俩身上，也还是吓了红芙一跳，她本能地弹跳到1米开外，摆了个跆拳道起势。

巴浩立刻举起双手："你赢了，别踢我。"

红芙大笑跑开。

巴浩心情好多了，正回味着红芙的笑转过身来，却被黑夜冷冷一棒："别忙调情了，你没觉得不对劲吗？"

"她没什么不对劲，就算她是内应你也别用有色眼镜看她。"巴浩本能地维护红芙。

黑夜瞪了巴浩一眼："我是说这一路，少见的天象都让我们赶上了，珠峰的星海，进北线第一天就看到幻日……"

"那说明我们人品好，运气好啊！"巴浩不以为意。

"啧啧啧，你太幼稚了，根本没有头驴的素质和高度。"

巴浩刚转晴的心情又变糟了："你不就是想当老大吗？奚落我一个编外成员有意思吗？"

见红芙走开，奶茶这才踱步过来，半是安抚半是质疑地说："别生气，黑夜不是那个意思，天象异常确实值得思考一下，是不是吉祥征兆不好说，我倒是担心天气会变差路上有危险……"

"天气？"巴浩一怔，"西藏的确还有两三周就进入雨季，到时冰雪融化可能会造成洪流，但现在完全不必担心。"

刀刀也接话："转山需要两天，转湖一天，返回日喀则还需要两三天，彗星本来也计划在雨季到来前结束行程……再说西藏的路你们也看到了，修得非常好，就算是雨季，我们在安全地带也不怕的。"

"你就不能痛痛快快把彗星的计划全告诉我们吗？"奶茶忍不住了。

刀刀一脸讨好的笑："你就别为难我们办事员了，总之，只要有我在，就保证大家安全完成任务，行吗？"

有刀刀的权威鉴定，也便没什么可讨论的了。

满怀心事的巴浩在早餐店向大家摊了牌："现在我们的游戏任务只剩下最后一关，虽然大家都是以个人身份参赛，但我觉得战队还是要有一个头驴，先完成转山转湖的任务，最后再各凭本事拿最后一块拼图，高原户外活动没有组织和计划容易有危险，你们没人想把命丢在西藏吧？哪怕为了一千万也不值得。"

红芙深深地看了巴浩一眼，巴浩顿时感到寒冰逼近一般的凉意。

大家在跟一堆高馍搏斗，一听这话都停了下来，这次巴浩都说到大家心坎上了，奶茶更是连连点头："巴浩，还是你来当头驴吧，我们都没户外经验。"

"不，我已经是不拿奖的编外成员了，事实证明我也缺乏把握大局的能力，你们另外选个队长吧。"

奶茶拍拍他的肩："你还在生黑夜的气吗？男人怎么能生女人的气呢，那是误会……"

巴浩郁闷地说："我没赌气，让黑夜来当头驴吧，她脑筋清楚又最冷静，她比我适合。"

黑夜冷哼一声："我可不想当头驴，除非让我独得大奖。"

好几个人一怔，只有兰陵王直愣愣地说出来："那可不行，大家各凭本事拿奖，凭什么你独吞？"

黑夜这话倒把巴浩点醒了，黑夜就是那种不服管但也不愿管人的搅屎棍，来回干的都是损人不利己的事，谁当头驴谁倒霉。巴浩把目标转向了奶茶："那我提议奶茶当头驴，他是我们当中杂学最多的人，智商可以和彗星一争高下。"

"他能行吗？"Summer 皱眉看着奶茶，一脸怀疑。

第一个被老婆质疑，奶茶尴尬了。

"我看行！这个提议我支持！"沁子倒是很捧场地举起了手。

沁子这一带头，囡囡、王超、巴浩和红芙也先后举起了手，兰陵王犹豫了一下也举起了手，刀刀专心在吃面，还是被王超推了一下才举了手。现在只有黑夜没表态了。

奶茶受宠若惊地站了起来："哎呀！我怎么能当战队领袖呢？不行的，我没那个威望……"

傻瓜都看得出来，这是奶茶在自谦。不过说这话时，他一直看着红芙的脸色，而不是唯一一个没举手的黑夜。奶茶是真想当头驴，只有让这支队伍听自己的话，才能在关键时刻对付这个小姑娘，但红芙竟然赞同他当头驴，究竟在盘算什么呢？

此刻红芙的左手还举着，右手却拿筷子专注地挑一碟凉拌菜里的辣子，奶茶还没想好怎么才能从她那里把那张足够毁灭自己的照片删掉，现在得稳住她。

巴浩决定再帮一把："黑夜表个态吧？我们都推举奶茶当头驴。"

黑夜啃了一口馍，含糊不清地说："别假惺惺了，谁爱当谁当，只要让我拿奖就行。"

"那后面的行程听奶茶指挥了，欢迎队长！"心里虽然有点酸，巴浩还是带头鼓起了掌。

奶茶向众人一一颔首还礼："多谢大家支持，多谢多谢，我一定鞠躬尽瘁，死而后已……"

巴浩刚喝了一大口面汤，听到这里差点没把自己呛死，众人大笑起来。

只有黑夜没笑，她吃完便起身，起得太快，胸包被长椅上的一颗钉子挂住，撕开一个大口子，包里叮叮咣咣掉出一大堆东西，滚得桌上、地上到处都是。

离她最近的巴浩看得清楚，从包里掉出来的东西除了酒精喷液、保温杯和环保碗筷，还有上次她答应转交给红芙的户外刀，以及一个敞着口的小收纳包，不过那里头装的可不是一般女人随身的化妆用品，而是一堆杂物：一只没有后塞的白金耳钉，几串不同石种的手链，有碧玺有青金石有南红，三块不同品牌但并不贵重的男式手表，比较可惜的是一只看上去成色不错的翡翠镯子，直接被摔成了两截。

大家总算明白黑夜总把手揣在包兜里是在摸什么了，它们有可能是一个单身女人的心爱家当，也可能是有特殊意义的纪念品。

巴浩蹲下去想帮黑夜捡东西，却被她大喝一声："不要动，我自己来！"

看到摔成两截的镯子时，黑夜的脸抽搐了一下，但马上把东西扫进已经开裂的胸包。店主拿了针线给黑夜，黑夜穿针走线把胸包破口处缝好，立刻挂好胸包出去了。折损了一只价值上万块的玉镯，这对哪个女人都是大事，竟然一点没看出黑夜心疼。

3

饭后关于行程的讨论巴浩便借口上厕所躲开了，无官一身轻，就让奶茶去烦恼吧。话虽这么说，他心里还是有些失落。他走去加油站上了公厕，一出来，却看到了一个熟悉的身影。

加油站对面有一家早餐店门口，铁骑背着他的大背囊，正在买早点，虽然铁骑用魔术头巾把脸裹得严严实实，巴浩还是从那个熟悉的背囊认出了他。

铁骑一直跟着他们！

巴浩心里一惊，正想要不要告诉头驴，犹豫了一会再看，铁骑已经消失在早餐店门口了，巴浩以为自己看错，还特地去问店老板，刚才有没一个铁骑这般打扮的人来买早餐。

老板点点头："那个人刚上车走了。"

"上车？上的什么车？"

"好像是一辆很旧的吉普车，迷彩色。"

"他一个人吗？"

"不知道，没注意。"

巴浩不死心地说："他买的是什么早餐？"

"一杯豆浆两个包子。"

巴浩明白了。铁骑买的是一人份早餐，证明他没有同伴。巴浩决定暂时不把看到铁骑的事告诉大家，虽然不愿意承认，其实他已被战队边缘化了，巴浩想要保护他们，就要以退为进。

自我淘汰和不当头驴都是化敌为友的开端。

这是一群多有意思的人啊！即便有些人看上去见利忘义、各怀鬼胎，却是巴浩生平第一次如此接近别人真实的灵魂，不知道这些灵魂后面都有着怎样的底色呢。

这天行程没有悬念，走国道去冈仁波齐，争取一天内赶到风景区内的塔钦镇落脚，在哪儿休整一晚以便第二天出发转山。刀刀说镇上虽然全靠发电，但有能洗热水澡的客栈，姑娘们顿时从要在茫茫戈壁里赶一整天路的沮丧情绪中缓了起来，真不知道这帮恋家的人是如何下决心出来流浪的。

当然，原始驱动力还是那价值一千万的古董烛台，现在大家离它越来越近了。

所有人以奶茶为中心，在热烈讨论着，只有刀刀注意到巴浩回来了，笑眯眯地迎上来："咱们今晚住哪儿好？是冈仁波齐大酒店还是索朗大叔家？大酒店是景区设施最好的，但同样有晚上断电断热水的问题，索朗大叔是家民宿，房间小点，但全天有热水，还可以在他家搭伙。"

"这事你得问头驴啊！我已经是编外啦！"巴浩挺感激刀刀还给他留着面子。

"他们都没去过，还是你有经验嘛。"

"不在其位不谋其政，别让新队长不开心了。"

奶茶听到他们对话赶紧补充道："不会不会，还是要跟你商量的，你永远是荣誉领队嘛。"

虚伪！巴浩强笑道："我的意见是都行，你们决定吧！我先上车眯一会儿，昨晚没睡好……"

巴浩爬到后座，靠着车窗假寐。他真不知道一条没有岔路的路线为何讨论这么久，就在他心烦意乱，按下车窗透气时，一辆迷彩色老式吉普车从他身边驶过，刚好司机往他这边看，虽然隔着一层布满泥尘的车窗，巴浩还是和那司机的视线撞了个正着，两个人都吃了一惊。

只是一秒钟的对视，巴浩却看得再清楚明白不过，那是铁骑。

铁骑果然还在他们附近，他到底想干什么？

巴浩下意识喊了出来："哎！"

然而铁骑一脚油门，飞驰而去。

"你见鬼了吗？"

红芙不知什么时候打开了另一边车门，站在车下奇怪地看着巴浩。

"呃……你猜。"巴浩不想说实话，只能耍无赖。

红芙果然撇了撇嘴："不说拉倒。"

巴浩叹了口气，红芙怎会理解他这份护花使者的心意呢？

今天天气依然很奇怪，早上的幻日持续了十来分钟之后便消失了，进藏以来，不管晚上怎么刮风下雨，都不曾在白天缺席的太阳，大概是因为这场幻日燃烧过头，躲进云头休息去了。越深入北线腹地，天气越阴沉，不时还下一场急雨，虽然时间并不长，但每次都很狂暴，雨点噼里啪啦，跟豌豆一样砸在车窗上。

下午五点，在离塔钦镇只有十来公里车程时，突然前面的车都停了下来，堵车了。

今天车不算多，刀刀和王超在堵车队伍的最后，他俩跳下车跑去队伍前面打探消息，十分钟后脸色难看地回来，带回了一个糟糕透顶的消息。

通往冈仁波齐的隧道刚刚塌方了，被巨大的泥石流堆满，由于这条路是唯一要道，已经没办法通行，抢修完最快也要两天，前面堵住的车不少已经掉头，准备返回小镇休整或另外计划行程了。

战队的人都围到了刀刀车旁，七嘴八舌。

"怎么会发生这么严重的事故？"

"不知道，幸好没有伤亡事故，要是我们开快一点刚好到那个位置就惨了。"刀刀心有余悸。

"那怎么办？我们必须明天开始转山才能完成任务，不然就要错过彗星给我们限定的时间了啊！"囧囧一脸着急。

"红芙，刀刀，你们跟彗星联系一下吧，相信他会理解我们，再推后几天的……"

红芙和刀刀对视了一眼，刀刀不再犹豫，从他那条全是裤兜的徒步裤里掏出了一个手机。因为雇佣军身份已暴露，刀刀还有另一个没上交的手机是意料之中的事，大家都沉默地等待着。

开机，等待，刀刀发愁地抬起头来："这地方本来就是信号很差的山区，塌方可能损坏了线缆，一点信号都没有，看来只能……"

黑夜糟心地说："不能推后，我的年假只有十三天，不可能在这里逗留，我要往前走。"

这是黑夜第一次透露出她是个上班族，众人敏感地都看了她一眼。

沁子叹口气："我得尽快回家了，有很多事情要处理。"

巴浩和黑夜的眼神同时落到了沁子的肚子上——沁子最着急回家处理的是肚子里的孩子吧。

Summer 也皱起眉："我也不可能再请假了，13 号我有个重要会议必须赶回去……老公，不行咱们现在就回日喀则吧，我又感觉不舒服了……"

Summer 昨晚感冒了，不时干咳两声，因为她一贯矫情，并没有其他人过问。

奶茶看一眼红芙，欲言又止一脸为难："老婆，我不能扔下大家不管啊，都走到这份上了，实在不行的话，要不给你找个别的车回去？"

Summer 把脸一沉："不可能。我们一起出门就得一起回家。"

"最近的机场也要通过这个隧道到噶尔，不然只有开车返回日喀则，安全起见的话……"刀刀征求意见地看着红芙。

红芙坚决地摇头："回去就前功尽弃了，你怎么跟老板交代？"

刀刀和红芙对视一阵，败下阵地沉默了。

兰陵王也急了："我也得回去上班了，就请了十二天假，不然要被开除了。"

"为了拿奖你就换个工作呗！"黑夜怼了一句。

"那你怎么不换？"兰陵王也没好气道。

黑夜居然没回怼，而是显得有些落寞："一个萝卜一个坑，我们单位少了我可不行。"

巴浩在车前车后找了好久也没发现铁骑的车，如果他也在这里被堵就好办了，他就能代表彗星方做出决定。巴浩看红芙也是一副没了主意的模样，心想她可能也是在等铁骑，于是拐了个弯问："红芙你的打算呢？"

"我一穷学生，反正已经逃课了，大不了再多逃几天，要不我们返回小镇，到有信号的地方请示彗星怎么办吧？"

巴浩暗松一口气，至少红芙不是彗星团队的指挥官，因为遇到意外情况她不能做主，也许事情就没他想象的那么糟糕。

"往回走又是一整天才能到小镇，如果过两天还得去转山转湖又得跑这儿来，天哪！我要疯！"囡囡在原地跺脚，"刀刀，你不是说离神山已经很近很近了吗？能不能徒步过去？"

"这是通往冈仁波齐最长的一个隧道，也是唯一能到达的车道，有差不多5公里，这条车道被泥石流封了，想过去，就只有徒步翻过这片山区才行。"刀刀发愁地仰望前方的崇山峻岭。

"难道就没有别的办法去冈仁波齐了吗？"囡囡快急哭了。

"有。"

刀刀一句话让所有人眼睛亮了。

"要是有直升机就好了，也就是越过几座山头的事。"

众人失望地发出了"切""我去"的声音。

一直没说话的王超犹豫地说："其实……还有一条路可以走。"

"那马上走啊！"众人又来劲了。

"哪有？怎么我都不知道？"刀刀一脸惊讶。

"在修国道之前还有一条县道，国道修好之后就被荒了，那是条土路又比较窄，以前是给拖拉机和摩托车跑的，前年我给一帮玩攀岩的人做后援还进去过，坑坑洼洼了点，我们的车勉强能走，只是比国道要多跑一段路。"

众人脸上都露出了惊喜的表情。

奶茶扫视一眼，看样子不用投票表决了："那就赶紧出发早点完成任务吧！"

Summer剧烈地咳嗽起来，奶茶赶紧递上一盒喉宝，柔声道："老婆你再坚持几天，我们很快就能回家了。"

虽然一脸不情愿，Summer还是闷闷不乐地"嗯"了一声。

王超的车带头拐下了国道，在茫茫沙丘带起一道黄色尘烟，多跑二十多公里，其实也就是高速公路上的一小会工夫，山路顶了天的一两小时而已，已经快六点了，从小镇虽然买了些糌粑、馕和牛干巴之类的干粮，但连吃两天真是吃腻了，大家都迫切地希望得到一口热饭菜。

在他们两台车拐下国道的当口，一直在留意前后车辆的巴浩看到后方堵车队伍里也有一辆跟着拐了下来，那是辆被尘泥糊得不像样的迷彩色吉普车，早上它刚跟巴浩打过照面。不用说，铁骑跟过来了。

要不要提醒大家呢？铁骑来了就不用再纠结战队走向，但到底彗星和战队是两个阵营，在这荒郊野岭，铁骑只有红芙和刀刀两个帮手，万一到时冲突起来，巴浩应该帮谁？

怎么办？

纠结中，国道已经在视线里消失了。王超的车在前面带路，驶进了一个山坳，这里长满了低矮的黄青草丛，不熟路的人还真看不出原来是条车道。

这时囝囝已经发现了跟来的吉普车，还傻乎乎直乐："你看后面有辆车跟过来了，就不怕我们把他带沟里去吗？"

铁骑的车还有100米远，他们看不清司机是谁。

黑夜后望一眼，不以为意转回了头。红芙也回望了一眼，这时已换到后座中间的巴浩正看着红芙，然而红芙只是瞟了一眼就平静地转身，当她注意到巴浩的眼神，突然伸手朝巴浩的脸部探来。

那一刻囝囝还在举着相机拍窗外的景色，黑夜的手伸在胸包里抚玩她的宝贝，刀刀在紧张地注意路况。

巴浩脑子一片空白，下意识捂住自己的咽喉——她又要来一招锁喉？

然而红芙只是在他脸上轻轻摸了一下，像春风拂过水面一般，他心里荡起涟漪，然后她用食指在他唇上轻轻按了一下，比了个噤声的动作，她嘴角挂着一个狡黠的笑，无声地对他说了一个字：乖。

巴浩明白红芙的意思，红芙是在用女人的小伎俩安抚他，让他乖乖听话不要乱讲话，这个抚摸跟那晚的热吻一样，都是蝎子蜇人之前的甜蜜炸弹而已。巴浩又感觉到了嘴唇在火辣辣地疼，那晚她不光咬了他还踢翻了他，带着一种咬牙切齿的恨。

可是怎么办？巴浩就是吃这一套啊，而且被她的突冷突热吃得死死的啊！

4

王超的车因为轮胎陷进沙地不得不停下来时，巴浩正昏昏乎乎沉醉在温柔乡中，刚才红芙悄悄伸手过来和他十指相扣，那双比其他女人更小一号的滑嫩小手那样热热地、紧紧地贴着他的手心，仿佛生怕下一秒钟就会失去他一样，把他这几天来连续被风刀霜剑的心暖得热烘烘的。

王超是太着急赶到目的地了,不小心陷进了路边沙地。他取下随车铲铲了会沙,但没啥效果,老司机栽在了新路况,他们一直在群山之间的峡谷里行走,山路狭窄,只容一车通行,要么找块板子把王超的车架起来开上去,要么就得让刀刀用绳子挂住王超的车往后拉出来,有些麻烦但对老司机们没啥难度。

所有人都下了车,巴浩看了下手表,海拔3812米,气温14摄氏度,体感较凉。

"这车没自救绞盘吗?"巴浩问王超。

"自救绞盘是什么?"红芙问。

"是在车保险杠下的一个电动装置,拉出来挂在固定的坐桩或者树上什么的,然后启动绞盘就能把车拉出来……"

巴浩立刻住嘴了。这个海拔,如果在林芝地区,一定长满茂密的植物,然而北线地区苦寒,这里只有东一堆西一堆的杂草丛,别说没有像样的大树可以借力,连一根可以拿来当架板用的树枝都找不到。路的两边是黑黄交杂的砂石山崖,因为被群山围住,虽然这里要到九点多才日落,此时却也已经天色暗淡下来了。

"王超,还有多远能从这片山区出去?"刀刀问。

"几公里,这个地方像一个大花瓶,现在我们在脖子上,等穿过一个花瓶肚子就能出去了……"

"看来只能拆几块地垫当架板,大家一起动手推车了!要赶在天黑前出山区!"刀刀走向自己的车。

这时铁骑的车也已经跟停在后方,令巴浩大吃一惊的,铁骑竟然下了车,背着背囊走过来:"车坏了吗?要我帮忙吗?"

除了巴浩和红芙,其他人都一脸惊讶。

"铁骑!怎么是你!"

"铁骑你到底是不是彗星?今天这种意外状况你也看到了,能不能改别的任务啊?可以改去纳木错,纳木错不也是圣湖吗?"精神一直萎靡的Summer一见铁骑像找到了救星。

铁骑蹲下去查看车况,面无表情地回答:"这我可做不了主,彗星布置的任务你们要是完不成就算自动弃赛了。"

"谁不想去转山赶紧淘汰!丑话说在前头,现在是特殊状况,那个每关开始后任何人不得退赛否则算全队退赛的规则可不能作数!"黑夜愤愤地接了一句,"铁骑,刀刀,红芙,你们几个彗星的人正好见证我完成任务,到时我拿大奖也拿得名正言顺！"

刀刀从车里把地垫都抱了出来："等会再聊吧！男同胞一起把车弄出来，女同胞们请下车活动活动吧！"

在车上闷了一整天了，虽然有些凉，谁也不愿意拘在闷罐子般的车上，囡囡悄悄问了声"要不要上厕所？"，一下子得到了女人们的赞同，当然，这里哪有什么厕所，只能是尽量走远一点离开男人们的视线，躲进杂草丛里解决。而男人们把几块地垫塞在轮胎前，王超去点火开车，奶茶继续铲沙，其他三个男人都站在车后准备一起推车。

傍晚的山谷格外寂静，静得能听到风从耳边呼啸而过，其实风力不算大，只是在狭长的山谷里声音被加倍放大，连王超发动引擎也显得很惊人，声音在整个山谷回荡着，带着轰隆隆的混响回声。

"兄弟们，一二三，加油！"奶茶一手拎着车铲一手推车，大声喊着号子。

"一二三，加油！"男人们一起跟着大声喊起了号子，王超的车被推得往前动了一下。

这时巴浩听到了一种奇怪的声音，如果非要找一种比喻的话，他觉得像是远方来了一个蚂蚁军团，每一只蚂蚁的脚步虽然微小，但一起喊号齐步前进却有雷霆之势。

"怎么了？为什么不一起推车啊？就差一点了！"奶茶不悦地看着突然放手的巴浩，在男人们都使出全身力气推车时，偷懒的人是被鄙视的。

"好像有什么声音……"巴浩竖起耳朵听着。

"哪有？"奶茶脸色更难看了。

异声消失了，是幻觉吗？

"兄弟们，一二三，加油！"奶茶又开始喊号子了。

"加油！加油！加油！"男人们再次跟喊了起来，一声比一声加大，响亮的号子回荡在山谷间，带着长长的回音。生活在都市森林的他们很久没有过这样的体验，兴奋地喊着。王超的车打着空转又往前动了一下，但还是没有爬出坑。

异声再次响起，而且这次巴浩听到的不再是蚂蚁军团，而是轰隆隆、哗啦啦，就像远方的天边响起了电闪雷鸣，这回其他人也听到了，都停了下来张望着。

一块小石头滚到巴浩脚边。又一块较大的石头砸着了巴浩的背。巴浩转身捡起它，顺着它滚来的方向往上一看，惊呆了。

就在他的左侧，砂石垒堆的山坡上，有许许多多大大小小的石块砂粒正在欢快地向他跑来，而且数量越来越多，速度越来越快。巴浩惊恐地看向右侧，同样的情形如此。

"天哪！泥石流！王超快点火！我们赶紧把车推出去！"巴浩喊道。

然而一个更高的声音盖过了他，奶茶惊恐地喊了起来："泥石流！大家快跑！"

奶茶带头，兰陵王随后，铁骑犹豫了一下也第三个开溜，他们如离弦之箭一般溜了，只剩下刀刀和巴浩还在咬牙切齿在推车，王超在前座急得快疯了般在点火。而已经在泥石流射程之外的女人们也在前方发出了惊恐的尖叫，其中以Summer的声音最大，她带着哭腔的尖叫声回荡在山谷："老公快跑！"

"巴浩快跑啊！泥石流会把你们埋了的！"奶茶边跑边回头大喊。

"刀刀！王超！巴浩！快回来！"

女人、男人和泥沙飞下的声音混杂在一起，整个山谷尘烟滚滚，像炸开了锅。

一次点火，两次，三次……车最开始还动一动，到最后巴浩和刀刀已经快虚脱了，王超的车还是没能从沙里爬出来。

刀刀瘫在了地上，绝望地回看夹在两车中间的他的车，两边的泥石流越来越急，飞扬的尘烟已经快把他们吞没了。

巴浩咬牙扶起刀刀喊道："别管车了，快跑！"

刀刀如梦初醒，赶紧爬了起来，两人一起跑向车头拉开前门，王超还在浑身发抖地尝试点火。

"王超快走！"

刀刀拖住王超的胳膊，然而王超甩开了他，哭喊出来："我的车不能丢！"

"车丢了还可以再赚，命丢了赚不回来！"刀刀吼了起来。

"我不走！这是我一家人的命！"王超还在拼命地点火。

越来越多的石头砸在他们背上、脚上甚至头上，飞腾的尘土更是以汹涌之势围剿过来。

在巴浩的目瞪口呆中，刀刀朝王超的脑门一拳挥了过去，王超软软地倒向了副驾。刀刀像拖死人一样拖住王超的腿把他从车上倒拖了下来，巴浩这时才如梦初醒，拖抱起王超的上半身，还好王超很瘦，刀刀把他整个人往肩上一扛："快跑！"

在越来越巨大的轰响中，在和泥石流的赛跑里，刀刀和巴浩终于在泥石流吞没车辆前的最后一秒逃离了险地。

巴浩奔到前面人群中的第一件事便是低吼一声:"都他妈的给我闭嘴!"

惊恐的尖叫和着急的叫喊都停止了,所有人都安静下来了。

刀刀扛着王超踉踉跄跄扑了过来,把王超放在地上那一刻他也瘫倒在那,但立马他又爬了起来,跄跄着往车的方向跑,几个男人扑上去拽住了刀刀:"你要干吗?"

"我的鼓还在车里!"刀刀痛苦地看着飞泻而下的沙石飞速吞没了他的车。

奶茶喃喃道:"来不及了,没有了,全都没了。"

所有人都目瞪口呆地看着他们来的方向。那里砂流如洪,尘烟滚滚。半小时之后尘烟才落定下来,最不愿意看到的一幕出现在众人眼前。

王超的车,刀刀的车,铁骑的车,全都消失了,来时那个狭窄的山隘已经被一座巨大的新砂石山封住,它高高在上令人窒息,从他们的角度看过去已经完全看不到来时的入口了。

最后逃出来的三个人已经一身尘土成了灰人。王超已经醒了,捶胸顿足地痛哭了起来。女人们也都快崩溃了。

"我的衣服!我刚买的首饰!"囡囡哭了起来。

"我的证件!我的虫草!我的藏药!"Summer急得直跺脚。

巴浩心惊肉跳地低吼:"都给我闭嘴!千万别再嚷嚷了。"

奶茶不高兴地说:"车没了行李也没了,大家心里都不好受,他们发泄一会儿你就这么看不顺眼吗?"

"刚才如果不是你们一起嚷嚷,也不会因为声音共振引发泥石流!"巴浩压着怒火生气地瞪着奶茶。

奶茶脸色一变,不说话了,几个男人面面相觑,女人们也都一脸吃惊:"真的是因为声音共振引起的吗?"

巴浩这才脸色缓和一点:"多半是,这些山石因为在山坳口,早就风化得很严重,加上已经开始融雪即将进入雨季,是一年当中最脆弱的时候……算了,现在追究原因毫无意义,想想接下来怎么办吧。"

刀刀还坐在地上起不来,喘着大气安慰王超:"咱们的车都买了天灾险,没事的没事的……"

"我的保险昨天刚过期,我还没来得及续,这可怎么办啊!你知道这台车我还有贷款的，没了它我一家老小怎么活啊！"王超恨恨地往自己胸口一拳一拳捶，"我为什么要带你们来走这条路，我活该！我活该！"

巴浩蹲下去拍着王超的肩："事情已经这样了，你把自己打死也救不了那台车，不如先解决眼下的问题，一来我们留在这里很危险，二来如果完成游戏任务还有希望拿到大奖，挽回你的损失……"

一句话就让王超眼前一亮，他一抹眼泪一骨碌爬了起来："刀刀，既然彗星选了你当内应，求你了，跟他说一定要让我参赛，救我们全家，好吗？"

刀刀怔怔地连连点头。

黑夜一盆冷水浇下来："我们几个可都是白纸黑字跟彗星公司签了参赛协议的，刀刀说让你参赛就能算数吗？"

王超一脸绝望。

"先出去完成任务，要是王超赢了再跟彗星谈判不迟……"巴浩赶紧把问题拉回来，"刀刀你手机带出来了吗？"

幸好手机还在裤兜，但依旧信号全无。

"没人知道我们走了这条路，所以在这里是不可能等到救援的。"巴浩识趣地把难题丢给奶茶，"队长，你来决定接下来怎么办吧？"

奶茶还沮丧地沉浸在"声音共振引发泥石流"的假设里，这会不得不强打精神，说："各位，我们的车和行李是不可能挖出来了，先清点下随身还带了些什么吧。"

除了铁骑和黑夜从不离身的背包，下车上厕所的姑娘们也都带了拎包或背包出来，幸好大家把厚衣服或穿或披在了身上，一时半会还能抵御山区正在下降的温度。除了刀刀，只有红芙有手机，此外囡囡把巴浩的徕卡连同三角架带了出来。

最糟糕的是，他们的饮水不多。

黑夜的 300ml 保温杯，Summer 包里一瓶没开的 600ml 矿泉水，红芙的 800ml 铝水壶，囡囡的 200ml 不锈钢保温杯但只剩了个杯子底的水，铁骑的 1L 饮水杯，11 个人的饮用水全部在这里了。食物只有几个姑娘包里少量巧克力和牛肉干，这点东西还不够兰陵王一个人垫肚子。早上在帕羊镇贮备的大量干粮都跟车一起埋进了泥石流。

"所以我们现在要决定往回撤还是往前走。王超，这条路只有你来过，告诉我们还有多远能到塔钦镇。"奶茶问王超。

"出了山区十多公里，不算远，我走两三个小时就到了。"

"我们大部队的时间是王超乘以三。"巴浩提醒大家，"但我们不能在山谷里走了，万一再来一个泥石流都不知道往哪逃。"

"总不会要我们爬到山上走吧？"Summer崩溃了。

"如果想万无一失的话还是有必要的。"巴浩有点不忍心宣布这结果。

"我爬不了！"Summer一脸绝望。

"那往回撤呢？只要我们爬过这个掉下来的泥石流山，就能从进山的口子出去，往回撤到国道上也才十来公里，到了那里我们就能找到救援了。"奶茶皱眉道。

"你们要爬自己爬，我要往神山走。"王超拍打着脸上身上的泥土，打起精神准备开路。

往前走？往后走？

一时间战队陷入了僵局。

5

如何在没有生命危险的前提下完成游戏任务拿到奖金？

为往前走还是往后撤的问题，11个人的队伍在山谷发生了分歧，现在坚决要徒步去冈仁波齐完成任务的有王超、黑夜和兰陵王，他们三个体力良好、求胜心切，完全是大奖在驱动，想回撤的有Summer和沁子，但横在她们面前的是一座堵住回头路的泥石流山。

其他人都犹豫或沉默没有表态。黑夜看着渐渐暗下来的天色不耐烦了："这样，王超带路，我和兰陵王往前走，其他人往回撤。铁骑你们正好给淘汰的人做个见证，咱们也算是百年修得同船渡，好聚好散吧。"

现在已是傍晚八点半，一过九点就会完全进入天黑模式，想赶到塔钦镇的确时间紧急。

巴浩看着一直没吭气的红芙："你怎么想？"

红芙拍拍身上的灰土："我要去转山转湖，不管多难都要去。"

"那我陪你。"巴浩立刻做了决定。

奶茶郁闷地说："刀刀，熟路的全往前走可不行，总得有个有经验的带她们撤退吧？"

"什么她们？难道你不和我一起撤吗？"Summer 敏感道。

奶茶心虚地瞅了一眼红芙，苦口婆心地说："老婆，九九八十一难只差一难就能成佛，撤退太可惜了，你先回家行吗？我保证给你把大奖带回去……"

刀刀一脸为难："奶茶，这条路我也不熟，而且我也得往前走……"

"刀刀，你可是保证过要让我们平安的，我也一直支持你，哪怕知道你当了彗星的内应都没反感过！"Summer 有点急了。

刀刀做错事般地低下头："就因为想要守护你们平安……再坚持一下，王超说十几公里就能到塔钦镇，就当多转了半天山吧。"

沁子回头看看那泥石流山，又看看 Summer。

Summer 瞪着奶茶，几乎是吼了出来："我不可能一个人回家！"

奶茶急得直冒汗："老婆你不明白，我让你先回家是为你好……"

王超沉默地往前开走，兰陵王赶紧跟上，黑夜也甩下一句："你们慢慢开会，我们先走了！"

铁骑二话不说也第四个开拔。紧随而上的是囝囝、红芙和巴浩，低头跟上的沁子，一步一回头一脸为难的刀刀。

现在只剩下奶茶和 Summer 了，奶茶不知所措，Summer 跺了跺脚，低声喝道："还不走！"

"往……哪儿走？"奶茶一时不知所措。

Summer 边咳边跟上大部队，奶茶一脸绝望地追上扶住了她。

一行人沉默地跟王超在山谷中徒步，刀刀自觉退到后面来帮扶姑娘们，没人再敢大声说话，也没人埋怨王超带路走得太快，都知道天黑和泥石流是悬在头顶的利剑。

他们从来没像现在这样害怕过天黑，但黑夜还是如期降临了，没有替代太阳的月亮，也没有灿若灯海的星星，只有暗沉的天空和惨淡的乌云，可怕的是他们还在黑影幢幢的群山环抱中，天刚暗下来，头顶就响起了一声狼嗥，不远处似乎还有大型动物喘息的声音。

"什么声音？我好冷好害怕啊！"

囝囝瑟瑟发抖地来抱红芙，却被红芙一把推开。

"当然是狼。"

黑暗中，红芙眼神冰冷，囡囡吓得打了个寒战。

"红芙你鬼附身了吧？"

红芙笑了笑，囡囡捂住自己的嘴，跑到后面去和沁子抱在一起。沁子正在用刀刀的手机照着路边一个东西。

"怎么了？"刀刀问。

沁子两指拈起路边一张揉成团的纸巾："我们又走到原路上了。"

沁子的声音很轻，却让前面好几个人都转身过来："为什么这么说？"

"你们看，这是我半小时前扔的纸巾，现在它又出现了……"

奶茶松了一口气："一张纸巾而已，也许是前面的人扔下来的。"

"不可能，全队只有我一个人用本色纸，它是麦秸秆打浆做的，颜色跟别的纸巾不一样……"沁子站了起来，刚才一路她没让刀刀搀扶，前些天一直身体不适的她此刻显得很冷静。

此刻大家已经叫回了闷头赶路的王超等人，一听他们说又转回了原路，王超一个劲摇头："不可能，这里只有一条山路，走到底就能和国道会合到塔钦镇……"

大家扎堆时，巴浩接过手机照路，直到捡起草丛里一张巧克力包装纸："这是谁吃的？"

Summer有点窘迫地看看大家："我。"

兰陵王咽了下口水，他已经饿得肚子咕咕叫了，没水没粮的人听到这话真是火大。

巴浩接着问："你扔下这张包装纸多久了？"

Summer脸色一凝："快一小时了吧……"

所有人都愣住了。刚才还不信沁子的人现在心都一沉，已经是第二个证据他们转回到原路了，尽管不愿意相信，这却是事实。

他们迷路了。

"不会是遇上鬼打墙了吧？"囡囡抱着沁子一条胳膊在发抖，战战兢兢地说。

王超也愣住了："奇怪，这里没有岔路不可能转回去啊！"

"事实上的确转回来了，现在怎么办吧？"巴浩看着奶茶。

奶茶看看四周，两边是让人压迫的高山，夜风越刮越大，山上还不时有移动的黑影和绿光，咬着牙开了口："我们必须继续往前走，一旦停下就会被冻死，被狼咬死，被石头砸死……"

囵囵抽抽噎噎地哭了起来，在大家齐声低喝中又生生把哭声咽回去了。

巴浩实在不想越俎代庖，但奶茶太让他失望了。

"大家不要怕，只是因为天黑走错了路，王超会带我们走出去的，现在大家都在路边找找有什么可以防身的树枝或者石头，两个一组并排走，分头留意两边动静。整个队伍王超和黑夜走头，用刀刀的手机照明，我和铁骑押后……"

巴浩有条不紊的安排让刚乱阵脚的战队重新稳定下来，大家又冷又累又渴又饿，但求生的本能让他们燃起了斗志。

夜风呼啸，一阵猛过一阵，因为在狭长的山谷底部，风声远比风力来得吓人，每个人都竖起衣领或头巾裹脸，低头紧跟前面的人，和刚才松散拉长的队伍相比，因为对黑夜和猛兽的害怕，现在整个部队压缩成了紧密的小方阵。

这次出发前红芙把她的一个橘子分了吃。女人每人分了一瓣，男人只有半瓣，仅够润湿一下嘴唇，橘子皮被黑夜捏在了手中，每走出几百米她就会扔下一小块做标记。

又是一个多小时的行军，直到黑夜叫停了队伍，用电筒照向路边，拾起一片她扔下不久的橘子皮，眉头紧蹙地说："我们又转回来了。"

囵囵再也绷不住了，"哇"地哭了起来，这次再没人阻止她了，如果可以的话，连巴浩都想哭。

早就靠最后一点意志强撑的沁子一屁股坐在了地上，上气不接下气地说："别走了，熬到天亮再走吧。"

Summer 也瘫在奶茶身上："我要死了……"

奶茶盯着不远处几点荧光，牙齿打战："不能停下，有，有狼。"

所有人都看着巴浩，然而巴浩也没招了，沮丧地蹲了下来："如果我的装备还在，至少我不怕在这里露营，晚上这里会越来越冷，我一时半会没事，但这么多女生……"

刀刀思考地说："要不我们在山里露营一晚，等天亮了再赶路？"

巴浩瞪大眼："再有泥石流怎么办？何况还有狼！"

"所以我们要往上爬，第一趟经过这里时我留意过，这个位置上边有一片岩石群，那里应该可以挡点风，等爬上去生个火，应该能熬到天亮。"

"怎么生火？这里连根树枝都没有。"巴浩困惑了。

刀刀从鼓鼓囊囊的裤兜里掏出几块黑乎乎的东西："刚才我捡了几块野牦牛粪，

这些可以烧，你们有人带火机了吗？"

男人们面面相觑。虽然他们都抽烟，但刚才逃生紧急，竟然没有一个人带了火机出来。最后的希望只有唯一一个背着背囊的铁骑了，不过他也摇摇头："不用看我，我不抽烟，不会身上揣着那玩意，也没想到会流落荒野。"

刚燃起一点希望的囧囧又扁了嘴："怎么办？我们要冻死在这里吗？"

"今晚最低温度8摄氏度，我们多拔一些草带上去，大家抱在一起取暖，应该能熬过去，要是能找到木头可以试下钻木取火。唉！每次出门大家都觉得我背那么多装备是神经病，现在要是它在该多好。"巴浩此时无比想念他的装备包。

"先上去吧，会有办法的！"刀刀开始拔草了。

铁骑也从背包里抽出了他的藏刀，有刀就是快，一会儿工夫就割下一大堆杂草。刀刀取下了手腕上那条巴浩瞧不上的伞绳手链，手链绳解下展开是一根非常牢固的降落伞绳，刀刀利索地将草堆打包背在了自己背上。巴浩一看高兴坏了，他也有一根豪华版伞绳呢！赶紧如法炮制。姑娘们的注意力立刻转移了，被刀刀和巴浩神奇变身的小装备吸引，囧囧赞不绝口地说回去也要弄一个。

能腾出手抱草堆的男人们尽可能地都夹抱了一大堆杂草，因为刀刀说越往上草越少。

刀刀自告奋勇："刚才看的营地位置是我注意到的，我就负责领头探路吧。"

巴浩点点头："好，除了刀刀，我们每个男人要负责拉带一位姑娘，奶茶负责你老婆，兰陵王负责黑夜，王超负责囧囧，铁骑负责沁子，红芙就由我拉带……我这是替奶茶安排的，你没意见吧？"安排完才意识到现在奶茶才是头驴，但没有一个人反对。谁都看得出来，巴浩仍然是战队最称职的头驴。

奶茶尴尬地替自己找台阶："咱们在户外还是继续听荣誉领队的安排哈！我没意见。"

囧囧带出来的三角架被刀刀拆开，三角架在他手下神奇变身，一分为三，拉出伸缩杆变成了三根手杖，分别交给了身体较弱的Summer、沁子和囧囧。

他们要爬的这座山是花岗岩结构，地质比山坳处的砂石山坚硬多了，但石头边角锋利，磕碰容易割伤，所以既要借力也要绕开岩石，探路的刀刀不停在提醒后面的人注意地形，别看刀刀胖，却是个非常灵活的胖子，背着那么大一捆草，他只能手脚并用在岩缝寻找落脚点，却一点也不显得笨拙。

巴浩不禁感叹："刀刀，你还真是令人刮目相看啊！"

"哎！我的状态也就是时好时坏，这会儿要不是得先救命，我也想跟你撒撒娇啊！8号欧巴，要不你背我？"

"滚。"

本来气氛紧张心情沉重，大家却都笑了起来。

兰陵王向黑夜伸出了手，黑夜喘着粗气摇头："不用。"

除非万不得已，黑夜不愿跟任何人有身体接触，大家对此见怪不怪，兰陵王也巴不得落个轻松。

巴浩爬上了一个陡峭的岩石，想转身拉红芙，她已经紧跟着跨了上来，而且超越过他先行迈向下一个立足点，巴浩在驴友队伍里见过不同类型的姑娘，但像红芙这样，有矫健的身手、独立的个性还真不多见，这样的姑娘都是女汉子类型，红芙却有可爱和妩媚的一面。

虽然今天是倒霉透顶的一天，巴浩却因为心被红芙占满了，而没那么难过。

今天所有人走平路都没有高反，一爬山却再次感受到高原的威力，除了王超，几乎每个人都在喘，五步一停，三步一歇，好不容易往上爬行了一段，刀刀停下来观察了一下地形。

"我们今晚就在这里扎营吧！"

这是一处岩石群，虽然两块巨大的岩石挡住了西边和北边来的夜风，但冰冷的地面还是让所有人都瑟瑟发抖。男人们把带上来的杂草都堆在了巨岩旁边，沁子和囧囧抱团取暖，Summer 几乎是被奶茶和王超拖上来的，她倒在奶茶怀里，盖上很多杂草，不时发出一两声咳嗽，隔一会儿便呻吟说头痛。

刀刀让铁骑和王超把周围能找到的杂草和牛羊粪都带了过来。巴浩也在周围寻找，不过他对杂草和动物粪便不感兴趣，而是焦急地念叨："这地方怎么连根树枝都找不到，我可怎么钻木取火呢？"

话音刚落，营地的人欢呼鼓掌起来，那里已经燃起了火光。原来刀刀把刚从伞绳手链上取下来的塑料头拆开，变出一把一寸小弯刀和一根小黑棒，然后用小弯刀背面的切割区刮碰小黑棒，只见火星飞溅到准备好的一把杂草火绒上，立刻冒出了青烟，然后刀刀对着它吹吹吹，青烟没一会儿变成了明火。

光明划破黑暗，让所有人都欢呼了起来。

6

巴浩惊讶地说:"刀刀!你从哪里变出来的打火机?"

"没有打火机,是我手绳上配的一小根镁棒,正好用上了……"刀刀小心地呵护火苗,添草加粪。

巴浩要来刀刀的打火石工具查看,惊讶地说:"哎哟!真有火石!还有指南针!没想到你这根便宜手绳竟然能救大家的命啊!我那个豪华版真是太华而不实了!我光想着在背包里放急救包,没想到会有一天眼睁睁看着急救包也拿不到……"

"你已经很棒了,我这些只是野战兵的小把戏,登不得大雅之堂的。"刀刀笑眯眯地安慰他。

火堆已经熊熊燃起,姑娘们都已经凑过来伸手烤火。刚才冻得发抖时见火如见家,但真正有了火也并不像想象中舒服。靠太近,灼得皮疼,离太远,如同冰窖,大家靠近火的这半边身子照得滚烫,可背火的那半边身子还是冰冷。等所有人都坐定下来,巴浩舔了舔已经起皮的嘴唇:"我有一个提议,请还有饮用水的队友和大家分享一下吧。"

徒步运动、高原缺氧再加上现在烈火灼烤,每个人都已经嗓子冒烟了,饥饿还可以忍受,几小时没进水却是一刻也忍不了。没有带水的人一听巴浩提议,立刻都点头附和。

有水的几个人,你看看我,我看看你,没有一个把水杯拿出来。

奶茶摸摸 Summer 的额头,一脸抱歉:"各位,真是对不住,我老婆已经发烧了,她那点水自己都不够,我们没办法让出来。"

巴浩在心里向奶茶扔了一坨屎。这结果他已经预料到了,所以也没有为难几个姑娘,而是直接看向铁骑。现在只有他的水最多,刚才巴浩就注意到铁骑一直没怎么喝水,要喝也只是小抿一口:"铁骑,要请你救我们一命了。"

虽然铁骑是游戏组织方,但巴浩觉得他的人品是 OK 的。

然而铁骑面无表情地说:"为什么是我?我对你们没有责任。"

这话一出口,所有人都震惊了。

兰陵王第一个急了:"你怎么会没责任呢?你把我们千里迢迢弄到这里来,如果不是你搞的这个破游戏,我们也不至于落到这个地步……"

巴浩制止了鲁莽的兰陵王，耐心地恳求铁骑："我相信你的人品，于情，你是一个急诊科医生，你有救死扶伤的使命；于理，你们组织了这个游戏，出了意外状况你又有能力救助大家，还是要帮一把的。对吧铁骑？"

铁骑不为所动，干脆闭上了眼睛。

兰陵王向巴浩使了个眼色，铁骑的水杯就插在背包外侧，坐得离他最近的兰陵王一伸手就能拿到。可是万一打起架来，刀刀和红芙肯定会帮铁骑，我方虽然有8个人，可真正有战斗力的没几个。

巴浩皱眉摇头看向了红芙："红芙，你帮我劝劝铁骑吧，要是我们当中有人出了事，大BOSS也是不愿意看到的，对吗？"

囧囧好奇地说："你劝铁骑他都不听，怎么会听小妹妹的话？"

黑夜冷笑："英雄难过美人关，他俩打配合这么好，得是老相好吧。"

巴浩心头一震，他可没看出铁骑和红芙之间有半点情意。

红芙沉默了一会儿，开口："铁骑，分点水给大家喝吧，我们还有任务没完成呢。"

巴浩听着这话似有深意，红芙说的任务只怕并非战队游戏任务。

果然铁骑的脸色松懈了一些，倒上半杯盖水递给巴浩："先声明一点，我只给没带水的人喝，而且每人只有半杯盖。"

"有半杯盖就已经很好了，兄弟，到了塔钦镇我还你两箱水。"巴浩感激地把第一杯水递给了囧囧。

囧囧、沁子、兰陵王、巴浩、刀刀、王超，杯子转了一圈，铁骑的水杯水位已经下去了一半，轮到奶茶时他正要接过水杯，却被铁骑飞快地抢了下去："没你的份！"

奶茶哭笑不得地说："为什么没我的份？"

"你老婆不是还有水吗？"

"可她是病人啊，而且她是她，我是我，我可没有带水啊！你不是说可以给没带水的人喝吗？"奶茶一脸无辜。

铁骑冷笑不答。

还是黑夜地替大家把心里话说了出来。

"哟，刚才要分水给别人时，你们夫妻俩是一体的，现在要喝别人的水就成了她是她你是你了？"

Summer 挣扎着坐起来,把紧抱在怀里的包打开,拿出她一直没动过的那瓶水递给奶茶:"老公别求他们,咱们有水。"

奶茶叹了口气,没动那瓶水,又塞回包里,眼神不由自主又落到红芙身上,眼下这个小姑娘是他内心最忌惮的人。

奶茶看向红芙的复杂眼神,巴浩早有察觉,他压低声音问:"奶茶,你是不是认识刘姿君?"

奶茶茫然地摇头:"刘姿君是谁?"

"不对,她不是刘姿君,其实她到底叫什么,我也不知道,她可能姓蒋,不过我也不确定……"

提到"姓蒋",奶茶敏感地看了巴浩一眼,随即疲倦地闭上了眼睛:"胡言乱语什么呢,我要睡了……"

长夜漫漫,饥渴交迫,危机四伏,但觉还是要睡的,囡囡和沁子在草堆里已经紧靠而眠,黑夜和红芙是独行侠,各自蜷在一块岩石边入睡,奶茶寸步不离照顾 Summer,剩下的五位男士没办法,只能每人轮值一小时,照看火堆和提防猛兽。

前半夜还好熬点,最难过是凌晨那几小时,刀刀和王超主动担当了天亮前最后两小时。

天知道巴浩是怎么睡着的,远处的狼嗥,窸窸窣窣的小动物跑动,吭哧吭哧的猛兽喘息,不时改变风向的夜风将粪烟送来呛醒他,然而所有让他焦虑的元素只有一个点便足以安抚他。红芙就在他伸手可及的地方,她安静地抱着背包蜷成一团。第一个值完夜班后,巴浩便靠近了红芙,轻轻把她扶靠到自己怀里,她浑身一颤似乎惊醒了,迷茫地和他对视着,就在巴浩以为她一定会挣脱开时,她眼神迷离地合上了眼。

幸好她没醒透,不然一定会进入战斗模式吧。

早上巴浩睁眼时,他发现自己的冲锋衣是解开的,把红芙整个人包进来了,她安静地枕在他的手臂上,任由他从背部环抱而眠,两个人像连体婴一样相拥而卧,巴浩不敢动弹,也不敢喘大气,生理反应和内心甜蜜都把他钉在了原地,想到昨晚就这样抱着她睡了一夜,心里满满都是幸福。

突然间,他意识到自己好些天没失眠了,爱情治愈了他。

然而红芙突然浑身一颤,当发现她和巴浩如此亲密时,几乎是把巴浩踹开的。

巴浩被她踢到了膝盖，疼得蜷成了一团。红芙坐起来使劲揉眼睛晃脑袋，想立刻晃醒自己，而睡在他们对面的两个人也早已醒来，冷冷地看着他们。

一个是铁骑，一个是黑夜。

黑夜一脸嘲笑："哟，妹子你还真是无情啊，人家巴浩暖了你一晚上，一睁眼你就把人踹了。"

红芙和铁骑对视一眼，两个人的脸色都很难看。巴浩的心也是凉透的，但红芙被讽刺还是忍不住维护她："生死关头你能少点废话吗？"

铁骑冷冷地瞪了巴浩一眼："王超呢？"

"王超？他不是值五点到六点的班吗？现在都七点一刻了，王超人呢？不会是去捡柴火了吧。"巴浩张望起来，但他们处在一个山坡上，四周情况一览无遗。7点多的北线山区刚刚日出，刚露一小脸的太阳从山间照到营地，很暖和。昨晚的营火已经熄灭了，除了他们四个最早醒来的，其他人都三两一堆紧紧依偎睡得正香。

只是王超真的不见人影了。

铁骑摸向背囊，脸色一变："我的水杯呢？"

昨晚他给大家分享过饮用水后，剩下的半瓶照旧插在了背囊外侧，但现在那个位置是空的。

巴浩有点不好的预感："大家快醒醒！"

所有人都揉着眼睛坐了起来："怎么了？"

"快看看你们少了什么东西没。"

"没有。"

"没有……"

除了铁骑的水杯，其他人的水杯都在包里，因为晚上太冷全把包抱在怀里，都好好地在原位置，巴浩正要松一口气，刀刀把手伸进裤侧兜一脸困惑地说："我手链上的小配件全不见了……"

"都是什么？"巴浩震惊了。

"打火石、小刀、指南针。"

全是眼下最要紧的东西。

因为怕再引来一场泥石流，巴浩只容大家小范围地喊找了一阵儿，现在可以确定王超不见了，同时消失的还有铁骑的半杯水，刀刀伞绳手链上的小刀、打火石和指南针。

"王超扔下我们跑了！他想抢我们的大奖！"黑夜愤愤地下了个结论。

"不会的，不可能的，王超怎么会扔下我们不管……"刀刀喃喃着。

"事实上他就这么干了，我现在怀疑，昨晚王超故意带着我们在山谷里兜圈子！自从他的车被泥石流吞了，他就不想带我们走出去，他想一个人去拿最后一块碎片，抢我们的大奖！"黑夜越分析脸色越难看。

"王超不是那样的人，他不会坑我的，一定是出什么事了，会不会早上出去捡牛粪让狼给咬了？对！一定是这样，我们去找找王超吧！"刀刀神色紧张地站了起来。

巴浩拽住了刀刀："醒一醒吧！刀刀！王超昨天损失了二十万的车，这两年他接连几个大损失，经济压力很大！王超已经变了，不再是你熟悉的兄弟了。"

刀刀难过地低下了头。

巴浩看向奶茶："奶茶，你的意见呢？"

奶茶看着红芙，几乎是恳求地说："我老婆病了，能不能先送她回家？我保证一送她到安全地方就回来参赛……"

红芙冷笑："能出去再说这些吧。"

这次 Summer 真病了，她一醒来就说有人在用铁锤砸她脑袋，吐出来的痰也带着血丝。

巴浩冷静下来了："王超也没有把握出去，所以才偷拿了铁骑的水杯和刀刀的求生小工具，有备无患，如果真像昨晚他说的，只有几公里就能出去，那对他的脚力就是个把小时的事，用不着做这么绝。"

"他不会是故意坑害我们，逼得我们去不了神山吧？"囧囧问。

"我觉得他没胆量故意坑人，他的确想去拿最后一块碎片，但他没有参赛协议，未必能让彗星认账，只要碎片在他手里，就有资格跟我们谈判了，到时大家就不得不让步分他奖金。"

"这个人太坏了！现在咋办？我们没水没粮又生不了火，往前走还是往后撤？"

巴浩眯眼看着刚升起的太阳，也茫然了。

塔钦镇

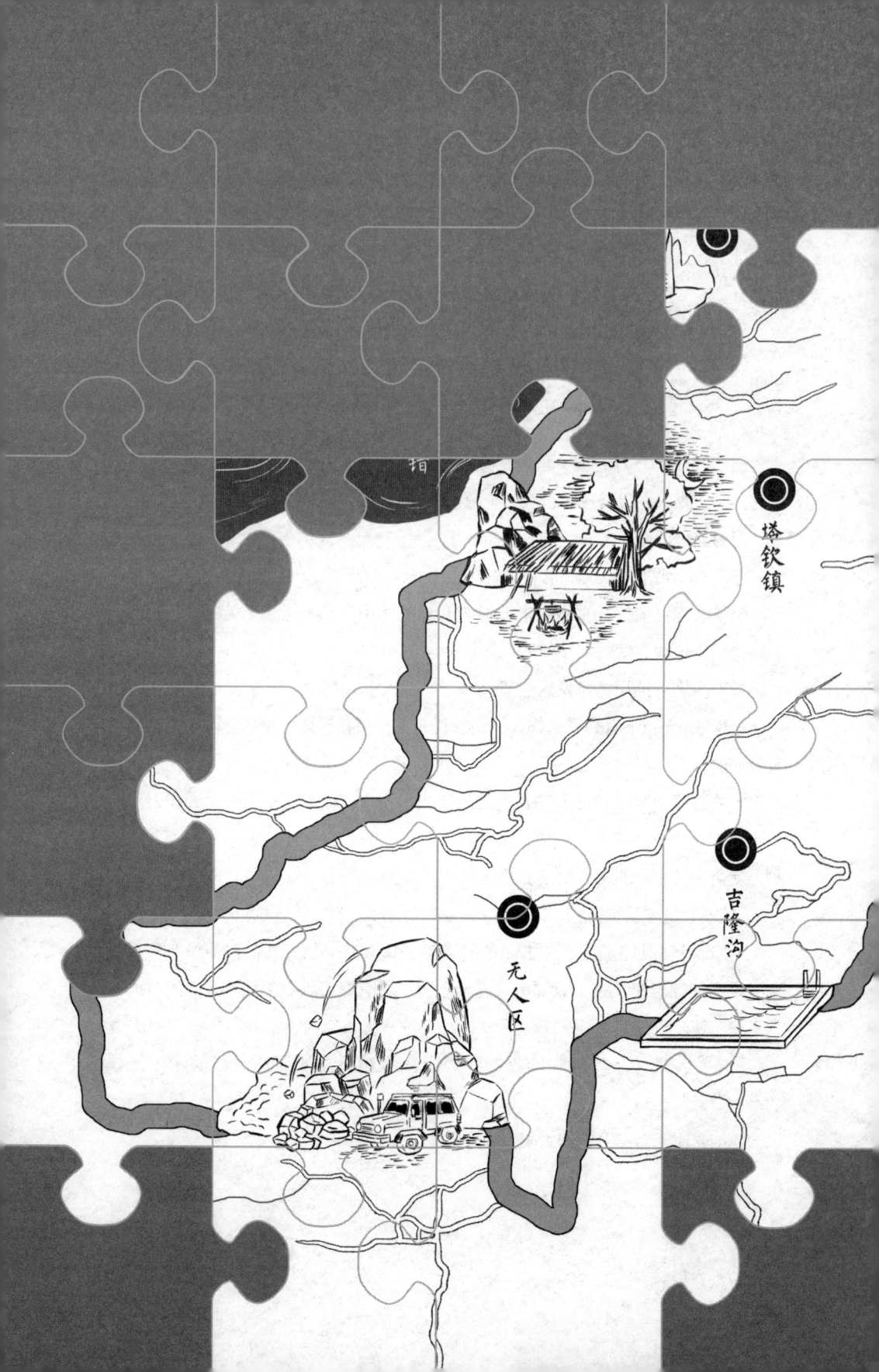

吉隆沟

无人区

第六章 末路歧途

1

五个男人和五个女人。站在北线无人区的山区腹地。饥渴难耐，一脸茫然。

就接下来怎么走大家投了一次票，五对五，铁骑、红芙、黑夜、兰陵王和囧囧想继续往塔钦镇走，完成接下来的任务，奶茶、Summer、沁子、刀刀和巴浩却想回撤。

举手表决那一刻，Summer、红芙、囧囧接连惊呼。

"老公！"

"刀刀！巴浩！"

"巴浩！"

奶茶被 Summer 点名，是惊讶他怎么又改变主意同意回撤了。红芙喊刀刀和巴浩，囧囧叫巴浩，也因为出乎了她们的意料：你怎么不和我在一个阵营？

巴浩也吃惊地看着刀刀："你昨晚不还坚持要往前走吗？"

总是满脸堆笑的刀刀此刻一脸忧虑："是的，我们有很多必须往前走的理由，可跟这么多人的安全比起来，所有理由都可以忽略不计……你呢？你为什么决定撤退了？"

巴浩敏感地看了一眼红芙，叹了口气："唯一一个熟路的王超走了，在这么恶劣的环境里我没把握带大家走出去，所以最好还是撤回安全地带，另做打算……唉，早知道王超这么自私，去年我就不该救他……"

"为了救他，你甚至不惜毁掉别人的清白是吧。"红芙突然说道。

巴浩郁闷地说："等出去了咱们再聊这事好吗？"

刀刀问："现在五票对五票，奶茶，怎么办？"

奶茶落寞地重复着："我老婆真的病了，要是不送她回去会出人命的……"

黑夜惊讶："你又要退赛？不，你自愿被淘汰？"

在日喀则更改的退赛游戏规则是：除非淘汰不得退赛，否则就算全队退赛。黑夜一直谨记两者区别。

奶茶再次看着红芙："我没办法啊！如果彗星同意淘汰我的话……我老婆必须马上回家。"

巴浩提醒他："你们要马上回家可不容易，就算回撤到国道，搭上救援车，也要一整天才能到昨晚的镇上，而且要回撤到日喀则转飞机去成都才能回上海，有可能往前走时间更短……"

Summer痛苦地呻吟起来，奶茶低头不语。

"真烦你们这些人，一点破事总是没完没了开会，集体行动也总是拖拖拉拉，这样吧，我们分两队走，要往前就跟我走，要撤退就跟巴浩走。请自愿淘汰的人把你们所有拼图碎片给我吧！"

Summer痛快地给了，刀刀犹豫了一下也拿了出来，红芙却没有拿出她那块的意思。

"不给拉倒，反正游戏规则是拿到最后一块拼图的人得奖，不是凑齐拼图。"黑夜不耐烦地动身下山。她那个从不离身的胸包里还有水有粮，她体力充沛又意志坚定，如果有谁能坚持到最后，巴浩相信肯定是她。

跟着黑夜开拔的只有兰陵王，他走出几步又惊讶地回头："铁骑、红芙、囧囧，你们怎么不走？"

囧囧看着巴浩，铁骑看着红芙。

红芙垂眼思考了一会儿，说："你们先走吧，我跟他们撤退。"

红芙说完，铁骑也点点头："我也撤退。"

Summer内疚地说："老公，谢谢你为了我退赛，你会怪我吗？"

奶茶不答，眉头紧锁。

Summer恨恨地看向黑夜："有些人一直想逼别人退赛，这下如愿以偿了，不过你们得跟王超比比速度才行，不然大奖照样没份！"

好斗的黑夜破天荒地没还嘴，心情不错地继续下山。

兰陵王看着黑夜又回头看看大部队，抱歉地对巴浩说："对不住了巴浩，我还想完成任务拿大奖，不能跟你们一路了。"

十一人的战队已经分成了三拨，剩下的人选择了撤退便意味着跟拿奖无缘了，他们表情复杂地看着队友远去的背影，都沉默了。

巴浩拍了拍手："好了，大家振作起来，选择撤退不见得是错误决定，咱们也下山吧！"

"不，我们得继续往上走。"奶茶拦住了巴浩。

"为什么？"

"我们现在最大的问题是得解决饮用水，只有往上爬到有积雪的地方才有水，而且昨晚我们在山谷里瞎转了一晚，也没找到出去的路，爬高点看清地形才有希望。"奶茶的脑子已经恢复了平时的灵光。

"你说得对，可她们几个还能往上爬得了吗？"巴浩担心地看着几个姑娘，一听还要往上爬，Summer扶着脑袋一脸崩溃。

红芙想了想，点点头："有道理，想活命，还得继续上山。"

沁子发出了一声痛苦的叹息。

囡囡怯怯地问："可不可以请几位男士爬上去装些雪水带下来给我们？"

铁骑突然回答："请你记住一点，我们现在在找活命的方法，所有人都要努力求生，不要因为你是女人就可以偷懒，别人没有责任必须照顾你。"

囡囡尴尬地闭嘴了。

"趁着阳光还不猛，咱们出发吧！"巴浩发出了前进的号子。

"等等……"红芙把她的铝水壶抽了出来，"我还有半壶水，大家分了吧……"

看到大家喜出望外的表情，红芙补上一句："有水的除外。"

囡囡的保温杯昨晚就见底了。

奶茶拍着Summer的包却没有拿出那瓶矿泉水的意思："我们也没了，真没了。"

奶茶和大家一起分喝了红芙所有的水，但Summer坚定地拒绝了，七个人大概每人喝到了50ml，这口水还不及昨晚因为烤火消耗的几分之一。打湿了下嘴巴，但现在感觉更口渴了，何况昨天中午到现在已经20个小时没进食。

巴浩再度指挥出发，却被一直在周围勘察地形的刀刀叫停。

"不行，我们的脚力不可能爬到雪线位置，必须先在这里解决饮水问题，有可能的话最好也解决下食物。"

"怎么解决？"巴浩头大了。

奶茶张望着："食物好办吧，这里既然有动物粪便，应该有不少野牦牛野山羊什么，咱们有刀，想办法去逮一只……"

"逮野牦牛？疯了吧，你还是祈祷千万别碰上它吧。"巴浩失笑。

太阳已经升起，这时可以把周围地形完全看清了，他们处在一座山峰的 1/4 处，周围都是和它一样层层叠叠的崇山峻岭，除了他们的位置往下有灌木丛和杂草，这里的山由下到上，从青转黄到黑再积白。如果按奶茶的提议往上爬，离雪线位置至少还有 1000 米，这对带着四个女人的战队等同于登天。

随着认清环境，奶茶脸色越来越难看。

"看样子真的爬不到雪线，起码我老婆是爬不上去的。"

Summer 看着离他们还有十万八千里的雪线，痛苦地嚷着："我不可能爬得到有积雪的地方，你们先走吧，找到救援再来接我……"

"老婆，不能坐，坐在这里就是等死啊！"奶茶着急地拽 Summer。

大家都沉默地看着 Summer，然而此刻他们的眼神并非平时的厌恶，而是一种接近放弃之前的冷漠。

刀刀这时已经走到几十米外，他跪在一块大岩石的地缝边缘在挖着什么，然后捧起一把泥土搓捏着，惊喜地喊了起来："大家过来看看，我有办法取到水了！"

好消息让所有人都喜出望外地跑过去。

"你们看，这里是阴凉处晒不到太阳，所以泥是湿的，可能前几天下过雨，不不，应该是从山上流下来的融雪。"

果然，这里的泥土颜色明显比较深，刀刀随便往下挖出来一捧泥也是湿的，那个一分为三的三角架此刻又派上了大用场，刀刀把它们收缩成短棍当挖掘器，薅出了不少松软的泥土。

囡囡好奇地说："泥巴还真挺湿的，可有水也喝不到啊！我们不会是要在这里挖井吧？"

刀刀却头也不抬地说："红芙，拿你的水壶来，铁骑，还有你的餐盒。"

红芙的铝水壶和铁骑的铝餐盒摆在一起，两样东西同为 78 式军用品，看得巴浩心头一颤。沁子也注意到了，狐疑地问："红芙，你和铁骑的餐盒是两件套吧，这是军用品哦！我记得刀刀说过他是当兵出身，这两样是他给的吗？"

红芙不动声色："妹子就不能是军迷吗？"

沁子探究地看着红芙："为彗星工作之前你们三个认识吗？昨晚黑夜说，你和铁骑是老相好，我倒认为你们三个关系都很密切，不像是普通搭档关系。"

巴浩抢着解释："玩户外用军品的人太多了，对吧红芙，你是在淘宝买的吧？"

红芙明白巴浩在帮她掩饰，笑而不答。

沁子却还没放弃追问:"刀刀,你怎么知道铁骑有餐盒?"

刀刀愣了,一时没答上来。

巴浩抢着说道:"大本营那晚我们不是逼铁骑把东西都倒出来了吗?大家都看到了呀!好了,别纠缠细节了,干正事吧……"

刀刀表情复杂地看了巴浩一眼,沁子终于没再追问。

红芙走过来悄悄问巴浩:"什么时候你跟我们一边了?"

巴浩压低声音道:"我就不能弃暗投明吗?"

红芙那个嘲弄的笑意更深了:"那你可得想好了,哪边是暗哪边是明。"

他们密谈的当口,刀刀已经解下头巾,将挖出来的湿泥巴包在里面用力拧挤,湿润的泥巴果然流出水来,滴滴答答的,全流进水壶和餐盒里。

囡囡质疑地说:"这么脏的水能喝吗?"

"怎么不能喝?沉淀一下就行了,这是救命水。"铁骑毫不犹豫地说。

"才这么点,够谁喝啊……"囡囡嘟囔着。

刀刀笑了:"边挖边挤,坑挖得越深,渗出来的水就越多,只要我们有耐心,一定都能喝够。"

刀刀让铁骑和巴浩挖泥挤泥,自己却去一旁的杂草丛薅草,他用手指弯成耙子,像梳头发一样在草丛梳着,梳下来一把枯草。

铁骑问:"要割草吗?我的刀给你用。"

刀刀摇头:"我要些枯草当火绒,手指够用了。"

"火绒?你现在又要生火吗?"囡囡惊讶道。

"是的,挤出的水不能直接喝,我想把水烧开……"

"可你没有火石了啊!"囡囡更惊讶了。

刀刀对 Summer 说:"把你的矿泉水瓶借给我,我们试一试能不能再生起火。"

Summer 犹豫地拿出那只剩了小半瓶的瓶子:"这玩意怎么生得了火?"

"试一试,兴许行呢?现在我们一起去捡点牛粪吧。"

囡囡将信将疑地说:"好吧。"

在和姑娘们捡干粪时,刀刀找到一丛仙人掌,跟发现宝贝一样砍下来用冲锋衣包着带了回来。

刀刀砍仙人掌时,囡囡忍不住问:"你不会是想吃仙人掌吧?"

"为什么不能?"

刀刀把一块仙人掌削刺去皮，露出里面黄绿色的嫩肉，切下一小片给囡囡。囡囡小心翼翼地咬了一口，一脸惊喜："哇，真的能吃！而且很好吃！嗯，像黄瓜，也像梨！"

姑娘们都围了过来："有吃的？我也要！"

"别着急，仙人掌里的生物碱可能会让人生病，最好不要生吃，一会儿有了火我们煮熟了再吃。"

"哇！我们有吃的了！"囡囡欢呼起来。

刀刀不无遗憾："可惜太少了，这个地带很少有仙人掌，找到一棵真的算我们走运。"确实，在目及之处的灌木丛和杂草里，这棵发育不良的仙人掌是唯一能食用的植物了。

他们带着食物回到营地时，巴浩、奶茶和铁骑已经把挤出来的水装满了水壶、保温杯和矿泉水瓶。看着那混浊的水，尽管他们嗓子在冒烟，也实在不敢喝。

失去打火石的刀刀要如何生火呢？

刀刀把最干燥的杂草当火绒铺在地上，迎着太阳照过来的方向，他用矿泉水瓶举在上方，让阳光透过喇叭状瓶口聚焦到干草上。这时太阳已经高挂，阳光穿过矿泉水瓶变成一个亮点投射在干草上，不一会儿便冒起了青烟。

"凸透镜原理！我刚才还在想要是我的望远镜在就能拆下引太阳光点火了，没想到刀刀用装水的塑料瓶也可以当凸透镜。"巴浩兴奋地解释。

大家不约而同鼓起了掌。

巴浩的掌声最热烈，他是真心庆幸有刀刀这样一个有勇有谋的队友。

2

在八人小组留在营地，重新生火烧水煮仙人掌时，黑夜和兰陵王正在谷底一前一后徒步。

"你知道出山的路怎么走吗？"兰陵王快步追上黑夜。

"不知道。"

"你知道找谁拿最后一块拼图吗？"

"不知道。"

"那你为什么不劝他们一起去找？"

黑夜冷冷地看了兰陵王一眼："你最好找到一条让我带着你的理由，否则就给我闭嘴！"

兰陵王闭嘴了，老老实实地跟在黑夜后面赶路。

白昼和夜晚行路果然不同，昨晚他们一直在狭长的高山山谷里打转，而现在可以看清，这里果然只有一条宽路可以前行，只是感觉一直在坡度缓慢地往下走，植物也渐渐增多，甚至出现了一些杉树，没过多久拐了个弯，眼前豁然开朗，前面是一个大盆地，被从远到近由高到低的群山层层包围着，盆地中间是一大片枝叶蓝绿、暗而无泽的灰杉丛林，露在外面的山丘大都被青黄色的草皮覆盖，层层杉林的后面，群山簇拥的后方有一座特别高的山峰，它呈圆冠金字塔状，威凛万峰之上，白雪皑皑的峰顶在蓝天白云下格外醒目。

黑夜停了下来，茫然地看着。

"路不见了！我们怎么走？"兰陵王忍了一阵，终于开口。

"王超说过，这片山区像一个大花瓶，想从这里出去要经过一个花瓶肚子才可以，昨晚我们一直在瓶颈里打转，这个地方大概就是他说的瓶肚吧！"

"他说只有一条路出去，这里可没有车道。"

"路都荒废那么久了……王超上一次来是两年前，就是这两年，草和树把路长满了吧！"黑夜眯着眼看看太阳，"有一点可以肯定，塔钦镇在地图的西北边，王超说离它不到二十公里，那座最高的雪山肯定就是冈仁波齐峰，现在太阳偏东，我们得往它相反的方向走，就朝那座雪山走吧。"

"你真行！"兰陵王竖起大拇指。

黑夜面无表情地迈步。

"哎……"兰陵王艰难地咽了一口口水，"可不可以给我一口水喝？昨晚到现在我只喝了半瓶盖水。"

黑夜充耳不闻，继续迈步。兰陵王失望地叹了口气，但还是老老实实地跟在了黑夜身后。路可以跟着黑夜走，水和粮食是指望不上什么了，兰陵王把视线调整为搜寻模式，突然间，他在不远处的山坡上发现了一个目标。

"哎！哎！"

黑夜停了下来，不耐烦地说："又怎么了？"

兰陵王蹲了下来，一脸紧张地说："那边有两头羊！"

离他们百米开外的草坡，有两头野羊在吃草，黑夜还没来得及说话，兰陵王已经猫着身子俯冲过去了，尽管他脚步很轻很快，野羊们还是在他到达之前就发现了他，撒开蹄子跑了个无影无踪。

黑夜发出了一阵大笑："哈哈哈，别告诉我你想吃烤全羊！你能抓到那些野山羊才怪！"

"有什么奇怪的，我小时候别说抓羊，马都抓得到！不信我抓一只给你看！"兰陵王不服气地说。

"有这瞎折腾的时间还不如早点走出去大吃大喝。"黑夜白了他一眼。

饥渴难耐的兰陵王为"大吃大喝"四字又坚持走了一小时，眼见着太阳已经在头顶，冈仁波齐峰却还是那么远。兰陵王渐渐焦躁起来，特别是看到黑夜又拿出保温杯喝了一次水之后，他再也气不过，一把钳住了黑夜的胳膊。

"你，你要干什么？"虽然黑夜一直瞧不上这个头脑简单的兰陵王，但毕竟不是他的对手，一旦被他控制住了还是很怕，"我，我给你水，千万别伤害我……"

兰陵王松开了手，黑夜把她那个迷你保温杯递给了他，兰陵王双手发抖地拧开了保温杯，他倒是没忘记黑夜有洁癖，将保温杯高高举起往下倒，一滴，两滴，三滴……任由他怎么晃，保温杯也倒不出水来了。

兰陵王把保温杯一扔，怒气冲天地瞪着黑夜。

黑夜赶紧捡起杯子擦了又擦，小心翼翼地说："不能怪我，杯子这么小，昨晚我就喝得差不多了，这是我上班用的杯子，太大塞在包里不方便……"

兰陵王双拳紧握，关节在嘎嘎响。

"赶紧走吧，走到塔钦镇马上有大把的水喝，我给你买两箱行不行？"

兰陵王的拳头松下来了，没有黑夜他甚至不知道该往哪走，水杯本来就是人家的，打死她也没用。他叹了口气："走吧。"

两个人又开始沉默地一前一后步行起来，正午的温度已经飙升到26摄氏度，山谷盆地虽然有草皮灰杉林，但杉林低矮枝叶稀落，根本无法为他们遮阴，好处是能透过树林间隙以雪峰为参照物行走，确保方向没有大偏差，好不容易穿过整个灰杉林，雪峰也被近处的山头全部遮住，从距离上他们应该离雪峰近了，原以为到了山脚就能出现的路依然无影无踪，而且最近的这几座山全是垂直天堑般的石灰岩结构，别说没有可以通行的车路，他们连脚力翻越的可能都没有。

一直靠信念支撑着的黑夜一下子脚软瘫坐在地，当然，坐下之前她扫了一眼地上，挑了块草皮最厚的地方。

兰陵王反应迟，这时还没明白过来："怎么了？我们走错了吗？"

黑夜环顾着周围的山头，沮丧地说："方向没错，可我们要翻过这座悬崖山。"

兰陵王一阵头昏眼花，瘫倒下来："还是回去找巴浩他们吧。"

"要回去你回去，等我缓过劲来，一定会找到出去的路。"黑夜咬牙揉着自己的膝盖。

黑夜和兰陵王在石灰岩悬崖山脚瘫坐时，王超正躲在离他们不到50米的灰杉林。

王超先到两个小时，已经沿着山脚线来回摸索很久了，一直没能找到他记忆中通往塔钦镇的山路，正在着急想出路时，听到了黑夜和兰陵王的声音。早上他偷拿了铁骑的水杯和刀刀的求生工具时，已经在心里念过一万次对不起，特别是对刀刀。唯一让他心安的是知道生火对刀刀不是什么难事，他拿走刀刀的火石是想推迟一下大家走出山谷的时间，这样他才能赶在所有人前头完成任务，拿到最后一块碎片，他才有筹码跟战队谈判。

王超只想把他损失的那台车补偿回来，多的一分都不要，他为这个游戏付出的代价最大，这是他应得的。

虽是一直这样给自己打气，此刻见到黑夜和兰陵王，王超还是吓了一大跳。黑夜那张逮谁都喷的毒嘴、兰陵王说来就来的拳头都是他害怕的。王超胆战心惊地往后退，一直退，使劲退，直到他一脚踏空，整个人往下坠落。他的第一反应是要大喊出来，然而他张了张嘴什么声音也没发出来，还没等他想好下一步怎么办，他已经结结实实地着地了，后脑勺一阵剧痛，两眼一黑，王超失去了知觉。

躺着的兰陵王听到了一声闷响，警惕地坐了起来："你听到什么声音了吗？"

黑夜摇摇头，她的注意力都在自己身上："奇怪，都没走多远路，怎么膝盖疼得这么厉害呢？"

"我真的听到什么声音，别是有什么野兽……"兰陵王站了起来，紧张地抄起一块石头在手里，一边观察，一边往杉树林里走。

黑夜嘴上说着让兰陵王快走，等兰陵王把她独自撇下后，她立刻胆怯起来，尤其是听兰陵王提到野兽，她赶紧抄起一块更大的石头，紧跟在兰陵王身后。

"咦，这里有个洞？"兰陵王瞧过去，"不会是猎人的陷阱吧……"

兰陵王紧张地举着石头往下探看，生怕有什么动物从里头窜出来，以便一石头砸过去，黑夜则警惕地站在他身后，等他先探明白情况，不料等来的是兰陵王一声惊呼："天！"

黑夜赶紧凑过去，一看也惊呆了："王超！"

这是一个直径在1米左右、深度超过4米，外窄内宽的喇叭状地洞。它隐藏在杉树林的丘陵地带不易发觉，幸好正午的光线穿过群山和杉林的遮挡，向正下方投入一束光亮，照见王超四仰八叉地躺在那里，双眼紧闭，不省人事。可怕的是他的身边有一些散乱的骸骨，能看出是一头还没腐烂完的野牦牛。

"王超！王超！"兰陵连喊几声，没见王超有任何回应。

"别喊了，他肯定是掉下去摔死了。偷了我们的水和火，活该！"黑夜恨恨地说。

"他这是掉进陷阱了吗？"兰陵王还在奇怪。

"不像是陷阱，谁会来这种地方挖陷阱，不过也有动物掉进去过，你看那些骸骨……"黑夜观察着地洞四壁，"你看这是个石头洞，可能是天然的。"

"怎么办？我们要下去救他吗？"

"这么深怎么救？你什么工具都没有，下得去上不来，可别指望我能拉你。"

"兄弟，别怪我不救你，我自己还没活路呢……"兰陵王犹豫地又看了一眼没有动弹的王超，转身追着黑夜喊："哎！等等我！你要上哪去找出路？"

"王超既然也穿过树林到了这里，证明他知道出口在这附近，我们沿着山脚一路摸过去，总会有个缺口能出去的……"

3

到上午十点，八人小组已经把挤出来的湿泥水烧开沉淀，每人补充了大概400ml水，还分食了一整棵仙人掌肉，虽然这仅够垫个肚子底，但也足以恢复信心和士气了。

现在巴浩凡事都先跟刀刀商量："刀刀，你觉得我们应该往哪走？"

"现在我们得派人往上爬，到尽可能高的地方观察地形，这样才能知道撤退路线。巴浩，咱俩去吧。"

刀刀站了起来，但起身太快，似乎犯了低血糖，闭上眼睛半天没动。巴浩赶紧扶住了他："还是我一个人去吧，红芙，再给刀刀喝点水，他体重大，消耗和需求也比我们大……"

"我和你一起去。"

红芙突然接话，巴浩猜她可能有话要单独和他说，内心一阵激动。

"我没事……"刀刀挣扎着还想动。

巴浩把刀刀摁在了原地："听我说，你再储备一些水，我们带在路上喝，这个和我们去观察地形一样重要。"

刀刀取过自己那条沾满泥浆又烤干的头巾："你把这个绑在膝盖上吧！别嫌脏。大家也把头巾给他们吧。"

众人不解地看着刀刀。

"在高原爬山很苦的，可别受伤。"

"可是你需要头巾挤泥水啊！"

"不用了，洞里一会儿就有新积水渗出来。"

随着海拔升高，上山的路变得越来越陡峭，巴浩和红芙是八人小组中身手最好的，却也是爬一段便坐下来喘气，顺便观察地形。两人一直沉默地爬山，有陡峭处默契地相互拉带一把，一直没有对话，直到第五次歇脚时巴浩终于忍不住了。

"红芙，被困在这个地方也是你的计划吗？"

红芙瞪了他一眼："你以为我想给你们陪葬吗？"

"对不起……去年我去冈仁波齐转山没走这条路，差点以为王超也被你们收买了。"

红芙有些困惑地说："一个像你这样没有信仰还挺有主意的人，为什么会去转山呢？"

"我喜欢户外，什么样的仪式不重要啊！"巴浩被问蒙了，"谁说我没信仰？我信善，信正义，信公平……"

红芙冷笑："真信正义和公平的话，你就不会为了帮王超推卸责任，把一件还没查清真相的事定性成自杀了。"

"我真的不是帮王超，不过是讲了些实话，我对刘姿君，不，我对你姐没有恶意，请你相信我。"

一提这个话题，红芙就痛苦地闭上了眼睛。

巴浩叹口气："这两天我已经把事情的来龙去脉想清楚了，他们老认为彗星就是铁骑，其实彗星是你和铁骑两个人组成，刀刀是你们的雇佣军，至于牛叔、老喇嘛那些人应该是临时雇的，做事的人并不了解全盘计划。"

"你以为这世上所有人都会为钱打工吗？"

巴浩想想："也是，别的人倒罢了，能请动扎什伦布寺的上师参与的确奇怪。"

红芙声音低沉下来："人家是在帮我们解心结，超度她。"

"别怪我没听你的话退出，我真怕你一个女孩子卧底在这些人当中有危险……"

"瞎操心，这群蠢货不是我对手。"红芙冷笑。

"我也担心你伤害他们，不知道他们到底跟你和铁骑有什么恩怨，会不会也跟你姐有关，能不能坐下来好好谈谈呢？"

"谈谈能让我姐回来吗？"

巴浩心里一紧："真的都因为你姐？铁骑和你是什么关系？你们为什么要组织这个计划？"

"巴浩，你真的很喜欢多管闲事……实话说吧，这就是个给我姐祈福的计划，我姐不幸在西藏走了，我们就按藏族人的习俗，找一帮人去转山转湖挂经幡，希望她的灵魂得到安息。"红芙面色平静。

巴浩摇头："如果是这么简单，根本没必要花那么大代价。你姐姐的事我和王超确实有责任，但黑夜、奶茶、沁子那些人，天南地北的，第一次来西藏，总得和你姐有点关系才能为她祈福吧？你们的计划到底是什么呢？"

红芙的眼神又变得恶狠狠起来："你最好相信我，不然是自讨苦吃！"

两个人跌跌爬爬，又上挪了几百米，巴浩的体力已经到极限了，他大口大口地喘着气，干冷稀薄的空气沿着呼吸道一直进了他的肺里，他已经感觉到疼痛了。

"不行了，就这儿吧，不然我们下不了山了。"巴浩一屁股跌坐下来。

红芙也喘着气站在他身边，俯视山谷。虽然对面的高山仍然挡住了主要视线，但谷底那条狭长的山路是尽收眼底了，山路从右边蜿蜒进来，又从下方营地位置延伸消失在左边山脉，那是之前黑夜和兰陵王行走的方向，路虽然消失不见，但在群山包围中出现了一小片养眼的灰绿还是让人很激动，更让巴浩激动的是不远处那座金字塔状的雪山。

"冈仁波齐！那就是冈仁波齐！去年我还在那转了山！"巴浩喊了起来，他激动地举着自己户外腕表上的小指南针对着冈仁波齐。

方向没错，神山确定无疑。

红芙遥望冈仁波齐，一脸悲伤："重走她走过的路，我还是不明白她在想什么。"

"她选择隐姓埋名在异乡结束生命，一定有过不去的伤心事，可能伤害特别大，大到她不得不逃离熟悉的环境，但她是善良的，她没向任何人诉苦，也没伤害别人，她只想安静地离开……"

巴浩措辞小心。红芙却从鼻子里冷哼了一声。

巴浩内疚地说："你应该恨我，这件事我也一直很内疚，可我是真的怕水，就算勉强下了水也是一起死……"

"你觉得我会信吗？一个得过深圳市少儿组自由泳冠军的人会怕水？"红芙冷冷地说。

巴浩大惊失色："你怎么知道这个？这件事，这件事已经再没人记得了，连我自己都快忘了，我是因为，因为……"

"别说了！我不关心你的借口！"红芙愤怒地打断了他，站起来认真观察地形，"你还是先想办法怎么从这里出去吧！"

"要不我们来个君子协定吧！红芙，在我带大家安全撤退前，不管你有什么计划都按兵不动好吗？"

红芙这次倒也爽快："行，你也答应我，在安全撤出前，不要跟那些人透底。"

一男一女在这个海拔4000多米、阳光普照、离天很近的地方击掌为盟，巴浩心里是热乎乎的："红芙，虽然事情落到这个地步，我还是相信你的。"

红芙略显诧异："为什么？"

"直觉吧，虽然你另怀目的，但本质上，你是个好人。"

"直觉是个能骗人的东西……"红芙凝视着他们来的方向，"看，那里有一个岔路口，这边还有一个，估计两个岔路口是把对面那座山绕了一圈，所以昨晚我们一直在山谷里兜圈子……"

"王超是个老司机，怎么会连有岔路都不记得呢？"

"你不是吼过刀刀了吗？你说得对，王超就是故意带我们绕路的……"

巴浩有些抱歉地说："我是为了让刀刀冷静下来，不过我还是觉得王超没这么坏，两年没来这条路，他可能真是记错了……"

"那他偷水杯和火石呢？"

巴浩语结："好了……我不跟你争这个……你看，那就是我们进来的山坳吧，不对啊？怎么那里的山那么高，昨天的泥石流只不过是把车埋了而已！"

红芙喃喃道："完了，一定是昨晚泥石流还在继续，把整个山口都填了……"

巴浩和红芙面无人色地对视一眼："也就是说，如果我们想撤退，得带着他们翻过那座泥石流山，这绝对办不到……要不我和你先出去找救援吧？带直升机进来就能救他们了。"

红芙一怔："你有把握翻得过去吗？泥石流会不会把人给吞了？"

"没把握，我现在头痛得连回到营地都困难，可要是我俩不出去，大家就更没希望出去了，所以得搏一搏。"

红芙脸上浮起一丝古怪的笑："那就是天意，人不留客天留客。"

巴浩没听懂红芙话里的意思，也没工夫琢磨，他拍下了那个位置的视频，急着赶快回到低海拔一点的营地，好让头痛缓解。

果然不出巴浩所料，营地留守的队友们一听来路被泥石流封住就炸锅了，囡囡扁嘴大哭，沁子失魂落魄，Summer 索性往地上一躺，虚弱地呻吟着："我走不了，我不可能走得出去。"

刀刀和奶茶倒还冷静，一起研究巴浩拍到的视频，当他们看到那座雪峰时，刀刀兴奋起来："那就不是冈仁波齐吗？看来真的不远了，黑夜和兰陵王走的方向是对的！"

"这下面那片绿色是森林吗？"奶茶的关注点却不同，"刀刀你不是说冈仁波齐天气苦寒，没什么树木能生长吗？"

刀刀放大相机屏幕，查看着那一小片："看起来真的像森林，冈仁波齐附近没树，这个巴浩也知道的，不过西藏地形复杂，一山有四季，十里不同天，海拔高低对环境影响很大……"

"好吧！这个不重要，重要的是我们撤退的山坳已经被填了，而冈仁波齐确定就在前方，而且王超黑夜他们两拨人都没有撤回来，证明前面是有路出去的，以他们的脚力，恐怕现在该到塔钦镇了吧……"

奶茶终于理清了思路，和往常一样，他的冷静分析得到了队友们一致认同。

"所以，你的意思是我们也要往前走？"红芙问道。

"回撤的路没了，想出去恐怕只有往前走。"

"啊！"囡囡和沁子止了哭，Summer 发出一声畏难的叹息。巴浩看着红芙，红芙却和铁骑交换了一个眼神。

"我同意往前走。"红芙先举起了手。

"我也是。"铁骑第二个。

奶茶握住Summer："老婆，我一定会把你带出去的，相信我，好吗？"

Summer沉默着，任凭奶茶握着她的手一起举了起来。

现在一半人数支持前行，听谁的好？

囡囡哭了起来："我要回家，不要大奖了。"

沁子看着刀刀，刀刀皱眉思考着。

红芙朝巴浩挑了挑眉："你不是说要陪我走到底吗？"

巴浩闹了个脸红："我还是听刀刀的……"

"刀刀！"红芙恼怒地叫道。

"哎！"刀刀如梦初醒，"现在情况有点复杂了，不管是前进还是撤退我们都没把握……"

"这好办，扔个硬币。"红芙摸出一个钢镚，一弹指，然后飞速把钢镚压在手背上，"你们选吧，如果这次天意都不支持撤退，你们就得乖乖往前走了。"

几个没投前进票的人对视了一眼，巴浩替大家做了决定："那选花吧。"

红芙把手缓缓挪开，国徽。

然而刀刀清清嗓子："我们可以往前走，但在这之前，必须再进昨晚的岔路口走一遍，进山的路虽然封了，那条让我们一直兜圈子的岔路没准能有什么收获，我总觉得不应该只有一条路能进这片山区。"

众人你看看我我看看你，这次全票支持刀刀的提议。

下山时已经进入午时，太阳当空高照，刚补充下去的水分又开始加速蒸发。刀刀不厌其烦地嘱咐大家："美女的包包全给帅哥背着，大家把冲锋衣罩在头顶以免晒伤，然后把头巾或者小衣服绑在膝盖上……"

"下了山走平路不用绑膝盖吧？"红芙问。

"必须要，不然晚一点你的膝盖会像针扎一样疼……"刀刀蹲了下去，把巴浩还给他的头巾又绑在红芙左膝，而右膝则绑了他速干裤取下来的半截裤腿。

"不用啦……只穿半截裤子你不冷吗？你自己拿什么绑呢？"

"我没事，减震系统比你们多，一会儿温度就升起来了，你这是帮我减轻负担呢。"刀刀一脸轻松地说。

4

王超从一个漫长的梦里醒过来了，他是被全身上下剧烈的疼痛疼醒的，一睁眼发现自己躺在一个幽深的黑洞里，只能看到头顶高处洞口投下来的光线时，顿时吓了一跳。一摸后脑勺，竟然摸到了一手血，再往旁边一摸，竟然抓到一根白骨。他第一时间没有认出这是根牛腿骨，吓得魂飞魄散，把白骨一扔，手一撑想爬起来，左腿却一阵剧痛，别说站立，连挪动半步都难。

他躺在一堆散发恶臭的动物骸骨里，身上只带了一瓶剩个瓶底的水，撑起上身，一个破碎的小指南针压在他身下，小刀火石还在兜里。王超花了十分钟才想明白他是怎么掉进这个洞里的，他清了清嗓子，还好能发出声音。

王超大喊起来："救命啊！救命啊！刀刀救命啊！"

王超很羞愧，紧要关头他喊出的还是刀刀的名字，可是不对，刚才在地面上，他最后看到的是黑夜和兰陵王，于是又改口："黑夜！兰陵王！救命啊！"

王超呼救时，黑夜和兰陵王正顺着山脚线寻找出口，正好折回到洞口附近，兰陵王首先听到："哎，王超没死！"

黑夜无动于衷地继续走着。

"哎！我说王超没有死，我们得去救他！他身上还有水呢！"

黑夜舔了舔干涸的嘴唇，尖刻地怼了一句："你到底是想要水还是想救他？"

兰陵王被说中心事，焦躁地说："水和人一起救不行吗？"

"怎么救？"

"我们可以撞断一棵树给他搭个梯子，让他自己爬上来……"

"人肉撞树？"黑夜难以置信地瞪了兰陵王一眼，转身便走，"要撞你撞，我要去找出路了，说不定出口就在我们没走过的那半边……"

兰陵王看着黑夜的背影，又回望了一眼王超发出声音的方向，咬咬牙，还是跟上了黑夜。

他们之前已经在这个群山之间的盆地走过对角线，又花了同样时间走了西南半圈，别说有出路，就是连个矮点的，有希望能爬上去的悬崖缺口都没找到。黑夜捡了根枯枝当拐杖，兰陵王也不时扶靠山壁步行，两个人的脚步已经越来越沉重，速度也越来越慢。

黑夜突然停了下来，吃惊地观察着前面的地形。

本来盆地西侧全是陡峭险峻的石灰岩山，此刻，他们眼前却出现了一大堆大小巨石垒填的一座山头，像上帝用一个重锤砸碎了一座石灰岩山，掉落的石块不仅填充满了整座山坳，形成新的高山，甚至外挤，蔓延到了山谷中的盆地，将盆地西北小半地盘都占满。

沿着山石外流的痕迹，山间盆地的地上依稀能看到一条旧路的痕迹，因为那里的草皮比其他地方要浅要新。

"怎么了？"兰陵王着急地瞪着面无人色的黑夜，这一天一夜他已经被各种意外吓怕了。

"完了，出山的路不可能有了。"黑夜瘫坐下来。

"什么意思？"兰陵王的声音拔了一个高度。

"王超没说错，这里的确曾经有一条车道，但不知道什么时候这里发生过泥石流，不，泥石流没这么大威力，应该是地震，或者被人炸过山，对，是修路打隧道，肯定是那边炸山引发的共振……总之碎石已经把这条路彻底堵死了，所以这条路也荒了，被草皮覆盖了……"

黑夜直挺挺地瘫了下去，这次她完全没在意地上脏不脏。

"那我们怎么办？再不喝水我就要死了，不就是石头山吗？我看爬过这座山总比那些悬崖容易。"兰陵王焦躁地捏着手指关节。

"别逗了，我们没水没粮的，爬不到一半就会累死、饿死、渴死，再说你看这些碎石往盆地都滚出这么多，往前还不知道占了多远地方，我们不可能从这里直接去冈仁波齐了。"

"那现在怎么办？"

"不知道，早知道和刀刀他们一起撤退，等路通了再去完成任务就好了，现在可能他们已经回到国道找到救援了……"黑夜失落地说。

"跟着你真是倒霉透顶，还不赶紧往回走？"

"我走不动了，膝盖疼得像针扎一样，就算我还像早上的身体状况，从我们这里撤到国道起码要6个小时时间，那时天都黑了，太可怕了。"

"不行，没有水我走不到，我得去找王超。"兰陵王转身便走。

"哎！我怎么办？"黑夜挣扎撑起上半身。

"你不是很能吗？自己走吧。"

黑夜给了兰陵王一个白眼，正要重新躺下时，突然发现碎石山上有什么东西在盯着她。仔细一看，天！是两头狼！它们正目光炯炯地看着她，虽然他们之间还隔着几百米距离，但它们居高临下，黑夜仿佛已经看到它们飞跃俯冲下来撕咬自己的场景。

黑夜一个激灵从地上弹了起来："等等我！"

"膝盖不疼了？"兰陵王不解地看着她。

"呃，我突然想到王超也许还知道别的路，去问他一下也好。"黑夜慌乱地解释着，她不想告诉情绪越来越不稳定的兰陵王这里有狼。总之，她不能单独待在这里了，还要尽快离开这个没有水源、食物、出路的地方。

两个人返回到王超掉下去的地洞时，王超已经喊了两个多小时，喉咙沙哑、几近崩溃。当兰陵王的头出现在洞口时，王超真觉得他是世界上最帅的男人，眼泪一下涌了出来。

"兰陵王！救我！"

"你没事吧？"

"左腿怕是断了，根本动不了，脑袋也摔破了，不过现在血已经止住了，你快把我弄上去吧，求你了。"

兰陵王观察着王超，发现他冲锋衣的前口袋鼓鼓囊囊，露出半截水杯，心里一喜："行，我给你找根树枝过来，等着啊……"

黑夜在洞口边疲惫地坐下了，一会儿趴着看看洞里，一会儿东张西望看狼有没追过来："王超，你知道还有别的路出去吗？"

"当然有。"

"在哪？怎么走？"黑夜来精神了。

"这个还是等我上去之后带你们走吧，没我你们也找不到……"王超虽然强笑着，但眼睛不敢跟黑夜对视。

黑夜冷笑了一下，不再追问。

现成的树枝不好捡，兰陵王试了下，哪怕最细的灰杉，他也没法徒手弄断。他站在一棵细高的灰杉前，背向而立，大吼一声，用背臀向它撞去，连撞了三四下，在黑夜的目瞪口呆中，灰杉应声而倒。

兰陵王把灰杉树探进了地洞。这棵树有4米多长，刚好够着底。

"你抓着它爬上来！"

王超拖着不能动的左腿硬撑起了上半身，救命杆是抓住了，可这么细的树如何能支撑一条腿废了的人爬上地面？洞口往下呈喇叭状，王超根本无法从石壁借力。王超犯难了，仰头喊道："我腿使不上劲，爬不上去！而且它会断！"

"那你先把身上多余的东西挂在树上，我先提上来，少一样算一样，比如衣服啊、鞋啊、水杯啊……"兰陵王焦躁地咽了下口水。

"哦……"王超开始解衣服却又停了下来，狐疑地抬头，"那些东西减不了多少重量，你还是去找一根粗点的树救我吧！"

"那你先把水杯挂在树上给我。"兰陵王已经没有耐心哄王超了。

这时王超已经明白了兰陵王的用意，他摸了摸揣在冲锋衣兜里的水杯，知道如果给兰陵王看到水杯也空了，一定不会再救他。想到这里，他赶紧拍了拍水杯，满脸笑容看着兰陵王："我的水还没动过，全给你喝，只要你能把我弄上去。"

"你先把水杯递上来，我就把你弄上来。"兰陵王寸步不让。

"那你下来喝水吧，这下面还连着别的洞，我都听到滴水声了，这下面肯定有水源，你要不要下来？我可要去找水了。"

"你想骗我下去，我才没这么傻。"兰陵王警惕地把头缩了回去。

"哎！没骗你，你看，我爬给你看，真的有……"

兰陵王吃惊地看着王超上半身消失在洞底看不见的黑暗处。他坐到了洞口，想顺着刚放的树枝下去，却又犹豫地看了一眼黑夜。黑夜的眼神还向着头顶的悬崖，她看到刚才那两头狼已经转移到这边的悬崖之巅了，虎视眈眈。

"哎！王超说下面有水源，我要不要下去？"兰陵王问黑夜。

"如果下去之后你还有办法上来的话，那你就下吧……"黑夜一脸紧张地站了起来，"我得走了，我要原路撤退。"

"为什么？"

"有狼……"黑夜打了个冷战。

"啊！哪里？在哪里？"兰陵王也一骨碌站了起来，不用黑夜指，他已经看到了悬崖之巅的狼，第一反应便是跟着黑夜开跑。

"哎！哎！别跑！兰陵王！黑夜！救我啊！你们别扔下我不管啊！"

地洞里传来王超绝望的叫喊，但这完全挡不住黑夜和兰陵王的步伐。

5

从营地下到山谷，路程太艰辛了，几个姑娘里，连身体素质最强的红芙都开始腿打哆嗦，更别说其他人。囡囡好歹是连滚带滑地下来了。Summer 和沁子几乎是被人架下来的。这两个病号唯一的不同是：沁子坚决要自己走，但大家不让。Summer 则一路都在哀号。

众人连扶带架，连哄带劝，Summer 仍说走不动，巴浩的耐心终于耗光了："真的不想走，我们可以把你留下！现在是求生，不是在家打游戏！"

Summer 一脸憔悴："对不起……"

刀刀把巴浩拉开："算了，她也不想这样，要不你们先走，我和奶茶扶她跟上。"

巴浩余怒未消地说："我答应过要带你们出去，你们自己也要努力！这里没有谁欠谁！"

Summer 咬牙，一瘸一拐地走向了昨晚他们绕了一晚上的岔路口。

这个岔路口和他们进山的路况几乎一模一样，两边也都是风化严重的砂石山，在里头行走如同头悬利剑，大家都不敢大声说话，生怕又引发一次泥石流。正如巴浩分析的，这条岔路是将右侧的大山包抄了一大圈又回到主路，全程都没有看到任何可以出山的迹象，他们在岔路走走歇歇了两个多小时又回到了主路，往前就是黑夜和兰陵王选择的方向了。

几个体弱的姑娘大失所望。

刀刀叹了口气："巴浩是对的，咱们往前碰碰运气吧。"

一行八人继续开拔。这时日头已经偏西，早上塞牙缝的那点口粮和水早蒸发到火星去了，也许因为巴浩发过飙，再也没有人呻吟和埋怨，就在所有人都觉得这条山路漫长得没有尽头时，一个拐弯，一大片低洼处的灰杉树林跃入眼帘。

"森林！"囡囡欢呼起来。

"冈仁波齐！"刀刀喃喃道。

要知道看到冈仁波齐等于指路明灯，而且在这荒芜之地看到一大片绿，哪怕是发育不良的绿也是如此让人欣喜。就在全员欢呼雀跃时，Summer 一声不吭栽倒在地上。倒下之前，她又吐了一口带血丝的痰。

全员都围了过来，铁骑用指甲掐了 Summer 的人中，她醒了，艰难地对奶茶说："对不起老公……我的脑袋像被炸了，我尽力了……"

铁骑给 Summer 做了简单的检查，面色凝重。

奶茶和巴浩同时问："她怎么了？"

"发烧了，至少 39 度，而且肺腔有异响，很可能是肺水肿，她真的不能走了，我们得想办法给她补充水分和食物，不然在这高原上……"铁骑没说完，但大家都意识到这次 Summer 真的不是矫情了。

现在他们的位置在盆地入口，巴浩目测了下距离，全员直线穿过这个地方至少两小时，后半程肯定已经天黑，在路线还没认准的情况下摸黑赶路是危险的，昨晚已经吃了大苦头了，而且现在 Summer 倒下了，怎么办？

巴浩还在犹豫，刀刀提议："我们在这里扎营吧，先把今晚熬过去再说。"

"又喝泥巴水？不行，我去找找有没有水源。"铁骑主动请缨寻找水源。

"昨晚都快冻成狗了，我宁愿走路累死也不要冻死。"囧囧心有余悸。

"我们得生个火，这里有树枝！"巴浩倒是有点兴奋。

"我们的火种可没带下来，而且现在阳光已经照不进来了，刀刀不可能再搞凸透镜点火。"奶茶抱着 Summer 忧虑道。

"没事，我可以钻木取火了，你们等着吧！"巴浩兴奋地钻进树林捡柴。

刀刀却东张西望着。

"你找什么呢刀刀？要我们开始挖泥吗？"红芙忍不住问。

"得先给大家找个庇护所，这里树多草多，野兽肯定也多，得找个避风、安全又方便观察的营地……"

刀刀的视线落到了一个小山丘，两棵长势最高大的灰杉上。那两棵树枝繁叶茂，周围地势略高，更易观察和防御周边野兽，但缺点也是地势较高，防风能力较差。刀刀找囧囧要了一根她衣服上的飘带，高高举起观察了一会风向，确定了这天主要是西北风。

借了铁骑的藏刀，刀刀砍起树来。

巴浩不解地问："刀刀，我已经捡了些干柴了，他们也捡了些干粪，还用得着砍树吗？"

"要的，我们得搭个屋顶，挡挡风，也许还要挡雨挡雪……"刀刀忧虑地看着天边通红的火烧云晚霞。

"这么好的天气怎么会下雨下雪呢？我倒是真想它下雨，这样我们就有水喝了。"

"你还记得在小镇看到的幻日吗？看到幻日，72小时之内可能会下雪……"

"不可能，百度可没有这种信息，何况今天中午气温都到25、26摄氏度了，下雨也罢了，下雪？你以为当真有六月飞雪吗？"奶茶失笑。

刀刀也不争辩，默默砍倒了三棵灰杉，一棵架在了刚才看好的两棵树树干上当房梁，另外两棵斜向拼成一个三角形窝棚支架上，用伞绳绑紧固定，然后把附近灰杉下面的带叶树枝都砍下来搭在了支架，他特意把带叶的支架搭在了西北方，这样可以抵挡大部分寒风，庇护所现在可以挡风雨了，虽然简陋，却足以挤下他们八个人。

做完这些刀刀已经累瘫了，巴浩接替他砍下更多杉树叶铺在地面当床垫，奶茶忙着指挥姑娘们帮他把Summer转移到新营地，去找水的铁骑也回来了，他带回来一小捆仙人掌，显然不满意此行的收获。

"找了半天就这一点发育不良的仙人掌，这附近没有水源，看样子我们又只能喝泥巴水了。"

"不用了，今晚老天爷会给我们送水来的。"刀刀看了看渐渐暗下来的天色，见铁骑留意到新搭起的棚子，刀刀抱歉地说："你的藏刀让我刚才砍树砍卷了，回头我给你找把新的。"

"无所谓。"

铁骑嘴上说着无所谓，却皱着眉摸着那把卷了边的藏刀。

巴浩已经找齐了当火绒的杂草和一大两小三根树枝，大树枝削出一个平台，小树枝其中一根比较弯，取下绳带把它两头一绑，松松绑成弓，另外一根直树枝削尖当钻木，另一头捆上弦来回地拉。他想在红芙面前露一手钻木取火的手艺。这个方法他在《荒野求生》节目里看过很多次，真到自己实施却发现其实很难，他不停地拉弓打钻，树枝平台已经被钻了一个洞，甚至冒起了青烟，但始终没有火星出现。

巴浩已经满头大汗，双手起泡了，铁骑看不下去，接过来替他钻了半小时，还是只见青烟不见火星。

红芙忍无可忍了："你俩到底行不行？不行让刀刀来！"

"是啊！让刀刀来！"囡囡和沁子也都附和，这时气温已经开始下降，最怕冷的她俩已经抱成一团了。

"刀刀……"巴浩不得不求救。

刀刀看了看巴浩的家什，直接把弓弦取了下来。

"已经冒烟了，你接着钻肯定会出火星的。"巴浩还是不甘心。

"我试个笨办法看行不行。"

刀刀把地上那根大树枝劈成两半，其中一半挖了条槽沟，然后拿起刚才巴浩的钻木开始来回在槽沟里犁。刀刀快速地犁着，不一会便犁出了青烟，这时钻木头已经炭化，出现了火星。刀刀赶紧把火星放在火绒上，吹啊吹啊，火苗腾空而起。

"哇！"虽然刀刀再次生起火是意料之中的事，姑娘们还是开心地喊了起来。

"为什么我和铁骑钻了这么久都没火星，你一犁就有火了？"巴浩郁闷地问。

"你们钻了那么久，钻头已经炭化了，我捡了个便宜。"刀刀这样谦虚，但谁都看得出来，他只是不想居功才安慰巴浩。

解决了庇护所和火，刀刀再度拎着藏刀站了起来。

"刀刀别忙了，我听到有动物在喘大气，不知道会不会是熊……"奶茶惊恐地张望着。

"别想太多，火烧旺一点，你们先吃仙人掌垫垫，我再给你们去弄点吃的。"

"怎么弄？你不是要打狼吧？"巴浩来劲了。

刀刀笑笑不答，巴浩跟着他走，却发现刀刀在树林里一棵一棵凑近了观察，突然他在其中一棵停下了，挥起藏刀砍去，然而这次他不是要砍倒这棵树，而是砍开树皮露出里面的白瓤，然后把那一层柔软的白瓤割了下来。

"你要吃树皮？"巴浩惊讶道。

刀刀放了一块在自己嘴里嚼起来，又递了一块给巴浩："你试试。"

巴浩直摇头："我不饿。"

他哪里是不饿，30个小时只吃了几块仙人掌，早就前胸贴到了后背，但要啃树皮……巴浩咽不下去。

刀刀也不勉强，在树林里剥了三棵树的树皮后，他还摘了些松针。

巴浩忍不住再次发问："这些树不都是一样的树吗？为什么还要找？随便剥一棵就好了。"

"不，树皮能吃的是紫松，不能吃的是灰杉。"

"明明长得都差不多……"

"紫松叶像针一样一簇簇向外长，灰杉针叶比较短而且不是一簇簇的。你看这里大部分是灰杉，很少有其他树木，因为杉树的根挤在地表，别的树木很难扎根，我们能找到这几棵紫松很幸运了。"

"那你摘这些松针做什么？"

"等有水了可以给大家煮松针茶，补充点维生素，那样对 Summer 的病也有帮助。"

巴浩像看外星人一样看着刀刀："你想改善泥巴水的口感？算了，你就是加高汤也不能把泥巴水煮美味。"

刀刀也不辩解，他找到一根能弯曲的树枝，拿出那根伞绳打了个活结将树枝拉弯，然后小心翼翼地把伞绳这头压住。

巴浩不解地说："你这是干什么？"

"大家都一天一晚没吃东西了，很需要补充蛋白质，我想设个陷阱看看能不能抓到过路的小动物……"

"就凭这根细绳子？连个诱饵都没有，这能行吗？"巴浩怀疑道。

"没办法只有这个条件，希望有小动物经过时会踩到，就会诱发树枝弹回、活结收紧，把动物一只脚吊起来。"

刀刀给巴浩讲解着原理，巴浩将信将疑地点头。

忙完这些刀刀依然没有停下，他在最粗的那棵松树疤节较少的向阳面树干上刮去粗皮，然后在刮面正中开了两条沟。

"这又是干吗？"巴浩更不明白了。

"看看能不能收一点松脂，也许关键时候能当火把。"

新营地已经按刀刀吩咐生起了两堆星形篝火，熊熊燃烧的火焰映着每个人的脸上新晒出的高原红，现在大家心情好多了。

铁骑老远迎上来："刚才我去挖了几处地方，泥巴都不够湿，挤不出多少水，好奇怪，这个有树林的盆地怎么还不如高处的岩石缝湿润呢？"

"山上的湿泥是因为有融雪流下来，盆地是环境特殊锁住了水汽，但水分都分散到植物上了，所以泥不够湿。"

"那我们还需要去高一点的地方挖湿泥吗？"

"不，先忍忍吧，最迟早上就会有水了……"

刀刀边说边把树皮一条条搭在火边烤。分烤过的树皮给大家吃时，只有沁子接过去了，其他人都有些为难，毕竟只有沁子一个人是素食者。

沁子嚼着烤树皮，一脸惊喜："好好吃！"

红芙第二个吃，也是眼睛一亮："真的好吃！一天没吃东西了，这个简直是菲力牛排！"

大家都将信将疑地吃了起来，虽然不像两个姑娘形容的那么夸张，但对于饥肠辘辘的他们来说，这些松软的树皮真的堪称大餐。只有 Summer 什么也没吃便沉沉睡去，她一直在喊冷，但身体滚烫，奶茶把她挪到火边，恳求铁骑："你救救我老婆吧！"

"她需要大量的水和退烧药，需要补充能量，在这里我一点办法都没有，要不你去山上挖点湿泥来吧。"

奶茶看一眼黑漆漆的山，缩回脖子打了个冷战，俯身柔声道："老婆，你再忍一忍，刀刀说晚上会下雪，下了雪你就有水喝了。"

巴浩看到红芙和铁骑交换了一个厌恶的眼神。

刀刀吃了两片，疲惫地靠在树旁，微笑地看着众人狼吞虎咽。

"刀刀吃啊！不要还当你是雇佣军，现在你才是带领我们求生的队长，你吃饱才能救我们。"巴浩真诚地说。

刀刀笑笑："我饱了。"

几个队友吃饱后就倒了下去，很快便发出了呼声，巴浩却睡不着。

"刀刀，你是王超带进拼图游戏的，为什么彗星选了你当内应呢？我不问你游戏内幕，只是对你这个人越来越感兴趣了。"

刀刀苦笑："我这样的人，只要有钱赚啥活都接，不值得你感兴趣。"

"不对，你要是眼里只有钱的人，就不会在自愿淘汰后还跟来照顾大家。"巴浩凝视着刀刀那张被火光映得黑红黑红的脸，"究竟是什么让你付出这么多？"

巴浩想起来，这两天红芙和刀刀几乎没有正面交流过。前些天他们俩还有说有笑，巴浩甚至因为刀刀对红芙的情意吃了醋。现在他们形同陌路，仅仅因为内应身份暴露了吗？之前的友好关系难道全是演戏？那红芙亲近自己也都是演戏？

想到这里，巴浩心里一颤。

刀刀没有接话，红芙却开了口："刀刀和王超是在无人区同生共死过的战友，王超叫他做的事，怕是上刀山下火海刀刀也会愿意吧。巴浩你这种眼里只有自己的人是不会明白的。"

"难道我在你眼里真的这么不堪吗？"巴浩的心一阵刺痛。

面对巴浩痛苦的眼神，红芙别过了脸，把嘴唇咬得发白。

刀刀着急了："我说句公道话，巴浩这人是少有的热心肠，他多真实一人啊，他说淘汰自己再跟队是为了保护大家，我信，而且他确实这么做了啊！"

红芙瞪了刀刀一眼："你俩还真是商业互捧。"

刀刀摸头呵呵直笑："要不咱建个夸夸群吧，我觉得我够格当群主。"

"呸！"红芙佯怒。

这是身份暴露后红芙和刀刀第一次直接对话，巴浩对此半是高兴半是尴尬。

6

黑夜和兰陵王在下午五点抵达了被泥石流吞没的山坳，这时八人小组还在岔路上寻找出山的路。黑夜和兰陵王绝望地看着昨天还是小山包的泥石流现在已经变得如同天梯。兰陵王试着往泥石流上攀爬，然而刚爬几步松垮的砂土就把他带了下来，而且从上面涌下来更多砂石。

"别爬了，你这样爬一天也到不了顶，半路还会被泥石流埋了。"黑夜发现自己控制不了双腿在发抖，不知道是因为太累还是害怕。

"好奇怪，他们那些人去哪里了？刚才也没看到他们在营地，他们是怎么出去的？"

"刚才我们不是看到有两个岔路口吗？难道他们从那里出山了？"黑夜困惑道。

兰陵王张嘴就想喊："巴——"

黑夜扑过去死死捂住了兰陵王的嘴，低声怒吼："你疯了！想再来一场泥石流吗？"

兰陵王目瞪口呆，让他吃惊的并不是黑夜的怒吼，而是她那双尊贵的从来不碰任何人的手居然捂在了他嘴上，那是一只细嫩的手，却没有其他女人惯有的脂粉香，而是散发着一种说不出的味道……对了，那味道跟医院很像。

黑夜这时才意识到她的手，立刻从兰陵王嘴上弹开，从胸包里掏出一瓶酒精往手上喷了又喷。

这是个很侮辱人的动作，但她对谁都这样。兰陵王压住心里的不快："那我们怎么才能找到他们？"

"他们肯定是从岔路出去了，对，肯定是……"黑夜的话语很肯定，心里却迟疑，岔路是他们现在唯一能找到出口的希望了，她拖着仍然在发抖的双腿迈开了步子。

"歇会儿再走吧，你全身都在发抖。"兰陵王忍不住提醒。

"抖也得走，你想等天黑了还在这里喂狼吗？"

兰陵王一瘸一拐地跟上了黑夜。他们在走到第一个岔路口时，黑夜再次回望了空无一人的主干道，一咬牙走进了岔路。他们不知道就在他们进岔路口的瞬间，八人小组刚从岔路那一头垂头丧气地出来，因为怕引发泥石流，没有人敢大口说话和喘气。

尽管如此，黑夜还是听到了一点动静，顾不得地上干不干净，趴在地上贴耳听了一阵，惊喜地抬头冲兰陵王："脚步声，有脚步声，他们就在我们前面！"

她把电影里看来的那套原样照搬，却忘了自己并不是能辨八方的顺风耳。

"那赶紧追！"兰陵王精神一振。他已经万分后悔选择了跟黑夜一队，跟着巴浩和刀刀的话，起码他们户外经验丰富，不至于落个24小时没水没粮的地步。

走这条岔路是黑夜和兰陵王一生当中最艰难也最绝望的路程。

这条让他们昨晚兜了一整晚圈子的路，不仅没有了可以回到人间的出路，连个低矮点的山坳都找不到，黑夜听到的脚步声不仅没能指引他们找到大部队，反把残酷的真相彻底撕开——他们被困死在这个无人区，不可能再走得出去了。

从岔路口出来再回到空无一人的主干道时，黑夜的精神崩溃了，倒地大哭。

兰陵王也瘫倒在地，目光呆滞地看着正在暗下来的天空，迟钝如他也已知道，他们已经挥霍掉了最后一点能撤退的希望。

黑夜就那样趴在泥地上，悲痛欲绝地哭着，哭得兰陵王一脸怒气地把她拍醒："把你的杯子给我！"

黑夜仰起头，兰陵王此刻眼睛通红，脸色阴得可怕，她哆哆嗦嗦地把保温杯掏了出来："你，你要干吗？"

"老子要喝自己的尿！"兰陵王恶狠狠地从黑夜手里抢过了杯子。

黑夜后悔已经来不及了，只能痛苦地闭上眼睛，听到滴滴答答的水声滴到她那个从来不让别人触碰的杯子里。

没有进食和饮水，又经过一整天这么剧烈的高原徒步，兰陵王哪里还能尿得出，不过是硬挤了几滴因为脱水已呈浓茶色的尿液而已，尽管只有几滴，兰陵王还是硬着头皮一仰脖喝了下去，喝完他把杯子往黑夜脸边一放："还你！"

一股尿臊味扑面而来。黑夜捂住口鼻，用衣服包住手，一掌把那个杯子打出老远。

兰陵王大笑起来。但这样的笑也是短暂的，很快便转成哽咽，他把脸埋在手掌里，泣不成声："我真的要死在这里吗？我不想死，我还没申冤，我老婆还不肯回家……"

黑夜吃惊地看一眼兰陵王："你能有什么冤？"

"冤大了！"兰陵王一边哭一边骂，"我就是被你们这些文化人冤枉的，把我坑苦了，工作丢了老婆也气走了，害得我躲了几个月才敢再出来打工……"

"关我什么事啊……"黑夜有气无力地说。

兰陵王的倾诉欲却被激发了。

"去年五月份，我在公园修马桶，活干完了就躲在格子里打了会儿游戏，那个厕所挂了维修牌也没人进来，等我出厕所的时候，发现外面放着一件男式外套，我看那外套还挺好的，我穿也合适，我就穿上了。可我一出门，就被，就被那个八婆拦住了，她一个劲儿拍我，问我一些为什么要和女朋友在那里约会……"

黑夜一怔："你说那个八婆就是囡囡吧？"

兰陵王咬牙切齿地说："还能有谁！当时我没理那个神经病，过了两天都把那事忘了，就是感觉到老有人对我指指点点的，后来领导找我谈话问我为什么搞破鞋，真的太莫名其妙了，我什么时候搞破鞋了？再后来好多不认识的人打我电话，一接就是一通骂，还有好多乱七八糟的短信来骂我，你说我这是招谁惹谁了啊？领导说我这种人品德败坏影响公司声誉把我炒了，我老婆也跟我闹离婚，我真的恨死那个八婆了……"

兰陵王又哭了起来，黑夜也悲从中来："你这有什么可哭的，我才惨，因为家里穷，没钱供我读书，我的成绩本来可以上一本的……最后不得不选了个所有人都不肯干的专业，好不容易工作了，也没人看得起我，连家里人都嫌弃我，你说我冤不冤？这世道太不公平了……"

两个难友一起哭泣着，哭着哭着就睡着了。他们实在是太累了，这一天的高强度徒步耗光了他们的所有体力。黑夜睡着前一直在给自己鼓气：你不会死在这里的，一定可以想出办法……

黑夜是被冻醒的，醒来时他发现自己趴在山谷底部的一堆杂草丛里，身体在不受控制地发抖，天色已经完全暗下来了，寒冷的西北风在山谷间呼啸，挟带着冰冷的絮状物扑向黑夜，黑夜伸出舌尖舔了一下，是雪。

"下雪了，有水了……"黑夜叨叨着，她寻找着兰陵王，但四周黑影幢幢，就是不见那个她极其嫌恶的男人，"兰陵王，你在哪儿？"

黑夜带着哭腔喊了起来，她一眼就看到头顶山坡上有几点绿色荧光，她知道，她最害怕的狼还在跟着她。

"别吵，我刚睡着。"兰陵王的声音在不远处传来。

黑夜连滚带爬摸过去。原来兰陵王找了一处沙坑，把自己整个身子都埋了进去，看到他还在的那一瞬间，黑夜的眼泪一下子涌了出来，但这次不再是恐惧的眼泪，而是找到救星激动的眼泪。

黑夜在离兰陵王1米远的地方躺下，也学他那样用沙子把自己埋了起来，只露出冲锋衣帽包裹的脑袋。可这时狼嗥声也响了起来。

黑夜牙齿咯咯作响："还是白天那两头狼，它们会冲下来把我们撕成碎片吗？"

"会。反正横竖都是要死在这里了，我先吃点雪再说。"兰陵王张开嘴，含住天空飘下来的雪花。

黑夜抽噎起来。

"你想死得更快就哭大声一点，站起来喊。"

黑夜立刻停止了哭泣，万分悲戚："你说我们要写遗言吗？"

"写了有什么用！没人知道我们死在这里。"

黑夜打了个冷战。把身子埋在沙坑里其实并没有让她暖和多少，冷得实在顶不住了，她慢慢地把身子往兰陵王那边移，一直移，直到两个人已经手臂碰手臂，黑夜才隐隐感觉到兰陵王身上的热气正在传导过来，那种温度诱惑着黑夜不断向他靠近，最后她甚至抱住了兰陵王一条胳膊，这才终于不再发抖了。

不知道过了多久，黑夜突然感觉到脸上有热气喷来，一睁眼，兰陵王的脸正在她上方，一见她醒了，兰陵王整个身子压了上来，咬牙切齿地捉住她的手："都是你们这些该死的城里女人！"

他五官扭曲，浑身发抖，带着烟味的口气熏得黑夜无法呼吸，这个人已经失控了。

黑夜大骇，吃力地挣扎着："你想干吗？"

兰陵王用右手死死钳住了她的双手，按在她的头顶，然后把她一直抱在怀里的包使劲一拽，带子断了。他抓住她的冲锋衣一提，哗的一声，拉链应声而开，接着他的手伸向了她冲锋裤的松紧带。整个过程黑夜都在搏斗，当兰陵王冰冷的手终于触到黑夜的肚皮时，黑夜绝望地大叫起来："救命！救命！"

兰陵王脸上说不清是哭还是笑："你不是瞧不起我吗？你不是冤枉我吗？好，反正你们说我无耻，那我就做点无耻的事情看看！"

黑夜使出浑身力气挣扎着，然而兰陵王的力气大得惊人，她很快耗光了刚恢复的体力，绝望地放弃了抵抗："呜呜我不是冤枉你的人……呜呜求求你别伤害我，我和你一样是农村出来的，我家里还有好几口人要靠我养……"

兰陵王已经把黑夜的裤子拉下一半了，听到这话却停下手来。黑夜不太确定地把他推开，哆哆嗦嗦地穿戴齐整，把自己那个断了带子的胸包重新抱在胸前，惊魂未定地抽噎着。她的脑子已经一片空白，没有任何主意了。

"狼来了！快起来靠着路边那块大石头！"兰陵王突然低喝。

黑夜弹了起来，退到身后一块大岩石上，在那个瞬间，她看到几点绿荧荧的光正在快速地朝他们这边移动，惊叫道："我，我们，我们快跑吧！"

"你跑得过它们吗？快把围巾围好，别让它们咬你脖子。"兰陵王抓起两块边缘锋利的石头。

黑夜赶紧又整理了下头巾和帽子，但当她摸到魔术头巾的那层薄布时，她心里明白，那根本抵御不了恶狼的尖牙。她下意识把手伸进了胸包，突然摸到里面那把户外刀。

天哪，是巴浩那晚买了想送红芙的刀，那把被她开玩笑抢过来的刀！

黑夜展开户外刀双手紧握。

要不要把它交给刚刚差点强暴她的兰陵王？她犹豫了。

她还没决定好，那两双绿荧荧的眼睛已经移动到了近旁。这是一公一母两头精瘦的老狼，母狼拖着一条蜷缩的后腿，一瘸一拐，跑得很慢，应该是受过伤。它们并不急着扑上来，在不远处与他们在对峙。此刻天色微明，雪花还在飘飘洒洒，人和狼都在吭哧吭哧喘气，但谁也没有妄动。突然间公狼朝左，母狼朝右，两头狼都跑了起来，把兰陵王围在了一个包围圈里。

兰陵王神经高度紧张地左顾右盼，但其实这两头狼他根本看不过来。

狼的包围圈逐渐缩小，很快它们就要发起进攻了。黑夜蜷缩在岩石边，浑身发抖，一句话也说不出来。

兰陵王心想这下死定了，干脆把手里的石头狠狠掷出，母狼惨叫一声，应声倒地，另一块石头也掷中了公狼，但只是在它身上带出一道血痕，把它给彻底激怒了。公狼扑了上来，在那个瞬间，兰陵王清楚地看到了它血红色的眼睛，以及露在外面的那四颗尖尖的狼牙。兰陵王头皮一炸，迅速闪身，护住脖颈，躲过了公狼的扑咬，却把一条腿暴露给了它。公狼死死咬住了他的大腿，兰陵王大叫着倒地，胡乱抓起一块石头朝公狼砸去，然而不管他怎么打狼，狼都不撒嘴，它咬的位置就在大腿动脉附近，兰陵王感觉全身的力气都在迅速消逝。

这次死定了。

黑夜冲了过来，把那把户外刀插进了公狼身上，公狼弹了起来反扑黑夜，黑夜疯狂尖叫起来，她已经感觉到狼涎流到脸上，狼牙就在脸上。紧接着公狼顿了一下，然后就像山一样直挺挺地倒在她身上，黑夜还在叫喊着。

兰陵把那把户外刀从公狼脖颈部位拔了出来，狼血溅了黑夜一脸："别喊了，它死了。"

尖叫声停了，黑夜把糊住她眼睛的狼血抹开，当她看清自己满手都是狼血时又尖叫了起来。这时候的她已经想不到自己可以把狼尸搬开，兰陵王也不给她帮忙，而是拖着伤腿爬到母狼面前，朝那条还在喘气的老母狼捅了一刀。

直到叫得声嘶力竭，黑夜才从散发着血腥的狼尸下把身体挪了出来，这时雪已经停了，天空已经亮了起来，黑夜看到了她此生最恐怖的一幕。

公狼倒在她身边，母狼倒在离她3米远的位置，而兰陵王那条咖啡色的徒步裤右腿已经被鲜血染红，他正背对着她跪在母狼前，不知在干什么。

"你，你还活着吗？"黑夜心惊肉跳地问。

"死不了……"兰陵王转过身来咧嘴一笑，他一头一脸血，右手拿着那把户外刀，左手拿着一块还淌着血的肉："狼肉味道不错，你要尝尝吗？"

黑夜胃里一阵翻涌，她爬到路边把最后一点酸水吐完了。

7

这是有生以来最漫长的一夜，不仅黑夜和兰陵王这么想，大部队的八个人也是同样感觉。

虽然有窝棚营地也有火，但在这个森林盆地，任何一个声音都格外清晰，狼嗥、熊喘、鼠钻，最可怕的是偶尔会听到的一两声尖叫。

第一个惊觉的是正当值却打了瞌睡的奶茶，他惊慌失措地把巴浩摇醒，指着他们进山的方向："我听到那边有一个女人在哭，你听见没？"

巴浩被吵醒很是郁闷："荒野郊岭连只鬼都没有，哪来的女人哭声！"

"刚才真的有女人哭啊！"奶茶慌乱地又把刀刀摇醒。

这时大部分人都醒了，静静侧耳倾听着。这回大家听清了，虽然并没有女人的哭声从进山方向传来，却有一个男人的叫喊声从森林深处传来。

刀刀一下坐了起来："是王超的声音！"

大家仔细辨认，这回却什么声音都没有了，连同黑暗中野兽的动静都消失了，一片死寂。

刀刀却一脸凝重地站起身："一定是王超出事了，我要去救他。"

"刀刀你是不是疯了！"巴浩着急地拽住他，"大半夜你上哪救人去？就不怕狼把你撕了？熊把你吃了？"

刀刀拎起火边铁骑的藏刀："兄弟，你的刀借我一下。"

铁骑的注意力却不在刀上，而是惊讶地看着棚外："下雪了！"

所有人都一惊，探出棚外一看，天空中果然飘扬着雪花，不少杉树枝上都积上了薄雪，看来是下了一会儿了，他们在树林中光线太差，所以一直没发现。奶茶的注意力立刻转移了，他欣喜地去树枝上收积雪，激动地说："真的下雪了，我们有水喝了……"

一听有水喝，所有人都跑出了棚外，迫不及待把积雪塞进嘴巴，刀刀赶紧喝止："不能直接吃雪！它会让你体温下降！"

再渴再着急也只能加旺柴火把雪烧开了，再也没人睡得着觉，现在有红芙的水壶和铁骑的餐盒两个容器烧水，很快大家就会有水喝了。

大家在忙着烧雪水时，刀刀一直朝森林深处张望倾听着，突然之间那个男声又出现了，这次所有人都听清了，是一个男人在唱藏语歌，是一种类似诵经般的低沉吟唱，唱得悲伤婉转，在深夜的山谷中格外吓人。

囡囡抱紧了巴浩一条胳膊，哆哆嗦嗦地说："鬼，鬼在唱歌……"

"不是鬼，是人。"其实巴浩头皮也发麻了，但在红芙面前不能认怂。

"他唱的是藏族的《安魂曲》……"刀刀的脸色越发沉重了，"我确定是王超的声音，他一定还没走出去，而且肯定遇险了，我得去救他。"

铁骑冷冷地说："一个背叛队友的人有什么可救的，让他自生自灭好了。最好别让我看见他，哼！"

巴浩也苦苦相劝："刀刀，我知道你很看重王超这个兄弟，可现在去救人只会把你的命也搭上，不如等到天亮吧？"

"不，在这个森林里遇险王超等不到天亮的，我必须去救他。"刀刀再次提起了藏刀。

"那我跟你一起去。"巴浩不想离开红芙，但更不想让红芙觉得他又一次临阵脱逃不救人。

"我也一起去。"红芙突然道。

"你是不是疯了？你一女孩子凑什么热闹，这可不是玩游戏。"铁骑吃惊地看着红芙。

"红芙你不能去，我不同意你冒险。"刀刀眉头紧锁。

"你们可以冒险我也可以，要论打架你们几个还未必打得过我……"红芙边说边用木棍把火上架着烧水的水壶拿了下来。

"你要干吗？我在烧水给我老婆喝，水还没开呢！"奶茶有点急了。

红芙冷笑："怎么了，我的水壶不能自己拿吗？铁骑，你也跟我们走，带上你的餐盒！"

铁骑脸上浮起一丝古怪的笑，他认可红芙的提议，也去另一堆火上取他的餐盒。奶茶连滚带爬地扑过去拦他："你们要去救人我拦不了，可是不能把水壶都带走，不然我们几个留下来的没活路了啊！"

沁子也冲着刀刀喊："你不能为了救王超一个人搭上我们几条命啊！那算什么救人英雄？"

刀刀沉默了，拿过红芙的水壶递给奶茶，把手里的藏刀也给了他："水壶和刀你们留着，千万不要让火灭掉，否则神仙也救不了，如果我们没回来，你们就在这里待着，对了，下半夜会更冷，把篝火从星形堆成排架形，这样更暖和，也不容易灭……"

"不要交代这些！你要是不回来我也要跟你们一起走！"奶茶急了。

"你走了她们怎么办？"

Summer昏昏欲睡，沁子面色苍白，连囡囡也疲惫不堪地看着他们，她们已经不可能走得动了。

"我们就一直在这里等死吗？那怎么行？"奶茶为难地看着三个姑娘。

"放心吧，找到王超或者出路我就回来接你们，再说了，外面的人联系不上我们，最多48小时就会报案派人马找我们，你们要想办法烧出很大的浓烟，这样救援的直升机才能看得到，到时把所有的塑料和皮质品都扔进火里吧……"

一听会有救援，奶茶面露喜色，再也不嚷嚷了。

铁骑生气地打断他们："我的刀我要带走！"

刀刀在地上捡起几根之前他削好的尖头树枝，给救人小组每人发了一根："这个本来是用来给营地防卫用的，我们就拿这个当武器吧，留下来的人更需要刀。"

"他们好好地在营地，凭什么比我们更需要刀？"红芙生气地不肯接。

"既然你同意我救王超，那一个人要救，四个人也要救。"

红芙沉默了，接过尖头树枝，带头走向了森林，铁骑带上了满满一餐盒水，巴浩捡了一根燃烧的木棒准备当火把，四人组的救人小分队要向森林深处进发了。

"巴浩！"刚走出没多远，囡囡突然追了上来，眼巴巴地把一个东西塞到巴浩手里，"这是我带出来的充电宝，给你。"

原来是一个可以当手电筒用的充电宝，囡囡居然能沉住气把它藏到了现在，而且还给了更需要它的救人分队。

巴浩赶紧往回塞："这个你自己留着，你们几个更需要它……"

"你真的不明白为什么我还留在这里吗？你要好好地回来，你还没来得及了解我……"囡囡两眼噙泪，说完就掉头就跑了。

巴浩看着囡囡跑回营地的背影发愣，红芙却略带酸意地来了一句："赆别临歧裹泪痕，最难消受美人恩哪！"

刀刀一脸认真："所以说他们值得救，红芙你看囡囡就没有你想象的自私。"

红芙恼火地说："那还不是因为她喜欢巴浩！巴浩不来你看她会给吗？"

巴浩哭笑不得地说："行了救人要紧，咱们赶紧走吧。"

三个男人自觉地把红芙围在中间，在黑暗的森林里深一脚浅一脚地摸索向前。巴浩刚从营地拿出来的火把很快没了火苗，幸好还有可以当手电筒的充电宝，但刀刀阻止他现在就用电筒，带大家去往白天他割了松脂口的那棵树，那里果然已经收集到一大团松脂了。刀刀烧断两截伞绳，把松脂和干柴绑在一起，做了两个真正能燃烧的火把，在这期间，王超的声音再一次出现，这次他没唱歌，而是在叫"救命"，所有人都听清了方向。

"真的是王超的声音。"这次连铁骑都皱眉确定了。

"天哪，这是什么！"巴浩在白天刀刀设下了陷阱的地方喊了起来。

原来刀刀放的陷阱已经被触发了，现在那上面正吊了一只两拳大小的灰褐色小动物。

"哈哈，是一只鼠兔！"刀刀高兴地把猎物从陷阱上取下来，他似乎怕红芙介意，赶紧看她一眼补充道，"这是害鼠，它们喜欢在草地下面打洞，让植被退化，藏民可恨它了。"

红芙哭笑不得地说："怕我不吃？放心吧，我没那么矫情。"

尽管大家都很饿，但对鼠兔的处置却出现了分歧，刀刀坚持要把猎物分一半给营地留守的队友，而且因为急着去救王超，他要先把猎物送回营地。

铁骑火了："就这么大个东西，每人最多分一口肉，那些狼心狗肺的懒货凭什么就该得到照顾？"

"铁骑，我也对奶茶两口子有看法，不过狼心狗肺这词有点重了啊！"巴浩听不下去了，两边各打五十大板，"刀刀，你是不是有点滥好人了？大家都是成年人，参加拼图游戏走了这条路也都是自愿的，有什么后果应该共同承担，你用不着担起所有人的责任。"

红芙没表态，静静地看着刀刀。

刀刀叹了口气："我也不想这样，但Summer和沁子现在状况真的很糟，如果不管她们会出事的，既然一起出门的，就要一个不少，一起回家。"

不管铁骑和巴浩有多不愿意，刀刀还是把猎物送回了营地，而且他并没有如约带回一半肉食来，他说奶茶答应先把猎物处理了，会等所有人回来再一起分享。铁骑阴着脸，很久都没搭理刀刀，他还收走了刀刀设的伞绳陷阱，有句话他不说巴浩也知道，铁骑不想让营地那几个人再占刀刀的便宜了。

一来二去又耽误了一刻钟，救人小组终于冒着洋洋洒洒的小雪出发了。这次他们确定了声音来源，即使在没有路的森林里也不会迷失方向，而且他们把最拖累队伍的几个人留在了营地，前进速度快了很多。

这一路，他们几次听到森林里有窸窸窣窣的声音，刀刀只是让大家略停一会儿，便继续开拔，一路上刀刀都在大声说话，不时喊下王超的名字。

红芙忍不住问："我们这么大声说话不怕把动物招来吗？"

"我们人多又有火，制造一点声音反而是在提醒动物，让它们躲开。"

"怎么可能！一头棕熊能随便干倒我们几个，它怎么会躲开？"

"有食物的情况下棕熊才不想吃人呢，它觉得人的脂肪太少……当然，我这种除外……"刀刀不好意思地自嘲着。

其他三个人想笑又不敢笑。

"熊的嗅觉非常灵，如果这附近有熊，恐怕它早就知道了，不过绝大多数熊怕你胜过你怕它，只要远远听到嘈杂声就会躲起来。只要不近距离相遇，别让它觉得我们要袭击它，一般不会攻击我们的。"

"可万一要碰见了呢？"

"万一碰见了一定要冷静，我们几个要待在一起，手臂张开显得体积大些，慢慢地向后退，千万不能跑，跑会激起它们捕猎的本能。而且，你永远跑不过它们。"最后一句话刀刀加重了语气。

红芙和铁骑认真地听着，频频点头。

"刀刀，我要向你道歉，最开始我以为你是一个很油很社会的司导，还挺反感的。后来又发现你是彗星的雇佣军，更是有些不舒服……不过现在你却让我五体投地，你不仅是个才艺超群的鼓手，还是个荒野求生专家，没有你，我们死路一条啊！"巴浩由衷地说。

刀刀苦笑："什么专家，不过是在无人区当兵那几年熬出来的，我也没想到有一天会用得上。"

刀刀每隔几分钟就会大喊王超的名字，在他们精疲力竭之前，终于听到了王超欣喜若狂的声音："刀刀！刀刀！"

其实这时的刀刀的双腿已经和灌了铅一样沉重了，但他听见王超回应，还是奔跑了起来："王超！王超！"

救人组发现王超沙哑的声音是从一个地洞传来，等他们和火把一起出现在洞口时，王超坐在里面号啕大哭。

那一刻所有人的反应都很奇怪，巴浩总算完成任务地累瘫在地上，铁骑一脸愤恨不平，红芙仰头看着已经停止下雪的天空，只有刀刀像一个终于找到离家出走的孩子的母亲一样轻声安慰王超："没事了王超，我们不会扔下你不管的，让我歇一会就想办法拉你上来，就一会啊……"

刀刀话音未落，两眼一黑脚下一软倒在了地上。

地洞上游

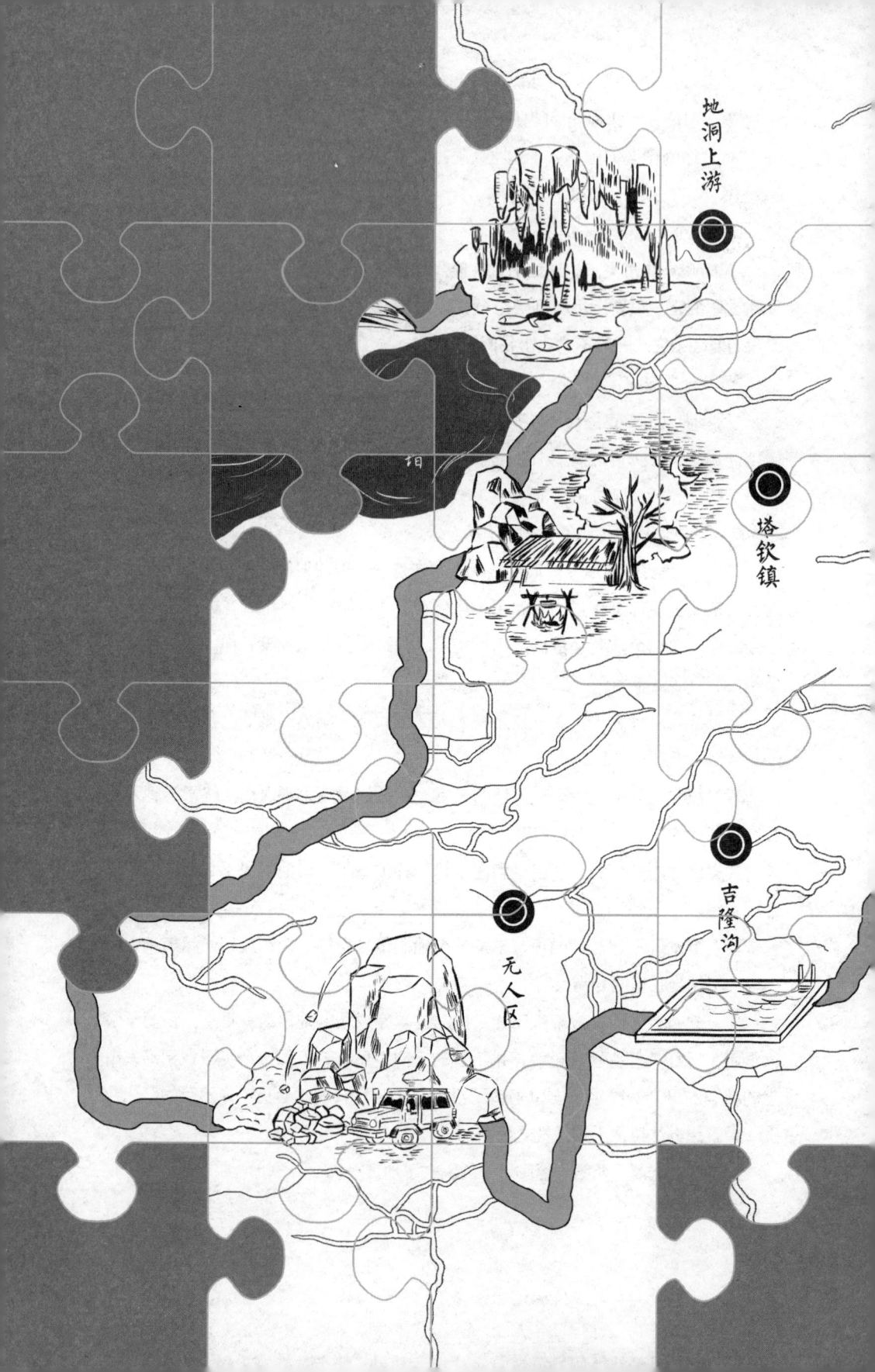

塔钦镇

吉隆沟

无人区

第七章

大难临头

格桑花客栈

珠穆朗玛峰大本营

喀什机场

1

兰陵王在啃生狼肉的时候，黑夜快把自己的五脏六腑都吐出来了，但吐完她头也不敢回地喊道："别吃了，过来我给你包扎一下，不然你会死的。"

兰陵王一瘸一拐过来了，带着一身令人心惊肉跳的血腥味。黑夜用头巾把自己口鼻全捂上，忍着恶心查看兰陵王的伤口。狼没咬中他的腿部大动脉，看来他身上的血大部分是狼血，黑夜拿出胸包里的酒精，先给兰陵王做了简单的消毒，然后让他解下头巾捆在了伤口上，整个过程兰陵王都在龇牙咧嘴地喊疼。因为他伤在大腿上，处理伤口时不免看到他的身体，想到夜里这个人还想侵犯她，若不是还靠他在危难关头救命，黑夜真恨不得现在就杀了他。

处理完伤口，黑夜立刻走开，她不想再看到这个人，她在离兰陵王100米的地方停下来了，把岩石积雪中间最干净的部分收了些，到嘴里含化，冰冷的雪水让她一直在哆嗦，但这比在脱水状态要强，黑夜有些后悔把那个装过兰陵王尿液的保温杯扔了，忍不住回头看了一眼，它还静静地躺在路边。

看了看天色，此时已经接近黎明，雪已经停了。进入北线地区前黑夜查过气温，最近一周都是晴好天气，昨晚这场雪来得蹊跷又突然，但这肯定不是常态，困在这个缺水缺粮的山谷，如果再失去雪的加持，那后果……黑夜连滚带爬地扑向了那个保温杯，酒精还有一些，把它里里外外喷湿，然后毫不犹豫用了最后一张湿巾擦拭，又用积雪好好把它擦了三遍，理论上它的尿臊味已经没了，但心理上的气味还在。尽管如此，黑夜还是把保温杯尽可能地塞满了收到的积雪。

突然间她闻到了一种奇异的香味，那是熟悉的肉香，是炖牛羊肉才有的异香，这对已经吐光存货，刚感觉到胃还存在的黑夜，几乎是压垮性的刺激，她站了起来，昨晚到现在刮的还是西北风，可以肯定肉香是从盆地那边顺着狭长的山谷传来的。黑夜欣喜若狂地冲兰陵王喊："那边有人！有人在煮肉！"

这是个救命般的信息，包含着人、肉、火等元素，每一样都是他们急需的。

兰陵王拖着右腿把母狼往肩上一扛:"走,我们过去看看。"

黑夜当然不会跟兰陵王一起走,他现在那副血淋淋的样子,她看多一眼又会吐出来,所以一直和他保持着20米以上距离,而且她一定要走上风口。

他们闻到的肉香的确是从窝棚营地传过来的。奶茶遵照刀刀的嘱咐,离开营地去处理了那只鼠兔,不过他怕黑,只敢在囧囧陪同下走出10来米远,回营地后也听从刀刀的嘱咐,用塑料袋把处理好的鼠兔扎紧高高挂起,一来避免血腥味招来其他动物,二来要等刀刀他们回来一起分享。不过美食当头,这对饥肠辘辘的人来说实在是折磨,奶茶完全无法入睡了,眼睛一直盯着高挂在对面杉树的那包食物出神。

Summer被大家灌了两大壶水下去,高高的体温下降了一些,人却似乎更不清醒了,她开始讲起了胡话,虽然听不清她说的内容,但每句胡话前必定要加一句:"老公。"

喝了水的沁子状态也好多了,还能帮奶茶照顾Summer,看到Summer这番模样,不禁对奶茶感叹:"虽然你老婆够跋扈,倒是心心念念想着你……"

"所以我不能让她有事,老婆,老婆……"奶茶一只手与Summer相握,情绪更焦虑了,"不行,我老婆撑不住了,我得让她补充点蛋白质……"

看到奶茶的眼神又落到那包鼠兔上,囧囧不高兴了:"不能动那个,说好要等刀刀他们回来大家一起吃的。"

"不行,我老婆等不了那么久,我先把我们那一半煮了再说……"奶茶起身便要去取鼠兔。

囧囧赶紧一边拦住他,一边向沁子求救:"沁子你劝劝奶茶吧!我们没跟刀刀巴浩他们一起去救人就很过分了,不能把他们打的食物也吃了吧!"

沁子一脸厌倦:"别叫我,反正我不会吃,你们自己决定吧。"

囧囧早就对沁子有看法,这会彻底爆发了:"我真不明白你!巴浩多好一个人,又正直又优秀,你对他有偏见故意刺激他就算了,奶茶这个有妇之夫有什么好?你跟他那么好!老站他的队!"

奶茶失笑:"胡说什么呢!我跟沁子不过是队友,还好我老婆这会儿没精神骂你。"

沁子怔怔地说:"你有我见过的男人多吗?谁好谁坏我心里有数。"

"你一个瑜伽教练能有多大见识?还有我见过的花痴多吗。"囧囧的眼神落到沁子的身体上,突然困惑起来,"你这一手的茧一身的伤,真的是瑜伽教练吗?"

沁子被问住了。

"别想再骗我！我闺蜜就是瑜伽教练，她那一身娇嫩得很，你到底干什么的？"

沁子长长叹了口气："我在酒吧跳钢管舞。"

囹囹惊得眼珠都要掉下来了，奶茶却一点都没有惊奇的表情，那天在网咖，沁子就跟他交了底。

"钢管舞不是挺好吗？为什么骗大家是瑜伽教练？"

沁子苦笑："因为我们这个职业总是被人戴有色眼镜看的，就算钢管舞是很健康的国际舞蹈，也逃不掉那些色鬼的骚扰，所以跟陌生人我都说是瑜伽教练。"

"你不会就因为这个对巴浩有偏见吧？"囹囹突然想起那晚巴浩说过要带她去开房，顿时脸红语结起来，"好吧……就算他有点色，可哪个男人不好色？起码巴浩不骗人。"

"醒醒吧妹子！巴浩和我前男友一样都是朝三暮四的混蛋！他撩不动我就去撩红芙，别告诉我你看不出来。"

囹囹嘴还硬着："那是因为你和我都拒绝他了，起码他没有同时撩吧。"

沁子幽幽叹息："幸好世上还有奶茶这样的正人君子，不然我真要对男人绝望了，你问我为什么老站奶茶的队，因为我信任他，我的秘密也只告诉了他。"

在囹囹和沁子说理的工夫，奶茶已经悄悄把鼠兔取下来了，但他手头只有红芙的铝水壶和囹囹的保温杯，该拿什么当容器煮鼠兔呢？奶茶朝水壶挥起了藏刀，在囹囹的惊呼声中，那个已经被火熏得漆黑的水壶从接缝处被劈成了两半——现在有锅子了。

奶茶果然如约只煮了一半食物，主要是因为锅子并不大，整只放不下。

这只小鼠兔看着没有二两肉，往火上一架竟然奇香扑鼻，勾得一直气鼓鼓说自己不吃的囹囹也后悔了。虽然没有盐，但对饥饿的人来说，这只鼠兔完全是大餐！

第一锅汤当然要给病号Summer，但她只喝了两口便拒绝再喝，只吃素的沁子也是不会碰的，奶茶端着鼠兔汤问囹囹："你到底吃不吃？"

"吃！干吗不吃！"囹囹赌气地递过自己的保温杯，心想如果她不吃岂不是便宜奶茶一个人了。

第一锅鼠兔汤两人几分钟就干掉了，骨头都没剩，吃完奶茶的注意力又放到了另一半食物上："要不我们把它也煮了吧，反正刀刀的陷阱还会捕到新猎物，大不了下次我俩不吃，全让给他们。"

奶茶说这话的时候已经把另一半提溜在手里了，囹囹知道，即使她不同意奶茶也有其他借口，再说，刚才那点东西吃下去，把她的馋虫彻底勾出来了，她也便点点头。

黑夜和兰陵王就是在他们在煮第二锅鼠兔汤时赶到的。

囡囡远远看到两个浑身是血的人一瘸一拐地走过来时，吓得尖叫起来，奶茶也把藏刀拿在了手里，慌乱地对着空气挥舞着："别过来！别过来！"

黑夜远远地看到火、窝棚和架煮的小锅已经露出了笑容，见奶茶慌乱，忙用她最温柔的声音说道："奶茶，是我们呀！我和兰陵王都是你们的亲密队友呀，你们还没出去啊，这个营地真不错……"

黑夜虽然用了她最温和的声音，但她不知道自己在和狼搏杀时也已沾了一身血，此刻温柔的声音配上一身的血迹和腥臭，分外吓人。

奶茶已经退到窝棚里，一屁股坐在了三个姑娘中间："别别，别过来……"

兰陵王哪有心思管他们，他的注意力全在汤锅上了，一过来就把狼往地下一扔，用衣服把手一包，取下火上架着的汤锅，一边吹烫一边喝了起来："哎呀，有火煮就是味道好！比生吃强多了！"他边说边拿奶茶用过的树枝筷子夹起里面的鼠兔肉，啧啧赞叹。

黑夜也拿起囡囡还有半杯热汤的保温杯，在众人的目瞪口呆中，大口大口对着囡囡的水杯喝了个干净。

黑夜烤了一会火，看着兰陵王清了清嗓子。

正喝汤喝得起劲的兰陵王赶紧停了下来，讨好地把汤锅递给黑夜，黑夜在火边坐了下来，毫不避忌地大快朵颐起来。

囡囡、沁子和奶茶吃惊地对视着。

囡囡第一个发问："你俩怎么还没走出去？"

沁子困惑地问："你还是我认识的黑夜吗？你怎么成这样了？"

奶茶如梦初醒："你们昨天不是一早就往前走了吗？怎么从后面来的……"

黑夜叹了口气："一言难尽，总之我们把这里都转遍了，这里根本没有路可以出去……"

"不可能！"奶茶震惊道，"王超说过这里有车道可以去塔钦镇的。"

"王超？哈哈哈，你问问他出去没？"黑夜大笑起来，"昨天我们把这个盆地都摸遍了，发现那个偷了我们火石和水的人掉进了一个地洞，洞还挺深的，想救都救不了，真是报应啊！"

奶茶和沁子对望一眼，看来黑夜说的确是实情。

"放心吧，等我们吃好喝好恢复体力，就能穿过树林翻山出去了。"

"那倒不必，刀刀说最多 48 小时外面的人就会报警，派直升机来找我们，到时我们烧起大火，不愁出不去。"

黑夜的心放下一大半来，东西张望着说："刀刀巴浩他们几个呢？"

"昨晚他们去……"

奶茶踢了囧囧一脚，把她要说出的话踢了回去："他们去打猎了，很快就会回来。"

好在黑夜并不在意，她把剩下的鼠兔汤喝了个精光，意犹未尽地吧唧嘴："有火真好啊，兰陵王，能把那头狼烤了吗？"

沁子眉头紧皱欲呕，奶茶却是一脸惊喜："那是狼？你们怎么弄到的？"

兰陵王得意地说："我和她一起杀的，有两头呢！还有一头在那边，你们要的话就去扛来吧！"

囧囧和沁子看着他们打了个冷战。

奶茶却喜出望外地说："你们太牛了！太好了，这下我们每个人都能吃饱了，烤狼肉，我这辈子还没吃过呢……"

黑夜打了个呵欠："那你们赶紧弄熟吧，让我先睡会儿……"

囧囧和沁子闻到黑夜身上的腥味都害怕，这会见她入棚，赶紧把位置让了出来，黑夜破天荒第一次没有对床铺做任何整理，倒下去便睡了。

兰陵王移到火堆旁靠树而坐，瞥了奶茶一眼："你去收拾狼肉，我先打个盹儿。"

"好咧！"

别看奶茶冲锋不行，厨艺倒是不错，一会儿工夫就把狼肉切成了几大块，放在火里架烤了起来，他心情不错地向沁子解释着他是朋友圈的厨神，每次野炊烧烤都是他掌勺主理，只可惜当下没有任何调料，否则一定能让吃素的沁子也忍不住破戒。沁子不敢抬眼看火上架的肉，肚子却不争气地咕咕叫了起来。

烤肉的异香开始飘散，把跑开躲避血腥场面的囧囧也招了回来，咽着口水帮着奶茶转烤狼腿。现在他们有水有火有食物有庇护所还有被救援的希望，大家的心情都好了起来，奶茶不时和沁子说说笑笑，把还在昏昏欲睡的 Summer 都给忘了。

他们不知道，被烤肉奇香吸引的不止营地这几个人。

2

刀刀突然晕倒可把洞里洞外的人吓坏了。

从机场见面起他就是所有人的服务员，大家已经习惯了他的鞍前马后、体贴入微，也依赖了关键时候他的百事通、难不倒，没人想过他也会累坏。搬动刀刀庞大的身体真不容易，如巴浩所料，刀刀基本没有肌肉，他是一个虚浮水肿的胖子。

还好铁骑在，几口热水灌下去，几个穴位掐下去，刀刀醒了，就在他急着要起来救王超时，铁骑按住了他："现在你的任务是好好休息，我们刚才已经问过情况了，王超应该只是左腿脱臼，黑灯瞎火地我们拉他上来很可能会造成二次伤害，不如等天亮后再想办法。"

本来被疼痛和绝望折磨得差点自行了断的王超好不容易重新燃起希望，心里尽管迫不及待此刻也不得不大声喊话："刀刀你不能太累，先歇会儿再说！你们来了我就不急了！"

刀刀筋疲力尽地躺了下去，合眼之前又嘱咐，让大家两小时后一定要叫醒他。

连夜赶路也透支了其他人最后的体力，但还是要轮班熬过这后半夜。王超自告奋勇，陪值班员讲话。

第一个值班的是巴浩，他不时给篝火添把柴，注意下周围动静。洞下的王超一脸讨好，一直在跟他找话题，巴浩跟他几乎无话可说，等到三个队友都睡熟了，巴浩这才压低嗓子朝洞下问："王超，去年那个事后来有下文吗？"

"哪个事？"王超问完立刻便明白了，立刻压低了声音，"有，找到她的真实身份了，她叫……"

巴浩赶紧做了个噤声的动作，扭头看看睡着的几个人，还好他们睡得正香，这才示意王超用棍子在地上写给他看。王超捡了根牛腿骨在地上划了起来，巴浩打开充电宝电筒往下一照，清晰地照出王超在地上写的几个歪歪扭扭的字：蒋蓝莲。

写完那几个字王超也是一愣，脸色一变。

蒋蓝莲。

蒋红芙。

巴浩顿时心里雪亮，最后一点被感情遮蔽的真相也显现出来。

蒋蓝莲是蒋红芙的姐姐，至于本名叫吴周的铁骑肯定和两姐妹有什么关系。这个拼图游戏，根本不是什么有巨额大奖的游戏真人秀！也不是什么为蒋蓝莲祈福超度的活动，这压根就是铁骑和红芙组织的复仇计划，他们把和蒋蓝莲有关的一众人等全骗过来，是想把大家一举歼灭吗？

巴浩打了个冷战。

关于蒋蓝莲之死，红芙说过，身为司导的王超有不可推卸的责任。巴浩的过错是没能及时下水救人，而且他是车友里唯一一个知道蓝莲有情绪问题的人，所以他也在被召集之列。至于拼图战队的其他人跟这件事有何关系……巴浩突然想到奶茶这几天的反常行为，他一会儿要淘汰自己，一会儿又改变主意继续参赛……难道他也发现了什么吗？

王超把地上的字擦掉："后来她家属来了，我在外面躲了一阵子，听说他们情绪很激动……"

"不说这事了……"

王超还想说什么，却被巴浩用手势制止了。

王超赶紧换个话题："这下面还有个洞，有时候我能听到滴水声，太黑了我又受了伤，不敢往前爬……"

"哦。"

巴浩心不在焉地回答着，他看着睡在他对面的红芙。看来她是真累了，放心地侧身睡在火旁，火光在她脸上投下一片柔和的阴影。巴浩没能从这张脸上看到一点和蓝莲相似的地方。这两姐妹，不仅长得不像，个性差别也很大，红芙健康开朗，蓝莲柔弱忧郁，他和王超明明见过这两姐妹，却完全没能把她们关联起来。

不知道红芙和铁骑精心策划了这么大一个计划到底想干什么呢？

巴浩哪里还睡得着。他没有叫醒本该在下一小时轮值的铁骑，而是翻来覆去地在心中推演。可无论他怎么预设对方的企图和准备相应对策也只是纸上谈兵，要不要跟他们开诚布公地谈判呢？

巴浩还没想好。沸腾的心事不知道什么时候平静了下来，眼皮开始沉重，他也睡着了。

他做了一个美妙的梦，梦见他和红芙在游乐场玩泡泡球，两个人欢呼着在球海里一次次跳起，又一次次陷入，梦里的红芙笑得那么开心，那是他从未见过的欢颜……

早上巴浩是被林子里叽叽喳喳的鸟叫唤醒的，第一缕阳光已经从东边照到了他脸上，一睁眼意识到自己不在温暖舒适的被窝，一下子惊醒了。只有树枝上残留的薄雪提醒他发生过的一切不是梦境，刀刀、铁骑和红芙已经醒了，他们在商量如何下地洞救人。

昨天兰陵王已经弄了一棵树探进地洞，但顺树而下容易，想让一个腿受伤的人顺树爬上来是不可能的，王超已经无数次尝试失败了。铁骑的方案是用绳子把王超吊上来，但刀刀和巴浩的伞绳一共才7米长，捆窝棚架做火把已消耗得只剩下1米多，附近又没有可以当绳索的藤蔓。

"我们可以搓树皮当绳子吗？"红芙问。

刀刀乐了："小说看多了吧？能做绳子的植物要纤维细长、韧性强。你看看我们周围都是灰杉，它们的树皮稍微搓一下就会烂成渣，杨、柳、榆、槭、松、柏这些树皮我都试过，没有一种可以搓成绳子的。"

"那我们怎么把他拉上来？"

"只有用衣服做个长绳索，不过恐怕得用上我们四个人的衣服才够……"刀刀说这话时眼神不确定地看着红芙和铁骑。

巴浩二话不说脱下了他昂贵的始祖鸟冲锋衣，铁骑装作没听见，红芙捅了他一肘："都到这份上了，救人救到底，送佛送到西吧。"

"太感谢你们了……"刀刀一脸诚惶诚恐的真诚，"不过我得先下去帮他的伤腿做个固定，不然真的怕拉的过程会造两次伤害，而且我下去可以把他顶起来，你们拉他也省点力。"

铁骑不耐烦地说："拉你上来太费劲了，不会脱臼复位下去也是白搭，还是我下去吧！"

刀刀惊喜地说："你答应救王超了？"

铁骑脸色阴郁地不答。

四个人的冲锋衣连接成了一条结实的救命绳，伞绳和几根直树枝用来固定伤腿，绳子先递了一餐盒热水下去，王超捧着冒着热气的餐盒哭了："刀刀我对不起你，我对不起你们所有人，我赔不起那台车，我……"

正在顺树而下的铁骑不耐烦地说："闭嘴！留着你的眼泪哭给刀刀看！"

王超立刻住嘴了。

虽然铁骑态度恶劣，但一下来便给王超复位伤腿、上简易固定架，怕树枝不牢铁骑还在地洞捡了两根长长的牛腿骨一起绑上，不知是铁骑故意还是必须加力捆绑，王超痛得死去活来地哀号着："我会瘸吗？以后我还能开车吗？"

铁骑冷哼了一声。其实王超的腿没断，只是因为脱臼后，没能第一时间复位，导致了肿胀，现在关节归位，疼痛骤减，只要再固定好，几天就能彻底恢复。

弄完绑腿两个人都是一身汗了，王超讨好地把水杯和打火石递给铁骑："兄弟，对不住，这个还给你们，就是指南针掉下来的时候压碎了……"

铁骑冷冷地看了他一眼，把东西全接了过去。

为了缓和气氛，王超只得再次找话："兄弟，这个洞还连着其他地方，就在你背后……"

铁骑转身一看，吃了一惊，这个地洞果然有个横向洞口，洞口不大，仅够一人爬行进入，由于旁边堆着一头吓人的野牦牛骸骨，铁骑一下来又忙着给王超验伤，压根没留意到。铁骑朝那边探进去半个身子，光线只能照进半米左右便消失了，铁骑伸手在黑暗中摸索了一下，洞里隐隐有风声，洞口向前延伸，两边全是坚硬的岩石，地洞里温度比地表高，应该是个冬暖夏凉的地方。

"这里头还有水滴的声音，要不是我腿受伤了，昨天我就爬进去看了……"

铁骑侧耳倾听，果然有滴答滴答的水声传来。

"你说这个地洞能不能连到什么地方出去呢？"王超献了三回宝总算有人在意他的推荐，这下来劲了。

铁骑头也不回地说："让上面把充电宝递下来。"

刀刀在上面问："发现了什么？"

王超赶紧解释："这里还有个地洞，不知道会连到哪里。"

铁骑打开电筒在洞里一照，嶙峋突兀的石灰岩洞壁出现在他眼前，原来这又是一个喇叭口形状的横向地洞，电筒一照里面空间越来越大，不知道会通向什么地方。

铁骑关了电筒退出来，朝洞口张望的三个人说："这个地洞里面空间很大，电筒照不到头，我觉得咱们先不忙把王超拉上去，整理下头绪再做决定……王超，你说老实话，这个山谷到底有没有路能走出去？"

王超黯然摇头："前年那次真的有车道可以出去的，没想到出口塌方不见了，应该是国道那边挖隧道炸山引发了这边塌方……现在出口成了乱石崖，这个地洞以前也是没有的，可能是地震之后露出来了……总之这个地方变化太大了。"

"那晚你是故意带大家兜圈子走岔路的吗？"铁骑脸色又很难看了。

"我，我，我发誓第一次真的不是故意的，只是走着走着突然想，要是我拿到最后一块碎片跟你们谈判，我的车就有救了……"王超怯怯地，他不敢不说实话。

"你！"铁骑怒目圆睁，眼见着要发作了。

"铁骑你消会气！咱们先商量怎么出山……这么说现在情况复杂了，上面已经没有可以轻易出山的路，要不，要不咱们去探探下面这个地洞？也许能通到什么地方，就是营地的人一直等不到咱们回去会着急……"刀刀迟疑地回望着营地方向。

"哈哈哈哈！"红芙大笑起来，笑声里充满愤懑，"他们会着急？如果我没猜错的话，现在他们在享用你的鼠兔大餐！"

"不会的，奶茶答应等我们回去一起吃的。"

"刀刀你太天真了，这些人我早看透了，他们一个一个有最丑恶的人性……不管你信不信，结果等着瞧吧。"

巴浩皱眉看着红芙："红芙，不要因为一件事仇视全世界好吗？"

红芙冷冷地瞥了巴浩一眼，"少废话了，铁骑你说应该怎么走？"

"我觉得咱们得往地洞探探路，说不定能找到新出口。"

刀刀此时也摸着直向地洞口地壁："你们看，这些石灰岩像不像被斧子劈过一样，巴浩这叫什么来着，高原喀斯特地貌？"

"不可能，西藏怎么会有喀斯特地貌！我见过所有的喀斯特地貌都是溶蚀性的，广西就特别多溶洞你知道吧，还有广东韶关，湖南郴州也多，像这种洞完全是在地震之类的机械外力作用下形成的……"一谈到感兴趣的东西巴浩就兴奋了。

"别扯远了，要下洞就赶紧准备吧！"红芙及时给他刹了车。

"有一个问题，如果那个洞没有出口，我们全下去了又怎么爬得上来呢？"

"这个直洞也就4米多高，到时我当底座，巴浩踩着我，红芙再踩着巴浩就能上来，最后你们再用冲锋衣绑成绳，把我拉上去。"刀刀不觉得这是个问题。

这时太阳已经照进山谷，经过寒冷漫长的黑夜重见光明是幸福的，现在却要选择进入一条完全未知的黑暗之路，尽管理由是为了寻找光明，看起来却不像什么正确决定。

"我觉得派个人守在洞口比较好，先不说这个洞能不能出山，万一洞口有什么情况也麻烦，我留下吧。"红芙显然对探洞没有信心。

巴浩却投反对票："不行，红芙一个人在地面不安全，还是把王超先拽上来等着吧，反正他也不能探洞。"

王超急吼吼打断他们："不管你们去哪一定不要丢下我，我不怕累也不怕疼，有根拐杖就能走路了，求求你们了！"

"你确定你能走路？"

"真能，铁骑给我正位绑腿之后都不痛了，我保证不拖后腿，求你了巴浩。"

巴浩心软了："红芙，咱们还是带上王超吧，反正都到这份上了。"

红芙叹口气："真搞不懂我们这是拼图战队还是救死扶伤队，永远都有累赘。"

巴浩认真地说："说起来你可能不信，有我在的每一支队伍都没丢下过体弱生病的人，包括去年那次。"

红芙和铁骑敏感地对视了一眼。

王超试了下树枝当拐杖，站立已经没问题，有拐杖和搀扶也的确能单脚走平路，但高低起伏的地洞还是有难度，虽说王超体重轻刀刀答应由他搀着走，但一直没好好休息的刀刀已经面色发青了，最后肯定是三个男人轮流搀。巴浩倒也没什么，铁骑的脸色很不好看。

地洞能否出去不得而知，刀刀说要备一点饮用水，他们收集了雪融前最后一点饮用水，又用收到的松脂做了两个新火把。下洞之前刀刀朝来时的方向大喊了几声，没有任何回应，白天声音没有晚上传得远，看样子没办法给营地送信了。

红芙和巴浩先下了洞，刀刀是最后一个下到地洞的，这时铁骑已经举着火把打头，一个接一个爬进横洞，连王超也被巴浩带着拖爬进去了，下竖洞后刀刀观察了下堆在那里的野牦牛骸骨，顺手抓了些长毛发装进裤兜。

刀刀是最后一个爬进横向洞口的，洞口刚好能容下他的身躯，他最后一次喊了奶茶的名字，依然没有任何回应。

刀刀俯身爬进黑暗。

3

"我发誓这是我吃过最美味的肉。"奶茶抱着一条狼腿大啃特啃。

"嗯嗯嗯，就是肉太少了。"兰陵王左右开弓，含糊不清、不无遗憾道。

黑夜则享用着兰陵王奉上的最大的一条狼腿："要是有盐就好了，再加点辣椒粉、孜然粉，啧啧啧……"

"饿了好几天了，有这已经很知足啦！"几块杂碎肉就把囧囧撑得直打嗝。

Summer仍然只喝了几口汤，他们在大快朵颐的时候，沁子远远走去别处溜达，无论奶茶怎么劝囧囧怎么追过去送肉沁子也不肯破戒，到最后囧囧有点急了："是命重要还是你的身材重要？"

沁子苦笑:"我吃素不是为了保持身材,是我的信仰。"

囧囧吃惊地说:"啊!你信佛?不对啊,巴浩说藏传佛教不戒荤的,再说你又没出家,守的哪门子戒律啊。"

沁子扭头抵制着囧囧手里传来的肉香:"我已经一无所有了,不能连最后这点底线都丢掉。"

"说的什么话呢!你不是还有肚子里的宝宝吗?"

沁子一怔,苦笑:"你还真信黑夜了?她说我有就真有吗?"

"啊!"囧囧吃惊地瞪圆了眼口,"可黑夜说你在日喀则买了验孕棒……"

沁子冷笑:"那是我故意分散她的注意力的,我知道她在跟踪我,故意借她的口传播一下。"

囧囧越听越糊涂了:"到底怎么回事?"

"一句话跟你讲不清楚,总之这个队伍的人各有各的帮派各有各的算盘,现在我还没全看明白,但可以肯定你跟他们任何人都没瓜葛。"

"到底怎么回事啊,你要是没有怀孕的话,那些妊娠反应是怎么回事?"

沁子挺直腰板舒展眉头,一扫之前的萎靡困顿神色:"装的,不然那些人就会把火力对准我了。对了,我在家就经常辟谷,几天不吃东西不算什么事。"

囧囧张目结舌:"既然你看得那么明白了,为什么还留在这个战队?"

"坐山观虎斗,也许可以渔翁得利……"沁子叹口气,握紧了刚才以割树皮名义带出来的藏刀,"好了你回营地吧,什么都不要跟他们说,我也要去给自己找点吃的。"

囧囧一头雾水回到营地,半天都没回过神来,那几个吃得热火朝天,聊得也是兴致勃勃。

"刀刀说最多48小时外面的人就会报案来找我们是吧?我们最后一次登记入住是在小镇招待所,那样警察就会一路追踪到那个该死的塌方隧道,不知道那里有没监控记录到我们走了这个方向,有的话就好了,我们最多再熬48小时就会等到直升机了……"黑夜酒足饭饱,早上还用雪水洗干净了脸手,整个人神采奕奕起来。

"那就太好了,出去之后我们马上去找最后一块拼图!拿得到大奖最好,拿不到我就把这个经历写成小说,哈哈说不定我就是下一个郭敬明!"奶茶兴奋地拿着一颗狼牙,"兰陵王,这个就给我留做纪念了哈,我会把你写成一个英雄的!"

兰陵王乐不可支地说:"把我写帅一点,多几个女人喜欢我。"

"没问题!一言为定!"

囧囧听不下去了："还想着赚钱啊，你看看你老婆熬得到完成任务吗？"

奶茶不悦地瞥了囧囧一眼，俯身下去柔声对 Summer 说："老婆你再坚持一下，马上就会等到警察的救援了。"

黑夜此刻却皱起了眉头："这么个穷乡僻壤会不会有救援直升机啊？"

"怎么可能没有！"奶茶不满地反驳，"你也太小看国家对西藏的建设了，你知道国家投了多少资金……"

"行了有有有，我怕你了……我们还得熬上 48 小时，兰陵王，去把那头公狼也扛来吧，不然口粮不够啊！"

"我歇会再去行吗？"

"不行，温度一高肉马上会变质，现在就去扛来开膛做成熏肉，嗯！熏肉不错，赶紧去啊！"黑夜瞪着兰陵王。

"好好好……"兰陵王无奈地起身，经过半晚的休整，他的腿伤已无大碍，只是一身污血的衣服没有换，看起来有点吓人。

奶茶狐疑地说："你们怎么关系这么铁了？发生了什么事情吗？"

黑夜白了奶茶一眼："一起打过狼，相互救过命，你说铁不铁？"

奶茶举起大拇指点赞。

兰陵王刚走，黑夜突然站了起来："你们听到什么声音了吗？好像在叫奶茶……"

其实奶茶是第一个听到的，但他装作没听见："有吗？囧囧你听到没？"

囧囧还沉浸在沁子带来的震惊里，摇了摇头。

"好像是刀刀的声音，你不是说他们去打猎了吗？咱们两头狼够吃几天了，叫他们回来吧。"

"不用，他们打不打得着都快回来了，再等等吧。"奶茶不以为意地说。

囧囧这会也听到刀刀的声音了，热血全冲到了脸上，生气地嚷道："他们根本不是去打猎！巴浩和刀刀是昨晚听到王超的呼救去找他了，到这会儿不回来都不知道是不是出事了，我们一起去找他们吧！"

黑夜脸上阴晴不定："哦，那我们就不要凑热闹了，能力最强的几个人如果也救不了王超，我们去更是添乱了。"

"对对对，刀刀走之前交代了，让我们千万不要离开营地离开火。"奶茶终于找到同盟者，急不可耐地附和。

"太过分了，巴浩和刀刀为大家做了多少事，现在他们有难，你们不去我去！"

囡囡气得往林子里冲去，但没走出多远她后悔了，林子里死一般的静寂一下击倒了她，想到刚还被她当羊肉吃下去的狼肉，顿时胃里一阵翻涌，头皮一阵发麻。走着走着脚尖开始左转后移，最后又灰溜溜地折了回去。

一个小时之后，去背公狼的兰陵王回来了，不过他是空手回来的，边走边挠头："奇怪，真奇怪。"

"怎么了？肉呢？"黑夜远远看到便发问。

"不见了，什么都没有了，要不是地上还有血迹我差点找不到昨天的位置。"

黑夜脸色一变站了起来："坏了，肯定是那头狼装死骗我们，我听说狼特别狡猾，它会不会回去找一群狼来攻击我们？"

"啊！"回到营地后灰溜溜睡下的囡囡吓得也弹了起来，"别吓我！"

"不用怕，咱们有火，狼最怕火，它不敢来的。"奶茶的注意力立刻转移到剩下的两大块狼排上，"可惜我们只剩下这些肉了，咱们几个可要节约点吃了，不然怎么再熬两天，我来把它们先熏一下吧，温度越来越高了，可别让这么珍贵的食物坏了……"

奶茶一边絮叨着一边取下挂在树枝上的两块肉。

就在这时，他们听到了一个奇怪的声音。像是什么人清嗓子吐痰前发出的咕咕声，跟着是沉重的喘息声，像是一百个大汉同步喘气发出的声响，再接着便是沉重的脚步声，像是一块岩石砸落泥土周边跟着震三震的声音。除了Summer，其他人都紧张地站起来东张西望："什么声音？"

"天哪！熊！"眼尖的黑夜指着兰陵王刚才来的方向，惊恐地捂住嘴巴。

所有人的汗毛都倒立起来。

一头棕熊正在向营地走来。

囡囡一声尖叫刚冲喉咙就被奶茶一巴掌拍了回去，他咬牙切齿地低喝："你他妈给我住嘴，大家镇定，镇定，熊怕火，它不敢过来的。"

奶茶和兰陵王从篝火里拿起一根燃烧的树枝，看着那头棕熊，果如奶茶所说，它在离营地还有20米距离的地方停住了，站直了身子。众人大骇地看着足有2米多高的它，不知道它到底要干什么，好在它只是和众人对视着，并没有冲过来。

黑夜牙齿打架，话也说不清了："兰，兰陵王，你你去把熊杀了。"

兰陵王虽然站在众人最前头，昨晚还有成功杀狼的经历壮胆，此刻却也禁不住浑身颤抖："我我我没杀过熊，它它它，它太大了……"

黑夜哆嗦着把那把户外刀递给了兰陵王："你必须杀了它。"

"你赶紧逃吧，我来对付它……"兰陵王嘱咐黑夜。

"不能走！离开火谁都别想活了！"奶茶愤怒地低吼，"长点脑子好不好！"

谁也没敢再动，但熊也那样静静站着。

"它是不是闻到肉的味道过来的，我们把肉给它让它走吧……"

没有人回答，谁也不敢在这时候做决定。奶茶战战兢兢地捡起那两块狼肉，用力朝熊抛去。棕熊果然低下身去闻了闻那肉，然而它只是闻了闻却没有撕咬，而是突然抬头看向奶茶。

"大家不要怕，我们有火，它不敢过来的，遇到熊要大声喊，把它吓走……"奶茶两脚发软浑身发抖，嘴巴依然强撑着，他挥舞着手里的火棒，大声喊着，"你不要过来啊！我们这里有火，会把你烧死的……"

棕熊突然磨起牙齿，发出吓人的声响，前腿重重拍地。

"不好！它要冲过来了！快跑！上树！"黑夜喊了一声。

早就做好逃跑准备的黑夜和囧囧撒腿就往不同方向开跑。奶茶身后就是架着营地窝棚的树，想也没想扔了火棒噌噌噌爬上了树。

棕熊重重拍击着地面，发出一声愤怒的嘶吼，这时奶茶已经爬到2米多高，这是个高于棕熊站立身高的位置，他刚要松一口气，棕熊突然风驰电掣般冲过来了。兰陵王目瞪口呆地看着棕熊直奔奶茶，它前腿抬起也上了树，它不仅会爬树速度还超快，奶茶吓得继续奋力上爬，谁知一抬头棕熊已经到了他上方，奶茶发出了惊恐万分的叫喊，棕熊一掌把奶茶拍落在地。

棕熊轻松落地，再次朝奶茶扑去，这时奶茶跑到了另一棵灰杉前，灰杉支撑住了他的身体没有被扑倒，而奶茶双手死死摁住了熊脑袋不让它咬自己脖子，用右脚用力蹬棕熊的肚子，他的胳膊手臂接连被棕熊抓伤。棕熊被蹬开又重新反扑过来，这次它准确咬住了奶茶的左腹，奶茶再一次发出了绝望的叫喊。

这时囧囧和黑夜已经跑出很远了。兰陵王咬咬牙硬着头皮冲过去，把那把户外刀一下捅进了棕熊的身体，然而那把曾刺中公狼要害的锋利户外刀插在棕熊身上却似被磁铁吸住，兰陵王想拔出来插第二刀却无论如何也不能，这时棕熊松开了咬奶茶的牙，但前腿依然把奶茶按在杉树上动弹不得。它转头看向兰陵王，耳朵后翻，背颈上的毛全竖了起来。

兰陵王大骇，不敢再与熊对视，跟跟跄跄倒退几步准备开溜："兄兄兄弟对不住了，我打不过它……"

"放开我老公！"一直在窝棚昏睡的 Summer 不知什么时候爬出来了，她举着一块大石头没头没脑地向棕熊的脑袋砸去，然而棕熊晃动着头部，发出一声愤怒的巨吼，它转身一掌打掉了 Summer 手里的石头，放开奶茶向 Summer 扑去。

这时兰陵王已经跑出 20 米开外了，扭头回看发现 Summer 已经被棕熊扑倒在地上，而奶茶也已经朝另一个方向逃跑。那个瞬间兰陵王还有一丝犹豫要不要回去救 Summer，一个念头突然冒了出来：别人的老婆自己都不救，关我屁事！

兰陵王加快了逃跑的步伐。

"老公快跑！"

这是兰陵王钻进树林深处前听到 Summer 最后一声叫喊。

4

探洞小组只爬行了 10 米左右，洞内已经宽敞到可容他们单人站立行走。

这是一个干燥平滑的洞穴，两侧洞壁和次生洞穴口都附有大量白色钙化堆积物，部分钙化表面有明显波浪形状，还有层理清晰的泥沙、鹅卵石等沉积物沾附在洞壁上，地上还算平整，但不时也能看到一小堆崩塌的砾石堆积，进洞 50 米开外便出现好几个能上能下的次生洞穴，该往哪个方向走是个问题。

他们把红芙和腿脚不便的王超留在洞穴口分岔处，巴浩、铁骑和刀刀各探一洞，但他们每个人都没敢走多远便折回，原来他们进入的次生洞穴都有连接的再次生洞穴，大大小小的洞穴好多都能互通，构成一个复杂的立体网络。换言之，这里就是个迷宫，该往哪走毫无头绪。

"刀刀你说对了，这里还真有可能是高原喀斯特，只是跟我在别处看到的喀斯特地貌不同，你是怎么知道的？"巴浩不得不服刀刀了。

刀刀是唯一一个进入溶洞里越来越兴奋的人："以前我给一个地质考察专家小组服务过，他们说在拉萨北郊有什么古喀斯特地貌，当时他们内部还有分歧，有人说是古喀斯特，也有人说什么……第四纪冰缘气候的寒冻风化作用……要是他们知道北线也有一个这样的地方，说不定是个重大发现！"

红芙一点都高兴不起来："前提是我们得活着走出去，现在该怎么办？"

大家进洞之后却一点没听到铁骑和王超最初听到的水滴声，铁骑做了个噤声的动作，示意大家都安静下来。这次依然什么也没听到，只有铁骑面露喜色："我听到了，滴答滴答……"

"什么都没有啊！而且这里没有任何有水的迹象……"巴浩困惑道。

一直在竖起耳朵的铁骑脱口而出："往这边走！"

铁骑指着一个狭小向上的洞口，其他人却怎么也没听到声音，不过现在既然毫无头绪，只能是听铁骑的指认觅水而去。

然而在这座迷宫一般的溶洞里，必须留下记号才能准确回来。刀刀用已经炭化的火把头在洞壁上留下了一个"←→"记号。为了节省能源，五个人只点了一个火把，路平坦时搀着王超走，坎坷或上下时便由刀刀背，溶洞里空气比地表更稀薄，昨晚就已现疲态的刀刀背人走几步就喘个不停，巴浩看不下去便替刀刀接管了王超。

整个过程王超都忍着疼痛不敢出声，他生怕再一次脱离队伍，对他而言，只有跟着这几个人才有活着出去的希望。

每走一段路铁骑都会示意大家停下来聆听水滴声，在铁骑说听到水滴声的第五次，所有人终于能隐约听到滴水声了，而且只能在完全静下来时才能听到，哪怕有一个人呼吸重一点都会把它掩盖。

他们一直在上坡，巴浩的户外腕表自从进入溶洞就莫名其妙黑屏了，无法判断海拔和方向，但溶洞里的空气还算新鲜，火苗也会乱动，这让大家燃起能找到让空气对流的另一个出口的希望。不知道在黑暗中走了多久，第一支火把已经燃烧殆尽，刀刀点燃了第二支，却忧虑地告诉大家："我们最好现在返回。"

"为什么？"红芙吃惊道。

"这样走下去没个尽头，我怕光源不够用，我们应该返回营地等救援，或者等做了更充足的准备再下来。"

"咱们不是还有充电宝没用吗？"

巴浩立刻懂了刀刀的意思："得留着返回用，水滴声也许只是溶洞某个地方有渗水，那不是真正的水源和出路，也许这里根本就是个死胡同，出不去的。"

"那怎么办？上面也是出不去的。"王超又快急哭了。

"没事，刀刀说了，外面联系不上我们就会报警，到时会有救援。"

"真的吗？刀刀？"

黑暗中刀刀的声音依然如定海神针。

"一定会有的，所以我们现在要返回到地面等待了……"

铁骑却不甘心地说："大家安静一下，最后再听一次声音方向。"

所有人都屏住呼吸静了下来，水声再一次出现了，这次不仅是最清晰的一次水滴声，而且还伴着潺潺的流水声！

火把照耀下，所有人的眼睛都亮了起来。

"是流水！说不定马上就能出洞了，快，我们接着往前走！"

铁骑第一个要动身，刀刀一把拽住了他："万一找不到出口，我们的照明可就撑不到原路返回了。"

"不管怎么样我都要赌一把，至少前面有水喝！"铁骑甩开了刀刀的手。

有水喝这三个字对探洞小组实在诱惑大，除了刀刀其他人都投了前行票，刀刀也不得不服从。

随着向黑暗中前行，脚下的岩石地变成越来越潮湿的泥土地，流水声也越来越大，大到比肩他们兴奋的说话声。又过了一会儿，流水声已经变成了寂静中的喧嚣。打头的铁骑突然停了下来，惊喜地喊道："水！水！"

前面是溶洞尽头，但有一条宽2米左右的水道。那个瞬间众人都欢呼起来，铁骑第一个蹲过去舀水喝，刀刀立刻制止："等一下，还不知道这是什么水……"

迟了，第一捧水已经到了铁骑嘴里，他一脸惊喜："水很甜！很干净！"

虽然终于找到了流水，但前面已然是溶洞石壁尽头，脚下的路已断，周围一片漆黑，刀刀把火把高高举起，也只能看到左右两边潺潺流动的水道，除非跳入水中顺流而去，这里是没有出路的。

铁骑失望地说："这是个地下河，根本没有什么出口！"

巴浩也失望地说："刀刀这次又是对的，趁着火把还有光亮，我们赶紧打点水返回吧！"

"先等等……"刀刀探手入水，水凉得他打了个寒战，他扔了一块石头入水，石头击破水面，发出一声闷响便沉没了。

刀刀把燃烧的火把移到水面照了照，水位不高，水流平缓，水底淤泥清晰可见，他刚扔的石头正在快速被淤泥吞没，铁骑顺手拿过王超的拐杖捅下去，直到他半条手臂没入水中，拐杖也没能探到淤泥的底，再试别处情况也一样："这里的淤泥很深啊，而且水很凉，到底是哪来的水呢？"

刀刀若有所思："是融雪，没想到融雪会在这里汇成地下河，它们应该是有出口的，如果我们顺着水流方向走，说不定就能从它汇流的地方出去，只是淤泥这么深，人一下水就会陷进去，得想个办法……"

"不能下水，还是赶紧回到营地等直升机救援吧！"巴浩蹲在一旁使劲摇头，从看到水流他就脚软了，蹲了下来没敢太靠近，铁骑注意到巴浩的不对劲，慢慢踱步到他身后，趁着他讲话的当头突然从背心推了他一掌。

巴浩猝不及防，失去重心往前倒去，半个身子悬空垂到了水面，他的手无助地向前抓握，抓住的却是一捧冰凉的水，等明白他已跟水流零距离时，他的第一反应竟然不是寻找支点而是条件反射地呕吐起来。

"怎么了？"

"怎么了？"

刀刀和红芙同时抢身去扶巴浩。

一旁的王超目睹了整个过程，瞪向铁骑："你为什么推他？"

其实铁骑的手并没有离开巴浩的背心，此刻也是他牢牢抓住了巴浩背心的衣服才让巴浩不至于真正跌进水流，他皱眉把巴浩像拎兔子一样拎回地面："我就是试试，原来你还真怕水。"

被拎回岸边的巴浩仍惊魂未定，连滚带爬坐到远离水流的地方，但他依然还浑身发抖地在干呕，那是装不出来的身体反应。几个人各怀心事地看着巴浩用了很长时间才恢复常态，但谁也没有说话。

还是刀刀惊喜的声音打破了沉默："你们看，有鱼！"

众人转头一看，在平静的水流下果然有几条通体金黄而且撒满红黑斑点的鱼儿在游动，它们体量不大略长于手掌，身形十分灵活。

"这是什么鱼？长得好美啊！"红芙目不转睛地看着鱼儿。

"亚东鲑鱼！没想到这个地下河居然有亚东鲑鱼，别看它个子小，四年才能长一斤呢，市面上养殖的都要卖二百多一斤，这些就是游动的人民币啊！发达了。"刀刀又眼睛发亮地显露财迷本色了。

铁骑泼了盆凉水："你们别做梦了，这个河道里全是淤泥，人下去站都站不住，你能抓得住滑不溜丢的鱼才怪了。"

刀刀却捡了块石头挖起泥来。

"刀刀你干吗？"

"这里很潮，我看看有没蚯蚓可以当鱼饵……"话音未落刀刀已经翻出了一条小蚯蚓。

"可是没有鱼钩怎么办？"

刀刀从他那条很多侧兜的徒步裤掏出一根动物腿骨。

"这是我刚才从洞口顺的，本来我以为可以当防狼武器，嘿嘿，牦牛兄，您再发挥点余热，骨头借兄弟们用用……"话音刚落，刀刀抓起一块石头砸向腿骨，骨头应声变成大大小小许多碎刺，刀刀取了一根1厘米长的串上蚯蚓。看大家不明白，他解释道："这个骨刺就是鱼钩呀！鱼吞下之后会卡在喉咙里。"

"可是我们没有钓鱼线怎么办？"

刀刀笑了，从另一个裤兜掏出一大把动物毛发："幸好我手贱还顺了这个，正好可以编成鱼线……不过你们瞧我这双大笨手，只能是试一试吧！"

虽然刀刀语气不确定，但没人怀疑他的求生能力。铁骑和巴浩都动手挖起蚯蚓来，红芙则和刀刀一起用野牦牛毛发编了一根长长的鱼线，在一端长长地绑上四个饵，放入水中，另一头刀刀系在了自己手腕上。

"好了，现在把火把灭了，大家去跟周公约个会吧，鱼能不能上钩就看老天爷赏不赏饭了。"刀刀放松地闭上眼睛。

虽然在地下河旁边，这里潮湿温暖的环境倒让在干燥寒冷中熬过几天的他们感到无比舒服。火光暗下去，整个溶洞跌入无边的黑暗，流水潺潺虽然喧嚣了些，此刻却是个让人安心的信号，刀刀、铁骑和王超很快发出了鼾声。

这时的巴浩已从恐水反应中平静下来，心潮却一直起荡，身边的红芙也一直发出窸窸窣窣的声响。

"你也睡不着吗？"

窸窣声停，她没有答话，只有沉重的呼吸声夹杂在男人们的鼾声中。

"不舒服吗？"巴浩伸手过去，在碰到她的手同时触到了一个毛茸茸的东西，那应该是她的小猪佩奇。

红芙一惊，立刻把他推开，低声喝道："别碰它。"

"我知道因为它对你特别珍贵，就像刀刀那么看重他的手鼓一样吧？"巴浩怜悯地说。

"不要自作聪明。"红芙声音有点沙哑。

巴浩叹了口气："真的很对不起……希望你相信，我很在意你的感受，从来没有这么在意过一个人，哪怕被你气得要死……"

她的声音更加沙哑:"逢场作戏而已,你用不着这么敬业。"

巴浩叹了口气:"我确实是罪人,就不为自己辩解了,老人们常说报应,你大概就是我的报应……要怎样你才能原谅我?我什么都可以为你做。"

红芙冷笑:"哪怕要你的命吗?"

巴浩想了想:"命是父母给的,我不能给你,但我可以用一辈子补偿,你应该知道我说这句话是下了多大决心……"

"现在说这些有意思吗?"

"我怕现在不说就来不及说了,这两天我想了很多,如果能活着出去,我想认认真真爱一次,去拥抱那些我畏惧的一切,包括结婚……难道你就没有其他心愿吗?我的意思是除了惩罚我们这些罪人……"

红芙的声音有些哽咽:"我只有一个心愿,让我姐回来。"

"她回不来了,那是她自己做的决定,也许那对她是种解脱。"

红芙咬牙切齿:"我没办法理解!她为什么要爱一个人渣,搞得自己身败名裂!"

"爱就是爱,哪怕错了也已经爱了,你为什么不肯原谅她呢?"

"我不是不原谅她,是不肯原谅自己,为什么我没办法理解她……"红芙的声音再次淹灭在哽咽里。

巴浩柔声道:"等出去后我们好好为她转山转湖祈福,她的灵魂会安息的……"

铁骑的声音突然在黑暗中响起:"你俩这么尬聊有意思吗?"

巴浩脸上发烧了,红芙也沉默了。

尴尬的气氛被刀刀欣喜的声音打断:"上钩了!上钩了!"

原来他们都没睡着。

铁骑赶紧打开充电宝电筒,只见刀刀跪在河道旁,大半个身子探到水面,鱼线那头竟然有两条鲑鱼挂在那儿!每条约有半斤重,刀刀正把它们从水中拖到岸边,因为怕鱼线断掉不敢直接提出来,还是在铁骑和红芙的共同协助下才把两条鲑鱼弄上岸。

这次没等刀刀开口,铁骑封住了他的嘴:"我们现在马上把这两条鱼干掉,千万别跟我说要留一条给营地的人,你有本事再给他们钓,反正这两条鱼我半块都不留。"

红芙看着巴浩:"你也别充老大,真是老大也得自己吃饱才有力气救别人。"

巴浩尴尬地笑着:"咱们吃完再给他们钓,反正这里不愁没鱼。"

刀刀已经在给骨刺鱼钩上第二轮鱼饵:"这回我同意你们的决定。"

"我们要在这里生吃吗?"红芙不敢相信。

"当然,鱼生是最高级的料理啊!"刀刀咽了下口水。

刀刀伞绳手链上的小弯刀破鱼不太好使。铁骑把右腿裤子一提,露出绑在小腿上的一把匕首。巴浩惊出一身冷汗,幸好他没打算跟铁骑决斗,不然妥妥地被他收拾。

铁骑唰唰唰几下弄好了鱼,第一块鱼腹肉理所当然递给了红芙,红芙犹豫着没接,朝王超努努嘴:"先给伤员吧。"

王超却不敢接:"生的能吃吗?"

"不吃拉倒。"红芙白了王超一眼,接过去狠狠大咬一口。

红芙没有用任何夸张词语的形容食物,倒是男人们对生鱼赞不绝口,这些鲑鱼生活在非常纯净的雪山融水里,肉质雪白,鲜美弹牙,巴浩感叹了一句:"吃过那么多鱼生,现在才知道我以前吃的都是鱼的尸体。"

"地下河里喝雪山水长大的鲑鱼嘛,每一口都是高潮啊!"刀刀补充道。

黑暗中红芙红了脸,男人们一起大笑起来。

5

刀刀一行在地下河享用鲑鱼时,怎么也想不到地面营地已经被熊摧毁。

兰陵王很快追上了先他一步逃离营地的黑夜和囧囧,三个人慌不择路地朝森林深处逃窜,一边相互埋怨。囧囧怪黑夜和兰陵王把狼肉带回营地,招来了觅食的棕熊,黑夜指责囧囧也没少吃狼肉,三个人跑出好远才想起他们已经和另外几个人失散。

被问起营地状况,兰陵王一脸恻然:"Summer完了,她老公丢下她跑了……"

囧囧急了:"那你怎么不救她?你不是连狼都能杀吗?"

"狼跟熊能比吗?我刺了熊一刀,没被它扑倒算对我开恩了……"

黑夜看着兰陵王空空的双手:"我的刀呢?"

兰陵王做错事地指着营地方向:"还在熊身上……"

黑夜疲惫地就地一坐,她终于想明白了:"不跑了,如果熊要追我们,它那个速度我们就是踩了风火轮也逃不了,上树,它比我们还爬得快,刚才就是奶茶作死不该惹怒它。"

囧囧心情糟透了:"不知道 Summer 怎么样了,会不会出事,我们应该回营地看看……"

黑夜和兰陵王异口同声地说:"要去你去。"

囧囧当然不会自己去,只能改变策略:"可是我们什么都没带出来,火、水、粮食……肉就算了肯定被熊吃了,现在没有火和水又和大部队走散了,我们困在这里也是死。"

一句话说中了黑夜的心事,但她看了看天色说道:"营火一时半会灭不了,水,到晚上还会下雪的,要回去也不是现在,等等吧……"

"要等多久?"

"等熊吃饱了。"

囧囧胃里一阵翻涌。

黑夜突然想起一事:"沁子去哪儿了?那家伙拎了藏刀说去找吃的,这都半天没见人影了,找到她就好了,那我们就有武器用。"

"她说去割树皮的,如果这时候回营地正好给熊送上门,不行,我得找她,沁……"囧囧拔高声音的一声"沁子"还没说完就被黑夜一脚踹了回去,她低声怒吼:"想作死就大声喊,到时候我们一定也把你先丢下喂熊!"

囧囧扁了扁嘴,无声地抽泣起来。

他们讨论沁子去哪儿了时,沁子还独自在林子里打转,之前听刀刀交代过只有紫松树皮可以吃,可是她转来转去就是找不到紫松,捡到一些小蘑菇但不知道是否有毒,只能揣在兜里准备问过刀刀再决定吃不吃。

沁子是听到哭声才循声而去的,远远她便听出是奶茶的声音,看到他时他正坐在一棵灰杉下,衣服上到处是撕破的口子,脸上也有撕拉血痕,他抱着双膝把头埋在身体里,正在伤心地哭泣着。这还是沁子第一次看到一个男人哭,而且哭得浑身颤抖,肝肠寸断。

沁子快步走过去,她无须在奶茶面前装柔弱:"你怎么了?跟谁打架了吗?"

奶茶抬头一见是沁子,放声大哭起来:"我老婆,我老婆,熊,熊……"

沁子拍着他的肩膀:"别哭,好好说。"

"是我不好……有熊袭击营地……本来以为有火它不敢过来,结果,结果它不怕火还能上树……我和熊搏斗了,兰陵王捅了它一刀……我老婆为了救我去打熊,结果熊把她扑倒了，我，我，我实在是太害怕了……我逃出来了……"

奶茶抽抽噎噎地说着，但沁子半听半猜知道了事情经过，她并没有做任何指责或安慰，而是检查起奶茶的伤势，他的衣服到处被熊撕裂，但幸好只是爪痕皮外伤，左腹部被熊咬到的地方有一个 O 字形的瘀青，三颗一分硬币大小的黑紫色牙印留在他的肚子上。

沁子松一口气，柔声道："你的伤不碍事，等出去后涂点药就会好的。"

沁子没有任何指责的温柔却让奶茶更无地自容，他啪地甩了自己一耳光，站起来就走："我把老婆扔下自己跑了，我不是人，我现在就回去和她一起死……"

沁子却一把拽住了奶茶，回望着营地方向，平静地说道："现在已经晚了，你回去于事无补。"

"那，那我就不管我老婆了吗？"奶茶抽泣着，试探地看着沁子。

"管，再过一小时我们回营地看看，但愿 Summer 吉人天相，逃过一劫。"沁子双手合十，向天默念。

奶茶也跟着她朝天跪拜，合十祈祷。

在等待回营地的一小时，奶茶和沁子一直在跪地祈祷，这是奶茶第一次做这种平时他看来只是妇孺专属的无聊举动，他诚心诚意向上天忏悔，忏悔自己平时对 Summer 不够好，忏悔自己在关键时刻弃妻而逃："老天爷啊，求求你让我老婆活下来，我愿意拿十年，不，拿我的命换她活着，刚才我真的是太害怕了，我有罪，我对不起她……"

沁子怜悯地看一眼痛哭流涕的奶茶，念起了一段心经。在她温柔平和的声音里，奶茶渐渐平静下来了。不知跪了多久，两个人的脚已经完全麻木了，沁子突然说道："差不多了，我们出发吧。"

虽然刚才哭着喊着要回去陪老婆一起死，此刻奶茶却畏畏缩缩地跟在沁子身后走。于是沁子镇定地走在前头，手里提着一把大藏刀，衣衫褴褛的奶茶像惊弓之鸟一样跟在她身后，两人轻手轻脚朝营地方向走去。

现在已经能看到营地的窝棚了，奶茶又开始浑身发抖，连步子都迈不开了，沁子只得让他牵住自己的衣角，同时低声安慰："那边很安静，而且还在冒着烟，熊肯定已经走了。"

从他们的位置只能先看到盖着层层树叶的窝棚，刚从林子深处呼吸过新鲜空气，还没转到营地前方便已闻到了这里散发的血腥味，奶茶越走脚越软，到最后只差一步就能看到营火,他却被钉在那里,抱着那棵架棚的树死活不肯再挪窝。沁子只得自己转了过去,人虽然过去了眼睛却闭着,做了无数心理准备,睁眼后却还是一声惊呼,手里的藏刀哐当掉在了地上。

沁子刀也没捡,立刻转回了树后,脸色惨白。

奶茶磕磕巴巴地说:"她,她她,还好吗?"

沁子面无人色地摇摇头。

奶茶一下瘫在地上,悲痛欲绝地放声大哭。沁子按住心脏位置,刚才血淋淋的一幕还在冲击着她的神经。

"要号丧也得去她面前号!"身后突然传来黑夜冷冰冰的声音。她身边站着一脸兔死狐悲的兰陵王和正扶着一棵树呕吐的囧囧。

虽然 Summer 的牺牲已经是意料之中的结局,但她被熊吃掉半个身子的惨烈场面还是让人不敢睁眼,其他人都有了拔腿就跑的冲动,只有黑夜还保持着冷静。

"这个营地太血腥,不知道还会招来什么野兽,我们已经不能在这里待了。"

沁子很少主动表态的,但她的这一提议得到了囧囧和兰陵王的极力肯定,奶茶已经从刚才的崩溃中平静了些,呆呆地说道:"我老婆怎么办……"

黑夜冷冷地扫了他一眼:"当然是要先帮她料理下后事。"

"怎,怎么料理?"

"我们没有工具也没有时间,没办法让她入土为安,但如果火化恐怕会招来更多野兽,而且也不便于以后回来迁骨,所以只能是简单地保护下遗体……"黑夜面露惋惜。

现在这个营地是整个山谷最危险的地方了,但没人敢反驳黑夜要先给 Summer 料理后事的决定。黑夜让沁子和囧囧去捡尽可能多的石头,奶茶自从被兰陵王扶到前面看了一眼就失去了全身力气,扑通一下跪在那里,一直在痛哭,只能由兰陵王和黑夜收拾残局。兰陵王是众人当中最有胆量的这不意外,意外的是身为女人的黑夜,她安排兰陵王和她一起把 Summer 的残躯搬进了窝棚,给 Summer 整理了遗容,整个过程她都小心而庄重,像在修补一件贵重瓷器。

黑夜让兰陵王解开窝棚架上系着的伞绳,窝棚架子落下来,把 Summer 整个掩埋在了里头。这样黑夜还不放心,她指挥大家一起往架上垒石头,直到垒得看不见一点遗体才停手。虽然遗体被安置好,营地上还有血迹斑斑,黑夜又指挥兰陵王把表面一层浮土掘除干净,撒去远处。

沁子念了一会儿经，囡囡采来很多杉树叶，一把一把撒在了树石坟上。

黑夜也默默祷告了一会，最后深深鞠了一躬："Summer，希望你在天之灵保佑不要有野兽再来糟蹋你的遗体，也保佑我们早点被救出去，只要我们能出去，将来一定给你迁坟，好好安葬，我王小兰发誓……"

沁子惊讶地看着黑夜，奶茶此刻更是一脸感激地说："谢谢你……"

黑夜把一条细细的带着血迹的卡地亚手链递给奶茶："这是她的遗物吧。"

奶茶双手发抖地接了过去，声音又哽咽了："谢谢，我以为你很讨厌她的……"

黑夜叹了一口气："就是有再大的罪孽，人死了就全干净了。刚才我跟Summer对过话了，她说她不怪你，她心甘情愿为你死……"

奶茶再次崩溃地哭了起来。

沁子突然说道："黑夜，你是个入殓师吧？"

黑夜眉毛一挑，沉默不答。兰陵王吃惊地看看这个看看那个。

"难怪你不怕跟……逝者接触，难怪你平时总嫌我们不干净，难怪你胸包里有一些跟你本人不搭界的物品……"沁子努力回想着细节。

囡囡也黯然道："难怪巴浩问你职业时你说是魔法师，能跟别人的灵魂对话，你没骗我们。"

黑夜苦笑："不是我嫌你们不干净，是整个社会都嫌弃我这种跟死人打交道的人，既然你们嫌我不干净，我干脆离你们远一点……"

沁子和囡囡同时向黑夜深深鞠了一躬："对不起。"

兰陵王也向黑夜行了礼："你一个女人家干这个真是了不起，别瞧不起自己，在我们老家你这样的人是要被全村供着的。"

"我不要被供着，我想要朋友和爱人……"悲哀的神色在黑夜脸上一闪而过，很快恢复如常，"好了不废话了，现在我们该准备出发了，不然很快要天黑了。"

"我们去哪儿？现在我们没有一点可以喝的水了，天也不像能下雪的样子，火种还不知道会不会灭。"沁子刚才已经捡了些炭火放进那个被奶茶一刀砍开的带柄水壶，她打算拿一根树枝挑着它带走。

"去找刀刀，他是我们唯一能活着出去的希望。"奶茶突然停下哭泣，替黑夜做了回答。

就在这时，前面突然传来一声狼嗥，随之不同方向也有接二连三的狼嗥回应，所有人都脸色一变。黑夜惊恐地喊起来："完了，狼群来复仇了！"

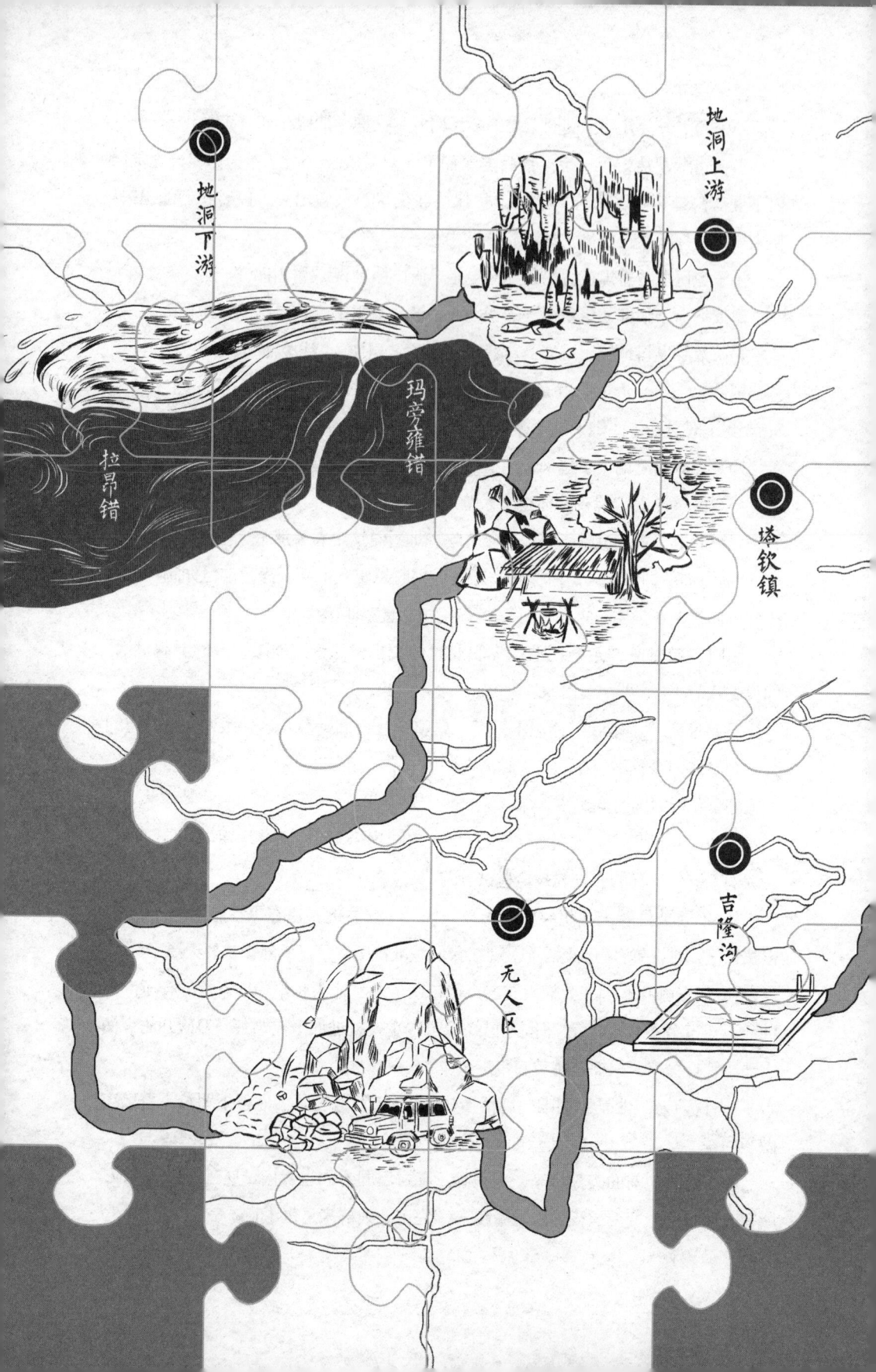

地洞上游
地洞下游
玛旁雍错
拉昂错
塔钦镇
吉隆沟
无人区

第八章 撒旦的真心

格桑花客栈

珠穆朗玛峰大本营

喀什机场

1

洞里不知世上时日，刀刀一行在地下河放了三次钓，前两次让他们每人享用了一条鲜美无比的鲑鱼，最后一次钓上两条半斤重的鲑鱼后，刀刀忍无可忍地催促大家返程。大家带上战利品，接上满满两壶水，红芙好好清洗了几日没有清洁的脸手，他们就回去了。

在地下河旁的几个小时无疑是他们入藏后最美妙的时刻，可一踏上黑暗的回程路却各怀心事地沉重起来。

刀刀担心的事情发生了，第二个火把加充电宝照明的时间比预计更短，他们在大概还有二十分钟能抵达竖洞前彻底失去了光源。虽然有五个人在一起，突然跌入无边黑暗，还是令人心慌意乱。

这时铁骑突然说道："巴浩，我们又要用冲锋衣结成绳了，我打头探路，沿着绳子跟上我。王超，我来扶你，其他人照顾好自己。"

"你记得出洞方向？"巴浩惊讶地问道。

"不记得，但我能听到洞口的风声，所以一定能出去，相信我。"

刚才就是跟着铁骑辨识水滴声才找到地下河的，这时没人再怀疑铁骑的听力。

"你打头就好了，还是刀刀扶王超吧。"

"刀刀负责拎鱼殿后就好，一来我可以扶着王超走，二来我可以和王超配合，一左一右，他用拐杖摸索他那边的路。"

王超却有点着急："不，我想要和刀刀铁骑一起走，太暗了我的脚又伤着，有两个人扶着方便……"

刀刀的声音："三个人并排走窄了点吧？"

"不窄不窄，我和铁骑都很瘦，不占地方！"王超极力争辩。

红芙发话了："行了就这样吧，鱼我拿着，刀刀铁骑扶王超吧。"

冲锋衣再一次被结成绳，他们像串蚱蜢一样串成一串，铁骑和刀刀一边一个扶着王超打头，巴浩和拎着鱼的红芙殿后。

每走几步便要全体静下来辨认方向，但每次铁骑都判断得很快。周遭漆黑一片，只有杂乱的脚步和沉重的呼吸。

"你干吗？"铁骑突然质问。

"刀刀快动手啊！"

然后是铁骑、王超和刀刀三个人沉重的喘息声，三个人好像扭打起来了。

"怎么了？"巴浩停下来问。

"刀刀不能往那边……啊——"王超发出一声惨叫，跟着是身体重重跌落在地的闷响，接着王超的声音像被人掰断了一样戛然而止。

"王超！王超！"黑暗中铁骑急切的声音响起。

跟着是刀刀着急的声音："王超？王超你怎么了？"

巴浩和红芙也同时发问："怎么了？"

铁骑似乎在黑暗中摸索："刚才王超突然推我，然后刀刀也扯我，我跟刀刀打了起来，然后王超不见了……大家不要过来，这边好像有一个洞……真的有！千万别过来……天哪，王超不会又跌到哪个洞里去了吧？"

来时的路上的确有很多上下通连的地洞，当时因为有光源大家都小心翼翼避开了所有危险地段。

刀刀啪啪用火石点燃了他的头巾，借着那一小会燃烧的火光，众人看清楚了，在路的右侧的确有一个下行的次生溶洞，垂直距离很深，而在头巾燃尽的最后几秒，众人心惊肉跳地看清楚了，王超瞪眼仰天地躺在洞底，脑袋下面一摊血，看起来已经没有生命迹象了。

"王超！兄弟你醒醒！"刀刀扒在洞边，撕心裂肺地喊着。

头巾烧完了，刀刀在黑暗中拉扯冲锋衣绳："绳子给我，我要下去救他……"

这次巴浩点燃了他的头巾，冲锋衣绳被放了下去，但离王超的位置还差得远，铁骑扔了一颗小石到王超脸上，但他一动不动。

刀刀把冲锋衣绳往自己身上绑："你们放我下去，放一半我跳下去，应该不会受伤的。"

"你醒醒刀刀！王超死了！他这次摔到了脑袋，已经没气了！"铁骑看不下去了。

头巾再一次烧完了，周遭再一次跌进黑暗。刀刀伏在地上用力捶了一拳地面，大家只能听到他压抑的断断续续的沉重呼吸和牙齿相磕的声音，每个人都在想：刀刀哭了吗？

巴浩再也忍不住了，对准铁骑的方向质问："铁骑，你解释下怎么回事。"

"刚才我跟王超和刀刀说，过了这个最大的拐弯就离洞口不远了，王超突然开始推我，还叫刀刀动手，然后我跟刀刀打了起来，把他往旁边一甩，结果听到王超说'不能往那边'……咦，他是不是记得这里有个洞……对！肯定是这样，原来他是想联合刀刀把我往这个洞里推！"

巴浩愤怒地说："王超明明知道我们要靠你才能走出去！一个腿伤没好的人怎么推得过你？好吧，既然他要联合刀刀动手，为什么掉下去的是他自己！！"

铁骑沉默了一会："他们想除掉我……"

"是你把王超引到这里来的，是你想除掉他！刚才在水边你推了我，现在你又推了王超！"

"明明是他推我……"黑暗中只听到铁骑冷笑的声音，"好吧，我为什么要故意害王超？"

"为了蒋蓝莲！"

尽管警告过自己很多遍，要选一个最好的时机跟铁骑和红芙摊牌谈判，但王超的死真的太让巴浩愤怒了，这个名字脱口而出。铁骑和红芙都沉默了，黑暗中谁也不说话，只听到刀刀伤心而颤抖的沉重呼吸。

巴浩后悔了，他和刀刀绝对不是红芙和铁骑的对手，何况还要靠铁骑走出溶洞，但他也绝不是为了活命摇尾乞怜的人，于是放缓了语气继续说道："其实我已经知道你们组织这个活动的目的，虽然我们这些人来自天南地北，但肯定都跟蒋蓝莲有某种联系，比如我，我不敢下水救人的确是个懦夫，但我为王超做证并不是要偏袒他，只是为真相做证……"

"真相？你根本不知道真相是什么。"红芙终于说话了，声音颤抖，呼吸急促，"她只是一个你想艳遇但没有得手的驴友！所以你污蔑她！"

巴浩的心一阵痛楚："红芙，你问问自己的心，和我相处的这些天，你真觉得我是那种人吗？还是只是为你必须恨我找一个借口？"

红芙卡壳了。

"你答应过我在走出无人区之前按兵不动的，为什么要食言呢？"

"我们没有！"红芙的呼吸声急促而颤抖。

"警方都下结论那件事跟谋杀无关了,为什么你们不肯接受事实呢?"

"事实是你们所有人都伤害了我姐!是你们联手把她逼上绝路的!"红芙悲愤道。

铁骑不耐烦地打断了他们:"不要再跟他啰唆了,我早说过这些人是不会忏悔的,费那么大劲带他们去转山转湖,但这些人心里没有一丝内疚有什么用!"

巴浩心里一动:"等等,是要我们向蒋蓝莲道歉吗?我可以道歉……"

铁骑冷笑:"不用了!从现在起我不在乎了,你不是说王超是我害死的吗?无所谓,就算是吧!既然老天爷把我们都困在了这里,就是要让所有人给蓝莲殉葬,我就顺应天意吧!巴浩,你是第二个,自己跳下去还是要我帮一把?"

巴浩警惕地贴靠在洞壁上:"你不要乱来!"

铁骑没有动,却冷冷地对红芙说:"红芙你还不动手?你不是觉得这个人恶心之极吗?他为了给王超脱罪诬蔑你姐的名声,又在这趟旅行里对你心怀不轨,收拾这样的人就是替社会除害!替你姐报仇!"

红芙重重地呼吸着,仿佛心情和呼吸一样不定。巴浩和她之间只有不到1米的距离,这时他的心被巨大的沮丧感笼罩着,几乎忘了这是生死存亡关头,他看着黑暗中红芙的方向,痛心地问:"红芙,你真的是这么想的吗?"

红芙喘着大气不答。

地上的刀刀突然一骨碌爬了起来,挡在了巴浩身前:"有我在,你们别想伤害任何一个人!"

"刀刀!这件事本来就跟你没半毛钱关系,不要逼我翻脸!"黑暗中铁骑朝他们的方向迈了一步。

巴浩心里最后一点疑虑解开了,现在形势明朗,对整个战队而言最重要的人——刀刀,是自己人。

刀刀的声音带着心情剧烈激荡后的颤抖和喘息:"王超是觉得你危险想制服你,但绝对没想害你命……"

铁骑冷笑一声:"那就是我害他没命了?"

刀刀犹豫了。

此刻巴浩冰冷的心里有了一丝暖意:"刀刀,谢谢你帮我。"

"刚才在地下河那边,王超悄悄跟我说他知道红芙和铁骑是什么来头了,我们现在很危险,得想办法先下手……当时我们没机会讲完,没想到王超居然那么快叫我动手，当时我去拉王超没想到扯到了铁骑，铁骑跟我打起来了……王超大概知道有这个地洞想把铁骑弄下去，可他怕我失足刚才推了我一把，没想到让自己掉下去了……"刀刀声音伤心又悔恨，"铁骑，王超的死真的与你无关吗？"

铁骑又发出了一声冷笑："如果再给我一次机会，我倒想真的踹他下去。"

红芙叹了口气："刀刀，你一直不相信我们，其实我们也不相信你。"

巴浩感觉到挡在身前的刀刀呼吸急促，浑身都在颤抖，于是摸索把刀刀举起保护他的手臂放了下来。那一刻他心里突然透亮："我终于明白了，为什么一直感觉到彗星组织有两股对抗的力量，红芙铁骑想收拾我们，刀刀你却想保护我们，你不是个司导，对吗？"

红芙冷冷的声音："我只是想替我姐讨个说法！"

"奶茶那些人到底跟你姐有什么恩怨？"

红芙还没回答，铁骑粗暴地打断了她："红芙！不要再跟不知悔改的人废话了！"

巴浩叹口气："事情已经这样了，咱们先从这里出去再算账行吗？"

铁骑却又向前迈了一步，巴浩以为他要攻击自己，警惕性举起手臂护在胸前握紧拳头，然而铁骑却在黑暗中准确地抓住了红芙的手："我们走！"

一直陷在纠结情绪中的红芙突然被抓，浑身一战："去哪？"

铁骑冰冷的声音传来："怎么你还想留在这里过年吗？当然是出洞！"

"那他们呢？"

"他们不是很能耐吗？让他们自己出去，如果能出得去，咱们就当什么也没发生过，出不了，那可不是我们故意杀人。"

"可我们自己都不知道能不能出去呢……"

铁骑咬牙切齿地说："难道你忘了你是怎么下决心要替你姐讨说法的吗？"

红芙讪讪地说："我没忘。"

"那好，现在就跟我走！"

"刀刀，哎！那个……哎……"红芙的声音犹豫不决地随着铁骑远去了。

巴浩回味着红芙最后那几个字，心想省略的一定有他的名字，从刚才红芙不愿动手中不难看出，她对他并非完全敌意，真说不清他该是喜还是悲。

现在黑暗中只剩下他和刀刀了，巴浩叹了口气："刀刀，你得跟我讲讲来龙去脉了吧，你跟这件事到底有什么关系……"

"回头再说，现在我们得先干一件要紧事。"

"什么事？"

"我得下去把王超弄上来，不能把他留在这里。"

"刀刀，我知道你们兄弟情深，可咱们还没找到救援出去，怎么带着王超的遗体走？这里没有野兽来，王超的遗体会保护得很好，是最理想的太平间。何况上面那群二货怎么样了还不知道呢，你就不怕……"

刀刀站了起来："你说得对，活人更重要，咱们赶紧走……"

"可咱们现在只有火石，除非把衣服全当燃料烧了，不然怎么走得出去？"

"不用，我记得路，老司机的方向感，所以王超也记得路。"

刀刀又哽咽了，巴浩现在和刀刀想的一样，都知道王超的确是想推铁骑下洞，可慌乱中又怕刀刀掉下去，为了推开刀刀，王超失足了。换言之，王超是为救刀刀而死的。

刀刀伸出双臂开始摸索探路，巴浩跟着他的脚步一路摸黑走去。刀刀还真没吹牛，半个小时后他们已经到了爬行洞口，只要再爬过这10米距离就能到竖坑了，然而刀刀已经累得瘫坐在爬行口再也走不动了，巴浩却还体力充沛，好在已经能看到竖坑那边的光亮，巴浩的腕表也突然恢复正常，原来已经是晚上十点了。

巴浩由衷地赞叹："刀刀，我要是个姑娘一定会爱上你，你太神奇了！"

刀刀疲惫地回应他："怎么可能，像我这样碌碌无为的人……"

"胡说，再平凡的人也有人心疼，不然王超怎么会为你……"巴浩本想安慰刀刀，却意识到又往他心上扎了一刀，"你累坏了吧，要不要我给你捏捏？"

"没事，就是心里难受，歇一会就好……你能给我唱首歌吗？"

"什么歌？"

刀刀想了想："你会粤语吧，那就《烂泥》吧。"

"你，最盛放的玫瑰，流芳百世，怎可瞬间枯萎。我愿意留低，舍身去垫底，任满天花瓣散落这污泥……"

到后面刀刀和着节奏和巴浩一起轻哼了起来，他唱得比巴浩更动情，更走心。

巴浩停下来感叹："来之前我怎么也没想到，我会和一个游戏战队经历生死，会和一个男人坐在山洞唱歌，更没想到我会和你爱上同一个姑娘。"

刀刀的哼唱戛然而止，他沉默了。

巴浩很怕伤害他，竭力放轻声音道："刀刀，我知道你也喜欢红芙，比我更喜欢，但我也是认真的，从来没这么认真过，等出去后我们公平竞争可以吗？"

刀刀笑了："谢谢你把我当对手，我以为我这样的人不值一提。"

"怎么会呢！你重情义、有才华、特努力，长这么大，你是唯一一个让我吃醋和担心的情敌。"巴浩心里涌动着热潮，他是真诚的，比跟红芙告白还要真诚。

"谢谢你，其实我很怕你说把她让给我……"刀刀拍了拍他的肩膀，"你别怪红芙，她还只是个孩子，给她点时间长大，多包容她一点。"

巴浩叹口气："她不是孩子，她又美又狠，她有勇有谋……她后悔没能好好爱她姐，游戏也好，报仇也罢，她在跟自己较劲，我们不应该惯着她。"

"好了，我们必须走了，我感觉有什么不对劲。"

"能有什么不对劲，只要铁骑不在洞口捅黑刀就没事。"

"不至于。"话虽这么说，巴浩要求他先爬出去，出洞前还真护住脑袋等了一会儿，见没什么事才爬出去，自己也觉得好笑，如果铁骑要下黑手洞里机会太多了。外面空气真好，一抬头发现本应是夜晚的天空异常地透着红光，竖洞上方能看到红芙背影一角，原来铁骑和红芙竟然徒手爬上竖坑了，看来巴浩还是低估了他们的实力。

尽管心里有些发毛，巴浩还是高兴地喊了出来："红芙，铁骑，我们出来了，你们可要说话算话哦！"

洞口上方出现了铁骑和红芙的脸，他们神色凝重，一言不发。这时刀刀也从横洞爬了出来，一看天色就脸色一变："怎么回事？"

"你们上来自己看吧。"铁骑现在显然没心思再计较之前的龃龉。

巴浩跪下让刀刀踩着他，和上面的人一起用力把刀刀弄了上去，巴浩最后上到地面，一上来他便感到一股热浪迎面逼来，定睛一看，目瞪口呆。

他们来时的方向已经成了一片火海，火势把半个天空都映红了。

2

营地分队料理完 Summer 的后事准备出发去找刀刀分队时，发现他们已经被狼群包围了。至少有二十多头狼，它们在离他们 50 米开外的林子里，呈圆形包围状把他们圈在了原地。

现在他们一共五个人，只有一把藏刀当武器，他们下意识地背靠背防备状站着，除了兰陵王，其他人全在浑身发抖牙齿打架。那只身上有血迹曾在黑夜手下负伤的老狼突然嗥了一声，狼群突然动了起来，但它们并不是向营地分队发起进攻，而是沿着包围圈跑了起来，有的往左有的往右，而且跑得越来越快，五个人看得眼花缭乱，根本不知道应该提防哪头狼了。

黑夜紧张地说："之前也是这样，把我们转晕了之后它们开始缩小包围圈，要不了多久就会发起进攻了！"

奶茶牙齿打架："你，你们不是杀了一头吗？应该可以把它们全干掉吧？"

兰陵王舔了舔嘴："不知道，来一头杀一头，来两头杀一双！来吧！"

囡囡哆哆嗦嗦地哭着："爸，妈，我还没写遗书呢，怎么办……"

"不准哭！"沁子低喝。她在忙着生火，把燃烧的树枝递给没有武器的人。

大概因为沁子把火烧旺了，狼群并没有发起进攻，而是也停了下来原地休息，这时已经天黑，虽然看不见狼群身形却能看到不远处的黑暗里它们绿荧荧的眼睛，丛林里熊熊燃烧的营火将四个人炙烤得喉干舌燥，昨晚接的雪水早就喝光了，他们已经几小时未进水米，更糟糕的是，狼群包围圈里的能砍的树枝这两天已经被砍得差不多了，现在被包围也无法去外围砍柴，眼见着营火在肆虐一阵之后火势渐渐转小，他们已经无柴可加，绿光也开始渐渐逼近了。

Summer出事后一直在萎靡状态的奶茶突然大笑起来："哈哈哈！哈哈哈！老婆我来陪你了！"

奶茶把他手里燃烧的柴火点燃了离他们最近的一棵灰杉。

"你疯了！"沁子抢下了奶茶手里的武器，但晚了，那棵灰杉早在营火炙烤中变得非常干燥，很快整棵树都燃烧了起来。

"你怎么这么傻！事情还没有糟糕到那个地步，说不定刀刀他们很快就要回来救我们了。"沁子唠唠叨叨地检查着奶茶身上有没有受伤。

囡囡恨恨地看着奶茶说："这种人值得对他好吗，沁子你还不知道熊袭击营地的时候，奶茶把Summer扔下喂熊了吧？"

沁子一怔："你们不也全跑了吗？当时生死关头，留下来也是陪葬，谁都别指责谁。"

囡囡尴尬地闭嘴了。

见火花变大，周围那些绿光又渐渐退后了。奶茶东张西望着，突然又在火堆拿起一根燃烧的柴火，点燃了另一棵树。这回黑夜和兰陵王同时喊了起来："你他妈想死自己出去喂狼！这是要把我们先烧死了！"

奶茶眼里闪着亮光，激动地说："我想到怎么逃出狼群包围的办法了！"

"啊！"众人吃惊地看着奶茶。

"以火开路，一路烧过去，狼群绝对不敢靠近我！"

囹囹困惑地说："然后呢？这片森林黑夜和兰陵王全探过路了，前面没有可以出去的路。"

沁子皱着眉："就算有路出去也不能烧，山火一旦烧起来是扑灭不了的，那这片高原上难得的森林就完蛋了。"

"对，反正我们是死路一条，不如跟狼拼了！"兰陵王咬牙切齿道。

奶茶居然笑了起来，笑得眼睛发亮："真要有山火烧起来就好了，就会有直升机来巡视、救火，那我们就可以得救了。"

"救火是不可能的，两头路都堵死了，外边的人没法进来。西藏未必会有能灭森林火灾的消防飞机，在直升机到来之前我们已经被困在火里烧死了。"

沁子一盆冷水把奶茶又泼蔫了。

一直没表态的黑夜却看着兰陵王说道："你还记得王超掉进去的那个洞吗？"

兰陵王点点头："记得。"

囹囹惊讶地说："你们见到过王超为什么不救他？"

"你怎么知道没救？"黑夜白了囹囹一眼，继续问兰陵王，"你记得王超当时为了骗我们下去救他，还说那个洞有个横洞，而且说里面有水吗？"

兰陵王努力回想着，频频回头："洞是有点深，不过刀刀和巴浩应该有办法，不知道怎么那么久还不回来。"

"刀刀他们不可能没找到王超，耽误了这么久，唯一解释就是真的有横洞，而且说不定是个能出山的洞，搞不好他们已经出去了……"

沁子摇摇头："不会的，如果能出去，刀刀要么会回来接我们，要么会在外面找救援接我们，刀刀不会扔下我们不管的。"

"你没听懂问题关键，我们可以边烧树边走，一起逃到那个洞里去，一来可以从狼群包围里杀出去，二来可以跟刀刀他们会合……大家听明白了吗？"

这下所有人都明白了。

"哎呀不要点火啊，这里的树多不容易才长出来……"在沁子的惊呼声中，其他人已经点着了包围圈其他一切能够得着的树，一会儿时间火势蔓延开来，周围那些绿荧荧的光圈开始退后，黑夜带头往森林深处走，奶茶激动地喊着："大家不要害怕，狼比我们更怕被烧死！"

确实，绿荧光的包围圈现在越来越扩大，而且随着火势蔓延的方向出现了缺口，但它们并没有离开，而是出现在更远的密林深处，但这时大家已经没那么害怕了，他们像几个玩火的孩子，一路往前点火前进，火势很快蔓延开来，到后来已经映红了半个天空，他们被炽热的温度和漫天火光撑着一路狂奔。狼，已经看不到踪影也顾不上害怕了，现在要消灭他们的是正在吞噬一切的大火。

刚爬出地洞的刀刀和巴浩就是在这个时候目瞪口呆地看着他们的亲密队友狂奔而来，老远囡囡就哭喊了出来："巴浩！巴浩！"一身烟灰的囡囡一上来就扑向巴浩挂在他脖子上放声大哭。巴浩尴尬地看着红芙，却没有推开囡囡，看得出来这姑娘真受了大惊吓。红芙一直眉头紧锁看着火势，完全当没看到他们。

小分队终于会合了，火里逃出来的人都瘫软在地。在黑夜上气不接下气的讲述里，巴浩终于大致明白了这场大火的来龙去脉，"你们这些人真是自作聪明！"

刀刀制止了他："算了现在说这些没有用，趁还有最后一点时间，我们要做好准备，把需要的东西全部转移到地洞里去。"

"真的有地洞？"黑夜眼睛一亮。

"地洞里有什么？有水？有鱼？有出口？"奶茶惊喜地看着红芙手里拎着的鱼，又看看铁骑背囊上插着的满满一壶水的水杯。

"Summer呢？"刀刀注意到他们当中少了一个人。

奶茶黯然低下了头："她，她被熊……"

地洞分队的人都是面色一凛，这是个相当可怕的消息。

"王超呢？你们不是来救他的吗？"这时沁子也发现对方分队少了一个人。

刀刀也黯然了："他还在地洞里，不过再也不能和我们……"

沁子吃惊地说："怎么王超也牺牲了吗？"

刀刀痛苦地低下了头。

"大家振作起来！事情还没到最糟糕的地步，我们还有地洞可以避难，刀刀，我们是不是要多准备点树枝和松脂？"巴浩及时制止了正要蔓延开来的悲痛情绪。

"是的，先把女生们放下地洞去，男生们一起尽可能多收集点燃料，这火没有三天三夜怕是熄不了，等它熄了，这里一切也全都没了，让他们补充点吃的喝的马上干活，我先去收松脂了……"

刀刀走了，但大家都没有动。巴浩怕铁骑和红芙不愿意给水和食物，但铁骑竟然主动拿出了水杯，营地分队传递着一人一大口，咕咕咕喝了个痛快。巴浩去红芙手里接鱼，红芙明显拽着不肯放，还是铁骑使了个眼色她才松手。

红芙的脸色很难看，巴浩觉得是那种心里特别恐惧的难看。这是从没在红芙脸上看到过的表情。她这样的姑娘若在江湖定是个勇敢又果断的侠女，还会有什么事情能让她恐惧呢？

黑夜毫不客气把鱼分成了四大块。水，沁子是有份的，但鱼只分了四份，自然是把不吃荤的沁子排除在外。

囧囧看一眼沁子："把我那一半鱼再切一半给沁子吧。"

沁子黯然："不用了，我希望不到迫不得已不要破戒。"

"铁骑，红芙，我们去捡柴吧。"巴浩喊道。

铁骑和红芙站在原地动也不动，表情有点怪，他们并没有把正在逼近的大火放在眼里，而是怔怔地看着正在分鱼的几个人。红芙是侧身站在巴浩前面的，巴浩刚好可以看到她双肩包上侧挂的那个小猪佩奇，不过她这个宝贝得不得了的小猪此刻有些异常，它的肚子已经被触目惊心地割开了，缺口处龇牙咧嘴地露着一点棉絮，肚子也明显也空扁下去。但此刻红芙无暇顾及，她目不转睛地看着分鱼的几个人，紧张得把嘴唇快咬出血了。

巴浩看看小猪看看红芙又看看分鱼的几个人，突然心里有种不祥的预感，几步并一步冲过去按住正要分食的鱼："等等！"

"怎么了？"饥肠辘辘的兰陵王急了。

"我来先替你们尝一口……"巴浩抓起一块鱼往嘴里送。

"哎！你们不是吃过了吗？"兰陵王和黑夜同时喊了起来。

"不能吃！"红芙闪到了眼前，一脚把巴浩手里的鱼踢飞了。

巴浩捂住被踢疼的手，表情复杂地看着浑身发抖的红芙。那一刻证实了他的判断，鱼被红芙下毒了，毒物就藏在她一直随身带着的小猪佩奇里，难怪从来不让别人碰那个小猪。

"哎哟哟，你们这些人怎么这么坏啊！多珍贵的鱼啊！"黑夜心疼地捡起那块已经沾满泥土的鱼。

巴浩制止："黑夜，这鱼不能吃了。"

"为什么？"好几个人同时发问。

巴浩缓缓站了起来:"不想死就别吃,不要问为什么。"

众人面面相觑。

巴浩大喊着引导方向:"铁骑,兰陵王,跟我去砍树。红芙,你带女孩们先下地洞。奶茶,你去帮刀刀采松脂。"路过红芙身边时,巴浩低声说了句:"谢谢你手下留情。"

红芙脸色发白手脚发抖,显然还没从刚才的变故里缓过神。

"其实你自己也不知道,你心里有我,你也不想杀人。"巴浩用更低的声音补充道。

红芙呆若泥塑般站在那里。铁骑也从她身边路过,深深叹了一口气。

火势蔓延得很快,没工夫再质问和解释。

众人各司其职,姑娘们一个个被放下地洞,这次红芙当排头兵,一个接一个爬进横洞。黑暗中姑娘们一个牵挽一个,连不喜欢任何身体触碰的黑夜都接受了来自囧囧的拥抱,当她去牵红芙的手时却被红芙一把甩开,红芙脱下了冲锋衣让黑夜拽着,直到摸黑走到一处较宽敞的地方,这才听到红芙冷冷的命令:"现在原地坐下来,在这里等他们吧!"

男士们一直战斗到火苗蔓延到他们的区域才下来,他们带进来一些松脂和很多树枝,刀刀还带下来一些能吃的树皮,为了防止浓烟倒灌,在所有人都进洞之后男人们用石头和牦牛毛封住了横洞爬行出口。

3

战队终于会合,也暂时安全了,虽然他们已经失去了两名成员。

随着地面火势扩大,入洞口温度越来越高,只能继续往洞里转移。男人们背上了干柴,前后点上三支火把,一行九人继续往黑暗的溶洞进发。路上黑夜和奶茶都留意到了墙壁上之前刀刀画的"←→"字记号,交换了一个会意的眼神。

这次铁骑并没有带大家去往路窄而且一直要上坡才能抵达的地下河,而是去了一个空间宽敞的次生溶洞。这里像个小教堂,干燥而恒温,虽然人多让空气变得更稀薄,但仍是他们现在最好的避难所。

一坐下来,奶茶和黑夜便着急打听地洞出口情况,却被告知这里也同样没找到出口,失望之色溢于言表。问及刀刀接下来情况会如何发展,刀刀也一筹莫展:

"现在这里火灾我们没法在地面等，外面的人想找到我们更不容易了，除了等恐怕还是只有等……"

"等到最后会怎么样？我们会不会死？"奶茶脸上已现绝望之色。

铁骑冷冷地接话："当然会死，特别是那些心肠不好的自私鬼，死得更快。"

刚才囧囧已经把营地发生的一切详细跟巴浩刀刀汇报了，铁骑听了全程脸色难看，忍不住开怼奶茶。

奶茶动了动嘴唇但什么也没说出来，黑夜暗暗捅了他一肘示意要冷静。

刀刀疲惫地说："放心吧死不了，咱们在这里有水有食物，只要等火灭了就会有直升机来的。"

"在这里手机手表全没信号了，连时间都不知道，又怎么知道火什么时候灭，飞机什么时候来呢？"奶茶很着急。

"这好办，每隔一段时间派人去洞口瞧瞧，什么时候咱们不当烤猪呛不死了火就灭了，那时我们再大部队撤离，发生了这么大森林火灾，就算救不了火上头也要派飞机巡视的，咱们肯定能出去。"刀刀的话永远是让人宽心的。

"可是干净的水和鱼究竟在哪？"黑夜急切道。

刀刀正要说什么，铁骑制止了他："这个地方是我找到的，得给大家定点规矩，在这里一切由我安排，不准多吃多占不准起哄！我们进洞前已经十二点了，该睡觉了，为了节约能源，留一个火把，其他全灭了。"

"可是……"黑夜还想说什么。

铁骑冷冷了回了一句："不服管的现在就回到地面去。"

"我服管！我服管！睡觉也要有人值班是不是？我第一个值班吧……红芙，你收的那块拼图碎片拿给我吧。"

"你还惦记拿奖啊！保住命出去就不错了！我不要奖了，我要回家。"囧囧扁了扁嘴。

"哎，值班总得有点事干才不打瞌睡啊！我现在还能往哪儿逃呢，反正还缺了最后一块碎片，你们怕什么呢？说不定我琢磨琢磨能想出个万全之策来……"

出人意料，红芙竟然面无表情地把她保管的那块碎片拿给了黑夜。

黑夜终于把四块碎片都拿到手了。一直揣在她贴身兜里的"ヨ"，Summer之前给的"目"字一半，红芙的"月"，刀刀的"目"字的另一半。

黑夜挪到洞口位置："大家安心睡吧，有我在，绝对不会让什么蛇虫鼠蚁打扰你们，等我实在撑不住的时候再叫下一个值班。"

这是他们被困无人区的第三个夜晚，发生了太多太多事，所有人的确都太累了，在这个不冷不热、补给充足还有生还希望的地方，人一倒下便沉沉睡去。

除了自告奋勇值班的黑夜，奶茶是唯一一个睡不着的人，一闭上眼，血淋淋的 Summer 就站在他眼前，翻来覆去中突然有人踢他，奶茶一骨碌爬起来，原来是黑夜，她做了个嘘声的动作，示意他过去。

奶茶蹑手蹑脚爬到火把边。原来黑夜一直在摆弄碎片，原先他们的思路是两块碎片组成是一个"目"字，现在黑夜把"目"横放，变成了一个"罒"，把"ヨ"摆在"罒"下面，虽然碎片边缘没有吻合上，但基本可以看出它们能组合成一个"罪"字，跟着黑夜把"月"字摆在"罪"字前头，用木棍在"月"字上头添上一个部首"ナ"，变成了一个"有"字。黑夜在一旁写下两个字——有罪。

有罪！

这就是拼图游戏真正的谜底，在组织者的眼里，他们都是些有罪的人！哪有什么古董烛台大奖？哪是什么拼图游戏比赛？这是一个彻头彻尾的骗局！

令黑夜意外的是，奶茶看着她揭开谜底毫无惊诧之色，看来他早就猜出来了。

黑夜用木棍写下：王超！然后用手在脖子前一拉，示意他是被杀的。

奶茶看了一眼红芙，也在地上写了四个字：鱼下了毒。

两人面无人色地对视着。

巴浩这晚做了个好梦，好梦于现在的他，是舒舒服服躺在自己的床上，抱着云朵般的蚕丝枕，身上没有一点油腻和疲惫的感觉，就是放松，无限地放松……然而有人在打他的脸，用力地拍打着，一点都不留情："你还真能睡！"

巴浩一个激灵醒来，梦境里自己的床消失了，他还在黑暗的溶洞里，而且他的手脚都被结结实实捆绑，和红芙背靠背地捆绑在一起，连嘴都被塞进了东西，是他那该死的穿了四天的棉袜，他刚一扭动红芙就在他背后含糊不清地嚷嚷着，捆绑他们的正是巴浩那根手链解开的伞绳，当时全用来固定营地棚架，现在倒成了作茧自缚。他们脚底还倒着一个人，是同样手脚反绑、嘴里塞着臭袜子，正在奋力挣扎的铁骑。

谁干的？巴浩愤怒地冲着拍他脸的奶茶含糊不清地叫喊。

奶茶身边还蹲着兰陵王和黑夜，看来他们是合谋，溶洞角落则坐着紧紧靠在一起的囡囡和沁子。囡囡一反平时对巴浩的全力维护，此刻她看他就像在看一个陌生人，失望而警惕。刀刀还躺在地上打呼，沁子喊他，他茫然地睁开眼接着又无力地闭上了，根本没从睡梦中清醒过来，他太累了。

这是怎么了？巴浩喊着，但一个字也喊不出来。

奶茶狠狠地瞪着巴浩："别嚷嚷了，现在我们已经知道怎么回事了，你、铁骑、红芙，你们三个才是真正的彗星！"

关我什么事啊！巴浩愤怒了，他的奋力扭动拉紧了一根绳捆绑的红芙，而刚好勒到颈脖位置的她在他背后发出了痛苦的声音。

"想让红芙死快点的话你就再用力点！"黑夜冷冷道。

巴浩立刻安静下来。

黑夜把碎片一块块摆在地上："你们三个的把戏我终于懂了，加上最后一块碎片这不就是他妈的'有罪'两个字吗？把我们当猴耍是吧？什么一千万的奖品，什么拼图游戏，全他妈的是鬼扯淡！你们的目的是把我们召集到一起，像杀死王超一样杀死我们！"

囡囡有些犹疑："刚才那个有毒的鱼巴浩不是没让我们吃吗？"

黑夜卡了一下，又恨恨地说："那是他们内部没统一好！如果不是巴浩要吃红芙也不会跳出来踢掉！"

巴浩震惊了。铁骑也在奋力挣扎着，但对方捆得太紧，他连翻身都做不到。刀刀终于被沁子摇醒，坐了起来，不过他眼神茫然地看着周围的一切，似乎还没从梦境里完全苏醒。

奶茶站了起来，愤怒地走来走去："这到底是个他妈的什么破游戏？我们到底犯了什么罪？你们有什么资格审判我们？凭什么让我们像风箱里的老鼠一样到处逃命，逼得我老婆……"奶茶后面的话哽咽在喉咙里。

兰陵王把那把藏刀拎在手里，来回地抚摸着："奶茶，我们现在杀了这几个杀人凶手算是什么……正当防卫对吧？你敢不敢啊？"

奶茶被刺激了，一把抢过兰陵王手里的刀，但他没有要挥刀砍人的意思，而是上去踢了铁骑一脚。铁骑发出一声闷哼，接着奶茶又来踹了巴浩一脚，巴浩忍痛受了，但当奶茶还要去踹红芙时，刀刀从背后扑了过来，一把抱住了奶茶的腿，惊诧地说："你们这是要干吗？"

"刀刀你别为他们打工了，他们就是彗星！大奖就是个骗局，我要杀了他们！"奶茶被刀刀钳住了腿踹不了红芙，但手里的刀还在挥舞着，刀刀却抢了几下都没抢到，干脆整个人挡到了巴浩和红芙身前，一脸惊讶地看着奶茶："那你为什么不抓我？我才是彗星啊。"

奶茶一怔，所有人都一怔。但奶茶马上给了自己一个解释："怎么可能！你跟我们无冤无仇，要不是你三番五次救了大家，我们都活不到现在，我知道你被他们雇了，但绝对不可能跟他们是一条心。"

"大家都冷静一点好吗？你们不就是想知道真相吗？好，把他们三个放了，我现在就给你们真相。"

奶茶和黑夜对视一眼，奶茶摇摇头："绝对不行，从现在起我们再也不要受人摆布了，这几个人必死无疑。"

刀刀叹了口气："你觉得单靠你们自己可以找到水和食物吗？你们能从这里走出去吗？"

"不是有你吗？"囡囡脱口而出。

刀刀疲惫地靠着被绑的三个人坐了下来，双手并拢朝奶茶一举："你们把我绑了吧，我才是真正的彗星。"

奶茶气笑了："刀刀，饭可以乱吃罪可不要乱认啊！别以为我真的找不到路，刚才我看到墙上画的'←→'符号了，如果我没猜错的话，那应该是你们之前找地下河留下的记号，顺着它走一定就能找到水和鱼吧？"

"退一步，就算找不到，地面的火最多三天就会熄灭，我们就算饿上三天也不会死，到时上去等救援就行了。刀刀，别拿我们没你不行来威胁，这招没用。我们没绑你是因为你一直对大家很好，虽然你被彗星收买当内应，但你还是自己人。"黑夜慢条斯理地解释着。

刀刀重重叹了气："你们还真是好歹不分，难怪会把蒋蓝莲逼得无路可走。"

奶茶手里的刀哐当掉在地上："你也知道蒋蓝莲！"

兰陵王一脸吃惊："蒋……蓝莲？"

囡囡和沁子也一脸困惑。

"我们挂的那些任务经幡上有一些奇怪的文字，我一直以为是藏文，直到在吉隆沟问了好些藏民都不认识我才突然想通，那是蒋蓝莲三个字的繁体草书！大本营挂的经幡不是让我们系水晶珠吗？藏族人会把要祈福那个人的物品串到经幡上，那条手链我见蒋蓝莲戴过的……那天我终于想明白了，拼图谜底就是'有罪'！什么比赛什么奖金都是假的……"奶茶指着红芙，一脸悲愤地说，"你们知道她是谁吗？如果我没猜错的话，她就是蒋蓝莲的妹妹！在吉隆沟我想通之后就给彗星发邮件申请退赛，可是，可是被他们要挟，我没办法走！"

沁子困惑地说："你一直不肯告诉我，他们到底要挟你什么了？跟红芙又有什么关系？"

奶茶卡壳了，欲言又止。

黑夜一脸困惑，沁子皱起眉苦苦思考，囧囧突然拍拍脑袋爬到兰陵王旁边，伸手掀掉了他那顶永远不取下的帽子，终于她一脸恍然大悟："是你！是你！"

兰陵王下意识地用手挡住了自己的额头，但已经无法挡住众人的围观。

沁子突然眼睛一亮："难怪我一直觉得你有点眼熟，你不就是去年那个公园偷情的莫宏伟吗！囧囧，那件事还是因为你起头我才关注的呢！"

这时其他人都瞪大了眼睛看着兰陵王，渐渐变成恍然大悟的表情。

凑过来的黑夜怔怔地补充道："原来你就是跟蒋蓝莲偷情的那个莫宏伟。"

兰陵王怒火冲天："我没有偷情！我都不认识那个什么蒋蓝莲！要不是这个八婆莫名其妙拍到我，跑出一大堆人莫名其妙骂我，我也不会被单位开除，我老婆也不会离家出走！"

兰陵王愤怒的手指戳到了囧囧脑门上，囧囧立马尖叫了起来，眼见着又要重演第一天见面的那一幕了，众人赶紧把他们拉开。

巴浩嘴里塞着臭袜子苦于无法发言，他看看这个看看那个，完全不明白他们在说什么。

4

"行了！都冷静下来好好想一想，为什么是你被邀请参加这个游戏！"从认识以来一直和颜悦色、逗趣搞笑的刀刀突然一脸严肃拔高了声音，真有镇住全场的威力。

情绪和现场同样乱成一锅粥的拼图战队安静了下来，陷入了各自的思考。

黑夜一下抓到了重点："怎么感觉我们跟那个蒋蓝莲都能沾上点边呢？囧囧，那事是你起头的，你先说。"

囧囧扁着嘴还没从刚才的委屈里平静下来："我真的没想起来兰陵王就是我去年拍的到那个公园偷情……"

兰陵王又要发作，刀刀及时按住了他。

囧囧只得改了口气："大家知道我的工作，我是靠直播吃饭的，我们这个行业非常残酷，新人一茬一茬地冒出来，我才二十出头就有强烈的生存危机，去年我一直在想我的出路在哪里，光靠唱歌卖脸已经没有人气了，我能不能把直播做成一种能不断更新的自媒体，这样我年纪再大点也能有饭吃……"

"说重点。"黑夜不耐烦了。

"长话短说，我想直播社会新闻，找一些能吸引眼球的社会话题，这个灵感是去年在公园有的，当时我看到很多情侣在公园约会，想做一个最佳约会地点的专题，就随机找一些情侣做采访，当时我看到那个叫蒋蓝莲的姑娘和莫……一个穿GUCCI外套的男人在公园偏僻角落接吻，也没多想就凑过去采访，当时那个男的只拍到了背影，一听到我声音就跑进洗手间了，那个蒋蓝莲倒是挺大方的，还跟我的粉丝们互动，聊她男朋友就喜欢跟她二人世界从来不去人多的地方凑热闹，我们聊了好久那个穿GUCCI外套的男人终于出来了……就是他……"

囧囧怯怯地指了兰陵王一下。

兰陵王没好气地说："没错，当时我一出来就被你堵住了，可我当时在男厕所修马桶，鬼知道你在搞什么直播，还追着我问为什么扔下女朋友跑了，那姑娘都说了她男朋友不是我，我俩根本不认识，你还叽叽歪歪个没完……"

"可你明明穿着和她男朋友一样的衣服啊，洗手间又没有其他人，怎么可能不是你呢？"

兰陵王语结了一下："那个外套是我在洗手间捡的，我就是活干完了打了会游戏……修马桶之前我也没注意谁进来过，但走之前发现一件外套放在我的工具箱上，我喊了几句见没人认领，衣服还挺好的扔了可惜我穿着又合适，就穿上出来了……"

刀刀问囧囧："你就那么肯定那姑娘的男朋友是他？"

"当然是啊，他穿着一模一样的GUCCI外套……"囧囧突然意识到不对，"也是啊，一个维修工怎么穿得起GUCCI呢……"

刀刀并没有穷追不舍："所以这件事因为囧囧的直播发酵了，很快有人人肉出了莫宏伟和蒋蓝莲的身份、职业和家庭情况？"

囧囧点点头："我也没想到这事会发展成这样，当时我只是在直播上质疑了一下然后就去直播其他人了，晚上回到家才知道，有人扒出了莫宏伟的身份，说他有家有口居然出轨跟情人约会，这件事是我发现的，我当然要蹭蹭热度，所以我那些天都在直播时和网友讨论出轨这个话题，我发现还挺多人有共鸣的，公众号的帖子几天就 10 万+了，好多人转发，大家都留言骂这对狗男女……"

"呸！"兰陵王愤愤地吐了口痰，"最可气的是还有人跑到我公司去骂我，我跟那姑娘真的没有半毛钱关系，听说人家是个白领，怎么可能跟我这种水电工扯上关系！我只不过是倒霉地捡了件衣服，反正没人信我，连我老婆也不信，公司也让我滚蛋了……我真不知道得罪了谁，搞得我这一年来留起胡子戴起帽子，就是怕别人认出我。"

黑夜怔怔地插了一句："你想多了，当时那些骂你的人不过是发泄自己的情绪，没人记得你长什么样，也没人关心真正的真相。"

"所以你是在网上骂他们的网友之一？"刀刀问黑夜。

黑夜点点头："当时就是觉得他们该骂啊，也不是专门针对他们，我不止骂了他们，还骂了很多该骂的人，我一直都这样。"

沁子满脸歉意地补充："我也骂了，当时我失恋了，因为男朋友出轨了我闺蜜，那段时间心情特别不好，我恨所有背叛者，我变成了一个喷子……但我不知道有别的原因，也许我真的冤枉了他们，对不起。"

刀刀看着沉默的奶茶："奶茶，你觉得你和 Summer 是怎么被邀请参加拼图游戏的呢？"

奶茶还没开口，沁子便替他回答："肯定也是和我们一样，无意间当了网络暴民吧？"

刀刀苦笑："奶茶，到了这个地步，实情是你说还是我替你说？"

奶茶咬咬牙："我自己说。其实，我才是被囧囧最开始拍到的，和蒋蓝莲约会的那个人……"

"啊！"好些人都目瞪口呆看着奶茶。

"那见面你没认出我吗？"囧囧吃惊道。

"当然认出来了，你没发现我一直躲着你走吗？"

"而且录真人秀你都躲着不拍到脸，也不参加有囧囧的大合影。"黑夜补充道。

奶茶叹了口气："我和蒋蓝莲是摇一摇认识的，大家这些天也看到了，Summer 和我的关系有问题，在一起十年，我一直在她面前抬不起头，我赚的钱不如她多，家境不如她好，她脾气大我什么都得听她的，在家里我没有一点话语权……去年 Summer 说要结婚，我突然得了婚前恐惧症，最开始我只是想找个人聊聊天解解闷，到后来我真是没有勇气告诉她我马上就要结婚了……"

沁子脸色变了，失望地看着奶茶："原来是这样，你从来不在我面前抱怨Summer，对我既照顾又守礼，我还特别替你这么好的丈夫打抱不平……"

"我……"奶茶低下了头。

"你确实有让女人动心的魅力，但那不能说明你会真的移情别恋吧？"沁子还是有些不甘心。

奶茶叹口气："是也不是，我对 Summer 还是有感情的，只是我也喜欢蓝莲。"

"你知道为什么从一开始我就躲着巴浩跟你做朋友吗？因为我觉得你是正人君子，而巴浩和我前男友是一样的类型！他们那种人太招女人了！一个人怎么能同时爱上两个人呢？我可以原谅你在生死关头扔下了 Summer，但不能接受你像我前男友一样朝三暮四！"沁子激动起来。

巴浩失笑，正想发表下获奖感言，突然感到和他贴背而绑的红芙身体一颤。沁子的话也戳中她了吗？

"先说说公园那天是怎么回事吧。"刀刀把沁子差点转开的话题拉了回来。

"去年五四，Summer 在北京有公差活动，我难得有时间陪蓝莲，当时只是想找个僻静地方的，谁知道囡囡跑来直播，我情急之下就逃到了洗手间，可听着外面囡囡没有一点想走的意思，我都不知道怎么办了，这时候我发现兰陵王在最后一个厕格修马桶，就偷偷脱下外套放在他工具箱上，然后躲在了第一个厕格。过了一会儿，兰陵王发现那件衣服，果然穿上出去了，趁囡囡追着兰陵王直播，我逃出了洗手间……"

"原来我替你背了锅！"兰陵王怒目圆睁。

囡囡拿着火把走到他们身后，照照兰陵王又照照奶茶："你还别说，你俩身材真有点像，难怪大家没认出来。"

"对不起，我也没想到这个结果，本来我只是不想让别人发现我，谁知道事情越闹越大，兰陵王替我挡了子弹。蓝莲质问我怎么回事，我跟她全坦白了，我实在没法放弃和 Summer 十年的感情，我让蓝莲来做个选择。蓝莲应该是非常伤心，那之后她再没有联系过我，眼睁睁看着她在网络被人围攻，我能做的只有当水军帮她说话，哪晓得根本斗不过你们这些网络暴民！蓝莲真的很善良，自始至终也没有出卖我，也不知道她后来怎么样了，她从我的生活里消失了，都怪我一时糊涂，我对不起她也对不起我老婆……"奶茶叹了口气，一脸沮丧。

"你真是个人渣！"沁子怒了。

奶茶垂头丧气地说："这件事我确实做得渣，但我至少尊重了蓝莲的选择……"

"尊重？一脚踏两船算尊重？嫖个娼还要付嫖资，你既不真心又不花钱，算的哪门子尊重？"沁子气得嘴唇都在颤抖。

黑夜看着刀刀："你是蒋蓝莲什么人？是因为她把我们召集到一起的吗？"

刀刀苦笑："我跟她没有任何关系，但这个活动是我一手策划的。"

"那你图啥？蒋蓝莲现在人在哪儿？叫她出来评评理，她当了第三者是真的吧？就算她不知情，就算我们冤枉她了，当时网上骂她的人那么多，凭什么单单只报复我们几个？"黑夜愤愤地说。

刀刀黯然："她走了，承受不住巨大的精神压力，她在网上买了一张假身份证来了西藏，结果跳了鬼湖拉昂错，死的时候还有身孕。"

所有人都吃惊地沉默了。奶茶更是掩面哭泣起来，他哭得浑身颤抖，肝肠寸断，一点也不亚于目睹 Summer 惨状时的反应。

黑夜突然把巴浩嘴里的臭袜子拔了出来："你又是蒋蓝莲什么人？"

巴浩活动着差点僵掉的下巴："冤枉啊，我跟蒋蓝莲没任何关系，而且我也没在网上攻击过她，更没有合谋策划这个活动，我和你们一样是被邀请……"

"还在骗人！"黑夜火了，"一路你一直在死顶红芙和铁骑，完全就是他们的走狗！"

巴浩心情糟糕："我愿意鞍前马后是因为我喜欢红芙，可不代表他们不恨我啊！知道为什么是我和王超吗？去年蒋蓝莲来西藏旅行，王超是司导，我和她是同一个车的驴友，当时我们以为她叫刘姿君，一路我都觉得她情绪不对劲，最后是我和王超眼睁睁看着她跳了鬼湖的，我，我没敢下水救她，后来我据实跟警方说了情况，他们觉得我是在为王超开罪……"

巴浩说他喜欢红芙时，囡囡黯然地咬了下嘴唇。

黑夜踹了奶茶一脚："别哭了烦死了，你觉得巴浩说的是真的吗？"

奶茶一脸泪痕，茫然地说："王超的确说过去年接待过巴浩，但没说细节，有一点我不明白，刀刀对王超这么好，可以说是过命的兄弟，怎么会弄这么个计划，第一个先害死王超呢？"

所有目光都集中在了刀刀身上。刀刀叹口气："大家别猜了，王超出事是个意外，这个活动从头到尾都是我一个人策划的，没有其他人参与，当时那件事是我帮王超处理的，所以知道蒋蓝莲，也查清了来龙去脉，我虽然跟她没有关系，但同情她走得不甘心，想召集你们这些或多或少跟她的离去有些瓜葛的人来西藏走一趟，替她转转山，转转湖，让她的灵魂得到安息，有什么恩怨，在生死面前大家也一并了了。"

刀刀说得很诚恳，大部分人几乎已经或愿意相信了。

"等等，你的意思是你搞什么真人秀就为了帮不相关的人了恩怨？"黑夜一脸不相信，"那你前些天那么忽悠我们花钱都是装的？"

刀刀尴尬一笑："真人秀是假的，但忽悠人我不用装，平时我也这个样，讨是讨人嫌了点，我努力赚钱也努力花钱，一码归一码嘛。"

众人想笑却又笑不出来。

奶茶怔怔地看着红芙："所以刀刀和红芙铁骑确实是一伙的？"

被捂住嘴的红芙挣扎着发出唔唔的声音，刀刀却掏出他的手机，用最后一点电开机，点开微信界面，递给奶茶。囝囝把火把移了过来，几个人一起凑过来看，刀刀打开的微信界面除了进藏后大家加的"刀刀"微信号，还有一个名为"彗星"的小号，这个号里的联系人只有10个，正是拼图战队的所有成员，此刻虽然没有信号不能登录，但之前的聊天记录还在，奶茶随便点了一条彗星和王超的聊天语音。

"王超，人齐了之后你带他们去这个地方吃饭，饭后会有指示给你们。"

一个机械的男声传了出来，这句话他们进藏第一天就听到过，确是在王超的手机上打开的。

众人哗然。

黑夜困惑地说："你真的连王超都瞒着？"

刀刀点点头，又翻出彗星给王超的微信转账记录："王超觉得他这两年一直走霉运，家里负担又重，我直接给钱怕伤他自尊心，所以想了这么个笨办法。"

"所以你是为了帮蒋蓝莲讨回公道和补贴王超设的骗局？你压根就没想让我们拿到大奖吧？"黑夜还是一脸难以置信。

"不，真人秀虽然是个借口，但比赛是真的，奖品也是真的，所有一切都公证过，我就是想反悔也悔不了。"

"这么说古董烛台是真的？"黑夜眼睛一亮，很快又狐疑地，"你这个穷酸样怎么会有价值过千万的宝贝？"

刀刀叹了口气："我们家祖孙三代都在西藏当过兵，烛台是爷爷年轻时候买的，谁也不知道是文物，就是当个普通烛台用用。直到前年突然那个飞龙烛台拍卖了一千多万，我比了资料觉得我家这个老物件可能也有点来头，这才从农村老家里找出来，当时我也想去做鉴定，但听人说要提供它是我家祖传的证明不然会被没收就没敢去，幸好今年找到了我爷爷的老照片，里头拍到了烛台，这才去出了鉴定证书……"

巴浩恍然大悟："原来如此！你真的要卖了它，让好好的一对龙凤烛台永远分开吗？"

刀刀一愣："这个我没想过……我猜到它有年头但没想到这么有来头，黑漆漆的多少年一直扔在柜子里，要不是爷爷的遗物早扔了。"

"那游戏费用谁出的？"黑夜岔开话题。

"是我这几年跑车攒下的钱，大家可能觉得我不是有钱人为什么要玩这种游戏，但钱对每个人的意义不一样，对我来说，让所有人的灵魂得到安宁最重要。"

"那他俩是什么人？至少是你的帮凶吧？"奶茶狐疑地看着红芙和铁骑。

刀刀叹口气："红芙的确是蓝莲的妹妹，铁骑是蓝莲的发小，但他们没有参与活动，钱是我出的，活动是我组织的，计划细节他们都不清楚，我只是请他们过来见证一下，也算是替蒋蓝莲了却心愿。"

奶茶依然一脸困惑地继续刷刀刀的手机，他点进了刀刀的相册，刀刀似乎意识到什么伸手过来抢手机，但奶茶躲开了。这些天刀刀的相册除了头两天给大家拍的集体照，最多的就是红芙的单人照，有她远眺沉思的，有低头吃饭的，有单行背影的，但所有照片看起来都像是偷拍，再想继续翻看，手机却彻底没电了。

"有很多红芙的偷拍照片，这什么意思？"奶茶一脸茫然。

"笨！刀刀喜欢红芙啊！"囧囧此时是个明白人。

刀刀紧张地看了红芙一眼，低头不语。巴浩并不意外，红芙却表情复杂。

黑夜松了一口气："这样就能解释得通了，我说你总得图点啥吧。"

黑夜和奶茶对望了一眼。这次黑夜伸手扯掉了塞在铁骑嘴里的臭袜子。

铁骑一恢复说话立刻破口大骂："刀刀你是不是有病！我才是真正的彗星！大家觉得这世上有这么傻的人吗？为一个跟自己毫无关系的人倾家荡产？你们好好带上脑子想一想吧！"

众人让铁骑一说又开始犯糊涂了。

"那你和蒋蓝莲什么关系?"黑夜握着藏刀在地上敲了敲。

"她是我从小到大喜欢的人,为了她我可以命都不要,钱算什么!我有证据,跟你们签合同的公司是用我妈妈的名字注册的,没有人会拿自己的亲妈开玩笑。所有的指令都是我写的,我从小学书法,变换字体很容易……"

"不,是我写的,巴浩在大本营找到的经幡纸条你还记得吗?"刀刀着急地辩解。

巴浩想起了那半张烟壳纸上歪歪扭扭的字:"那字的确跟刀刀每次办客栈入住手续时的签名有点像,但那张纸条写得很匆忙,是因为铁骑把密钥线索'酒窝'指向刀刀,刀刀却放了11条经幡出来自救,让我们揪出了铁骑这个卧底吧?"

"不!我才是彗星,刀刀这家伙就是充英雄,你们不要被他搅糊涂了!还有我的手机也在我裤兜里,你们打开看看,我才是给你们发指令的彗星!"铁骑怒吼。

铁骑果然也有彗星的微信登录记录,进藏后彗星群所有指示信息也全是从他这里发出的,而之前彗星和大家的联系一概没有,刀刀的手机已经没电打不开了,无法再验证。

"两个彗星到底谁真谁假?"奶茶糊涂了。

铁骑直着脖子怒吼:"当然我是真的!刀刀是我雇的内应,但这个人喜欢扮英雄,对活动细节指手画脚,我早就看他不顺眼了,一次又一次密钥引到他头上,就是为了让大家觉得他是奸细,淘汰他不要再碍手碍脚!"

"那你把我们全弄在一起的目的是什么?"黑夜困惑道。

"当然是报复,既然法律无法惩治你们,那我来替天行道!"铁骑咬牙切齿。

黑夜突然举起藏刀朝铁骑砍去,刀刀立刻扑过来挡在他身上,然而黑夜手里的藏刀却是刀背朝下,在众人一致的惊呼声,藏刀轻轻落在了刀刀背上。

黑夜叹口气:"刀刀你别添乱了,铁骑说的才是实话,你用不着救他也用不着替我们挡灾,至少这个活动有一点是对的,除了刀刀,我们这里的人全都有罪,唉,我就是随便在网上发泄下,真没想会把一个人逼上绝路的……"

刀刀一脸迷茫地从铁骑身上抬起头:"你们怎么回事,怎么说真话没人信呢?"

"把他们都放了,事情都是我一个人干的,要杀要剐随便!"铁骑还在地上挣扎叫喊。

黑夜对兰陵王使了个眼色,兰陵王把铁骑按住,重新把袜子堵住了他的嘴。

黑夜站了起来,走到红芙身边弯下腰,捏捏她的脸把堵嘴的袜子取了出来:

"现在我们来听听小妹妹怎么唱戏……"

"呸！"红芙啐了一口，"一群蠢货，连真正的彗星是谁都猜不出来，还想拿大奖？"

黑夜气愤地在脸上身上用力擦着："不要说你也是彗星！"

"既然蒋红芙是蒋蓝莲的妹妹，又怎么会要铁骑、刀刀这种外人来完成她的使命！"

"所以你是真的想杀死我们，刚才的鱼就是你下的毒……"奶茶声音颤抖道："我说了是我对不起蓝莲，你就不能原谅我吗？"

"原谅？原谅你是上帝的事情，我的使命就是送你们去见上帝！"红芙瞪了奶茶一眼。

巴浩忍不住为红芙在这么危险的情况下挺身而出捏了把汗。他捅了红芙一肘，低声道："别乱说话，现在大家受了刺激，都不是正常心态了。"

5

溶洞里的火把摇摇曳曳，照着一洞各怀心事的人。

红芙是在巴浩着急地不断捅她一肘的情况下开始讲述的："蓝莲是我亲姐，这里没有任何人比我有资格是彗星。没错，铁骑的确是我姐的好朋友，公司也的确是用他妈妈的名字注册的，不过那是骗他我要来西藏做点生意用老人家的名义注册方便办事，他家才答应帮忙的，所以这次活动我请了铁骑来玩，虽然他参与其中但不知道我的真实目的。至于刀刀和巴浩为什么在这个活动里这么帮我，因为我知道自己孤掌难鸣，我也知道他们喜欢我，所以我用了点女人的小手段，让他们心甘情愿为我办事……"

众人哗然。刀刀和巴浩对视了一眼，两人的眼神都很复杂，他们知道也许红芙说这些是为了救他们，但也极可能本来就是实情，红芙心里怎么看待自己，他们一直都没底。

囡囡突然冲上去甩了红芙一嘴巴。

"不要脸！难怪我早就觉得你小小年纪狐媚得厉害！"

刀刀这次没提防到囡囡，想来拦时已经晚了。

手脚被绑嘴巴被塞的铁骑突然又开始在地上挣扎起来，而且这次挣扎得特别厉害，嘴里也含糊不清地在说些什么，众人的注意力这时都在红芙身上，也没有人理铁骑。

红芙的头发被打散，飘了几绺在脸旁，但她依然骄傲地仰脸看着囧囧："抢巴浩没抢过我，你早就恨我了吧？"

"呸！"囧囧被沁子拉回了原位，"我只是替巴浩不值！怎么会喜欢你这么个心机婊！"

"除了名字和身份，你还有什么证明你是彗星的证据？"黑夜追问。

"你们知道我在大学真正的专业是什么吗？我是个黑客，你们也不想想，网络上那么多人对我姐施加了暴力，彗星为什么能准确找到你们的联系方式……"

众人面面相觑，暗暗点头。

巴浩恍然大悟，难怪红芙知道他有抑郁症和小时候得过游泳冠军，肯定是破解了他的手机后得到的信息。

"是我黑了后台，找到你们几个骂得最凶的人的联系方式，在你们手机里植了病毒发送游戏广告……"

沁子一脸抱歉地说："对不起，那个时候我心情特别不好，生活中我和人吵架都会浑身发抖一句话都讲不出来的，但在网上……总之真的对不起……"

红芙怨恨地瞪着沁子："你知道那些恶毒的话是怎么戳进我姐心窝子的吗？真不明白你们一个个在生活中人模狗样，有了屏幕掩护就可以对别人拳脚相向。"

"那我呢？我跟蒋蓝莲没有半毛钱关系，我就是个背锅的，凭我把我扯进来？"兰陵王愤怒地吼着。

"你替人背了锅没错，可有必要带着媒体去我姐公司找她吗？你这么一闹非但没能证明你清白，倒把我姐彻底毁了！"

兰陵王泄了气，讪讪地说："那些人不是我带去的，是他们跟去的……"

黑夜理亏地叹了口气："好吧我们的确是过分了，可肯定不比奶茶这个直接当事人更过分吧？他老婆Summer也是受害人，为什么要把一个无辜的人扯进来，成为第一个牺牲品呢？"

红芙一怔："Summer是个意外，当时奶茶说不带老婆他就不来，只好一起邀请了，其实你们的手机我都黑过，你们的个人信息可以说我了如指掌，需要我背一些来证明吗？"

黑夜赶紧说："不用了，我相信你了。"

奶茶叹息："难怪你有我和蓝莲的照片，我都没想到她会在我睡着时自拍，蓝莲有这样的证据，当时完全可以把网络暴力转到我身上，她，她太善良了……"

"所以我想黑刀刀和铁骑的手机，留下彗星的登录记录太容易了……放了他们，你们要发泄就冲我来吧。"红芙仰着脖，冷冷地说着。

"到日喀则的第一晚你为什么袭击了我？"巴浩也有藏在心里已久的疑问。

"你忘了你们的任务吗？奶茶、兰陵王和你其实都是参加超度我姐的仪式，至于第一个袭击你，是我想从你第一个下手，可惜被刀刀从一开始就拦下了。"

巴浩失望地说："如果刀刀不拦住你真的会杀我吗？"

红芙咬着牙梗着脖子："没有如果。有如果我姐也不会死。"

"吉隆沟那天你把鞋放在卫生院骗我在那里等了半天，你是去跟铁骑见面了吧？"

红芙冷笑："不，我自己去安排下一步计划，铁骑、刀刀和你都是我的炮灰，这件事从头到尾都是我策划的。"

红芙坦白的整个过程铁骑都在挣扎，黑夜嫌烦已经踹了他好几脚了，也没能让他停下动静，她一声大喝："铁骑你给我老实点！别以为我不敢动你！"

"不，我才是彗星，放了他们，绑我吧！"刀刀情急地把手递到奶茶面前。

同样想救红芙，刀刀的自我牺牲已经让巴浩后悔了，幸好这时候他发现了一个可以转移大家注意力的事："咦，哪来的水？"

巴浩面朝主通道而绑，所以当所有焦点都集中在他身后的几个人时，借着微弱的光源，他还能留意到主通道的一些情况。主通道是通往地下河的路，有一个很平缓的坡度朝地下河方向往上，现在巴浩看到的是几条蜿蜒的小水流缓缓流过，像是哪个顽皮小孩在野地撒尿留下的印记一样，这个溶洞一直很干燥，只有走到地下河附近才会有潮湿的水汽，哪来的水呢？

可惜他们只当巴浩在捣蛋，根本没人搭理，倒是铁骑还在他脚边奋力挣扎，甚至拿头来撞巴浩的身体，好像有什么要紧事很着急一样，兰陵王过来把铁骑拖离了巴浩，扔到最黑暗的角落。

黑夜却在和奶茶商议怎么处置，两个凑在一起用最小的声音嗡嗡着，巴浩只听到了"杀人犯""法律责任""自生自灭"几个词，心里顿时叫苦不迭，即使不杀他们就绑着扔在洞里，结果都无法预料。

刀刀见黑夜和奶茶走到一旁悄悄说话，刚动了一下却被盯着他的兰陵王按住：

"别动。我们不想伤害你,这几天还要靠你找地下河找救援呢。"

刀刀苦笑:"杀了我也不会再帮你们,除非把他们都放了。"

情急之下巴浩喊了起来:"你们不是要找地下河吗?我带你们去,我知道地方!我还知道怎么捉鱼!"

巴浩感觉到他背后的红芙身子僵硬起来,赶紧捅了红芙一肘,希望她明白自己并不是背叛,而是诱敌。

"你们是怎么捉的?"黑夜果然对巴浩的话题感兴趣。

"刀刀的裤兜里有之前他用牦牛毛编的钓鱼线,到时我们在河边再挖点蚯蚓当鱼饵就行,不过没我你们要找地下河还是有难度的,这个溶洞是个立体网络,连着很多大大小小的次生溶洞,你们不熟路很容易发生像王超那样的意外……"

"巴浩!"刀刀生气地瞪着他。

兰陵王按住刀刀从他裤兜里掏出了钓鱼线,兰陵王怀疑地看着鱼线上绑着的骨刺:"你们就用这个钓到的鱼?"

"当然,这是刀刀砸碎了牦牛骨取的碎刺,上了鱼饵之后会卡在鱼喉咙里,刚才那些鲑鱼就是这么钓到的,味道可好了,可惜被红芙拿去下了毒……"

兰陵王咽了下口水,回头请示黑夜:"既然刀刀不肯配合,让巴浩带我们去吧?"

黑夜盯着巴浩:"你是要玩什么花样吧?"

"我能玩什么花样?我是喜欢红芙,可我也是见过世面的,不至于为了一个女人要生要死。反正红芙把我当炮灰,我没必要还站在她那边……来吧松开我,我带你们去打水捉鱼,对了,请你们继续绑着红芙,这个丫头把我骗得团团转,我得让她也吃点苦头。"

黑夜和奶茶对视了一眼:"那先把刀刀绑上吧。"

"对不住了刀刀。"

兰陵王一脸歉意地把刀刀绑了。要松开巴浩就得连红芙一起松开,兰陵王在给他们解绳子的时候巴浩又一次捅了红芙一肘。此时沁子和囡囡正在换新火把,奶茶和黑夜站在稍远的地方商议,因为要解绳索,兰陵王的藏刀被放在了地上。

这是个最佳的时机!

绳子刚刚松开,巴浩顺势一扑把兰陵王结结实实压在了他身下,打是打不过兰陵王的,但凭着突然袭击把兰陵王压得不能动弹还是可以办到的。与此同时,红芙从地上弹了起来,直冲黑夜和奶茶,一扫腿便把黑夜踢翻在地,再一抬腿把奶茶顶在了洞壁。

沁子和囡囡吓得尖叫了起来,火把没拿稳掉在地上灭了。当她们摸摸索索把火把重新点燃时,局面已经发生了扭转性的变化。巴浩控制住了兰陵王,红芙反剪着黑夜双手,一只脚踹在奶茶的喉咙部位,把他顶在洞壁动弹不得。

沁子哆哆嗦嗦地说:"红芙你,会功夫?"

红芙冷冷地命令她:"赶紧把刀刀和铁骑解开!"

囡囡第一个跑去解刀刀,虽然刚才红芙只露了两招,但她看清形势了,他们几个都不是红芙对手,还是识相点吧。

刀刀一脸吃惊地被松开了,铁骑嘴里的袜子也被取出来了,刚取出来他就大喊:"地下河的水漫过来了!"

所有人都大吃一惊,巴浩立刻扭头看向主通道,胜利的喜悦立刻变成透心凉。

刚才主通道的涓涓细流已经变成一道小溪,正源源不断地冲向低洼处,已经有水流向他们栖身的溶洞了。

刀刀一骨碌爬起来冲向主通道,水流已经能没过他的鞋面了。

"这是哪来的水?"巴浩松开兰陵王也冲了出去,但在距离水流1米开外猛地刹车。

"完了,这场大火加快了融雪,地下河泛滥了,这个洞保不住了……"刀刀看着水来的方向喃喃道。

"保不住是什么意思?"这时还被红芙反剪着的黑夜忍不住问道。

"融雪的地下河很快会把溶洞灌满,我们水深火热,无处可去了……"巴浩面如死灰地替刀刀回答道。

"那我们撤回地面啊,既然有水的话就不会被烧死。"红芙吃了一惊,手上脚上便松了,奶茶翻着白眼在咳嗽,黑夜转动着她被捏得发红的手腕。

"来不及了,竖洞那个位置是整个溶洞地势最低的地方,按这个水流的速度,没等我们爬出去竖洞就已经被淹了,这么多人,在黑暗的水下想憋气爬到竖洞是不可能的。"刀刀皱眉答道。

"那我们只有死路一条吗?"奶茶绝望道。

囡囡又哭了起来,沁子也眼前发黑差点站不住。

"恐怕是了,天意,天意。"众人当中只有铁骑面色平静,看着水流越来越急,他脸上甚至有些幸灾乐祸。

"反正活不成了，死之前我要报仇！"

重获自由的兰陵王捡起藏刀朝铁骑砍来，铁骑下意识地猫身闪躲，同时迅速抽出了绑在小腿上的匕首，一把反制住了兰陵王，藏刀应声落地，同时冰凉的匕首顶住了兰陵王的咽喉部位。

红芙见状大喊："别……"

铁骑的脸变得狰狞起来："这回谁也不能阻止我动手了，莫宏伟，就从你开始，这里的人都得死！"

"别伤害他！"刀刀大喊了起来，"我还有办法！"

周围静下来了，所有人抱着最后一丝希望看着刀刀。

"我们现在马上往地下河那边走。"刀刀抱起几支还没被浸湿的树枝火把。

"那边地势确实高，可融雪迟早也会淹没那边的啊！"巴浩着急地补充。

"你记得地下河是从右往左流的吗？当时我说过，所有地下河一定都有出口，如果沿河而下就能在它汇流的地方出去了。"

巴浩困惑地说："可是那里淤泥很深水又很浅，我们没办法蹚水和游泳啊！"

"不用在淤泥里走了，水流会越来越深，只要能到地下河道，我们就可以顺水漂出去。"

巴浩打了个冷战，他做不到。

"可要是还没到地下河就被水冲回来了怎么办？就算到了，水这么冷，还没漂出去就冻死了怎么办？在水里要是撞上暗礁怎么办？"奶茶总觉得还有很多问题没考虑周全。

"那也比在这里等死强！"红芙狠狠地挖了奶茶一眼，走出了栖息所。

6

巴浩把身上的装备都交给了刀刀让他领头，等所有人都出了溶洞，巴浩最后再看了一眼红芙的背影，咬咬牙退到黑暗中，还好生死关头没人留意他，就在红芙的背影即将消失在火光中时，她突然回头："巴浩？"

无人应答，红芙迟疑了一下蹚水回到洞穴，举起火把一照，只见巴浩蹲在洞穴深处背向大家，他浑身都在颤抖而且在无助地干呕，红芙蹲下去碰了一下巴浩，他慢慢抬起头。

红芙看到了一张泪流满面的脸。

"对不起，对不起……"巴浩哽咽着。

"原来你真的这么怕水。"红芙看着巴浩，说不清对他是憎恨还是怜悯。

"对不起，是我没用，对不起妈妈……"巴浩浑身抽搐，语无伦次。

红芙愕然，这里哪来巴浩的妈？这时同样返回的刀刀蹲了下去，一把搂住巴浩："兄弟，不要怕，我会把你带出去的。"

巴浩崩溃了，泣不成声地说："你们走吧，让我留下来赎罪吧。我对不起我妈妈，船翻了，我看不到她在哪里，我呛水了，我无法呼吸……"

刀刀和红芙对视了一眼，这个眼神的交流里两人都有恍然大悟和于心不忍，巴浩为什么怕水的症结原来在这里，一个得过少儿游泳冠军的人却无法救回自己的母亲，他一定从小就背负着极深的罪恶感，也正因此他开始恐水，做不到在蓝莲跳湖时下水救人。

红芙长叹了一口气，幽幽说道："她原谅你了，她们都原谅你了……"

第一个她指的是巴浩母亲，第二个她们也包括了蓝莲。

然而一声原谅只是让巴浩更崩溃地大哭。

已经蹚水出发的队友又都涌回到洞穴门口，已经有一部分水流灌向洞内了，如果巴浩还在这里不肯走，结果一定是溺亡，大家要给他陪葬吗？眼见巴浩已经陷入了精神错乱的边缘，每个人都心急如焚却不敢开口催他们。

刀刀想了想推开巴浩，啪地给了他一嘴巴。

众人同时发出惊呼，巴浩哭声顿止，满脸泪痕地看向刀刀。

刀刀站了起来，一字一顿地说："是爷们你就给我站起来，你想让红芙也淹死在这里吗？"

巴浩拼命摇头。

"那就像个男人一样挺起胸膛往前走！过去的已经过去，去保护你现在爱的人！走——！你给我走啊——！"

刀刀发出了惊天动地的怒吼。巴浩像被过电了一般，战战兢兢地站了起来，机械地迈开了步子，一步，两步……终于踏进了水里，他视死如归地闭上了眼睛。

刺骨冰凉，但也只不过是冰凉，没有条件反射的呕吐，没有深入骨髓的痛楚，巴浩惊讶地看向跟着来扶他的红芙和刀刀，喃喃说道："我没事，我没事！"

红芙突然含泪而笑，刀刀也哈哈大笑起来。

巴浩喜极而泣。

他痊愈了。

战队重新出发了。奶茶之前的担心并不是多余，刚出发时水流仅没过脚背，走到一半已经到小脚肚子了，本来就是上坡路，加上水流的冲击，每提一次腿都举步维艰，两边洞壁虽然有些凹凸可以借力，但体重轻的囡囡和沁子已经摔倒好几次了。带头走的刀刀虽然体重最大按说底盘应该最稳，但他在第一个，承受的水流冲击更大，一路上不停在摔倒，铁骑不得不和他并肩而行，但糟糕的是最后一次两人一起摔倒，最后一个火把也被打湿无法再点燃。

四周绝望地跌入一片黑暗，队伍停止了。

"怎么办？我们该往哪里走？"队伍中段的红芙问道。

"逆水走就对了，这里也再没有岔路了。"铁骑答道。

奶茶精神高度紧张地唠叨起来："这样的水流都可以冲走一辆越野车了，我看我们到不了地下河就会被冲走的……"

站在后面的红芙愤怒地踹了奶茶的屁股："你他妈给我闭嘴！别再动摇军心！"

奶茶住嘴了，黑暗中刀刀的声音传来："现在请大家重新排下队，按我说的顺序手挽手侧身走，我和巴浩并肩打头两边撑住洞壁，然后是红芙、黑夜、兰陵王、囡囡、沁子，奶茶和铁骑并肩走一起挽住沁子……请大家的手一定要挽紧，只有结成人墙才不会被水冲走。生死关头，没有敌人，只有战友！"

巴浩明白，刀刀这样的安排不仅要把姑娘们保护在队伍中间，有前中后三个男士支撑点，还让有可能伺机报复的几个人有所顾忌，红芙不能松开黑夜，因为铁骑在队伍最后，铁骑为了自身安危也不大可能拖着沁子和奶茶一起死。

巴浩低声对刀刀道："你这个安排真好！"

黑暗中大家调换了位置，巴浩和刀刀各用一只手撑住两边洞壁，同时向红芙伸出了一个臂弯，红芙一只胳膊伸过来从他俩臂弯穿过，三个人牢牢结成了一个铁三角龙头，人墙队伍也快速锁死，这次红芙没有再甩开黑夜，黑夜也没有嫌弃和别人亲密接触，到沁子主动挽起铁骑和奶茶的臂弯时，铁骑稍有犹豫但也没拒绝。

人墙队伍在冰冷的水流中重新迈开了步伐，大家都咬牙前进着，黑暗中只听见水流动的哗哗声，刀刀突然提议："我们一起唱首歌吧！"

"唱什么呢？"巴浩又开始发抖了，不过这次不是因为怕，而是水太冷。

"我大号的时候最喜欢唱一首歌……大王叫我来巡山，我把人间转一转……"

虽然生死关口，大家都笑了起来："大王叫我来巡山，我把人间转一转……"

歌声越来越大，盖过了哗哗水流，压住了心中的恐慌。不知道过了多久，水已经没过膝盖了，刀刀突然停了下来："到了，就是这里了。"

黑暗中巴浩什么也看不见，只是感觉水流更湍急，如果不是人墙锁死站都站不住，往前探一步脚下便踩空了："到地下河道了吗？"

"是的，这就是我们昨天钓鱼的地方，现在水从右边下来，一部分沿河道往左去了，一部分分流往我们来的方向走，现在我们要跳进河道，顺流而下……"

"那你们快跳吧！我们快冻得不行了……"奶茶在后面牙齿打架地催促。

"大家准备好，用手护头，仰泳姿势跳进河道……"

"不会游泳怎么办？"囡囡急得又哭了。

"放松你总会吧？放松，再放松，在心里给自己唱一首最喜欢的歌，不会有事的……好了，我要先跳了，红芙、巴浩，你俩先别动，先站在那儿帮助大家进河道，最后再一起进来吧……"黑暗中刀刀的声音还是那么让人安心。

"刀刀等下！"红芙突然喊了起来，"我有话要问你！你做了这么多到底图什么？"

几秒钟后，刀刀的声音再度响起："我就不能做点有意义的事吗……"

"好吧，就算为了救王超，就算为了让我和铁骑放下仇恨，你每一分钱都挣得那么辛苦，让自己倾家荡产就叫有意义？"红芙还是很困惑。

刀刀笑了："挣钱就不是为了跟自己喜欢的一切在一起吗？喜欢的事儿，喜欢的物件，喜欢的人，那还不够有意义吗？"

"再喜欢也不可能永远在一起，龙凤烛台都会分开，每个人都是一座孤岛……"红芙喃喃道。

"那还有流水拥抱着我们啊……"

"出去之后再讨论行吗？真的受不了了……"奶茶的声音不受控制地在颤抖。

"巴浩！"黑暗中刀刀突然抓住了巴浩的手，"出去之后请代我处理好飞凤烛台，让它去它应去的地方……"

"这事得你自己处理啊！我没资格。你留下最后和红芙一起跳吧，我先下去探路……"巴浩抱住了头，他心里清楚知道第一个探路的人最危险，因为谁也不知道前方有什么。

然而已经迟了,"扑通"一声巨响,刀刀笨重的身子已经扑向了河道,他的声音快速而去:"战友们,我们一会儿岸上见!大王叫我来巡山,我把人间转一转……"

那一瞬间巴浩心里五味杂陈,他知道刀刀一路唱歌实际上是在以身涉险,为大家播报前方路况。虽然自己现在也生死未卜,他却更担心刀刀的安危。

黑夜已经摸索着站到了红芙和巴浩中间,不过她没有急着跳,而是等刀刀的声音越来越小几乎快消失前跳了下去,这次她也哆哆嗦嗦接上了刀刀的歌声:"大王叫我……来巡山……我把人间……转一转……"

兰陵王、囧囧、沁子、奶茶、铁骑,所有人都唱着歌一个接一个跳进了河道,歌声里掺杂着女孩们的尖叫,但终归是暂时平安的。现在只剩下巴浩和红芙了,水这时已经齐腰了,巴浩紧紧握住红芙的手,从未如此真诚地说:"红芙,我向你和你姐道歉,是我错过了最后救你姐的机会,还简单地把她的情绪问题归纳给抑郁症,我错了,希望有机会回到地面再跟你道歉。我是真的喜欢你,不,我爱你……我先走了……"

不等红芙回复,巴浩跳进了河道。

一股急流从后而来,推着他飞速向前冲去,他两手护头闭上眼睛,随着脑袋被河水浸湿,冰冷的温度从外至内将他包围,转眼间全身浸入刺骨的寒流中。

怦怦,怦怦怦!

心率在不断上升,他身不由己地挣扎着,意识开始落入记忆的深渊……骤变的天气,翻滚的巨浪,侧翻的游艇,以及消失在游艇里的妈妈。

"妈妈!"他撕心裂肺地呼喊,但在滔天的巨浪翻滚里,如同无数次的梦境一样,他始终未能向前游过去半步。他放弃了挣扎在水里漂浮着,突然间发现自己躺在了沙地。

"游泳冠军?可笑!""你就是个没用的废柴!"有许许多多声音在天空回荡着。

"巴浩。"一个熟悉的细弱女声在面前响起。

他全身颤抖看着那个不愿回想却无法忘记的脸庞:"蓝莲?"

她将他扶起,轻声说道:"拜托你,照顾好红芙。"

声音不大却如同天使之音,让那颗缠绕着地狱之火的心感到了一丝清凉。

"红芙？"他呆呆地重复着。

一个让他无时无刻不感到心动和心痛的身影缓缓浮现。

"红芙！"他睁大了双眼。

身影越发清晰起来，红芙正处于波涛汹涌的水面上，一道巨浪猛地卷起，呼啸着朝那个身影拍打而去。

"红芙！"

巴浩爬起来一脚踏进水中。

"我曾两次败给自己……"

他举起右手，紧握成拳。

"但这一次……"

他朝天空奋力一挥。

"我不是废柴！！！"

巴浩投身水中。

幻境破碎，地下河依旧冰凉湍急，但此刻炽热的内心能将这水瞬间蒸发！

"大王……叫我来巡山！"突然间他撞上一物，整个世界由黑转白，他什么也看不见什么也听不见，心里只有一个念头：终于撞上暗礁了。他捂住了眼睛，直到感觉到有人拖着他的脚挪动他的身体，大声地跟他喊话。过了好长时间他才敢松开捂住眼睛的手，光线非常刺眼，他又适应了好一会儿才能睁开眼睛。

天是蓝的，风是清的，阳光是温暖的，浑身湿漉漉的战友们都站在身旁，这是到了天堂吗？

巴浩打了自己的脸一下，不是梦。

他发现他们在一个岛山上，被碧波荡漾的湖水包围着，把他们带出来的河道来自岛山上的一个暗道，是刀刀用身体堵在汇流处才拦住了他们没有直接冲进湖水里，而巴浩恢复意识和视力的同时，红芙刚好最后一个从河道里被带出来。

"耶！"那个瞬间所有人都欢呼了起来。

这是个渺无人烟的岛山，没有一棵草木，不见半头牲畜，正午的太阳热辣辣地照着一身湿透的他们，驱散着在地下河水浸泡带来的寒意。这里不再有熊熊大火，没有生猛野兽，简直就是天堂。巴浩兴奋地冲向湖水，捧起湖水就要痛饮。

"妈呀！"巴浩刚到嘴里的一捧湖水全吐了出来。

湖水是咸的。

巴浩困惑地抬起头来，再次打量起周围，他们站的湖心岛和身后的湖际线都如同死寂，唯有前方湖际线的山丘好像有人在行走。

巴浩揉了揉眼睛，他没看错，那里有三个人背着行囊在行走。

"这里是拉昂错，这里是鬼湖拉昂错！"巴浩激动地喊了起来。

"什么？"身后还在帮助红芙适应环境的战友们吃惊地问巴浩。

"哎！哎——！救命——！"巴浩挥动双臂朝前方湖际线那边在行走的几个人大喊起来。

战友们这时也注意到了那几个人，所有人都激动地跟着巴浩大喊了起来："救命！救命！"

那些人听到了，惊诧地朝湖心岛上的他们挥动双臂："哎——你们怎么会在那里？"

那一刻巴浩放声大哭，被他感染，好些人也都抱头痛哭起来，劫后余生，他们心里有太多的委屈和感慨要宣泄了。

直到红芙的声音打断了他们的哭声。红芙抱着大半个身子依然还浸泡在河道出口的刀刀，着急地拍打着刀刀的脸："刀刀你醒醒！我们出来了！我们得救了！"

"刀刀怎么了？刚才还好好的，他说他挡在这里后面的人就不会冲进湖里喝咸水，他说他这身肉正好给大家当人肉气垫⋯⋯"黑夜着急地蹲下来。

铁骑检查着刀刀的体温、眼睛和脉搏，脸上表情越来越困惑。

"我很好，天真蓝。"刀刀疲惫地睁开眼睛看着天空，露出一个温暖的微笑。

这是大家听到刀刀讲的最后一句话。

7

拼图战队的九名幸存者是在鬼湖拉昂错湖心岛上被当地警方营救的，所有人都只是轻伤，除了刀刀。

刀刀被送到噶尔县人民医院时已经重度昏迷了，大家得到了医生悲哀的答复："你们不知道他有尿毒症吗？每个星期他都必须要透析，像他这样的身体根本不应该有任何剧烈的体力活动⋯⋯"

事到临头，大家才知道影视剧里那些煽情的生离死别多么假，他们根本来不及跟刀刀道别，刀刀没能留下只字半语，也再没睁开过眼睛。那天噶尔县人民医院急救室门口，路过的人都可以看到，一群蓬头垢面、衣衫褴褛的人伏地大哭的场景。

刀刀的贴身衣兜里有几样东西被拿了出来。一把看起来像抽屉锁的小钥匙，一个被剪散后又被重新封住边线的中国结。

红芙双手颤抖地捧着那个中国结："这是刀刀手鼓背带上的，那天被奶茶剪开了……为什么会变成这样？"

巴浩的眼睛被泪水模糊了："你真的不知道他的心思吗？"

红芙泪如雨下。

"事情到了这份上，你能把前因后果告诉我们吗？也好让刀刀瞑目……"沁子红着眼睛问道。

在红芙的讲述里，大家终于明白了这场拼图游戏的来龙去脉。

"蒋蓝莲是我姐大家已经知道了，只是她毕业后留在了上海工作，我在北京读书，铁骑是我姐发小，他在老家工作，本来我们一直以为他俩可以走到一起的，没想到去年我姐突然成了网络暴力追杀的偷情者，当时我也误会了我姐，不仅不帮她还质问她为什么丢咱家的脸……后来她发了个信息给我说要出远门散散心，从此我再也没能联系上她……"

"她那时化名刘姿君来西藏了吧？"巴浩算着时间。

"是的，我恨自己不了解情况还跟她怄气，后来一直没她消息才想到要去破译她的手机，从QQ空间里发现了她隐藏的日记，知道了她和奶茶的事，从付款记录上发现她买了旅行用品，我一个一个联系她那段时间所有付过款的卖家，终于查到她居然还买了张假身份证出门……"

铁骑黯然道："蓝莲不爱我我不怪她，只是当时知道她的事情心里很难受，我没能在她最需要安慰的时候帮她，我想她买假身份证出门是想躲开网络暴力的追杀，也是躲开我们这些失职的亲友吧。等到我们发现事情不对劲一路追查到西藏来时，却得到一个晴天霹雳，蓝莲已经被当成自杀死亡的无名氏给火化了……"

铁骑声音再度哽咽了。

红芙怔怔地接下话头："是铁骑陪我来西藏的，王超躲着不出来是刀刀帮他处理的后事。我真的非常愤怒，当时就要给我姐报仇，既然整个社会都没给她留活路，那我也要让伤害过她的人没活路，第一个我要杀的人就是王超，那个没能在最后关头救我姐、事后为了推卸责任又诬蔑我姐的司导……"

"你没杀成吧?"虽然知道答案,囧囧还是惊呼起来。

"杀人不是我想象的那么简单,我们打听到王超那天会去拉萨一个酒吧演出,而且那段时间他老婆带着孩子回娘家了,我们潜伏在他家里,结果等来的不是王超而是刀刀……原来那晚王超出车了,演出完刀刀就把王超的吉他送了回来,结果被我们袭击了。"

铁骑叹了口气:"当发现袭击错了人,为了灭口,我还是想杀刀刀,但刀刀说想知道前因后果,死个明白,我们就把蓝莲的事都告诉了他,刀刀说其实像我们这样一个一个报复太慢了,可能还没等到把仇人全杀完就被捕了,不如设一个局把伤害过蓝莲的人都组织到一起,如果能让这些人真心对蓝莲忏悔,像藏族人一样转山转湖为蓝莲祈福,蓝莲在天之灵就能得到安息,相信蓝莲选择拉昂错作归宿也是因为心里有结解不开,我们要替蓝莲完成她没走完的路,这样才是对蓝莲最完美的交代,我们也用不着因为杀人要偿命了。"

"当时我们被说服了,倒不是放弃复仇计划了,只是刀刀这个能把所有罪人组织到一起的计划打动了我们,当时他完全可以跟我们动手的,谁输谁赢还不知道,但他那样耐心地劝我们,说他可以帮我们实现这个计划,而且当时他就带我们回家,把他家的那个老物件押给了我。现在回想起来,那晚幸好遇到的是刀刀不是王超,刀刀给了我们一个台阶下,给满脑子复仇的我一个活下去的理由,如果是王超……"红芙苦笑地看一眼铁骑,"那我和铁骑哥都成杀人犯了。这一年来我非常忙碌,我忙着黑进后台找你们几个人的来路,忙着了解根据你们的特点设计拼图游戏,还要苦练跆拳道,因为要准备特殊情况下有制服你们的能力,铁骑哥在西藏待了几个月,就是为了踩点布置。"

"那到底谁是彗星?"巴浩还是很困惑。

"当然是我,铁骑和刀刀不过是帮助我实施计划的助手,他们都可以登录彗星账号……"红芙从贴身衣兜里掏出一个已经被浸坏再也开不了机的手机,"我们三个谁方便谁上线,直到进藏后我们开始有分歧,于是我改了密码,让铁骑上线……"

铁骑接话:"说实话,我们一直不相信刀刀,怎么会有这样的人,倾其所有就为帮别人解开心结呢?我们策划这个活动只是想借此机会把你们集中起来,并没想要刀刀真把飞凤烛台输掉,所以我不断把密钥线索引到他身上,想让大家怀疑他逼他走,然后找机会团灭……没想到刀刀用 11 条经幡逼我先暴露了。"

"那奖品到底是怎么回事?"黑夜忍不住问,遭到好几个人的白眼后,她解释道,"我没有再贪奖品了,只是对这个计划的细节有点好奇。"

"是真的,飞凤烛台现在还在拍卖行,只有银行保管箱里存着的凭证才能拿到,一个手鼓刀刀都宝贝成这样,你们知道那个飞凤烛台对他意义有多大吗?当时我们一起找到老照片去鉴定,估值出来让我们大吃一惊,那时刀刀完全可以卖钱换肾的,但他选择了继续和我们走下去……"

铁骑痛苦地说:"刀刀是被我们逼的。"

"银行保管箱的钥匙是刀刀打算在转山转湖后再拿出来的,我和铁骑一直不理解刀刀,我们是想要你们赎罪,却不想让刀刀牺牲掉飞凤烛台,但刀刀说如果用欺骗的手段让别人忏悔是没用的,他希望用真心换真心……我好傻,满脑子恨,就是不肯相信他……"红芙泪光闪烁。

铁骑满眼是悔:"从头到尾我们只想着怎么实施计划,根本没想到刀刀生着这么重的病,也没想过他做这些毫不相关的事情真正要拯救的人是我和红芙……"

红芙泪珠滚滚而下,她把手机扔进了垃圾桶:"我满怀杀戮,却不忏悔自己对姐姐的关心太少,不懂怎么去爱她,出了事只会和别人一样指责她,我才是真正有罪的人,有什么资格要求你们忏悔……"

"那我不也有罪吗?我爱蓝莲却觉得配不上她不敢表白,在她经受网络暴力时却生了嫌弃她的念头,出事之后陪着你一起发疯,以为这样就可以平息我对蓝莲的亏欠。"铁骑潸然泪下。

"不,我最有罪!我不应该骗蓝莲交往,我不应该躲起来让蓝莲和兰陵王承担罪名,我不应该贪财带着 Summer 来到这里,我不应该在 Summer 救我的时候自己逃命,我罪大恶极,我罪该万死……"奶茶重重捶打着自己的胸口失声痛哭,但大家只是沉默地看着他,没有一个人上前阻拦。

囡囡早就哭成了泪人,此刻一抽一噎地说:"都怪我,没事去乱直播别人的隐私,为了自己不从网红队伍里掉队,制造话题伤害了别人,我有什么资格干涉别人的私事?我有罪。"

"我才有罪,因为自己过得不好,在生活中也没有宣泄情绪的机会,就躲在键盘后面喷人,而且不分青红皂白,就算事后发现喷错了也不当回事,觉得法不责众。"黑夜垂头丧气道。

"我的罪比你更过分,我是因为自己男朋友出轨才针对性地找发泄对象,我对不起蒋蓝莲，我在骂她的时候其实心里想骂的是我那个闺蜜，那时候的我不是真的我，不，也许那个有罪的我才是真的我……"沁子哭得眼睛都肿了。

兰陵王也低着头："我也有罪……"

"你有什么罪，你是替我背锅的，彻头彻尾被冤枉了。"奶茶失神地看着兰陵王。

"我去蒋蓝莲公司闹事是杀死她的最后一刀吧，我是被冤枉了，可我没想逼死别人……"

所有人都痛苦而沉默地哭泣着，为在这场纠纷里逝去的生命，也为折磨自己良心的罪孽。

还是巴浩及时阻止了大家把医院太平间门口哭成泪海："我们做点什么吧，光在这里比赛说谁有罪没用。"

"我们还能做什么呢？欠刀刀的，我只能用命还了……"红芙抓住心口说不下去了。

"不，这绝不是刀刀想看到的……黑夜，你记得有次你和刀刀讨论身后事吗？"

黑夜眼前一亮："刀刀说他要遇水入水，得火烧火，如果日后有人想他，就去转转山转转湖。"

"所以，为了刀刀，为了蓝莲，为了 Summer 和王超，我们要去冈仁波齐转山，去玛旁雍错转湖……"

"转了会怎么样呢？"红芙喃喃道。

"我想刀刀是因为知道自己重病在身，希望能为他爱的人，为他爱的这个世界做点什么，所以才策划了拼图游戏，那我们也为他做点什么吧，转转山转转湖，告诉刀刀我们想他……"巴浩动情地说。

黑夜侧耳倾听起什么，突然说道："我听到刀刀的声音了，他说好。"

地洞上游

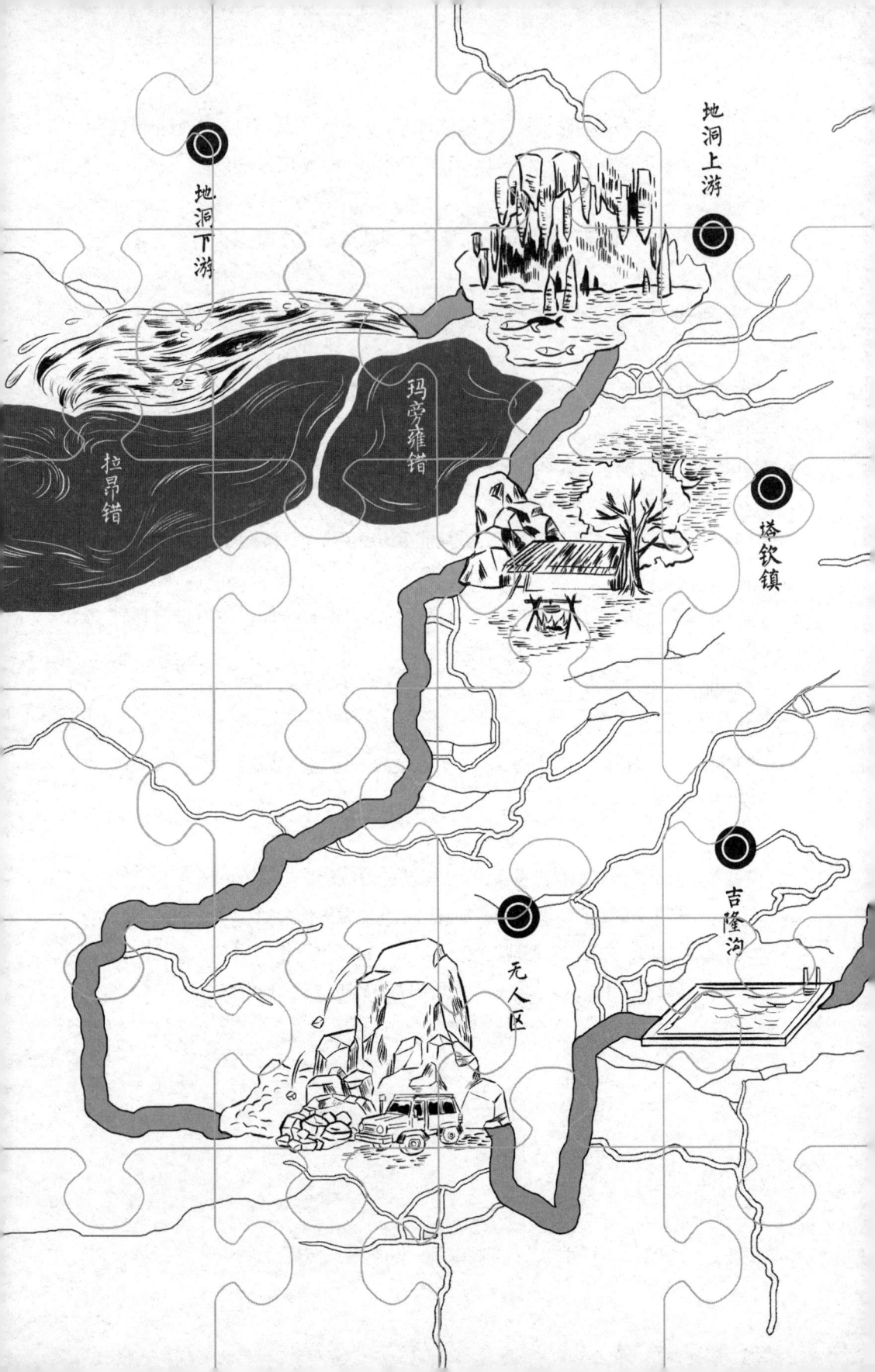

地洞下游

玛帝久雍错

拉昂错

塔钦镇

吉隆沟

无人区

尾声

格桑花客栈

珠穆朗玛峰大本营

喀什机场

拼图战队用了两天时间完成了冈仁波齐的转山，又用了一天时间完成了玛旁雍错的转湖。他们把写着蒋蓝莲、刀刀、王超、Summer四人名字的经幡永远地留在了神山和圣湖边。

在玛旁雍错和拉昂错之间，去年蒋蓝莲住过的那间帐篷旅馆里，他们拿到了最后一块拼图，它是绿色的，果然和所有碎片一起拼成了"有罪"二字，而这五块拼图也果然是经幡的五色。

红芙把刀刀遗物中的那把小钥匙交给了巴浩："你们完成了所有任务，可以去银行拿领奖凭证了，这也是刀刀走前托付给你的。"

巴浩不肯接，这次所有人的意见都统一："我们是有罪的人，怎么能去领奖呢？"

虽然没人想去领奖，但大家还是一起去开了银行保管箱，小小的保管箱里除了领奖凭证还有最后一个牛皮纸信封，里面有一张纸条，打开那张对折的白纸，里面只有两个歪歪扭扭的字——无罪。

虽然拼图游戏的终极秘密是众人得到"有罪"的宣判，但为整个游戏献出身家和生命的刀刀却给出了他自己的答案。

无罪。

真心悔过的人可以得到宽恕。

纸条在每一个人手里传递着，每一个人都热泪盈眶。

刀刀的父母均已去世，他也没有兄弟姐妹，飞凤烛台是刀刀的家传品，大家决定尊重刀刀遗愿，全权交由巴浩处理，让盘龙和飞凤烛台在国家博物馆团聚。大家还提议成立一个刀刀基金，用来捐助包括王超家属在内的西藏贫困孩子，基金的管理就交给红芙。大家都向基金捐了自己的心意，承诺将来还会继续为基金服务和捐助。

算来大家已经在西藏耽搁超过半个月，沁子、黑夜和兰陵王假期已满，必须返回，然而红芙说她得留下，有件重要事情她得做。

原来她想等市政打通无人区那被泥石流堵死的山路，刀刀和王超的车、铁骑租的车都被深埋在那儿。她希望刀刀心爱的手鼓能幸存。奶茶是必须留下的，Summer 和王超的遗骨也得等路通之后才能找到。巴浩又续了假，铁骑和囡囡时间自由也留下来了，大家一起住在塔钦镇的索朗大叔家，这是个一到晚上就会停电的民宿，吃的也永远只是几样，条件很艰苦，但对刚在无人区经历过生死的他们，这里就是天堂。

料理后事，成立基金，其实每个人都很忙，也幸亏这样的忙碌可以掩埋掉一些痛苦。这些天巴浩一直没能和红芙单独说上话，偶有机会她也是立刻走开，她每天都会守在通路工地，恳请找回那个手鼓，工作人员问那东西到底是有多贵重，红芙每次都要郑重地回答："比我的命还重要。"

巴浩知道红芙心里难受，她把刀刀的死都归结到自己身上了。

荒野求生时曾发挥了大作用，在火烧、刀砍中几乎废了的那组 78 式铝餐壶组合，红芙把它们修复得锃亮，它们果然也曾是刀刀的。

一个星期之后，好消息传来，路通了。三台被深埋的越野车找到了，汽车当然已经被压损，但有一个奇迹，刀刀的手鼓竟然完好无损被破拆出来了，当那个手鼓被交回到红芙手中时，她终于不再压抑和伪装，像她这个年龄的女孩一样放肆地哭了。

无人区里的那片森林已经在大火中燃烧殆尽，但救了他们一命的地下溶洞被证实为古喀斯特地貌，非常有研究价值，至于它为何有地下河连通到鬼湖拉昂错的湖心岛，会不会是造成拉昂错变成微咸水湖的原因，还有待专家来揭秘。

Summer 的遗体也在大火中化为灰烬，和这片她生前一直想走出的土地合为一体，再也不能分离，王超的遗体是在烧掉了三台抽水泵之后才进洞找到的。奶茶求生自救带头烧山虽是紧急避险，但毕竟造成了那么大损失，他要留下来接受当地部门调查。

等待的日子里，巴浩灵感汹涌，一个又一个有着丰富灵魂的形象在他画稿里成形。

在返程的前一天，他们爬上了无人区溶洞上方的雪峰，在 4200 米的雪峰之巅埋下了刀刀的骨灰，在这里前可仰望冈仁波齐，左可远眺玛旁雍错和拉昂错，红芙说只有在这样圣洁的地方才能让刀刀那样干净的灵魂安息。

山顶的蓝天白云仿佛伸手可及，今天的红芙眉心舒展，一扫前些天的颓丧之色，骨灰埋好之后红芙并没有把她身上背着的手鼓留下来，而是朝刀刀深鞠一躬："刀刀，你的手鼓就送给我吧，我会去学打鼓，把你的鼓声传播下去。"

这话似有深意，巴浩忍不住问红芙："回去后你有什么打算吗？"

"把书读完，然后来西藏教书，我想去可可西里，护卫藏羚羊过国道。"

"那是刀刀做过的事……"巴浩心里既欣慰又悲凉地明白了，"其实你爱刀刀，对吗？"

红芙凄然一笑："在此之前我也不知道我爱他。"

"我知道现在问这些不应该……可是，你心里到底有没有我？"

"我打着拼图计划的名义接近你，我必须恨你、报复你，却又为你动了心……一个人在感情里竟然如此糊涂和混账，我很自责，为什么我会变成我憎恨的那种人。"

巴浩心里既甜蜜又痛楚："不要自责，爱本身没有错，刀刀是多有信念感的人，他用他的爱治愈了我们……"

红芙一声叹息："可我太失败了，为一些莫名其妙的理由，总在错过我爱的人，错过了我姐，错过了刀刀……"

"所以你还要继续错过我吗？"巴浩追问。

红芙一怔。

巴浩不甘心地说："反正我不可能错过你。我已经和铁骑约好了，他联系了日喀则一家医院，下个月上班，而我也报了那曲的支边项目，很快我会再来西藏，而且会待上几年，我们以后还可以见面吗？"

红芙沉默不答，眼睛里却闪烁着泪光。

2018.03.13 一稿完于深圳翠拥居
2019.12.31 五稿完于大亚湾秋水

图书在版编目（CIP）数据

拼图游戏 / 林小染著 . -- 北京：北京联合出版公司，2020.8
ISBN 978-7-5596-4345-2

Ⅰ.①拼… Ⅱ.①林… Ⅲ.①长篇小说—中国—当代 Ⅳ.① I247.5

中国版本图书馆 CIP 数据核字（2020）第 112906 号

拼图游戏

作　　者：林小染
出 品 人：赵红仕
策划出品：一未文化
版权统筹：吴凤未
监　　制：魏　童
责任编辑：夏应鹏
封面设计：商块三
内文排版：麦莫瑞

北京联合出版公司出版
（北京市西城区德外大街 83 号楼 9 层　100088）
北京联合天畅文化传播公司发行
天津中印联印务有限公司印刷　新华书店经销
字数 300 千字　710 毫米 ×1000 毫米　1/16　18 印张
2020 年 8 月第 1 版　2020 年 8 月第 1 次印刷
ISBN 978-7-5596-4345-2
定价：49.80 元

版权所有，侵权必究
未经许可，不得以任何方式复制或抄袭本书部分或全部内容
本书若有质量问题，请与本公司图书销售中心联系调换。
电话：(010) 64258472-800